Miau

Benito Pérez Galdós

MIAU

Edited by ***Edward R. Mulvihill***
University of Wisconsin

and ***Roberto G. Sánchez***
University of Wisconsin

New York

OXFORD UNIVERSITY PRESS

London · 1970 · Toronto

Library of Congress Catalogue Card Number: 72-82987

Printed in the United States of America

Preface

The present edition of *Miau* has been prepared with the conviction that the student of a foreign language should be introduced as soon as possible to good literary texts in that language. Obviously the beginning student must concentrate on the acquisition of basic language skills. All too often, however, he is suddenly confronted, usually in the third year, with a survey of the foreign literature with little or no preparation in approaching literary analysis. It is our aim, therefore, in addition to introducing the student to one of Spain's great writers, to invite him to explore some of the basic concerns of the novel form. The emphasis in this edition is first on having the student read and understand the text which has been cut with care to preserve the unity and spirit of the original. To this end liberal notes and an ample vocabulary have been provided. The novel has been divided into five sections and at the end of each is a series of questions which aim to stimulate the reader's thinking about the text and to cause him to re-read important sections of it. In each case there follows a brief essay on a basic aspect of fiction with specific references to the novel at hand. A final section raises some general considerations concerning the work as a whole. The goal, particularly in the brief essays, is to deepen the student's appreciation of the problems of the novelistic form.

We wish to express our sincere appreciation to Professors Antonio Sánchez-Barbudo and Antonio Sánchez-Romeralo for their help.

E. R. M.
R. G. S.

Madison, Wisconsin
September, 1969

R. C. S.

Madison, Wisconsin
September, 1969

Contents

Introduction

All significant forms of fiction are an excursion into the nature of reality. In our century and, more specifically, in our day—an era of exploration into outer space and psychedelic drugs—the boundaries of human experience are being broadened in ways that challenge the artist as never before. In an effort to convey the fragmented nature of the twentieth-century world, novels, following the examples of the plastic arts and music, have experimented with form and content in various ways: a story told entirely as stream of consciousness, seen through the eyes of an idiot, confused as time and space are jumbled and pulled apart. Alienation is a theme of our time; in a world of rapid changes what was science fiction one day becomes ordinary experience the next.

This scientific revolution and shifting of values began in the nineteenth century, and though hardly possessing the momentum that it has today it confronted the men of that time with new alternatives. Discoveries in morphology, heredity, and genetics began to explain the nature of all living things, among them man. Investigations in astronomy and geology opened the window to a universe immense in dimensions of time and space. The artist reacted to this in various ways. New knowledge released a romantic imagination in men like Jules Verne, author of *Around the World in 80 Days* and *Twenty Thousand Leagues Under the Sea,* and a precursor of today's science fiction writer. It served to curb the imagination of others and demand a discipline and objectivity worthy of the new era. The artist then looked around him and organized his view of man and things and called it *realism*. He studied history and society, paid homage to science, and had faith in man if not in God. Novelists were then several things at once: marvelous raconteurs, penetrating psychologists, meticulous reporters, and above all, sincere humanitarians.

The basis for their "realism" was a respect for fact and on this basis they constructed the edifice that is the modern novel. Mary McCarthy has tried to explain "its *quidditas* or whatness, the essence or binder that distinguishes it from other species of prose fiction: the tale, the fable, the romance" and concludes that "the staple ingredient present in all novels in various mixtures and proportions but always in fairly heavy dosage is fact." [1]

Facts, indeed, became almost an obsession with the realists and along with this was a dedication to the idea that the objective approach was *the way* to uncover the mystery of reality. Whether such a view is superficial is a debatable question; if some painters and authors were content with the photographic image—the surface of the movement known as *realism*—others probed deep and touched on sensitive nerves. Though much emphasis was placed on the social scene, inquiry into man's spiritual isolation began with these novels.

Their themes are the great themes: good and evil, God and justice, reality and illusion. In them can be found a disorder of the spirit that becomes more meaningful to us precisely because it is placed within what appears to be a rational world of order. There were limitations to their hopes for reform and to their humanitarianism and the authors knew it. Seen in this manner the great novels of the realistic school are important lessons both as documents of man's aspirations and defeats and as examples of the craft of fiction.

Cervantes laid the foundations for the genre in the seventeenth century. In the eighteenth century, with Defoe and

[1] *On the Contrary* (New York, 1961), p. 251.

Fielding, realism as a recognizable literary creed made its appearance but its triumph was reserved for the nineteenth century with Balzac and Flaubert in France, George Eliot and Dickens in England, Dostoyevsky and Tolstoy in Russia, Mark Twain in the United States, Verga in Italy, and Galdós in Spain. The movement, as can readily be seen, was international.

Of primary importance to the novel is the creation of a world and these novelists created glorious worlds; geographical areas, vast and panoramic, precise and dense. Thus we have Dickens's London, Balzac's Paris, Tolstoy's Moscow, and Galdós's Madrid; all recognizable entities, each reflections of a teeming capital and yet new and original creations. Their literary projects were often ambitious in the extreme: to relive an entire war in *War and Peace,* to picture the whole of French society in the collection known as the *Comédie humaine,* to recreate seventy years of history in the *Episodios nacionales.* And they could accomplish such feats because their commitment to their profession as writers was their life.

Though born in different countries and products of various strata of society they still share many characteristics as personalities. Compared to their forefathers, the romantics, they led quiet lives devoid of the spectacular. They traveled widely mainly in order to know and to observe. Many were newspaper reporters or journalists, and as such underwent a special type of apprenticeship. For the most part retiring, even when famous, they still had a wide knowledge of humanity which they viewed with tolerance and compassion. The drama of history fascinated them and the intrigues of politics tempted them.

The stresses of the time transformed the personalities of some of them. Dostoyevsky turned from a political revolutionary to an arch-conservative; Mark Twain abandoned a lighthearted optimism for bitter pessimism; Tolstoy suffered a transformation, a spiritual reawakening that stressed Christian principles and charity. Life and art, to them, was forever an adventure; they were always intellectually and morally alive, never complacent and smug. In fact, they were profound as realists precisely because of their distrust of realism and their constant and feverish pursuit of reality.

Benito Pérez Galdós indeed deserves to be in the company of these men, a fact only now being recognized by historians of world literature. He was born in the Canary Islands in 1843 and arrived in Madrid nineteen years later to study law at the University. His encounter with the capital proved to be a case of love at first sight, a love affair that continued throughout his life. His birth and early education outside of continental Spain allowed him to view the country and its people—his compatriots nonetheless—with fresh eyes and as a distinct whole. Contrary to other Spanish writers of the period he did not yield to regional patriotism but renounced his *patria chica* for a dedicated and sincere concern for all of Spain. He was eager to learn about social conditions everywhere, about politics, about life in the urban turmoil that was Madrid and so his university studies fell by the wayside as he poked here and there. At first he was very much the tourist but he soon got to know the capital better than the natives themselves. He preferred the *barrios bajos,* the old slum quarters, which he roamed unobtrusively observing every detail and listening with a keen ear.

Following the pattern of his European counterparts he began his literary apprenticeship writing articles for newspapers. He joined the staff of *La Nación* in 1865 and for the next three years contributed essays on drama, art, literature, music, politics and wrote profiles of prominent figures. It was during this time that he translated Dickens's *Pickwick Papers* thereby introducing the English novelist to the Spanish public.

Since Galdós never married and did not have the usual ties of family life, he was able to indulge his passion for travel. In 1867 he first visited the French capital and returned with a copy of Balzac's *Eugenie Grandet* in his pocket. He was to return to Paris many times and his enthusiasm and love for the work of the French master of realism grew with the years. He also visited England, a country he always considered a model of civic pride and achievement. In Spain his travels were not restricted to provincial capitals and by train or muleback he reached the most remote of villages. Professor Chonon H. Berkowitz, his biographer, declares that: "Traveling was for him in the nature of a physiological necessity, as pressing as his constant urge to create." And he goes on to describe these trips:

> He preferred to travel in third-class coaches and with a minimum of baggage. As literary observer he found first-class passengers devoid of individuality — standardized *señoritos* and older aristocrats not much different from their social counterparts in any other country. In third-class compartments, on the other hand, he could see Spanish life in all its colorfulness, variety, and individuality. He invariably sat inconspicuously in a corner of the coach, closely observing his fellow travelers and listening to their conversation. Whenever he could do so without arousing suspicion he noted down unusual turns of speech or interesting manifestations of popular psychology. Occasionally he even overcame his shyness and joined the passengers in their conversation, but mostly as an attentive listener only. Generally he preferred to remain in the background lest he be identified. . . [2]

This was life for him: travel that gave him a sense of nearness to the people, quiet talks with intimate friends, sessions in cafés where he sat silent in a corner and, above all,

[2] *Galdós, Spanish Liberal Crusader* (Madison, 1948), p. 110.

his writing, a task that he approached with the utmost discipline and method.

Galdós first aspired to write for the stage but he soon decided upon the novel, the historical novel in particular, as the form that could best reach the wide public that he sought. *La fontana de oro* (1870), his second novel, was of this type and gave him his first taste of success. It dealt with the reign of Ferdinand VII, the king on whom forward-looking Spaniards had pinned all their hopes and who betrayed them so shamelessly. Written as a reaction to certain political acts of violence that Galdós had witnessed, this work was intended to instruct his countrymen on the merits of tolerance, prudence, and compromise. He pursued this didactic view of literature as he planned his *Episodios nacionales,* a vast panorama of the history of the nineteenth century. What began as a relatively modest undertaking expanded to a total of 46 *episodios* (about half of his entire literary output), written throughout most of his career except for a significant lapse between 1879 and 1898. His purpose was to present prominent political figures and dramatic moments in history as seen and felt by the ordinary Spaniard, the true hero of the series.

Concurrently with the early series of *episodios* he published what he himself called his "novelas de la primera época," thesis novels, for the most part, which again portrayed the two extremes of political ideology in deadly struggle for dominance. Here, however, the confrontation between liberals and conservatives takes place in the present. In *Doña Perfecta* (1876), the best of these, there is no mystery as to where the author's sympathies lie, but in the villains, symbols of reaction, Galdós managed to create some of his most interesting characters. The novel is a melodramatic concoction but, for all that, is strangely gripping.

Galdós reached maturity as a novelist with the next series, his "novelas españolas contemporáneas." There were still lessons to be taught, he felt, but his attitude was modified in several ways. The tendentious emphasis of the thesis novels disappears; social and political reality are seen as consisting more of pressures than of confrontations. He dedicated *La desheredada* (1881), the first of these novels, to the teachers of Spain who would shape the minds of future generations. He now yearned for moral rather than social reform and thus the national psyche became the object of his study and concern.

In the process his technique underwent important revisions. Emile Zola's manifestos had reached Spain and although her novelists could not embrace naturalism wholeheartedly, some of them, among them Galdós, borrowed from its views and method. The first six novels of the series show an influence of the new school. He develops an interest in abnormal psychology and provides us now with fascinating studies of maladjustment and frustration. The heroine of *La desheredada,* a country girl deluded into believing that she is of noble blood, suffers one disillusionment after another and eventually ends up as a prostitute. The novel opens in an insane asylum and much of it takes place in the squalid tenements of Madrid. This milieu also forms the background of *El doctor Centeno* (1883), another account of mental delusion. Morbid sexual desires constitute the core of *Tormento* (1884), and *Lo prohibido* (1885) portrays an illicit affair between a young girl and a priest and describes vividly their remorse and guilt. A meticulous concern for detail can be seen in these works and often, as in *La de Bringas* (1884) subtle ironies are thereby achieved.

But naturalistic touches are only a part of a larger novelistic vision that gradually took shape during this period. Aristocratic characters appear at one time or another in these novels and there are always scenes among the poor and lowly, but the focus is primarily upon the middle class, a group which the author regards in a state of transition, unsure of itself, *cursi,* with hopes and aspirations beyond its reach, irresponsible in the extreme, unenterprising, and often hoping to live off the government. The unit that gives a sense of order to this society is the family but it too is beset by pressures from all sides, both moral and economic. As in the novels of Balzac, money is the root of many of these problems and Galdós takes another lead from the French master as he has characters cross the boundaries of his fictional worlds. Each human being carries inside him a novel all his own, he seems to say, and a secondary character in one work can become the hero of another.

New stylistic devices are also in evidence during this period. For all the emphasis given to detail, description and narration are often discarded in favor of dramatizing a scene, sometimes even to the point of reducing it to pure dialogue. There is a shifting of perspective within a novel so that an incident or character can be viewed and interpreted from different angles. But most important of all is Galdós's own version of the stream of consciousness technique, a transformation of the omniscient author into a narrator that can identify with different characters at different times. Clarín, a contemporary of Galdós, was the first to observe this and describe the process: "sustituir las reflexiones que el autor puede hacer por su cuenta respecto de la situación de su personaje con las reflexiones del personaje mismo, empleando su propio estilo, pero no a guisa de monólogo sino como si el autor estuviera dentro del personaje mismo y la novela se fuera haciendo dentro del cerebro de este. . ." [3]

Even when Galdós speaks for himself as author, his style is chatty and his vocabulary colloquial—a characteristic which caused writers and critics of the early part of our century to dismiss him as a second-rate novelist—but it is precisely through this procedure that he succeeds in achieving a tone that is both objective and intimate.

[3] Leopoldo Alas (Clarín), *Galdós* (Madrid, 1912), p. 103.

In the second group of *novelas contemporáneas,* among which are his masterpieces *Fortunata y Jacinta* (1887) and *Miau* (1888), these elements are refined and joined by still new insights. The materialistic view which stressed objects and conditions, appetites and abnormalities is balanced by forces of mind and spirit that are just as valid. Reality is complex, Galdós now tells us, and we can grasp its wholeness only if we allow for "lo maravilloso," that which surrounds us and affects us and yet has no rational explanation. Thus dreams and hallucinatory states enter the picture. Religion reappears, no longer as fanaticism or political intrigue, but as a yearning for God, as a search for some explanation that will give comfort to ailing society and anguished man. And sometimes, irony of ironies, these spiritual yearnings combine with pathological maladjustments to create new examples of misery and frustration.

Fortunata y Jacinta (1886-87), a novel in four volumes and his longest work, is a broad tapestry of Madrid in all its complexity of social classes, commerce, politics, etc. Through its story-line—that much abused of plots, the love-triangle—Galdós gives form to an idea that he had suggested all along: that life is something of a soap opera in its absurd pretentions and aspirations but that art can give it meaning and endow even the commonplace with an inner glow.

The two women of the title are the lovers of Juanito Santa Cruz, a pampered *señorito.* Jacinta, his wife, is all dignity and good manners while Fortunata, his mistress off and on, is a product of the *barrios bajos,* passionate and spontaneous. The effect of one woman upon the life of the other, though they hardly meet, constitutes the narrative thread, and while they are superb characterizations drawn with uncommon sensitivity, it is the over-all world of the novel that fascinates the reader. There is a startling sense of reality in the settings; the secondary characters are marvelous portraits, tragic and comic at the same time. But most significant is the delicate balance achieved between the vibrant inner world of the protagonists and the outer world of things, places, and humdrum activities.

This world-within-world concept of reality was explored by Galdós in a more pointed and rather obvious fashion in two other novels of the period. They complement each other in their account of a death occurring under rather mysterious circumstances. *La incógnita* (1889) is told in the first person by an eye-witness and is a limited and partial version of the truth dealing only with facts and interviews while *Realidad* (1889), written completely in dialogue form—a throwback to *La Celestina* and a technique that Galdós was to pursue later —allows us to witness the real drama of the conflict. Further, through interior monologues and in scenes where characters argue with embodiments of their consciences inner motives are revealed and clarified. But only to a point. Reality, Galdós seems to insist, will always retain an element of the mysterious.

This mystery ultimately becomes identified with problems of faith and religion in the last group of *novelas contemporáneas*. It is present in *Torquemada en la hoguera* (1889), the story of a grasping moneylender who gives religion no thought until he is faced with tragedy, the death of his beloved son. His anguished battle with his worst instincts in an effort to win favor with heaven and thereby save his son is one of Galdós's most successful portrayals, so successful, indeed, that two Torquemada sequels followed. Conversion is again the central theme in *Angel Guerra* (1891), but the author's new vision of the role of faith in men's lives has its most shining examples in *Nazarín* (1895) and *Misericordia* (1897). The first is the story of a vagabond priest, part Christ, part Quijote, and part "hippie," who roams the byroads of Spain looking for good works to perform in the company of a half-demented girl and a prostitute. He is considered a madman and in the end is apprehended and brought back to

Madrid along with thieves and cutthroats. The second has its heroine in Benina, a lowly servant and another of Galdós's great creations. She begs in the streets in order to provide a household of weak-willed dreamers with the bare necessities of life. She returns home every night to feed her mistress and to weave whatever lies and tales are needed to sustain her. Her optimism is genuine, for her faith in God is based on the logic of the humble, that survival is man's most elemental urge. When her mistress, worried about what people will say, accuses her of having no dignity or decorum Benina answers: "Yo no sé si tengo eso; pero tengo boca y estómago natural, y sé también que Dios me ha puesto en el mundo para que viva y no para que me deje morir de hambre." Like Sancho Panza, Cervantes's immortal peasant-servant, Benina speaks and acts with the wisdom of centuries.

In *Nazarín,* the author forsakes Madrid to depict the barren landscape of Castile. But there are other departures that are more significant. Both of these novels focus on the lowest rung of the social ladder: beggars, thieves, and prostitutes. Yet Galdós presents them with great compassion and understanding; still more, he has come to believe that only they, because of their suffering, are able to love their fellowmen as brothers. The beggars of *Misericordia* are above the selfish interests of the middle class and can afford to be generous and kind. Galdós's hopes for man's future, better still, for man's redemption, are deposited now in these saints and sinners.

Indeed, here lies another departure: these characters, personifications of spiritual qualities, tend to become pure symbols. The delicate balance achieved in the previous group of novels is now somehow tipped in favor of the inner world, that reality where miracles are seen as natural occurrences. An influence of the Russian novel may be responsible for this development. Nazarín is reminiscent of some of Dostoyevsky's heroes in whom madness is considered a higher form of lucidity, and the theme of *Misericordia* is closely linked with

Tolstoy's ideas on the distribution of wealth in the name of Christian charity. But for all that, the persistent hand that guides Galdós, not only here but through the whole of the *novelas contemporáneas,* is that of Cervantes. Often the nineteenth-century novelist makes pointed references to his mentor but such tributes are hardly necessary. The evidence is always there particularly in that richness of humor with which both authors chastise their characters for their foibles and at the same time show them tenderness and love.

During this period Galdós turned to writing for the theater, partly because he sincerely felt that he could contribute to its regeneration, and partly because it would boost his strained finances. He began by adapting some of his *novelas dialogadas* and wrote other pieces directly for the stage. Among his major theatrical successes were *Electra* (1910) and *El abuelo* (1904). The former, performed during a critical moment in Spanish politics, turned into something of a scandal. Economic reasons also prompted his continuation of the series of *Episodios nacionales.*

Galdós wrote little after 1915. He had become blind and while he still had many loyal friends he received respect rather than acclaim. The generation gap that separated him from the new group of writers, Unamuno, Baroja, Valle-Inclán, was great indeed. In their rebellion against what preceded them and their zeal for modernity these men failed to recognize those things that linked them to the nineteenth-century master. If the last years of Galdós were lonely, his death, in 1920, brought homage from the masses that he had loved so well.

The indifference of the Generation of '98, however, left its mark; for a time it was not fashionable to praise Galdós. Vindication has come slowly but today his work is receiving the attention that is long overdue. Several important studies of his novelistic art have appeared and there is a journal dedicated exclusively to essays examining his production, a tribute no other Spanish author enjoys.[4] Momentum for this reappraisal has had its origin among hispanists in England and, more important, in the United States. Contemporary Spaniards, who if they had read Galdós at all, it was only the *Episodios nacionales* during their youth, have come to revise their ideas and to repair their neglect. Camilo José Cela, Spain's most distinguished novelist today, attests to the early prejudices and the change in judgment. He declared in an interview: "Mi encuentro con Galdós fue, quizá, prematuro, y de su obra guardo, en aquella primera impresión, un recuerdo de pesadez y de grandilocuencia. También se me antojó Galdós entonces, demasiado moralizador, excesivamente ejemplar y patriota. Estas ideas primeras sobre Galdós fueron más tarde revisadas, naturalmente. Hoy veo a Galdós de muy distinta manera. . . Creo que, con Galdós, empieza la novela moderna en España, fenómeno que sería muy difícil de explicar sin su presencia. Aparte de otros ingredientes también españoles, la novela española actual empieza a contar desde Galdós e incluso nutriéndose de Galdós." [5]

We have deliberately omitted any discussion of *Miau* at this time. Nevertheless, we shall interrupt the progress of your reading at various points to pose important questions and thereby aid you in exploring facets of the plot and the novelistic art of Galdós. Some general information on the novel, however, may be helpful now.

Miau was written in 1888 but Galdós began to hint at the story of the ludicrous Villaamil family somewhat before. Four years earlier he seemed to be describing the Miau girls when, in *La de Bringas,* he declared speaking through one of the characters: "Ay!, qué Madrid éste, todo apariencia. Dice un

[4] *Anales Galdosianos,* University of Texas, Austin, Texas.
[5] "Revisión de Galdós," *Insula,* No. 82 (October 1952), p. 3.

caballero que yo conozco, que esto es un Carnaval de todos los días, en que los pobres se visten de ricos. Y aquí, salvo media docena, todos son pobres. Facha, señora, y nada más que facha. Esta gente no entiende de comodidades dentro de casa. Viven en la calle, y por vestirse bien y poder ir al teatro, hay familia que se mantiene todo el año con tortillas de patatas. . . Conozco señoras de empleados que están cesantes la mitad del año, y da gusto verlas tan guapetonas." [6] Villaamil himself appears in *Fortunata y Jacinta,* the novel that precedes *Miau,* roaming from one cafe to another explaining his plight and searching for some benefactor who will help him regain his old job. "Los lugares en que aparece," explains José Montesinos, "son claro indicio de que el personaje estaba ya vivo en la mente de su creador." [7] And Robert Weber comments: "It would almost seem that Galdós was deliberately preparing his public for *Miau;* for Villaamil's appearances are grafted upon the chapters in which he is mentioned, where his only artistic function is to form part of the cafe background." [8]

Miau revolves around the figure of the *cesante,* the unemployed bureaucrat, a figure which needs a word of special explanation since he represents more than the civil servant out of a job. The political spoils system in Spain which controls a wide variety of positions, many of which are only sinecures, was a special problem in the nineteenth century. Because of the frequency with which governments changed the victim of the system became a familiar figure of the period.

The literary portrayal of the *cesante* has still earlier antecedents. We can find him in the *cuadros de costumbres* of mid-century—a vivid example being Mesonero Romanos's *El*

[6] *Obras Completas* (Madrid, 1964), Vol. IV, p. 1662.

[7] *Galdós* (Madrid, 1968-69), Vol. II, p. 205.

[8] *The Miau Manuscript of Benito Pérez Galdós,* Publications in Modern Philology, University of California, Vol. 72 (1964), p. 4.

cesante dated 1837—and with more frequency in later *costumbrista* sketches. Galdós himself was concerned with the problem represented by these tragic figures and discussed it in several newspaper articles.

Ricardo Gullón argues for a more direct source in Balzac's *Les employés* where the hero, a government employee, also works for reform of the system and is dismissed for his efforts. There are enough divergences between the two novels, however, to question the case for direct influence. What cannot be denied is that in both Balzac and Galdós, and in Dickens we might add, the world of bureaucracy is described with similar eyes. It is a beehive of boredom full of petty grievances and jealousies where surface comic touches only hide a Kafka-like nightmare.

Selective Bibliography

General Studies on Galdós:

Berkowitz, H. Chonon, *Pérez Galdós: Spanish Liberal Crusader,* University of Wisconsin Press, Madison, 1948.

Casalduero, Joaquín, *Vida y obra de Galdós,* Lozada, Buenos Aires, 1943.

Correa, Gustavo, *El simbolismo religioso en las novelas de Pérez Galdós,* Gredos, Madrid, 1962.

Eoff, Sherman H., *The Novels of Pérez Galdós,* Washington University Studies, St. Louis, 1954.

Gullón, Ricardo, *Galdós Novelista Moderno,* Taurus, Madrid, 1960.

Montesinos, José, *Galdós,* 3 Vols., Castalia, Madrid, 1968-69.

Nimetz, Michael, *Humor in Galdós,* Yale University Press, New Haven, 1968.

Pattison, Walter T., *Benito Pérez Galdós and the Creative Process,* University of Minnesota Press, Minneapolis, 1954.

del Río, Angel, *Estudios galdosianos,* Biblioteca del Hispanista, Zaragoza, 1953.

Schraibman, Joseph, *Dreams in the Novels of Galdós,* Hispanic Institute, New York, 1960.

Specific Studies on *Miau:*

Correa, Gustavo, "*Miau* y la creación literaria en Galdós," *Revista Hispánica Moderna,* XXV, Nos. 1-2, 1959.

Sánchez-Barbudo, Antonio, "El estilo y la técnica de Galdós," *Estudios sobre Galdós, Unamuno y Machado,* Guadarrama, Madrid, 1968.

Weber, Robert, *The Miau Manuscript of Benito Pérez Galdós,* Publications in Modern Philology, University of California, Vol. 72, Berkeley, 1964.

Miau

Primera Parte

i

A las cuatro de la tarde, la chiquillería de la escuela pública de la plazuela del Limón salió atropelladamente de clase, con algazara de mil demonios.[1] Ningún himno a la libertad, entre los muchos que se han compuesto en las diferentes naciones, es tan hermoso como el que entonan los oprimidos de la enseñanza elemental al soltar el grillete de la disciplina escolar y *echarse a la calle* piando y saltando. Salieron, como digo, en tropel; el último quería ser el primero, y los pequeños chillaban más que los grandes. Entre ellos había uno de menguada estatura, que se apartó de la bandada para emprender solo y calladito el camino de su casa. Y apenas notado por sus compañeros aquel apartamiento que más bien parecía huída, fueron tras él y le acosaron con burlas y cuchufletas, no del mejor gusto. Uno le cogía del brazo, otro le refregaba la cara con sus manos inocentes, que eran un dechado completo de cuantas porquerías hay en el mundo; pero él logró desasirse y. . . pies, para qué os quiero.[2] Entonces dos o tres de los más desvergonzados le tiraron piedras, gritando, *Miau;* y toda la partida repitió con infernal zipizape: *Miau, Miau.*

El pobre chico de este modo burlado se llamaba Luisito Cadalso, y era bastante mezquino de talla, corto de alientos, descolorido, como de ocho años, quizás de diez, tan tímido que esquivaba la amistad de sus compañeros, temeroso de las bromas de algunos, y sintiéndose sin bríos para devolverlas.

[1] **con . . . demonios** noisily, raising Cain
[2] **pies . . . quiero** made his escape

Siempre fué el menos arrojado en las travesuras, el más soso y torpe en los juegos, y el más formalito en clase, aunque uno de los menos aventajados, quizás porque su propio encogimiento le impidiera decir bien lo que sabía o dismular lo que ignoraba. Al doblar la esquina de las Comendadoras de Santiago para ir a su casa, que estaba en la calle de Quiñones, frente a la Cárcel de Mujeres, uniósele uno de los condiscípulos, muy cargado de libros, la pizarra a la espalda, el pantalón hecho una pura rodillera, el calzado con tragaluces, boina azul en la pelona [3] y el hocico muy parecido al de un ratón. Llamaban al tal Silvestre Murillo, y era el chico más aplicado de la escuela y el amigo mejor que Cadalso tenía en ella. Su padre, sacristán de la iglesia de Monserrat, le destinaba a seguir la carrera de Derecho, porque se le había metido en la cabeza que el mocoso aquél llegaría a ser personaje, quizás orador célebre, ¿por qué no ministro? La futura celebridad habló así a su compañero:

—Mia tú, *Caarso,*[4] si a mí me dieran esas chanzas, de la galleta que les pegaba les ponía la cara verde.[5] Pero tú no tienes coraje. Yo digo que no se deben poner motes a las personas. ¿Sabes tú quien tié [6] la culpa? Pues *Posturitas,* el de la casa de empréstamos. Ayer fué contando que su mamá había dicho que a tu abuela y a tus tías las llaman las *Miaus,* porque tienen la fisonomía de las caras, a saber, como las de los gatos. Dijo que en el paraíso del Teatro Real les pusieron este mal nombre, y que siempre se sientan en el mismo sitio, y que cuando las ven entrar, dice toda la gente del público: «Ahí están ya las *Miaus*».

Luisito Cadalso se puso muy encarnado. La indignación,

[3] **hecho una . . . pelona** baggy at the knees, holes in his shoes, blue beret on his head

[4] **Mia tú, Caarso** Mira tú, Cadalso. In Spanish schools boys usually address each other by their last names.

[5] **si a mí . . . verde** if they got smart like that with me I'd sock them one they wouldn't forget

[6] **tié** tiene

la vergüenza y el estupor que sentía no le permitieron defender la ultrajada dignidad de su familia.

—*Posturitas* es un ordinario y un disinificante[7]— añadió Silvestre —, y eso de poner motes es de tíos. Su padre es un tío,[8] su madre una tía, y sus tías unas tías. Viven de chuparle la sangre al pobre, y, ¿qué te crees?, al que no desempresta la capa, le despluman, es a saber,[9] que se la venden y le dejan que se muera de frío. Mi mamá las llama *las arpidas.*[10] ¿No las has visto tú cuando están en el balcón colgando las capas para que les dé el aire? Son más feas que un túmulo, y dice mi papá que con las narices que tienen se podrían hacer las patas de una mesa y sobraba maera[11]... Pues también *Posturitas* es un buen mico; siempre pintándola y haciendo gestos como los *clos*[12] del Circo. Claro; como a él le han puesto mote, quiere vengarse, encajándotelo a ti. Lo que es a[13] mí no me lo pone, ¡contro!, porque sabe que tengo yo mu malas pulgas, pero mu malas[14]... Como tú eres así tan poquita cosa,[15] es a saber, que no achuchas cuando te dicen algo, vele ahí por qué no te guarda el rispeto.[16]

Cadalsito, deteniéndose en la puerta de su casa, miró a su amigo con tristeza. El otro, arreándole un fuerte codazo, le dijo: «Yo no te llamo *Miau,* ¡contro!, no tengas cuidado que yo te llame *Miau*»; y partió a escape hacia Monserrat.

En el portal de la casa en que Cadalso habitaba, había un memorialista. El biombo o bastidor, forrado de papel imitando jaspes de variadas vetas y colores, ocultaba el hueco del

[7] **disinificante** insignificante. Silvestre uses big words that he has heard but mispronounces them.
[8] **un tío** low class, riff-raff
[9] **es a saber** that is to say
[10] **arpidas** arpías
[11] **maera** madera
[12] **clos** clowns
[13] **lo que es a** as for
[14] **tengo . . . malas** I have quite a temper, quite a temper
[15] **tan poquita cosa** such a pushover
[16] **rispeto** respeto

escritorio o agencia donde asuntos de tanta monta se despachaban de continuo. La multiplicidad de ellos se declaraba en manuscrito cartel, que en la puerta de la casa colgaba. Tenía forma de índice, y decía de esta manera:

5 *Casamientos.* — Se andan los pasos de la Vicaría con prontitud y economía.[17]

Doncellas. — Se proporcionan.

Mozos de comedor. — Se facilitan.

Cocineras. — Se procuran.

10 *Profesor de acordeón.* — Se recomienda.

Nota. — Hay escritorio reservado para señoras.

Abstraído en sus pensamientos, pasaba el buen Cadalso junto al biombo, cuando por el hueco que éste tenía hacia el interior del portal, salieron estas palabras: «Luisín, bobillo, 15 estoy aquí». Acercóse el muchacho, y una mujerona muy grandona echó los brazos fuera del biombo para cogerle en ellos y acariciarlo: «¡Qué tontín! Pasas sin decirme nada. Aquí te tengo la merienda. Mendizábal fué a las diligencias. Estoy sola, cuidando la *oficina,* por si viene alguien. ¿Me 20 harás compañía?»

La señora de Mendizábal era de tal corpulencia, que cuando estaba dentro del escritorio parecía que había entrado en él una vaca, acomodando los cuartos traseros en el banquillo y ocupando todo el espacio restante con el desmedido 25 volumen de sus carnes delanteras. No tenía hijos, y se encariñaba con todos los chicos de la vecindad, singularmente con Luisito, merecedor de lástima y mimos por su dulzura humilde, y más que por esto *por las hambres que en su casa pasaba,* al decir de ella.[18] Todos los días le reservaba una 30 golosina para dársela al volver de la escuela. La de aquella tarde era un bollo (de los que llaman *del Santo*) que estaba

[17] **Se andan . . . economía** Church red tape handled promptly and economically

[18] **por las . . . ella** because of the hunger he had to put up with at home, according to her

puesto sobre la salvadera, y tenía muchas arenillas pegadas en la costra de azúcar. Pero Cadalsito no reparó en esto al hincarle su diente con gana. «Súbete ahora — le dijo la portera memorialista, mientras él devoraba el bollo con grajea de polvo de escribir —; súbete, cielo,[19] no sea que tu abuela te riña; dejas los libritos, y bajas a hacerme compañía y a jugar con *Canelo*». 5

El chiquillo subió con presteza. Abrióle la puerta una señora cuya cara podía dar motivo a controversias numismáticas, como la antigüedad de ciertas monedas que tienen borrada la inscripción, pues unas veces, mirada de perfil y a cierta luz, daban ganas de echarle los sesenta,[20] y otras el observador entendido se contenía en la apreciación de los cuarenta y ocho o los cincuenta bien conservaditos. 10

Doña Pura, que así se llamaba la dama, en el momento aquel de abrir la puerta a su nietecillo, llevaba peinador no muy limpio, zapatillas de fieltro no muy nuevas y bata floja de tartán verde. 15

—¡Ah!, eres tú, Luisín — le dijo —. Yo creí que era Ponce con los billetes del Real. ¡Y nos prometió venir a las dos! ¡Qué formalidades las de estos jóvenes del día! 20

En este punto apareció otra señora muy parecida a la anterior en la corta estatura, en lo aniñado de las facciones y en la expresión enigmática de la edad. Vestía chaquetón degenerado, descendiente de un gabán de hombre, y un mandil largo de arpillera, prenda de cocina en todas partes. Era la hermana de doña Pura, y se llamaba Milagros. En el comedor, a donde fué Luis para dejar sus libros, estaba una joven cosiendo, pegada a la ventana para aprovechar la última luz del día, breve como día de febrero. También aquella hembra se parecía algo a las otras dos, salvo la diferencia de edad. Era Abelarda, hija de doña Pura, y tía de Luisito Cadalso. La madre de éste, Luisa Villaamil, había 25 30

[19] **cielo** darling
[20] **daban . . . sesenta** made you want to say she was sixty

muerto cuando el pequeñuelo contaba apenas dos años de edad. Del padre de éste, Víctor Cadalso, se hablará más adelante.

Reunidas las tres, picotearon sobre el caso inaudito de que
5 Ponce (novio titular de Abelarda, que obsequiaba a la familia con billetes del Teatro Real) no hubiese parecido a las cuatro y media de la tarde, cuando generalmente llevaba los billetes a las dos.

En tanto, Luisito miraba a su abuela, a su tía mayor, a su
10 tía menor, y comparando la fisonomía de las tres con las del micho que en el comedor estaba, durmiendo a los pies de Abelarda, halló perfecta semejanza entre ellas. Su imaginación viva le sugirió al punto la idea de que las tres mujeres eran gatos en *dos pies y vestidos de gente,* como los que hay en
15 la obra *Los animales pintados por sí mismos;* [21] y esta alucinación le llevó a pensar si sería él también gato *derecho* [22] y si mayaría cuando hablaba. De aquí pasó rápidamente a hacer la observación de que el mote puesto a su abuela y tías en el paraíso del Real, era la cosa más acertada y razonable del
20 mundo. Todo esto germinó en su mente en menos que se dice, con el resplandor inseguro y la volubilidad de un cerebro que se ensaya en la observación y en el raciocinio. No siguió adelante en sus gatescas presunciones, porque su abuelita, poniéndole la mano en la cabeza, le dijo: «Pero ¿la Paca no
25 te ha dado esta tarde merienda?»

—Sí, mamá. . . y ya me la comí. Me dijo que subiera a dejar los libros y que bajara después a jugar con *Canelo.*

—Pues ve, hijo, ve corriendito, y te estás abajo un rato, si quieres. Pero ahora me acuerdo. . ., vente para arriba pronto,
30 que tu abuelo te necesita para que le hagas un recado.

Despedía la señora en la puerta al chiquillo, cuando de un aposento próximo a la entrada de la casa salió una voz cavernosa y sepulcral, que decía: «Puuura, Puuura».

[21] **como los . . . mismos** refers to the illustrations of a book where animals are seen as people

[22] **gato derecho** a cat walking on his hind legs

Abrió ésta una puerta que a la izquierda del pasillo de entrada había, y penetró en el llamado despacho, pieza de poco más de tres varas en cuadro,[23] con ventana a un patio lóbrego. Como la luz del día era ya tan escasa, apenas se veía dentro del aposento más que el cuadro luminoso de la ventana. 5 Sobre él se desató un sombrajo larguirucho,[24] que al parecer se levantaba de un sillón como si se doblase, y se estiró desperezándose, a punto que la temerosa y empañada voz decía: «Pero, mujer, no se te ocurre traerme una luz. Sabes que estoy escribiendo, que anochece más pronto que uno quisiera, y 10 me tienes aquí secándome la vista[25] sobre el condenado papel».

Doña Pura fué hacia el comedor, donde ya su hermana estaba encendiendo una lámpara de petróleo. No tardó en aparecer la señora ante su marido con la luz en la mano. La 15 reducida estancia y su habitante salieron de la obscuridad, como algo que se crea surgiendo de la nada.

—Me he quedado helado — dijo don Ramón Villaamil, esposo de doña Pura; el cual era un hombre alto y seco, los ojos grandes y terroríficos, la piel amarilla, toda ella surcada 20 por pliegues enormes en los cuales las rayas de sombra parecían manchas; las orejas transparentes, largas y pegadas al cráneo; la barba corta, rala y cerdosa, con las canas distribuídas caprichosamente, formando ráfagas blancas entre lo negro; el cráneo liso y de color de hueso desenterrado, como 25 si acabara de recogerlo de un osario para taparse con él los sesos.[26] La robustez de la mandíbula, el grandor de la boca, la combinación de los tres colores negro, blanco y amarillo, dispuestos en rayas, la ferocidad de los ojos negros, inducían a comparar tal cara con la de un tigre viejo y tísico, que 30 después de haberse lucido en las exhibiciones ambulantes de

[23] **de poco . . . cuadro** of about nine square feet

[24] **se desató . . . larguirucho** appeared a long drawn-out shadow of a man

[25] **secándome la vista** wearing out my eyes

[26] **el cráneo . . . sesos** his smooth skull, the color of disinterred bones, was a poor excuse for covering up his brains

fieras, no conserva ya de su antigua belleza más que la pintorreada piel.

—A ver, ¿a quién has escrito? — dijo la señora, acortando la llama que sacaba su lengua humeante por fuera del tubo.[27]

5 —Pues al jefe del Personal, al señor de Pez, a Sánchez Botín y a todos los que puedan sacarme de esta situación. Para el ahogo del día (dando un gran suspiro), me he decidido a volver a molestar al amigo Cucúrbitas. Es la única persona verdaderamente cristiana entre todos mis amigos, un caba-
10 llero, un hombre de bien, que se hace cargo de las necesidades... ¡Qué diferencia de otros! Ya ves la que me hizo ayer ese badulaque de Rubín.[28] Le pinto nuestra necesidad; pongo mi cara en vergüenza[29] suplicándole... nada, un pequeño anticipo, y... Sabe Dios la hiel que uno traga antes de
15 decidirse... y lo que padece la dignidad... Pues ese ingrato, ese olvidadizo, a quien tuve de escribiente en mi oficina siendo yo jefe de negociado de cuarta, ese desvergonzado que por su audacia ha pasado por delante de mí, llegando nada menos que a gobernador, tiene la poca delicadeza de mandarme
20 medio duro.

Dió Villaamil un gran suspiro, clavando los ojos en el techo. El tigre inválido se transfiguraba. Tenía la expresión sublime de un apóstol en el momento en que le están martirizando por la fe, algo del San Bartolomé de Ribera[30]
25 cuando le suspenden del árbol y le descueran aquellos tunantes de gentiles, como si fuera un cabrito. Falta decir que este Villaamil era el que en ciertas tertulias de café recibió el apodo de *Ramsés II*.[31]

[27] **acortando . . . tubo** turning down the flame of the oil lamp

[28] **Ya ves . . . Rubín** You should have seen the time that nincompoop Rubín gave me yesterday

[29] **pongo . . . vergüenza** I humiliated myself

[30] **San Bartolomé de Ribera** Well-known painting in the Prado Museum

[31] **Ramses II** Villaamil first appears under this name in another Galdós novel, *Fortunata y Jacinta*

—Bueno, dame la carta para Cucúrbitas — dijo doña Pura, que acostumbrada a tales jeremíadas, las miraba como cosa natural y corriente —. Irá el niño volando a llevarla. Y ten confianza en la Providencia, hombre, como la tengo yo. No hay que amilanarse (con risueño optimismo). Me ha dado 5 la corazonada[32]..., ya sabes tú que rara vez me equivoco..., la corazonada de que en lo que resta de mes te colocan.

[32] **me ha ... corazonada** I have a premonition

ii

Ya eran cerca de las seis cuando Luis salió con el encargo, no sin volver a hacer escala breve en el escritorio de los memorialistas. «Adiós, rico mío — le dijo Paca besándole —. Ve prontito, para que vuelvas a la hora de comer. (Leyendo el sobre). Pues digo..., no es floja caminata,[1] de aquí a la calle del Amor de Dios. ¿Sabes bien el camino? ¿No te perderás?»

¡Qué se había de perder,[2] ¡contro!, si más de veinte veces había ido a la casa del señor de Cucúrbitas y a las de otros caballeros con recados verbales o escritos! Era el mensajero de las terribles ansiedades, tristezas e impaciencias de su abuelo; era el que repartía por uno y otro distrito las solicitudes del infeliz cesante, implorando una recomendación o un auxilio. Y en este oficio de peatón adquirió tan completo saber topográfico, que recorría todos los barrios de la Villa sin perderse; y aunque sabía ir a su destino por el camino más corto, empleaba comúnmente el más largo, por costumbre y vicio de paseante o por instintos de observador, gustando mucho de examinar escaparates, de oír, sin perder sílaba, discursos de charlatanes que venden elixires o hacen ejercicios de prestidigitación. A lo mejor,[3] topaba con un mono cabalgando sobre un perro o manejando el molinillo de la chocolatera lo mismito que una *persona natural;* otras veces era un

[1] **no es . . . caminata** that's quite a stretch
[2] **¡Qué . . . perder** Of course he wouldn't get lost
[3] **A lo mejor** If he was lucky

infeliz oso encadenado y flaco, o italianos, turcos, moros falsificados que piden limosna haciendo cualquier habilidad. También le entretenían los entierros muy lucidos, el riego de las calles, la tropa marchando con música, el ver subir la piedra sillar de un edificio en construcción, el Viático con muchas velas, los encuartes de los tranvías, el transplantar árboles y cuantos accidentes ofrece la vía pública. 5

—Abrígate bien — le dijo Paca besándole otra vez y envolviéndole la bufanda en el cuello —. Ya[4] podrían comprarte unos guantes de lana. Tienes las manos heladitas, y con sabañones. ¡Ah, cuánto mejor estarías con tu tía Quintina! ¡Vaya, un beso a Mendizábal, y hala! *Canelo* irá contigo. 10

De debajo de la mesa salió un perro de bonita cabeza, las patas cortas, la cola enroscada, el color como de barquillo, y echó a andar gozoso delante de Luis. Paca salió tras ellos a la puerta, les miró alejarse, y al volver a la estrecha oficina, se puso a hacer calceta, diciendo a su marido: «¡Pobre hijo! Me le traen todo el santo día hecho un carterito. El sablazo de esta tarde va contra el mismo sujeto de estos días. ¡La que le ha caído al buen señor![5] Te digo que estos Villaamiles son peores que la filoxera. Y de seguro que esta noche las tres *lambionas* se irán también de pindongueo al teatro y vendrán a las tantas de la noche.[6] 15 20

—Ya no hay cristiandad en las familias — dijo Mendizábal, grave y sentenciosamente —. Ya no hay más que suposición.[7] 25

—Y que no deben nada en gracia de Dios[8] (meneando con furor las agujas). El carnicero dice que ya no les fía más aunque le ahorquen; el frutero se ha plantado, y el del pan lo mismo... Pues si esas muñeconas supieran arreglarse y 30

[4] **Ya** Do not translate

[5] **¡La que . . . señor!** Some luck that good man has had!

[6] **a las . . . noche** at all hours

[7] **Ya . . . suposición** All that's important nowadays is putting up a front

[8] **Y que . . . Dios** They owe everybody

pusieran todos los días, si a mano viene,[9] una cazuela de patatas... Pero, Dios nos libre... ¡Patatas ellas!; ¡pobrecitas! El día que les cae algo, aunque sea de limosna, ya las tienes dándose la gran vida y echando la casa por la ventana.[10] Eso sí, en arreglar los trapitos para suponer no hay quien les gane. La doña Pura se pasa toda la mañana de Dios[11] enroscándose las greñas de la frente, y la doña Milagros le ha dado ya cuatro vueltas a la tela de aquella eternidad de vestido, color de mostaza para sinapismos.[12] Pues digo, la antipática de la niña no para de echar medias suelas al sombrero,[13] poniéndole cintas viejas, o alguna pluma de gallina o un clavo de cabeza dorada de los que sirven para colgar láminas.

—Suposición de suposiciones... Consecuencias funestas del materialismo — dijo Mendizábal, que solía repetir las frases del periódico a que estaba suscrito.

Entre tanto, Luisito y *Canelo* recorrían parte de la calle Ancha y entraban por la del Pez, siguiendo su itinerario. El perro, cuando se separaba demasiado, deteníase mirando hacia atrás, la lengua de fuera. Luis se paraba a ver escaparates, y a veces decía a su compañero esto o cosa parecida: «*Canelo,* mira qué trompetas tan bonitas». El animal se ponía en dos patas, apoyando las delanteras en el borde del escaparate; pero no debían de ser para él muy interesantes las tales trompetas, porque no tardaba en seguir andando. Por fin llegaron a la calle del Amor de Dios. Desde cierta ocasión en que *Canelo* tuvo unos ladridos[14] con otro perro, inquilino en la casa de Cucúrbitas, adoptó el temperamento prudente de no subir y esperar en la calle a su amigo. Éste subió al

[9] **si a . . . viene** when they can get their hands on some
[10] **dándose . . . ventana** having a gay old time and splurging
[11] **toda . . . Dios** the whole blessed morning
[12] **le ha . . . sinapismos** has already altered four times the material of that everlasting yellow dress of hers
[13] **no para . . . sombrero** is constantly redoing her hat
[14] **tuvo unos ladridos** exchanged unfriendly barks

segundo, donde el incansable protector de su abuelo vivía; y el criado que le abrió la puerta púsole aquella noche muy mala cara.[15] «El señor no está». Pero Luisito, que tenía instrucciones de su abuelo para el caso de hallarse ausente la víctima, dijo que esperaría. Ya sabía que a las siete, infaliblemente, iba a comer el señor don Francisco Cucúrbitas. Sentóse el chico en el banco del recibimiento. Los pies no le llegaban al suelo, y los balanceaba como para hacer algo con qué distraer el fastidio de aquel largo plantón. El perchero, de pino imitando roble viejo, con ganchos dorados para los sombreros, su espejo y los huecos para los paraguas, le había producido en otro tiempo gran admiración; pero ya le era indiferente. No así el gato, que de la parte interior de la casa solía venir a enredar con él.[16] Aquella noche debía de estar ocupado el micho, porque no aportó por el recibimiento;[17] pero en cambio vió Luis a las niñas de Cucúrbitas, que eran simpáticas y graciosas. Solían acercarse a él, mirándole con lástima o con desdén, pero nunca le habían dicho una palabra halagüeña.

Aquella noche fué muy tarde a comer el respetable Cucúrbitas. Observó el nieto de Villaamil que las niñas estaban impacientes. La causa era que tenían que ir al teatro y deseaban comer pronto. Por fin sonó la campanilla, y el criado fué presuroso a abrir la puerta, mientras las pollas, que conocían los pasos del papá y su manera de llamar, corrían por los pasillos dando voces para que se sirviera la comida. Al entrar el señor y ver a Luisín, dió a entender con ligera mueca su desagrado. El niño se puso en pie, soltando el saludo como un tiro a boca de jarro,[18] y Cucúrbitas, sin contestarle, metióse en el despacho. Cadalsito, aguardando a que el señor

[15] **púsole . . . cara** didn't look very happy to see him
[16] **enredar con él** visit with him
[17] **no aportó . . . recibimiento** didn't choose to pay his respects
[18] **soltando . . . jarro** delivering his memorized greeting in one breath

le mandara pasar, como otras veces, vió que entraron las hijas dando prisa a su papá, y oyó a éste decir: «Al momento voy. . ., que saquen la sopa», y no pudo menos de considerar cuán rica sopa sería aquella que a sacar iban. Esto pensaba, cuando una de las señoritas salió del despacho y le dijo: «Pasa tú». Entró gorra en mano, repitiendo su saludo, al cual se dignó al fin contestar don Francisco con paternal acento. Era un señor muy bueno, según opinión de Luis, el cual, no entendiendo la expresión ligeramente ceñuda que tenía en su cara lustrosa el próvido funcionario, se figuró que haría aquella noche lo mismo que las demás. Cadalsito recordaba muy bien el trámite: el señor de Cucúrbitas, después de leer la carta de Villaamil, escribía otra o, sin escribir nada, sacaba de su cartera un billetito verde o encarnado, y metiéndolo en un sobre se lo daba y decía: «Anda, hijo; ya estás despachado». También era cosa corriente sacar del bolsillo duros o pesetas, hacer un lío y dárselo, acompañando su acción de las mismas palabras de siempre, con esta añadidura: «Ten cuidado, no lo pierdas o no te lo robe algún tomador. Mételo en el bolsillo del pantalón. . . Así. . ., guapo mozo. Anda con Dios».

Aquella noche, ¡ay!, en pie, delante de la mesa *de ministro,* observó Luis que don Francisco escribía una carta, frunciendo las peludas cejas, y que la cerraba sin meter dentro billete ni moneda alguna. Notó también el niño que al echar la firma, daba mi hombre un gran suspiro, y que después le miraba a él con profunda compasión.

—Que usted lo pase bien — dijo Cadalsito cogiendo la carta; y el buen señor le puso la mano en la cabeza. Al despedirle, le dió dos perros grandes,[19] añadiendo a su acción generosa estas magnánimas palabras: «Para que compres pasteles». Salió el chico tan agradecido. . . Pero por la escalera abajo le asaltó una idea triste: «Hoy no lleva nada la

[19] **dos perros grandes** two ten-cent pieces

carta». Era, en efecto, la primera vez que salía de allí con la carta vacía. Era la primera vez que don Francisco le daba perros a él, para su bolsillo privado y fomentar el vicio de comer bollos. En todo esto se fijó con la penetración que le daba la precoz experiencia de aquellos mensajes. «Pero ¡quién sabe! — dijo después con ideas sugeridas por su inocencia —; puede que le diga que le colocan mañana. . .» 5

Canelo, que ya estaba impaciente, se le unió en la puerta. Se pusieron ambos en camino, y en una pastelería de la calle de las Huertas compró Luis dos bollos de a diez céntimos. El perro se comió uno y Cadalsito el otro. Después, relamiéndose, apresuraron el paso, buscando la dirección más corta por el mismo laberinto de calles y plazuelas, desigualmente iluminadas y concurridas. Aquí mucho gas, allí tinieblas; acá mucha gente; después soledad, figuras errantes. Pasaron por calles en que la gente, presurosa, apenas cabía; por otras en que vieron más mujeres que luces; por otras en que había más perros que personas. 10 15

iii

Al entrar en la calle de la Puebla, iba ya Cadalsito tan fatigado que, para recobrar las fuerzas, se sentó en el escalón de una de las tres puertas con rejas que tiene en dicha calle el convento de Don Juan de Alarcón. Y lo mismo fué [1] sentarse sobre la fría piedra, que sentirse acometido de un profundo sueño... Más bien era aquello como un desvanecimiento, no desconocido para el chiquillo, y que no se verificaba sin que él tuviera conciencia de los extraños síntomas precursores. «¡Contro! — pensó muy asustado —, me va a dar aquello [2]..., me va a dar, me da...» En efecto, a Cadalsito *le daba* de tiempo en tiempo una desazón singularísima, que empezaba con pesadez de cabeza, sopor, frío en el espinazo, y concluía con la pérdida de toda sensación y conocimiento. Aquella noche, en el breve tiempo transcurrido desde que se sintió desfallecer hasta que se le nublaron los sentidos, se acordó de un pobre que solía pedir limosna en aquel mismo escalón en que él estaba. Era un ciego muy viejo, con la barba cana, larga y amarillenta, envuelto en parda capa de luengos pliegues, remendada y sucia, la cabeza blanca, descubierta, y el sombrero en la mano, pidiendo sólo con la actitud y sin mover los labios. A Luis le infundía respeto la venerable figura del mendigo, y solía echarle en el sombrero algún céntimo, cuando lo tenía de sobra, lo que sucedía muy contadas veces.

[1] **lo mismo fué** no sooner did he
[2] **me va . . . aquello** I feel it coming on

Pues como iba diciendo, cayó el pequeño en su letargo, inclinando la cabeza sobre el pecho, y entonces vió que no estaba solo. A su lado se sentaba una persona mayor. ¿Era el ciego? Por un instante creyó Luis que sí, porque tenía barba espesa y blanca, y cubría su cuerpo con una capa o manto... Aquí empezó Cadalso a observar las diferencias y semejanzas entre el pobre y la persona mayor, pues ésta veía y miraba y sus ojos eran como estrellas, al paso que [3] la nariz, la boca y frente eran idénticas a las del mendigo, la barba del mismo tamaño, aunque más blanca, muchísimo más blanca. Pues la capa era igual y también diferente; se parecía en los anchos pliegues, en la manera de estar el sujeto envuelto en ella; discrepaba en el color, que Cadalsito no podía definir. ¿Era blanco, azul o qué demonches de color [4] era aquél? Tenía sombras muy suaves, por entre las cuales se deslizaban reflejos luminosos como los que se filtran por los huecos de las nubes. Luis pensó que nunca había visto tela tan bonita como aquélla. De entre los pliegues sacó el sujeto una mano blanca, preciosísima. Tampoco había visto nunca Luis mano semejante, fuerte y membruda como la de los hombres, blanca y fina como la de las señoras... El sujeto aquél, mirándole con paternal benevolencia, le dijo;

—¿No me conoces? ¿No sabes quién soy?

Luisito le miró mucho. Su cortedad de genio le impedía responder. Entonces el señor misterioso, sonriendo como los obispos cuando bendicen, le dijo:

—Yo soy Dios. ¿No me habías conocido?

Cadalsito sintió entonces, además de la cortedad, miedo, y apenas podía respirar. Quiso envalentonarse mostrándose incrédulo, y con gran esfuerzo de voz pudo decir:

—¿Usted Dios, usted?... Ya quisiera [5]...

Y la aparición, pues tal nombre se le debe dar, indulgente

[3] **al paso que** while
[4] **qué . . . color** what the dickens color
[5] **Ya quisiera** Don't you just wish you were

con la incredulidad del buen Cadalso, acentuó más la sonrisa cariñosa, insistiendo en lo dicho:

—Sí, soy Dios. Parece que estás asustado. No me tengas miedo. Si yo te quiero, te quiero mucho...

5 Luis empezó a perder el miedo. Se sentía conmovido y con ganas de llorar.

—Ya sé de dónde vienes —prosiguió la aparición—. El señor de Cucúrbitas no os ha dado nada esta noche. Hijo, no siempre se puede. Lo que él dice, ¡hay tantas necesidades que 10 remediar!...

Cadalsito dió un gran suspiro para activar su respiración, y contemplaba al hermoso anciano, el cual, sentado, apoyando el codo en la rodilla y la barba resplandeciente en la mano, ladeaba la cabeza para mirar al chiquitín, dando, al parecer, 15 mucha importancia a la conversación que con él sostenía:

—Es preciso que tú y los tuyos tengáis paciencia, amigo Cadalsito, mucha paciencia.

Luis suspiró con más fuerza, y sintiendo su alma libre de miedo y al propio tiempo llena de iniciativas, se arrancó [6] a 20 decir esto:

—¿Y cuándo colocan a mi abuelo?

La excelsa persona que con Luisito hablaba dejó un momento de mirar a éste, y fijando sus ojos en el suelo, parecía meditar. Después volvió a encararse con el pequeño, y suspi-25 rando, ¡también él suspiraba!, pronunció estas graves palabras:

—Hazte cargo de las cosas.[7] Para cada vacante hay doscientos pretendientes. Los Ministros se vuelven locos y no saben a quién contentar. Tienen tantos compromisos, que 30 no sé yo cómo viven los pobres. Paciencia, hijo, paciencia, que ya os caerá la credencial [8] cuando salte una ocasión favorable... Por mi parte, haré también algo por tu

[6] **se arrancó** he was bold enough
[7] **Hazte . . . cosas** Try to understand things as they are
[8] **ya os . . . credencial** you'll get the appointment

abuelo... ¡Qué triste se va a poner esta noche cuando reciba esa carta! Cuidado no la pierdas. Tú eres un buen chico. Pero es preciso que estudies algo más. Hoy no te supiste la lección de Gramática. Dijiste tantos disparates, que la clase toda se reía, y con muchísima razón. ¿Qué vena te dió de 5
decir [9] que el *participio expresa la idea del verbo en abstracto?* Lo confundiste con el *gerundio,* y luego hiciste una ensalada [10] de los *modos* con los *tiempos.* Es que no te fijas, y cuando estudias estás pensando en las musarañas [11]...

Cadalsito se puso muy colorado, y metiendo sus dos manos 10
entre las rodillas, se las apretó.

—No basta que seas formal en clase, es menester que estudies, que te fijes en lo que lees y lo retengas bien. Si no, andamos mal; [12] me enfado contigo, y no vengas luego diciéndome que por qué no colocan a tu abuelo... Y así como te 15
digo esto, te digo también que tienes razón en quejarte de *Posturitas.* Es un ordinario, un mal criado, y ya le restregaré yo una guindilla en la lengua cuando vuelva a decirte *Miau.* Por supuesto que esto de los motes debe llevarse con paciencia; y cuando te digan *Miau,* tú te callas y aguantas. Cosas 20
peores te pudieran decir.

Cadalsito estaba muy agradecido, y aunque sabía que Dios está en todas partes, se admiraba de que estuviese tan bien enterado de lo que en la escuela ocurría. Después se lanzó a decir: 25

—¡Contro, si yo le cojo!...

—Mira, amigo Cadalso—le dijo su interlocutor con paternal severidad—, no te las eches de matón,[13] que tú no sirves para pelearte con tus compañeros. Son ellos muy brutos. ¿Sabes lo que haces? Cuando te digan *Miau,* se lo cuentas al 30

[9] **¿Qué vena . . . decir** What got into you to say
[10] **hiciste una ensalada** you mixed up
[11] **estás . . . musarañas** you let your mind wander
[12] **andamos mal** we're in trouble
[13] **no te . . . matón** don't try to act the tough guy

maestro, y verás como éste pone a *Posturitas* en cruz [14] media hora.

—Vaya que si lo pone [15] . . . y aunque sea una hora.

—Ese nombre de *Miau* se lo encajaron a tu abuela y tías 5 en el paraíso del Real, es a saber, porque parecen propiamente tres gatitos. Es que son ellas muy relamidas. El mote tiene gracia.

Sintió Luis herida su dignidad; pero no dijo nada.

—Ya sé que esta noche van también al Real — añadió la 10 aparición —. Hace un rato les ha llevado ese Ponce los billetes. ¿Por qué no les dices tú que te lleven? Te gustaría mucho la ópera. ¡Si vieras qué bonita es!

—No me quieren llevar . . . ¡bah! . . . (desconsoladísimo) —. Dígaselo usted.

15 Aun cuando a Dios se le dice *tú* en los rezos, a Luis le parecía irreverente, *cara a cara,* tratamiento tan familiar.

—¿Yo? No quiero meterme en eso. Además, esta noche han de estar todos de muy mal temple. ¡Pobre abuelito tuyo! Cuando abra la carta . . . ¿La has perdido?

20 —No, señor, la tengo aquí — dijo Cadalso, sacándola —. ¿La quiere usted leer?

— No, tontín. Si ya sé lo que dice . . . Tu abuelo pasará un mal rato; pero que se conforme. Están los tiempos muy malos, muy malos . . .

25 La excelsa imagen repitió dos o tres veces el *muy malos,* moviendo la cabeza con expresión de tristeza; y desvaneciéndose en un instante, desapareció. Luis se restregaba los ojos, se reconocía despierto y reconocía la calle. Enfrente vió la tienda de cestas en cuya muestra había dos cabezas de toro, 30 con jeta y cuernos de mimbre; juguete predilecto de los chicos de Madrid. Reconoció también la tienda de vinos, el escaparate con botellas; vió en los transeúntes *personas naturales,* y a *Canelo,* que a su lado seguía, le tuvo por verídico perro.

[14] **pone . . . cruz** makes Posturitas stand in the corner
[15] **Vaya . . . pone** Darn well he will

Volvió a mirar a su lado buscando un rastro de la maravillosa visión, pero no había nada. «Es que me dió *aquello* — pensó Cadalsito, no sabiendo definir lo que le daba —; pero me ha dado de otra manera». Cuando se levantó tenía las piernas tan débiles, que apenas se podía sostener sobre ellas. Se palpó 5 la ropa, temiendo haber perdido la carta; pero la carta seguía en su sitio. ¡Contro!, otras veces le había dado aquel desmayo, pero nunca había visto personajes tan... tan... no sabía cómo decirlo. Y que le vió y le habló, no tenía duda. ¡Vaya con el *Señorón* aquél!... ¡Si sería el Padre Eterno en 10 *vida natural*!... ¡Si sería el anciano ciego, que le quería dar un bromazo! [16]...

Pensando de este modo, dirigióse Luis a su casa con toda la prisa que la flojedad de sus piernas le permitía. La cabeza se le iba,[17] y el frío del espinazo no se le quitaba andando. 15 *Canelo* parecía muy preocupado... ¡Si habría visto también algo!... ¡Lástima que no pudiese hablar para que atestiguara la verdad de la visión maravillosa! Porque Luis recordaba que, durante el coloquio, Dios acarició dos o tres veces la cabeza de *Canelo,* y que éste le miraba sacando mucho la 20 lengua... Luego *Canelo* podría dar fe [18]...

Llegó por fin a su casa, y como le sintieran subir, Abelarda le abrió la puerta antes de que llamara. Su abuelo salió ansioso a recibirle, y el niño, sin decir una palabra, puso en sus manos la carta. Don Ramón fué hacia el despacho, pal- 25 pándola antes de abrirla, y en el mismo instante doña Pura llamó a Luis para que fuera a comer, pues la familia estaba ya concluyendo. No le habían esperado porque tardaba mucho, y las señoras tenían que irse al teatro de prisa y corriendo, para coger un buen puesto en el paraíso antes de que se 30 agolpara la gente. En dos platos tapados, uno sobre otro, le habían guardado al nieto su sopa y cocido, que estaban ya

[16] **dar un bromazo** play a joke on him
[17] **la cabeza . . . iba** he felt dizzy
[18] **dar fe** testify

fríos cuando llegó a catarlos; mas como su hambre era tanta, no reparó en la temperatura.

Estaba doña Pura atando al pescuezo de su nieto la servilleta de tres semanas, cuando entró Villaamil a comer el postre. 5 Su cara tomaba expresión de ferocidad sanguinaria en las ocasiones aflictivas, y aquel bendito, incapaz de matar una mosca, cuando le amargaba una pesadumbre parecía tener entre los dientes carne humana cruda, sazonada con acíbar en vez de sal. Sólo con mirarle comprendió doña Pura que la 10 carta había venido *in albis.*[19]

—¿Qué hay? ¿Es que esa nulidad no te ha mandado nada?

—Cero — replicó Villaamil con voz que parecía salir del centro de la tierra —. Lo que yo te decía, se ha cansado. No se puede abusar un día y otro día... Me ha hecho tantos 15 favores, tantos, que pedir más es temeridad. ¡Cuánto siento haberle escrito hoy!

—¡Bandido! — exclamó iracunda la señora, que solía dar esta denominación y otras peores a los amigos que se ladeaban para evitar el sablazo.

20 —Bandido no — declaró Villaamil, que ni en los momentos de mayor tribulación se permitía ultrajar al *contribuyente* —. Es que no siempre se está en disposición de socorrer al prójimo. Bandido, no. Lo que es ideas no las tiene ni las ha tenido nunca; pero eso no quita [20] que sea uno 25 de los hombres más honrados que hay en la Administración.

—Mamá, que es tarde — dijo Abelarda desde la puerta, poniéndose la toquilla.

—Ya voy. Con tantos remilgos, con tantos miramientos como tú tienes, con eso de llamarles a todos *dignísimos,* y ser 30 tan delicado y tan de ley que estás siempre montado al aire como los brillantes,[21] lo que consigues es que te tengan por un

[19] **in albis** without money
[20] **eso no quita** that doesn't change the fact
[21] **tan de . . . brillantes** so law-abiding that you're always high above the crowd

cualquiera.[22] Pues sí (alzando el grito), tú debías ser ya Director, como ésa es luz,[23] y no lo eres por mandria, por apocado porque no sirves para nada, vamos, y no sabes vivir. No; si con lamentos y con suspiros no te van a dar lo que pretendes. Las credenciales, señor mío, son para los que se las ganan enseñando los colmillos. Eres inofensivo, no muerdes, ni siquiera ladras, y todos se ríen de ti. Dicen: «¡Ah, Villaamil, qué honradísimo es! ¡Oh! el empleado *probo*...» Yo, cuando me enseñan un *probo,* le miro a ver si tiene los codos de fuera. En fin, que te caes de honrado.[24] Decir honrado, a veces es como decir ñoño. Y no es eso, no es eso. Se puede tener toda la integridad que Dios manda, y ser un hombre que mire por sí y por su familia...

—Déjame en paz — murmuró Villaamil desalentado, sentándose en una silla y derrengándola.

—Mamá — repetía la señorita, impaciente.

—Ya voy, ya voy.

—Yo no puedo ser sino como Dios me ha hecho — declaró el infeliz cesante —. Pero ahora no se trata de que yo sea así o asado;[25] trátase del pan de cada día, del pan de mañana. Estamos como queremos, sí... Tenemos cerrado el horizonte por todas partes. Mañana...

—Dios no nos abandonará — dijo Pura, intentando robustecer su ánimo con esfuerzos de esperanza, que parecían pataleos de náufrago —. Estoy tan acostumbrada a la escasez, que la abundancia me sorprendería y hasta me asustaría... Mañana...

No acabó la frase ni aun con el pensamiento. Su hija y su hermana le daban tanta prisa, que se arregló apresuradamente. Al envolverse en la cabeza la toquilla azul, dió esta orden a su marido: «Acuesta al niño. Si no quiere estudiar,

[22] **te tengan ... cualquiera** they consider you a nobody
[23] **como ésa es luz** as clear as day
[24] **que te ... honrado** you're just too honest
[25] **así o asado** this way or that

que no estudie. Bastante tiene que hacer el pobrecito, porque mañana supongo que saldrá a repartirte dos arrobas de cartas».

El buen Villaamil sintió un gran alivio en su alma cuando
5 las vió salir. Mejor que su familia le acompañaba su propia pena, y se entretenía y consolaba con ella mejor que con las palabras de su mujer, porque su pena, si le oprimía el corazón no le arañaba la cara, y doña Pura, al cuestionar con él, era toda pico y uñas toda.

iv

Otras noches que se quedaban solos abuelo y nieto, aquél le tomaba las lecciones,[1] repitiéndoselas y fijándoselas en la memoria. Aquella noche, Villaamil no estaba para lecciones, lo que agradeció mucho el pequeño, quien por el bien parecer [2] empezó a desdoblar las hojas del martirizado texto, planchándolas con la palma de la mano. Poco después, el mismo libro fué blando cojín para su cabeza, fatigada de estudios y visiones, y dejándola caer se quedó dormido sobre la definición del adverbio.

Villaamil decía «Esto ya es demasiado, Señor Todopoderoso. ¿Qué he hecho yo para me trates así? ¿Por qué no me colocan? ¿Por qué me abandonan hasta los amigos en quienes más confiaba?» Tan pronto se abatía el ánimo del cesante sin ventura, como se inflamaba,[3] suponiéndose perseguido por ocultos enemigos que le habían jurado rencor eterno. «Quién será, pero quién será el danzante que me hace la guerra? [4] Algún ingrato, quizás, que me debe su carrera». Para mayor desconsuelo, se le representaba entonces toda su vida administrativa, carrera lenta y honrosa en la península y ultramar, desde que entró a servir allá por el año 41 y cuando tenía veinticuatro de edad (siendo Ministro de Hacienda el señor

[1] **le tomaba las lecciones** helped him with his lessons
[2] **por el bien parecer** for appearances' sake
[3] **Tan pronto . . . inflamaba** The spirit of the poor man fluctuated between despair and anger
[4] **el danzante . . . guerra** the rascal who is causing me trouble

Surrá).[5] Poco tiempo había estado cesante antes de la terrible crujía en que le encontramos: cuatro meses en tiempo de Bertrán de Lis,[5] once durante el bienio, tres y medio en tiempo de Salaverría.[5] Después de la Revolución pasó a
5 Cuba y luego a Filipinas, de donde le echó la disentería.[6] En fin, que había cumplido sesenta años, y los de servicio, bien sumados,[7] eran treinta y cuatro y diez meses. Le faltaban dos para jubilarse con los cuatro quintos del sueldo regulador, que era el de su destino más alto, jefe de Administración de
10 tercera.[8] «¡Qué mundo éste! ¡Cuánta injusticia! ¡Y luego no quieren que haya revoluciones! . . . No pido más que los dos meses, para jubilarme con los cuatro quintos, sí, señor . . .». En lo más vivo de su soliloquio, vaciló y fué a chocar contra la puerta, repercutiendo al punto para dar con su cuerpo en
15 el borde de la mesa, que se estremeció toda. Despertando sobresaltado, oyó Luis a su abuelo pronunciar claramente al incorporarse estas palabras, que le parecieron lo más terrorífico que había oído en su vida: «. . . ¡con arreglo a la ley de Presupuestos del 35, modificada el 65 y el 68!»
20 —¿Qué, papá? — dijo espantado.

—Nada, hijo; esto no va contigo.[9] Duérmete. ¿No tienes ganas de estudiar? Haces bien. ¿Para qué sirve el estudio? Mientras más burro sea el hombre, mientras más pillo, mejor carrera hace . . . Vamos, a la cama, que es tarde.

25 Villaamil buscó y halló una palmatoria, mas no le fué tan fácil encontrar vela que encender en ella. Por fin, revolviendo mucho, descubrió unos cabos en la mesa de noche de Pura, y

[5] **Surrá, Bertrán de Lis, Salaverría** governmental officials of the 19th century

[6] **de donde . . . disentería** which he had to leave because of dysentery

[7] **bien sumados** all added up

[8] **Le faltaban . . . tercera** In two more months he would have retired with four-fifths of his salary as chief administrator third class, the highest echelon he could aspire to.

[9] **no va contigo** doesn't concern you

encendido uno de ellos, se dispuso a acostar al niño. Éste dormía en la alcoba de Milagros, que estaba en el mismo comedor. Había en aquella pieza un tocador del tiempo de *vivan las caenas,* una cómoda jubilada con los cuatro quintos de su cajonería,[10] varios baúles y las dos camas. En toda la casa, a excepción de la sala, que estaba puesta con relativa elegancia, se revelaba la escasez, el abandono y esa ruina lenta que resulta del no reparar lo que el tiempo desluce y estraga.

Empezó el abuelo a desnudar a su nieto, y le decía: «Sí, hijo mío, bienaventurados los brutos,[11] porque de ellos es el reino... de la Administración». Y le desabrochaba la chaqueta, y le tiraba de las mangas con tanta fuerza, que a poco más se cae el chico al suelo. «Hijo mío, ve aprendiendo, ve aprendiendo para cuando seas hombre. Del que está caído nadie se acuerda, y lo que hacen es patearle y destrozarle para que no se pueda levantar...

Por fin quedó Luis acostado. Había costumbre de no apagarle la luz hasta mucho después de dormido, porque le daban pesadillas, y despertándose con sobresalto se espantaba de la obscuridad. En vista de que el primer cabo de vela se apagaba, encendió otro el abuelo, y sentándose junto a la cómoda, se puso a leer *La Correspondencia,* que acababan de echar por debajo de la puerta. En su febril trastorno, el desventurado buscaba ansioso las noticias de personal. «Pronto se hará la combinación de personal con arreglo a nueva plantilla de la Dirección de Contribuciones. Dícese que serán colocados varios funcionarios inteligentes que hoy se hallan cesantes».

Las miradas de Villaamil bailaron un instante sobre el papel, de letra en letra. Los ojos se le humedecieron. ¿Iría él en aquella combinación? «Tengo esperanza. No, no quiero

[10] **del tiempo de ... cajonería** dating to the early part of the century, a dresser also enjoying old age retirement with four-fifths of its drawers

[11] **bienaventurados los brutos** blessed are the dull-witted

consentirme ni entusiasmarme. Vale más [12] que seamos pesimistas, muy pesimistas, para que luego resulte lo contrario de lo que se teme. Observo yo que cuando uno espera confiado, ¡pum!, viene el batacazo. Ello es que siempre nos equivocamos. Lo mejor es no esperar nada, verlo todo negro, negro como boca de lobo, y entonces, de repente, ¡pum!... la luz... Sí, Ramón, figúrate que no te dan nada, que no hay para ti esperanza, a ver si creyéndolo así, viene la contraria... Porque yo he observado que siempre sale la contraria... Y en tanto, mañana moveré todas mis teclas,[13] y escribiré a unos amigos y veré a otros, y el Ministro... ante tantas recomendaciones... ¡Dios mío! ¡qué idea! ¿no sería bueno que yo mismo escribiese al Ministro?...»

Al decir esto, volvió maquinalmente a donde Cadalsito dormía, y, contemplándole, pensó en las caminatas que tenía que dar al día siguiente para repartir la correspondencia. Cómo se encadenó esto con las imágenes que en el cerebro del niño determinaba el sueño, no puede saberse; pero ello es que mientras su abuelo le miraba, Luis, ya profundamente dormido, estaba viendo al mismo sujeto de barba blanca; y lo más particular es que le veía sentado delante de un pupitre en el cual había tantas, tantísimas cartas, que no bajaban, según Cadalso, de un par de cuatrillones. El Señor escribía con una letra que a Luis le parecía la más perfecta cursiva que se pudiera imaginar. Ni don Celedonio, el maestro de su escuela, la haría mejor. Concluída cada carta, le metía el Padre Eterno en un sobre más blanco que la nieve, lo acercaba a su boca, sacaba de ésta un buen pedazo de lengua fina y rosada, para humedecer con rápido pase la goma; cerraba, y volviendo a coger la pluma, que era, ¡cosa más rara!, la de Mendizábal, y mojada, por más señas, en el mismo tintero, se disponía a escribir la dirección. Mirando por

[12] **Vale más** It's better
[13] **Y en tanto . . . teclas** Meanwhile I'll pull all possible strings

encima del hombro, Luisito creyó ver que aquella mano inmortal trazaba sobre el papel lo siguiente:

B. L. M.[14]

Al Excmo. Sr. Ministro de Hacienda,
cualisquiera[15] *que sea,* 5
su seguro servidor,
DIOS.

[14] **B. L. M.** besa las manos
[15] **cualisquiera** cualquiera

V-VI

Aquella noche no durmió Villaamil ni un cuarto de hora seguido. Se aletargaba un instante; pero la idea de la combinación próxima, el criterio pesimista que se había impuesto, poniéndose en lo peor y esperando lo malo para que viniese lo 5 bueno, le sembraban de espinas el lecho,[1] desvelándole apenas cerraba los ojos. Cuando su mujer volvió del teatro, Villaamil habló con ella algunas palabras extraordinariamente desconsoladoras. Ello fué algo referente a la dificultad de allegar provisiones para el día siguiente, pues no había en la casa 10 ninguna especie de moneda ni tampoco materia hipotecable; el crédito estaba agotado, y apuradas también la generosidad y paciencia de los amigos.

Aunque afectaba serenidad y esperanza, doña Pura estaba muy intranquila, y también pasó la noche en claro,[2] haciendo 15 cálculos para el día siguiente, que tan pavoroso y adusto se anunciaba. Ya no se atrevía a mandar traer a crédito de ningún establecimiento, porque todo era malas caras, grosería, desconsideración, y no pasaba día sin que un tendero exigente y descortés armase un cisco[3] en la misma puerta del cuarto 20 segundo. ¡Empeñar! La mente de la señora hizo rápida síntesis de todas las prendas útiles que estaban condenadas al ostracismo: alhajas, capas, mantas, abrigos. Se había llegado

[1] **le sembraban . . . lecho** made his bed uncomfortable
[2] **pasó la noche en claro** spent a sleepless night
[3] **armase un cisco** start a rumpus

al máximum de emisión, digámoslo así, en esta materia, y no había forma humana de desabrigarse más de lo que ya lo estaba toda la familia. Una pignoración en grande escala se había verificado el mes anterior (enero del 78), el mismo día del casamiento de don Alfonso con la reina Mercedes. Y sin embargo, las tres *Miaus* no perdieron ninguna de las fiestas públicas que con aquel motivo se celebraron en Madrid. Iluminaciones, retretas, el paso de la comitiva hacia Atocha; todo lo vieron perfectamente, y de todo gozaron en los sitios mejores, abriéndose paso a codazo limpio[4] entre las multitudes.

Doña Pura durmió al fin profundamente toda la madrugada y parte de la mañana. Villaamil se levantó a las ocho sin haber pegado los ojos.[5] Cuando salió de su alcoba, entre ocho y nueve, después de haberse refregado el hocico con un poco de agua fría y de pasarse el peine por la rala cabellera, nadie se había levantado aún. La estrechez en que estaban no les permitía tener criada, y entre las tres mujeres hacían desordenadamente los menesteres de la casa. Milagros era la que guisaba; solía madrugar más que las otras dos; pero la noche anterior se había acostado muy tarde, y cuando Villaamil salió de su habitación dirigiéndose a la cocina, la cocinera no estaba aún allí. Examinó el fogón sin lumbre, la carbonera exhausta; y en la alacena que hacía de despensa vió mendrugos de pan, un envoltorio de papeles manchados de grasa, que debía de contener algún resto de jamón, carne fiambre o cosa así, un plato con pocos garbanzos, un pedazo de salchicha, un huevo y medio limón... El tigre dió un suspiro y pasó al comedor para registrar el cajón del aparador, en el cual, entre los cuchillos y las servilletas, había también pedazos de pan duro. En esto oyó rebullicio, después rumor de agua, y he aquí que aparece Milagros con su cara gatesca muy lavada,

[4] **abriéndose . . . limpio** edging and pushing their way
[5] **sin haber . . . ojos** not having slept a wink

bata suelta, el pelo en sortijillas enroscadas con papeles,[6] y un pañuelo blanco por la cabeza.

—¿Hay chocolate? — le preguntó su cuñado sin más saludo.

—Hay media onza nada más — replicó la señora, corriendo a abrir el cajón de la mesa de la cocina donde estaba —. Te lo haré en seguida.

—No, a mí no. Lo haces para el niño. Yo no necesito chocolate. No tengo gana. Tomaré un pedazo de pan seco y beberé encima un poco de agua.

—Bueno. Busca por ahí. Pan no falta. También hay en la alacena un trocito de jamón. El huevo ése es para mi hermana, si te parece.[7] Voy a encender lumbre. Haz el favor de partirme unas astillas mientras yo voy a ver si encuentro fósforos.

Don Ramón, después de morder el pan, cogió el hacha y empezó a partir un madero, que era la pata de una silla vieja, dando un suspiro a cada golpe. Los estallidos de la fibra leñosa al desgarrarse parecían tan inherentes a la persona de Villaamil como si éste se arrancase tiras palpitantes de sus secas carnes y astillas de sus pobres huesos.[8] En tanto, Milagros armaba el templete de carbones y palitroques.

—Y hoy, ¿se pone cocido?[9] — preguntó a su cuñado con cierto misterio.

Villaamil meditó sobre aquel problema tan descarnadamente planteado.

—Tal vez. . ., ¡quién sabe! — replicó, lanzando su imaginación a lo desconocido —. Esperemos a que se levante Pura.

Ésta era la que resolvía todos los conflictos, como persona

[6] **el pelo . . . papeles** her hair put up in makeshift paper curlers

[7] **si te parece** if you don't mind

[8] **Los estallidos . . . huesos** The shrill sounds made by the splitting of the wood seemed one with the inner struggle of Villaamil as if he were slicing strips of his own thin flesh and kindling from his wretched bones.

[9] **¿se pone cocido?** will there be stew?

de iniciativa, de inesperados golpes [10] y de prontas resoluciones. Milagros era toda pasividad, modestia y obediencia. No alzaba nunca la voz, no hacía observaciones a lo que su hermana ordenaba. Trabajaba para los demás por impulso de su conciencia humilde y por hábito de subordinación. 5
Unida fatalmente durante toda su vida al mísero destino de aquella familia, y partícipe de las vicisitudes de ésta, jamás se quejó ni se la oyó protestar de su malhadada suerte. Considerábase una gran artista malograda en flor,[11] por falta de ambiente; y al verse perdida para el arte, la tristeza de esta 10
situación ahogaba todas las demás tristezas. Hay que decir aquí que Milagros había nacido con excelentes dotes de cantante de ópera. A los veinticinco años tenía una voz preciosísima, regular escuela y loca afición a la música. Pero la fatalidad no le permitió nunca lanzarse a la verdadera 15
vida de artista.

Doña Pura y Milagros eran hijas de un médico militar, de apellido [12] Escobios, y sobrinas del músico mayor del Inmemorial del Rey. Su madre era Muñoz, y tenían ellas pretensiones de parentesco con el marqués de Casa-Muñoz. Por 20
cierto que cuando trataron de que Milagros fuera cantante de ópera, se pensó en italianizarle el apellido, llamándola la *Escobini;* pero como la carrera artística se malogró en cierne,[13] el mote italiano no llegó nunca a verse en los carteles.

Antes de que la vida de la señorita de Escobios se truncara, 25
tuvo una época de fugaz éxito y brillo en una capital de provincia de tercera clase, a donde fué con su hermana, esposa de Villaamil. Éste era Jefe económico, y su familia intimó, como era natural, con las de los Gobernadores civil y militar, que daban reuniones, a que asistía lo más granadito [14] del 30

[10] **inesperados golpes** sudden ideas
[11] **malograda en flor** whose career had been nipped in the bud
[12] **de apellido** whose last name was
[13] **en cierne** in its infancy
[14] **lo más granadito** the best society

pueblo. Milagros, cantando en los conciertos de la brigadiera, enloquecía y electrizaba. Salíanle novios por docenas, y envidias de mujeres que la inquietaban en medio de sus triunfos. Un joven de la localidad, poeta y periodista, se
5 enamoró frenéticamente de ella. Era el mismo que en la reseña de los saraos llamaba a doña Pura, con exaltado estilo, *figura arrancada a un cuadro de Fra Angélico.*[15] A Milagros la ensalzaba en términos tan hiperbólicos que causaban risa, y aun recuerdan los naturales algunas frases describiendo a
10 la joven en el momento de presentarse en el salón, de acercarse al piano para cantar, y en el acto mismo del cantorrio: «*Es la pudorosa Ofelia llorando sus amores marchitos y cantando con gorjeo celestial la endecha de la muerte*» Y, ¡cosa extraña!, el mismo que escribía estas cosas en la segunda plana
15 del periódico, tenía la misión, y por eso cobraba,[16] de hacer la revista comercial en la primera. Suya era también esta endecha: «*Harinas. Toda la semana acusa marcada calma en este polvo. Sólo han salido para el canal mil doscientos sacos que se hicieron a 22 y tres cuartillos. No hay compradores, y*
20 *ayer se ofrecieron dos mil sacos a 22 y medio, sin que nadie se animara*».[17] Al día siguiente, vuelta otra vez con[18] *la pudorosa Ofelia, o el ángel que nos traía a la tierra las celestiales melodías.* Ya se comprende que esto no podía acabar en bien. En efecto; mi hombre, inflamándose y desvariando
25 cada día más con su amor no correspondido, llegó a ponerse tan malo, pero tan malo, que un día se tiró de cabeza en la presa de una fábrica de harina, y por pronto que[19] acudieron en su auxilio, cuando le sacaron era cadáver. Poco después de este desagradable suceso, que impresionó mucho a Mila-
30 gros, ésta volvió a Madrid. Echemos sobre aquellos tristes

[15] **Fra Angelico** Italian painter (1387-1455)
[16] **y por eso cobraba** and that's what he was being paid for
[17] **sin que . . . animara** without raising a bid
[18] **vuelta . . . con** he again wrote about
[19] **por pronto que** although they quickly

sucesos un montón de años tristes, de rápido envejecimiento y decadencia, y nos encontramos a *la pudorosa Ofelia* en la cocina de Villaamil, con la lumbre encendida y sin saber qué poner en ella.

vii

A eso de las once entró doña Pura bastante sofocada, seguida de un muchacho recadista de la plazuela de los Mostenses, el cual venía echando los bofes [1] con el peso de una cesta llena de víveres. Milagros, que a la puerta salió, 5 hízose multitud de cruces de hombro a hombro y de la frente a la cintura.[2] Había visto a su hermana salir avante en ocasiones muy difíciles, con su enérgica iniciativa; pero el golpe maestro de aquella mañana le parecía superior a cuanto de mujer tan dispuesta se podía esperar. Examinando rápida-10 mente el cesto, vió diferentes especies de comestibles, vegetales y animales, todo muy bueno, y más adecuado a la mesa de un Director general que a la de un mísero pretendiente. Pero doña Pura las hacía así. Las bromas, o pesadas o no darlas.[3] Para mayor asombro, Milagros vió en manos de su 15 hermana el portamonedas casi reventando de puro lleno.

—Hija — le dijo la señora de la casa, secreteándose con ella en el recibimiento, después que despidió al mandadero —, no he tenido más remedio que dirigirme a Carolina Lantigua, la de Pez. He pasado una vergüenza horrible. 20 Hube de cerrar los ojos y lanzarme, como quien se tira al agua. ¡Ay, qué trago! [4] Le pinté nuestra situación de una manera

[1] **echando los bofes** huffing and puffing
[2] **hízose . . . cintura** crossed herself many times
[3] **Pero doña Pura . . . darlas** But Doña Pura worked that way; either do things right or not at all.
[4] **¡Ay, qué trago!** What a bitter pill to swallow

tal, que la hice llorar. Es muy buena. Me dió diez duros, que prometí devolverle pronto; y lo haré, sí, lo haré; porque de esta hecha le colocan. Es imposible que dejen de meterle en la combinación. Yo tengo ahora una confianza absoluta... En fin, lleva esto para adentro. Voy allá en seguida. ¿Está el agua cociendo? 5

Entró en el despacho para decir a su marido que por aquel día estaba salvada la tremenda crisis, sin añadir cómo ni cómo no. Algo debieron hablar también de las probabilidades de colocación, pues se oyó desde fuera la voz iracunda de Villaamil gritando: «No me vengas a mí con optimismos de engañifa. Te digo y te redigo que no entraré en la combinación. No tengo ninguna esperanza, pero ninguna, me lo puedes creer. Tú, con esas ilusiones tontas y esa manía de verlo todo color de rosa, me haces un daño horrible, porque viene luego el trancazo de la realidad, y todo se vuelve negro». Tan empapado estaba el santo varón en sus cavilaciones pesimistas, que cuando le llamaron al comedor y le pusieron delante un lucido almuerzo, no se le ocurrió inquirir, ni siquiera considerar, de dónde habían salido abundancias tan desconformes con su situación económica. Después de almorzar rápidamente, se vistió para salir. Abelarda le había zurcido las solapas del gabán con increíble perfección, imitando la urdimbre del tejido desgarrado;[5] y dándole en el cuello una soba de bencina, la pieza quedó como si la hubieran rejuvenecido cinco años. Antes de salir, encargó a Luis la distribución de las cartas que escrito había, indicándole un plan topográfico para hacer el reparto con método y en el menor tiempo posible. No le podían dar al chico faena más de su gusto, porque con ella se le relevaba de asistir a la escuela, y se estaría toda la santísima tarde como un caballero, paseando con su amigo *Canelo*. Era éste muy listo para conocer dónde había buen trato. Al cuarto segundo subía pocas veces, sin 10 15 20 25 30

[5] **la urdimbre . . . desgarrado** the weave of the torn fabric

duda por no serle simpática la pobreza que allí reinaba comúnmente; pero con finísimo instinto se enteraba de los extraordinarios[6] de la casa, tanto más espléndidos cuanto mayor era la escasez de los días normales. Estuviera el can
5 de centinela en la portería o en el interior de la casa, o bien durmiendo bajo la mesa del memorialista, no se le escapaba el hecho de que entraran provisiones para los de Villaamil. Cómo lo averiguaba, nadie puede saberlo; pero es lo cierto que el más astuto vigilante de Consumos no tendría nada que
10 enseñarle. Por supuesto, la aplicación práctica de sus estudios era subir a la casa abundante y estarse allí todo un día y a veces dos; pero en cuanto le daba en la nariz olor de quema,[7] decía... «hasta otra», y ya no le veían más el pelo.[8] Aquel día subió poco después de ver entrar a doña Pura con el
15 mandadero: y como las tres *Miaus* eran siempre muy buenas con él y le daban golosinas, a Cadalsito le costó trabajo llevárselo a su excursión por las calles. *Canelo* salió de mala gana, por cumplir un deber social y porque no dijeran.[9]

Las tres *Miaus* estuvieron aquella tarde muy animadas.
20 Tenían el don felicísimo de vivir siempre en la hora presente y de no pensar en el día de mañana. Es una hechura espiritual como otra cualquiera, y una filosofía práctica que, por más que digan, no ha caído en descrédito, aunque se ha despotricado mucho contra ella. Pura y Milagros estaban en la cocina,
25 preparando la comida, que debía ser buena, copiosa y dispuesta con todos los sacramentos, como desquite de los estómagos desconsolados.[10] Sin cesar en el trabajo, la una espumando pucheros o disponiendo un frito,[11] la otra macha-

[6] **los extraordinarios** the days of plenty

[7] **en cuanto . . . quema** as soon as he sniffed bad times

[8] **ya no . . . pelo** they didn't see hide or hair of him again

[9] **y porque no dijeran** and so as not to be accused of bad manners

[10] **dispuesta . . . desconsolados** served with all the rich ingredients which fortify unhappy stomachs

[11] **la una . . . frito** one of them was skimming pots or frying meat

cando en el almirez ritmo de un *andante con esprezione* [12] o de un *allegro con brío,*[12] charlaban sobre la probable o más bien segura colocación del jefe de la familia. Pura habló de pagar todas las deudas, y de traer a casa los diversos objetos útiles que andaban por esos mundos de Dios en los cautiverios 5
de la usura.[13]

Abelarda estaba en el comedor con su caja de costura delante, arreglando sobre el maniquí un vestidillo color de pasa. No llamaba la atención por bonita ni por fea, y en un certamen de caras insignificantes se habría llevado el premio 10
de honor. El cutis era malo, los ojos obscuros, el conjunto bastante parecido a su madre y tía, formando con ellas cierta armonía, de la cual se derivaba el mote que les pusieron. Quiero decir que si, considerada aisladamente, la similitud del cariz de la joven con el morro de un gato no era muy 15
marcada, al juntarse con las otras dos parecía tomar de ellas ciertos rasgos fisonómicos, que venían a ser como un sello de raza o familia, y entonces resultaban en el grupo las tres bocas chiquitas y relamidas, la unión entre el pico de la nariz y la boca por una raya indefinible, los ojos redondos y vivos, y la 20
efusión característica del cabello, que era como si las tres hubieran estado rodando por el suelo en persecución de una bola de papel o de un ovillo.

Aquella tarde todo fué dichas, porque entraron visitas, lo que a Pura agradaba mucho. Dejó rápidamente los menes- 25
teres culinarios para echarse una bata y componerse el pelo, y entró satisfecha en la sala. Eran los visitantes Federico Ruiz y su esposa, Pepita Ballester.

[12] Italian musical phrases

[13] **que andaban . . . usura** that were scattered in those God-forsaken worlds of moneylenders

viii

En la visita se habló primero de la ópera, a la que Ruiz iba con frecuencia, lo mismo que las *Miaus,* con entradas de *alabarda.*[1] Después recayó la conversación en el tema de destinos. «A don Ramón — dijo Ruiz — no le harán esperar ya mucho».

—Va en la combinación que se hará estos días — dijo Pura radiante —. Y no ha ido ya, porque Ramón no quiso aceptar plaza fuera de Madrid. El Ministro tenía gran empeño en mandarle a una provincia, donde hacen falta hombres como mi esposo. Pero Ramón no está ya para viajes.[2] Yo, si he de decir verdad, deseo que le coloquen porque esté ocupado; nada más que porque esté ocupado. No puede usted figurarse, Federico, lo mal que le sienta a mi marido la ociosidad..., vamos, que no vive. ¡Ya se ve,[3] acostumbrado a trabajar desde mozo!... Y que le conviene también colocarse para los derechos pasivos. Figúrese usted, a Ramón no le faltan más que dos meses para poderse jubilar con los cuatro quintos. Si no fuera por esto, mejor se estaría en su casa. Yo le digo: «No te apures, hijo, que, gracias a Dios, para vivir modestamente no nos falta»; pero él no se conforma, le gusta el calor de la oficina, y hasta el cigarro no le sabe [4] si no se lo fuma entre dos expedientes.

[1] **entradas de alabarda** complimentary passes
[2] **no está . . . viajes** is past the traveling age
[3] **Ya se ve** Naturally
[4] **no le sabe** has no taste for him

—Lo creo... ¡Qué santo varón! ¿Y cómo está de salud?

—Delicadillo del estómago. Todos los días tengo que inventar algo nuevo para sostenerle el apetito. Mi hermana y yo nos dedicamos ahora a la cocina, por entretenimiento, y por vernos libres de criadas, que son una calamidad. Le hacemos cada día un platito distinto..., caprichos y frioleras suculentas. A veces tengo que irme a la plazuela del Carmen [5] en busca de cosas que no se encuentran en los Mostenses.[5]

En esto entró otra visita. Era un amigo de Villaamil, que vivía en la calle del Acuerdo, un tal Guillén, cojo por más señas, empleado en la Dirección de Contribuciones. Dijo el tal, después de los saludos, que un compañero suyo, que estaba en el Personal, le había asegurado aquella misma tarde que Villaamil iba en la próxima combinación. Doña Pura lo dió por cierto,[6] y Ruiz y su señora apoyaron esta apreciación lisonjera. Se fueron enzarzando de tal modo en la conversación los plácemes, que doña Pura, al fin, se arrancó a ofrecer a sus buenos amigos una copita y pastas. Entre las provisiones de aquel fausto día se contaba una botella de moscatel de a tres pesetas, licor con que Pura solía obsequiar a su marido a los postres. Ruiz y Guillén chocaron las copas, expresando con igual calor su afecto a la simpática familia. La sobriedad del *pensador* contrastaba con la incontinencia un tanto grosera del empleado cojo, quien rogó a doña Pura no se llevase la botella, y escanciando que te escanciarás,[7] pronto se vió que quedaba el líquido en menos de la mitad.

Ya encendidas las luces, y cuando se habían ido las visitas, entró Villaamil. Pura corrió a su encuentro, viendo con satisfacción que el ferocísimo semblante tigresco tenía cierto matiz de complacencia.

—¿Qué hay? ¿Qué noticias traes?

[5] Shopping areas in Madrid

[6] **lo dió por cierto** accepted it as fact

[7] **y escanciando ... escanciarás** and pouring out one cup after another

—Nada, mujer —dijo Villaamil, que se encastillaba en el pesimismo y no había quien le sacara de él—. Todavía nada; las palabritas sandungueras de siempre.[8]

—¿Y el Ministro..., le has visto?

5 —Sí, y me recibió tan bien —se dejó decir Villaamil haciendo traición, por descuido, a su afectada misantropía—, me recibió tan bien, que..., no sé..., parece que Dios le ha tocado al corazón, que le ha dicho algo de mí. Estuvo amabilísimo..., encantado de verme por allí..., sintiendo mucho

10 no tenerme a su lado..., decidido a llevarme...

—Vamos; no dirás ahora que no tienes esperanza.

—Ninguna, mujer, absolutamente ninguna (recobrando su papel). Verás cómo todo se queda en jarabe de pico.[9] Si sabré yo... ¡Tenlo por cierto! ¡No me colocan hasta el

15 día del juicio por la tarde! [10]

—¡Ay, qué hombre! Eso también es ponerle a Dios cara de palo.[11] Se podría enojar y con muchísima razón.

—Déjate de tonterías, y si tú esperas, buen chasco te llevarás.[12] Yo no quiero llevármelo; por eso no espero nada,

20 ¿sabes? Y cuando venga el golpe me quedaré tan tranquilo.[13]

Luisito llegó cuando sus abuelos discutían acaloradamente si debían abrigar o no esperanza, y dió cuenta de la puntual entrega de todas las cartas. Tenía hambre, frío, y le dolía un poco la cabeza. Al regreso de la excursión se había sentado

25 en el pórtico de las Alarconas; pero no *le dió aquello,* ni la visión tuvo a bien presentarse en ninguna forma. *Canelo* no se apartaba de doña Pura, siguiéndola del despacho a la cocina, y de ésta al comedor, y cuando llamaron a comer al

[8] **las palabritas ... siempre** the usual pious phrases
[9] **jarabe de pico** promises, promises
[10] **el día ... tarde** judgment day and then some
[11] **ponerle ... palo** making things difficult for God
[12] **buen chasco te llevarás** you'll be disappointed
[13] **Y cuando ... tranquilo** And when defeat comes I'll accept it calm as you please

dueño de la casa, como éste tardara un poco en salir, fué el entendido perro a buscarle y con meneos de cola decía: «Si usted no tiene gana, dígalo; pero no nos tenga tanto tiempo espera que te espera».[14]

Comieron con regular apetito y bastante buen humor, y de sobremesa Villaamil se fumó, saboreándolo mucho, un habano que el señor de Pez le había dado aquella tarde. Era muy grande, y al tomarlo, el cesante dijo a su amigo que lo guardaría para después. Aquel cigarro le recordaba sus tiempos prósperos. ¿Sería tal vez anuncio de que los tales tiempos volverían? Dijérase que el buen Villaamil leía en las espirales de humo azul su buena ventura, porque se quedaba alelado mirándolas subir en graciosas curvas hacia el techo del comedor, nublando vagamente la lámpara.

Por la noche tuvieron gente[15] (Ruiz, Guillén, Ponce, los de Cuevas, Pantoja y su familia, de quien se hablará después), y se formalizó el proyecto iniciado el mes anterior, de representar una piececita, pues algunos amigos de la casa tenían aptitudes no comunes para el teatro, sobre todo en el género cómico. Federico Ruiz se encargó de escoger la pieza, de distribuir los papeles y dirigir los ensayos. Se convino en que Abelarda haría uno de los principales personajes, y Ponce otro; pero éste, reconociendo con laudable modestia que no tenía maldita gracia[16] y que haría llorar al público en los papeles más jocosos, reservó para sí la parte de *padre,* si en la comedia le hubiera.

Cansado de tales majaderías don Ramón huyó de la sala buscando en el interior obscuro de la casa las tinieblas que convenían a su pesimismo. Maquinalmente entró en el cuarto de Milagros, donde ésta desnudaba a Luis para acostarle. El pobre niño había hecho tentativas para estudiar, que fueron

[14] **espera que te espera** waiting
[15] **tuvieron gente** they had guests
[16] **no tenía . . . gracia** he had no talent for comedy

completamente inútiles. Le dolía la cabeza, y sentía como el presagio y el temor de la visión, pues ésta, al par que[17] le daba mucho gusto, causábale cierta ansiedad. Se fué a acostar con la idea de que le entraría la desazón y de que iba a ver 5 cosas muy extrañas. Cuando su abuelo entró, ya estaba metido en la cama, y su tía le hacía rezar las oraciones de costumbre: *Con Dios me acuesto, con Dios me levanto,* etc..., que él recitaba de carretilla. Con brusca interrupción se volvió hacia Villaamil para decirle: «Abuelito, ¿verdad que el Ministro te 10 recibió muy bien?»

—Sí, hijo mío — replicó el anciano, estupefacto de esta salida y del tono con que fué dicha —. ¿Y tú por dónde lo sabes?

—¿Yo?..., yo lo sé.

15 Miraba Cadalsito a su abuelo con una expresión tan extraña, que el pobre señor no sabía qué pensar. Parecióle expresión de Niño-Dios, la cual no es otra cosa que la seriedad del hombre armonizada con la gracia de la niñez.

—Yo lo sé..., lo sé — repitió Luis sin sonreír, clavando 20 en su abuelo una mirada que le dejó inmóvil —. Y el Ministro te quiere mucho... porque le escribieron...

—¿Quién le escribió? — dijo con ansiedad el cesante, dando un paso hacia el lecho, los ojos llenos de claridad.

—Le escribieron de ti — afirmó Cadalsito sintiendo que 25 el miedo le invadía y no le dejaba continuar. En el mismo instante pensó Villaamil que todo aquello era una tontería, y dando media vuelta se llevó la mano a la cabeza, y dijo: «Pero, ¡qué cosas tiene este chiquillo!...»

[17] **al par que** at the same time that

ix

¡Cosa rara! Nada le pasó a Cadalsito aquella noche, ni sintió ni vió cosa alguna, pues a poco de acostarse hubo de caer en sueño profundísimo. Al día siguiente costó trabajo levantarle. Sentíase quebrantado, y como si hubiese andado largo trecho por sitio desconocido y lejano, que no podía recordar. Fué a la escuela, y no se supo la lección. Encontrábase tan torpe aquel día, que el maestro le hizo burla y ajó su dignidad ante los demás chicos. Pocas veces se había visto en la escuela carrera en pelo [1] como la que aguantó Cadalsito al ser confinado al último puesto de la clase en señal de ignorancia y desaplicación. A las once, cuando se pusieron a escribir, Cadalso tenía junto a sí al famoso *Posturitas,* chiquillo travieso y graciosísimo, flexible como una lombriz, y tan inquieto, que donde él estuviese no podía haber paz. Llamábase Paquito Ramos y Guillén, y sus padres eran los dueños de la casa de préstamos de la calle del Acuerdo. Aquel Guillén, cojo y empleado, que hemos visto en casa de Villaamil celebrando con copiosas libaciones de moscatel la próxima colocación de su amigo, era tío materno de *Posturitas,* el cual debía este apodo a la viveza ratonil de sus movimientos, a la gracia con que remedaba las actitudes y gestos de los *clowns* y dislocados del Circo. Todo se le volvía hacer garatusas,[2] sacar la lengua, volver del revés los párpados; y

[1] **carrera en pelo** running the gauntlet
[2] **Todo . . . garatusas** He was always making faces

como pudiera,[3] metía el dedo en el tintero para pintarse rayas negras en la cara.

Aquella mañana, cuando el maestro no le veía, *Posturitas* abría la carpeta, y él y su amigo Cadalso hundían la pelona [4] en ella para ver las cosas diversas que encerraba. Lo más notable era una colección de sortijas, en las cuales brillaban el oro y los rubíes. No se vaya a creer [5] que eran de metal, sino de papel, anillos de esos con que los fabricantes adornan los puros medianos para hacerlos pasar por buenos. Aquel tesoro había venido a manos de Paquito Ramos mediante un cambalache. Perteneció la colección a otro chico llamado Polidura, cuyo padre, mozo de café o restaurant, solía recoger los aros de cigarros que los fumadores dejaban caer al suelo, y obsequiar con ellos a su hijo a falta de mejores juguetes. Había llegado a reunir Polidura más de cincuenta sortijas de diversos calibres. En una decía *Flor fina,* en otras *Selectos de Julián Álvarez.* Cansado al fin de la colección, se la cambió a *Posturas* por un trompo en buen uso, mediante contrato solemne ante testigos. Cadalso regaló al nuevo propietario el anillo de la tagarnina dada por el señor de Pez a Villaamil, y que éste se fumó majestuosamente después de la comida.

La travesura de *Posturitas,* fielmente reproducida por el bueno de Cadalso, consistía en llenarse ambos los dedos de aquellas sorprendentes joyas, y cuando el maestro no les veía, alzar la mano y mostrarla a los otros granujas con dos o tres anillos en cada dedo. Si el maestro venía, se los quitaban a toda prisa, y a escribir como si tal cosa.[6] Pero en una vuelta brusca, sorprendió el dómine a Cadalsito con la mano en alto, distrayendo a toda la clase. Verle, y ponerse hecho un león, fué todo uno.[7] Pronto se descubrió que el principal

[3] **como pudiera** whenever he could
[4] **hundían la pelona** buried their noses
[5] **No se vaya a creer** Let no one believe
[6] **como . . . cosa** as if nothing had happened
[7] **Verle . . . todo uno** On seeing him his initial reaction was to bristle up

delincuente era el maligno *Posturitas,* que tenía en su carpeta un depósito de aros de papel; y en un santiamén el maestro, después que arrancó de los dedos las pedrerías de que estaban cuajados, agarró todo el depósito y lo deshizo, terminando con una mano de coscorrones aplicados a una y otra cabeza.[8] Ramos rompió a llorar, diciendo: «Yo no he sido... *Miau* tiene la culpa». Y *Miau,* no menos lastimado de esta calumnia que del mote, clamó con severa dignidad: «Él es el que los tenía. Yo no traje más que uno...» «Mentira...» «El mentiroso es él».

—*Miau* es un hipócrita — dijo el maestro, y Cadalso no supo contener su aflicción oyendo en boca de don Celedonio el injurioso apodo. Soltó el llanto sin consuelo, y toda la clase coreaba sus gemidos, repitiendo *Miau,* hasta que el maestro, ¡pim, pam!, repartió una zurribanda general, recorriendo espaldas y mofletes, como el fiero cómitre entre las filas de galeotes, vapulando a todos sin misericordia.[9]

—Se lo voy a decir a mi abuelo — exclamó Cadalso con un arranque de dignidad —, y no vengo más a esta escuela.

—Silencio..., silencio todos — gritó el verdugo, amenazándoles con una regla, que tenía los ángulos como filos de cuchillo —. Sinvergüenzas, a escribir; y al que me chiste [10] le abro la cabeza.

Al salir, Cadalso, seguía indignado contra su amigo *Posturitas.* Éste, que era procaz, de una frescura y audacia sin límites, dió un empujón a Luis, diciéndole: «Tú tienes la culpa, tonto..., panoli..., cara de gato. Si te cojo por mi cuenta [11]...»

Cadalso se revolvió iracundo, acometido de nerviosa rabia,

[8] **terminando ... cabeza** finishing up with some well-delivered blows to both heads

[9] **repartió ... misericordia** handed out slaps in all directions; slashing backs and bottoms, left and right, like the guard in some galley ship beating slaves without mercy

[10] **al que me chiste** the first one to give me any lip

[11] **Si te ... cuenta** If I catch you on my own

que le puso pálido y con los ojos relumbrones. «¿Sabes lo que te digo? Que no tiés [12] que ponerme motes, ¡contro!, mal criado... ordinario... cualisquiera» [13]

—¡*Miau!* — mayó el otro con desprecio, sacando media 5 cuarta de lengua y crispando los dedos —. Ole..., *Miau*..., morrongo..., fu, fu, fu...

Por primera vez en su vida percibió Luis que las circunstancias le hacían valiente. Ciego de ira se lanzó sobre su contrario, y lo mismo se lanzaría si éste fuese un hombre. 10 Chillido de salvaje alegría infantil resonó en toda la banda, y viendo el desusado embestir de Cadalso, muchos le gritaron: «Éntrale, éntrale...» *Miau* peleándose con *Posturas* era espectáculo nuevo, de trágicas y nunca sentidas emociones, algo como ver la liebre revolviéndose contra el hurón, o la 15 perdiz emprendiéndola a picotazos con el perro. Y fué muy hermosa la actitud insolente de *Posturitas*, al recibir el primer achuchón, espatarrándose para aplomarse mejor,[14] soltando libros y pizarra para tener los brazos libres... Al mismo tiempo rezongaba con orgullo insano. «Verás, verás..., 20 ¡recontro!..., me caso con la biblia [15]...»

Trabóse una de esas luchas homéricas, primitivas y cuerpo a cuerpo, más interesantes por la ausencia de toda arma, y que consisten en encepar brazos con brazos y empujar, empujar, sacudiendo topetadas con la cabeza, a lo carneril, esforzándose 25 cada cual en derribar a su contrario. Si pujante estaba *Posturas*, no lo parecía menos Cadalso. Murillito, Polidura y los demás miraban y aplaudían, danzando en torno con feroz entusiasmo de pueblo pagano, sediento de sangre. Pero acertó a salir de la casa en aquel punto y ocasión la hija del 30 maestro, señorita algo hombruna, y les separó de un par de

[12] **tiés** tienes

[13] **cualisquiera** Mr. Nobody

[14] **espatarrándose ... mejor** spreading his legs in order to keep his balance better

[15] **recontro ... biblia** I'll be damned if I don't show you

manotadas, diciendo: «Sinvergüenzas, a casa, o llamo a la pareja [16] para que os lleve a la prevención». Ambos tenían la cara como lumbre, respiraban como fuelles, y echaban por aquellas bocas injurias tabernarias, sobre todo Paco Ramos, que era consumado hablista en el idioma de los carreteros.[17] 5

—Vamos, *hombres* —decía Murillito, el hijo del sacristán de Monserrat, en la actitud más conciliadora—; no es para tanto..., vaya... Quítate tú... Miá que te..., verás. Sacabaron las quistiones.[18]

Mostrábase el mediador decidido a arrearle un buen lapo [19] 10 a cualquiera de los dos que intentase reanudar la contienda. Un policía que por allí andaba les dispersó, y se alejaron chillando y saltando, algunos haciéndose lenguas del [20] arranque de Cadalsito. Éste tomó silencioso el camino de su casa. Su ira se calmaba lentamente, aunque por nada del 15 mundo le perdonaba a *Posturas* el apodo, y sentía en su alma los primeros rebullicios de la vanidad heroica, la conciencia de su capacidad para la vida, o sea de su aptitud para ofender al prójimo, ya probada en la tienta de aquel día.

Aquella tarde no había escuela, por ser jueves. Luisito se 20 fué a su casa, y durante el almuerzo, ninguna persona de la familia reparó en lo sofocado que estaba. Bajó luego a pasar un ratito en compañía de sus amigos los memorialistas, que sin duda le tenían guardada alguna friolera. «Parece que arriba andamos muy divertidos —le dijo Paca—. Oye, 25 ¿han colocado ya a tu abuelo? Porque debe ser ya lo menos ministro o tan siquiera embajador. ¡Vaya con la cesta de compra que trajeron ayer! Y botellas de moscatel como quien

[16] **la pareja** the police

[17] **y echaban ... carreteros** and they spat barroom insults, especially Paco Ramos who had mastered the uncouth language of teamsters

[18] **no es para ... quistiones** let's not overdo it. Come on now... Careful or I'll... You'll see... The quarrel's over.

[19] **arrearle ... lapo** to belt

[20] **haciéndose lenguas del** raving about

no dice nada.[21] ¡Anda, anda, qué rumbo! Estamos como queremos. Así no hay quien haga bajar a *Canelo* de tu casa...»

Luis dijo que todavía no habían colocado a su abuelo; pero que era cosa *de entre hoy y mañana*. El día estaba hermosísimo, y Paca propuso a su amiguito ir a tomar el sol en la explanada del Conde-Duque, a dos pasos de la calle de Quiñones. Púsose la enorme memorialista su mantón, mientras Luisito subía a pedir permiso, y echaron a andar. Eran las tres, y el vasto terraplén comprendido entre el paseo de Areneros y el cuartel de Guardias estaba inundado de sol, y muy concurrido de vecinos que iban allí a desentumecerse. Gran parte de este terreno se veía entonces, y se ve hoy, ocupado por sillares, baldosas, adoquines, restos o preparativos de obras municipales, y entre la cantería, las vecinas suelen poner colgaderos para secar ropa lavada. La parte libre de obstáculos la emplea la tropa para los ejercicios de instrucción, y aquella tarde vió Cadalsito a los reclutas de Caballería aprendiendo a marchar, dirigidos por un oficial que, sable al puño y dando gritos, les enseñaba a medir el paso. El chiquillo corrió detrás de la tropa, evolucionando con ella; fué y vino durante una hora en aquella militar diversión, marcando también el *uno, dos, tres, cuatro,* hasta que, sintiendo fatiga, se sentó en un rimero de baldosas. Entonces se le fué un poco la cabeza; vió que la mole pesada del cuartel se corría de derecha a izquierda, y que en la misma dirección iba el palacio de Liria, sepultado entre el ramaje de su jardín, cuyos árboles parecen estirarse para respirar mejor fuera de la tumba inmensa en que están plantados. Empezóle a Cadalsito la consabida desazón; se le iba el conocimiento de las cosas presentes, se mareaba, se desvanecía, le entraba el misterioso sobresalto, que era en realidad pavor de lo desconocido; y apoyando la frente en una enorme piedra que

[21] **como quien . . . nada** no less

próxima tenía, se durmió como un ángel. Desde el primer instante, la visión de las Alarconas se le presentó clara, palpable, como un ser vivo, sentado frente a él, sin que pudiese decir dónde. El fantástico cuadro no tenía fondo ni lontananza. Lo constituía la excelsa figura sola. Era el mismo personaje de luenga y blanca barba, vestido de indefinibles ropas, la mano izquierda escondida entre los pliegues del manto, la derecha fuera, mano de persona que se dispone a hablar. Pero lo más sorprendente fué que antes de pronunciar la primera palabra, el Señor alargó hacia él la diestra, y entonces se fijó en ella Cadalsito y vió que tenía los dedos cuajados de aquellas mismas sortijas que formaban la rica colección de *Posturas*. Sólo que en los dedos soberanos, que habían fabricado el mundo en siete días, los anillos relumbraban cual si fueran de oro y piedras preciosas. Cadalsito estaba absorto, y el Padre le dijo: «Mira, Luis, lo que os quitó el maestro. Ve aquí los bonitos anillos. Los recogí del suelo, y los compuse al instante sin ningún trabajo. El maestro es un bruto, y ya le enseñaré yo a no daros coscorrones tan fuertes. Y por lo que hace a *Posturitas*,[22] te diré que es un pillo, aunque sin mala intención. Está mal educado. Los niños decentes no ponen motes. Tuviste razón en enfadarte, y te portaste bien. Veo que eres un valiente y que sabes volver por tu honor».

Luis quedó muy satisfecho de oírse llamar valiente por persona de tanta autoridad. El respeto que sentía no le permitió dar las gracias; pero algo iba a decir, cuando el Señor, moviendo con insinuación de castigo la mano aquella cuajada de sortijas, le dijo severamente: «Pero, hijo mío, si por ese lado estoy contento de ti, por otro me veo en el caso de reprenderte. Hoy no te has sabido la lección. Ni por casualidad acertaste una sola vez. Bien claro se vió que no habías abierto un libro en todo el santo día... (Luisín,

[22] **Y por . . . Posturitas** And as far as Posturitas is concerned

acongojadísimo, mueve los labios queriendo disculparse.) Ya, ya sé lo que me vas a decir. Estuviste hasta muy tarde repartiendo cartas; volviste a casa de noche. Pero luego pudiste leer algo; no me vengas con enredos.[23] Y esta mañana, ¿por
5 qué no echaste un vistazo a la lección de Geografía? ¡Cuidado con los desatinos que has dicho hoy! ¿De dónde sacas tú [24] que Francia está limitada al Norte por el Danubio y que el Po pasa por Pau? ¡Vaya unas barbaridades! ¿Te parece a ti que he hecho yo el mundo para que tú y otros mocosos como
10 tú me lo estéis deshaciendo a cada paso?»

Enmudeció la augusta persona, quedándose con los ojos fijos en Cadalso, al cual un color se le iba y otro se le venía,[25] y estaba silencioso, agobiado, sin poder mirar ni dejar de mirar a su interlocutor.

15 «Es preciso que te hagas cargo de las cosas — añadió por fin el Padre, accionando con la mano cuajada de sortijas —. ¿Cómo quieres que yo coloque a tu abuelo si tú no estudias? Ya ves cuán abatido está el pobre señor, esperando como pan bendito su credencial. Se le puede ahogar con un cabello.[26]
20 Pues tú tienes la culpa, porque si estudiaras. . .»

Al oír esto, la congoja de Cadalsito fué tan grande, que creyó le apretaban la garganta con una soga y le estaban dando garrote. Quiso exhalar un suspiro y no pudo.

«Tú no eres tonto y comprenderás esto — agregó Dios —.
25 Ponte tú en mi lugar; ponte tú en mi lugar, y verás que tengo razón».

Luis meditó sobre aquéllo. Su razón hubo de admitir el argumento creyéndolo de una lógica irrebatible. Era claro como el agua: mientras él no estudiase, ¡contro! ¿como
30 habían de colocar a su abuelo? Parecióle esto la verdad

[23] **no me . . . enredos** don't give me any excuses
[24] **De dónde sacas tú** Where did you ever get the idea
[25] **al cual . . . venía** who blushed repeatedly
[26] **esperando . . . cabello** waiting for his appointment like he waits for communion. You can knock him over with a feather.

misma, y las lágrimas se le saltaron. Intentó hablar, quizás prometer solemnemente que estudiaría, que trabajaría como una fiera, cuando se sintió cogido por el pescuezo.

—Hijo mío — le dijo Paca sacudiéndole —, no te duermas aquí, que te vas a enfriar. 5

Luis la miró aturdido, y en su retina se confundieron un momento las líneas de la visión con las del mundo real. Pronto se aclararon las imágenes, aunque no las ideas; vió el cuartel del Conde-Duque, y oyó el *uno, dos, tres, cuatro,* como si saliese de debajo de tierra. La visión, no obstante, 10 permanecía estampada en su alma de una manera indeleble. No podía dudar de ella, recordando la mano ensortijada, la voz inefable del Padre y Autor de todas las cosas. Paca le hizo levantar y le llevó consigo. Después, quitándole del bolsillo los cacahuetes que antes le diera, díjole: «No comas 15 mucho de esto, que se te ensucia el estómago.[27] Yo te los guardaré. Vámonos ya, que principia a caer relente...» Pero él tenía ganas de seguir durmiendo; su cerebro estaba embotado, como si acabase de pasar por un acceso de embriaguez; le temblaban las piernas, y sentía frío intensísimo 20 en la espalda. Andando hacia su casa, le entraron dudas respecto a la autenticidad y naturaleza divina de la aparición. «¿Será Dios o no será Dios? — pensaba —. Parece que es porque lo sabe todito... Parece que no es, porque no tiene ángeles». 25

[27] **que se . . . estómago** or you'll get an upset stomach

Literary Considerations

Discussion Questions I-IX

1. What is the general effect of the opening scene? How does Galdós go about creating the turbulence of the end of the school day? What are the different figures of speech that he uses? What verbs predominate? What devices does he employ to give it life?
2. In describing Luisito Galdós comments on his age as being "como de ocho años, quizás de diez." Why this uncertainty? Shouldn't Galdós know for sure? What does this suggest as to the relationship between the narrator and his character?
3. On page 4 Galdós writes "la futura celebridad habló así a su compañero." Who is "la futura celebridad." Why does Galdós refer to him in that way? What is his function here? How does his speech serve as a characterizing device?
4. What do Mendizábal, and particularly his wife Paca, contribute to the *ambiente* surrounding the Villaamil household? How do they help us understand the members of this household?
5. In the first chapter Galdós gives us a quick physical description of Pura, Milagros, and Abelarda. What elements does he emphasize? Luisito himself observes them with special eyes. What is his perspective? Is your initial impression of these women modified later? What elements are emphasized later in the process of characterization?
6. Now consider Villaamil. In describing him what comparisons are used? Why? Remember too that he was called Ramses II in another novel. What does this suggest?
7. Chapter II takes us out of the Villaamil household and introduces us to the city of Madrid and to another house, that of Cucúrbitas. Both are seen through a child's eyes. Explain how Luis reacts to them.
8. Canelo is a dog but in many ways he is almost a person. Without treating him like the animals in Aesop's fables, how does Galdós endow him with certain human characteristics? What are these characteristics? What does his presence contribute to the novel?
9. In Chapter III Luis has an experience in which he talks to God. Does Galdós suggest a rational explanation for all this? What is

the central concern of Luis in these experiences? Examine carefully the speeches of God. Can you see any logical sources for these speeches? In Chapter IX he again sees God. Does this episode alter the central concern of his first encounter? Does it change the role of God?

10. The touching scene between Luis and his grandfather in Chapter IV conveys Villaamil's grief. How does the presence of the boy add a special note of irony?
11. Chapters V-VI give us the "beginning of a new day in the Villaamil household." What is the general effect? The atmosphere changes with the arrival of Pura. Why?
12. Chapters V-VI also give us a partial exposition of the past history of the Villaamil family. What devices does Galdós use to enliven what might otherwise be a dull account?
13. In Chapters VII and VIII the family holds a *tertulia*. How does this scene give you an insight into this society and its pretensions? Why does Villaamil stay clear of it?

Modes of Narration

Nineteenth-century novels have the reputation of being ponderous. This attitude may be a reaction to the length of some of them but at its source is a prejudice, a much more damning reason: the idea that little happens in them. The implication is that they are dull. It is true that compared to romantic stories of adventure action in these novels seems slow, lacking the twists and turns of ingenious complication and intrigue. But the fact is that adventure stories reached their apogee precisely during the nineteenth century, appearing serialized in the then new and growing medium of newspapers. The realistic novel had its beginnings in this serialized form but eventually it had to make a choice between a wide reading public which demanded established conventions and the freedom to create an art form by exploring new approaches to reality. This exploration led the realists to react against a concept of action that stressed exterior complication in favor of a deeper, if seemingly more prosaic, portrayal of existence. They discovered in the stream of life hidden undercurrents more fascinating than the most fantastic of adventures.

Character then replaced intrigue as the focus of interest. Minor and ordinary actions gain in importance because of the characters that perform them. Ortega y Gasset explains it thus: "Una narración somera no nos sabe: necesitamos que el autor se detenga y nos haga dar vueltas en torno a los personajes. Entonces nos complacemos al sentirnos impregnados y como saturados de ellos y de su ambiente, al percibirlos como viejos amigos habituales de quienes lo sabemos todo, y al presentarse nos revelan toda la riqueza de sus vidas... Nuestro interés se ha transferido, pues, de la trama a las figuras, de los actos a las personas."[1]

It is difficult to conceive how a work could be dull when the reader's imagination is challenged rather than fed, but any accusation of dullness leveled at the best of the realists is further destroyed when one considers the variety of tone and tempo found in their work. If the adventure story maintained interest through complication, the realistic novel experimented with modes of narration and through these found new sources of suspense and interest. It should prove fruitful at this point to examine the first nine chapters of *Miau* in order to understand the different ways in which Galdós tells his story, periodically changing

[1] José Ortega y Gasset, "Ideas sobre la novela," *Obras Completas* (Madrid, 1947), Vol. III, p. 393-94.

the pace of the work and thus keeping us alert and engaged. Consider the following passages in the novel:

1. The paragraph beginning "Me he quedado helado . . ." on page 9. Here we have description, and a particular type of description, that of character. What is the central simile? What features of the face receive attention and why? What colors predominate? To what effect? What is achieved through the repetition of words like "cráneo," "hueso," and "osorio?"

2. The paragraph opening Chapter III. This is an example of narration. Verbs in the preterite predominate but we also find imperfects throughout. To what effect is each of these tenses used? Within the narrative tone there are elements of recounting, presenting, explaining, and describing. Identify these.

3. The paragraph beginning "Villaamil decía "Esto es demasiado, Señor . . ." on page 27. Although the passage is interspersed with speeches of Villaamil we cannot consider it a monologue. Galdós interrupts the character's words to explain certain things but as the passage progresses the author's explanations become confused with Villaamil's thought processes; exposition and memories become one. Identify the stages of this process.

4. The paragraph beginning "Antes de que la vida de la señorita Escobios . . ." on page 35. This passage is expository in nature; its intent is to give us information from the past that is relevant to the present of the story. What verb tenses predominate here? Why is this? The passage begins by focusing on the antecedents of Milagros but the concept of exposition is broadened as it goes along. What general impression does it convey in the end?

5. The exchange between Pura and Villaamil beginning with the paragraph "Ya encendidas las luces . . ." on page 43. Here we have dialogue, a scene dramatized on the spot. Notice how the parenthetical phrase near the middle functions as a stage direction. Compare the style of these speeches with that of the longer paragraph that precedes the sequence.

Consider the time element involved in all the passages. Make note of the relationship between the temporal element involved in the action within the sequence and the time that it takes for Galdós to convey it; that is, for us to read it. Which passage gives you the feeling of a faster pace? Which of a slower one? Which strikes you as being more dynamic? Which less? Compare the passage with what immediately precedes it. Does this suggest a change in pace? You might explore other parts of the nine chapters in terms of alterations in tempo which give the novel a sensation of life varied and shifting in emphasis.

Galdós' style, for all the labored planning that the questions above might suggest, always conveys the feeling of naturalness and spontaneity. Professor Ricardo Gullón has well described the free flow of his creative imagination as "novelar como respirar."

Segunda Parte

X

Poco después de anochecido, al subir a su casa, Cadalsito sintió pasos detrás de sí; pero no volvió la cara. Mas cuando faltaban pocos escalones para llegar al piso segundo, manos desconocidas le cogieron la cabeza y se la apretaron, no dejándolo mirar hacia atrás. Tuvo miedo, creyéndose en poder de algún ladrón barbudo y feo, que iba a robar la casa y empezaba por asegurarle a él. Pero antes que tuviera tiempo de chillar, el intruso le levantó en peso [1] y le besó. Luis pudo verle entonces la cara, y al reconocerle, su intranquilidad no disminuyó. Había visto aquella cara por última vez algún tiempo antes, sin poder apreciar cuándo, en una noche de escándalo y reyerta, en la cual todos chillaban en su casa, Abelarda caía con una pataleta,[2] y la abuelita gritaba pidiendo el auxilio de los vecinos. La dramática escena doméstica había dejado indeleble impresión en Luis, que ignoraba por qué se habían puesto sus tías y abuela tan furiosas.

En aquel tiempo estaba el abuelito en Cuba, y no vivía la familia en la calle de Quiñones. Recordó también que las iras de las *Miaus* recaían sobre una persona que entonces desapareció de la casa, para no volver a ella hasta la ocasión que ahora se refiere. Aquel hombre era su padre. No se atrevió Luis a pronunciar el cariñoso nombre; de mal humor dijo: «Suéltame». Y el sujeto aquél llamó.

[1] **le levantó en peso** picked him up bodily
[2] **caía . . . pataleta** had a fit

Cuando doña Pura, al abrir la puerta, vió al que llamaba, acompañado de su hijo, quedóse un instante como quien no da crédito a sus ojos. La sorpresa y el terror se pintaban en su semblante...; después contrariedad. Por fin murmuró: «¿Víctor..., tú?»

Entró saludando a su suegra con cierta emoción, de una manera cortés y expresiva. Villaamil, que tenía el oído muy fino, se estremeció al reconocer desde su despacho la voz aquélla. «¡Víctor aquí..., Víctor otra vez en casa!» Este hombre nos trae alguna calamidad». Y cuando su yerno entraba a saludarle, el rostro tigresco de don Ramón se volvió espantoso, y le temblaba la mandíbula carnicera, indicando como un prurito de ejercitarla contra la primera res que se le pusiera delante. «Pero, ¿cómo estás aquí? ¿Has venido con licencia?», fué lo único que dijo.

Víctor Cadalso sentóse frente a su suegro. El quinqué les separaba, y su luz, iluminando los dos rostros, hacía resaltar el vivo contraste entre una y otra persona. Era Víctor acabado tipo [3] de hermosura varonil. El clarobscuro producido por la luz de la lámpara modelaba las facciones del guapo mozo. Tenía nariz de contorno puro, ojos negros, de ancha pupila, cuya expresión variaba desde el matiz más tierno hasta el más grave, a voluntad. La frente, pálida, tenía el corte y el bruñido que en escultura sirve para expresar nobleza; la edad debía de andar entre los treinta y tres o los treinta y cinco. No supo responder terminantemente a la pregunta de su suegro, y después de titubear un instante, se aplomó y dijo:

—Con licencia no..., es decir..., he tenido un disgusto con el jefe. Salí sin dar cuenta a nadie. Ya conoce usted mi carácter. No me gusta que nadie juegue conmigo... Ya le contaré. Ahora vamos a otra cosa. Llegué esta mañana en el tren de las ocho, y me metí en una casa de huéspedes de la calle del Fúcar. Allí pensaba quedarme. Pero estoy tan mal,

[3] **acabado tipo** a perfect specimen

que si ustedes (doña Pura se hallaba todavía presente) no se incomodan, me vendré aquí por unos días, nada más que por unos días.

Doña Pura se echó a temblar, y corrió a transmitir la fatal nueva a su hermana y a su hija. «¡Se nos mete aquí! ¡Qué horror de hombre! Nos ha caído que hacer».[4]

—Aquí estamos muy estrechos — objetó Villaamil con cara cada vez más fiera y tenebrosa —. ¿Por qué no te vas a casa de tu hermana Quintina?

—Ya sabe usted — replicó — que mi cuñado Ildefonso y yo estamos así . . ., un poco de punta.[5] Con ustedes me arreglo mejor. Yo les prometo ser pacífico y razonable, y olvidar ciertas cosillas.

—Pero, en resumidas cuentas,[6] ¿sigues o no en tu destino de Valencia?

—Le diré a usted . . . (mascando las primeras palabras, pero discurriendo al fin una respuesta que disimulase su perplejidad). Aquel Jefe Económico es un trapisonda . . . Se empeñó en echarme de allí, y ha intentado formarme expediente. No conseguirá nada; tengo yo más conchas que él.[7]

Villaamil dió un suspiro, tratando de descifrar por la fisonomía de su yerno el misterio de su intempestiva llegada. Pero sabía por experiencia que la cara de Víctor era impenetrable y que, histrión consumado, expresaba con ella lo que más convenía a sus fines.

—¿Y qué te parece tu hijo? — le preguntó al ver entrar a Pura con Luisín —. Está crecido, y le vamos defendiendo la salud.[8] Delicadillo siempre, por lo cual no queremos apretarle para que estudie.

—Tiempo tiene — dijo Cadalso, abrazando y besando al

[4] **Nos ha . . . hacer** We're in for it
[5] **un poco de punta** a bit on the outs
[6] **en resumidas cuentas** after all is said and done
[7] **tengo . . . que él** I have more pull than he does
[8] **le vamos . . . salud** we're looking out for his health

niño —. Cada día se parece más a su madre, a mi pobre Luisa. ¿Verdad?

Al anciano se le humedecieron los ojos. Aquella hija malograda en la flor de la edad, fué todo su amor. El día de su temprana muerte, Villaamil envejeció de un golpe diez años. Siempre que alguien la nombraba en la casa, el pobre hombre sentía renovada su aflicción inmensa, y si quien la nombraba era Víctor, al pesar se mezclaba la repugnancia que inspira el asesino condoliéndose de su víctima después de inmolada. A doña Pura también se le abatieron los espíritus al ver y oír al que fué esposo de su querida hija. Luis se entristeció, más bien por rutina, pues había notado que cuando alguien pronunciaba en la casa el nombre de su mamá, todos suspiraban y se ponían muy serios.

Víctor, llevando a su hijo, pasó a saludar a Milagros y a Abelarda. Aquélla le aborrecía de todo corazón, y respondió a su saludo con desdeñosa frialdad. La cuñadita se metió en su cuarto al sentirle; luego salió, y su color, siempre malo, era como el color de una muerta. Le temblaba la voz; quiso afectar el mismo desdén de su tiíta hacia Víctor; éste la apretaba la mano. «¿Ya estás aquí otra vez, perdido?», balbuceó ella, y sin saber qué hacer se volvió a meter en el aposento.

Llegada la hora de comer, Víctor, sentándose a la mesa con la mayor frescura, hubo de permitirse ciertos alardes de conversación jocosa. Todos le miraban con hostilidad, esquivando los temas joviales que quería sacar a relucir. A ratos se ponía ceñudo y receloso; pero a la manera de un actor que recobra su papel momentáneamente olvidado, tomaba la estudiada actitud bonachona y festiva. Luego reapareció la dificultad grave. ¿Dónde le ponían? Y doña Pura, sofocada ante la imposibilidad de alojar al intruso, se plantó diciéndole:

—No puede ser, Víctor; ya ves que no hay medio de tenerte en casa.

—No se apure usted, mamá — replicó él, acentuando con cariño el tratamiento —. Me quedaré aquí, en el sofá del comedor. Déme usted una manta, y dormiré como un canónigo.[9]

Nada pudieron oponer a esta conformidad doña Pura y las otras *Miaus*. Cuando empezaron a llegar las personas que iban a la tertulia, Víctor dijo a su suegra: 5

—Mire usted, mamá, yo no me presento. No tengo malditas ganas de [10] ver gente, al menos en algunos días. Me parece que he oído la voz de Pantoja. No le diga usted que estoy aquí.

Cuando doña Pura transmitió a su marido el recelo de ser visto que en Cadalso notara, el buen señor se intranquilizó 10 más, y echó nuevas pestes [11] contra el intruso. Puesta sobre la mesa del comedor la bandeja con los vasos de agua, único refrigerio que los Villaamil podían ofrecer a sus amigos, Cadalso se quedó un rato solo con su hijo, el cual mostraba aquella noche aplicación desusada. «¿Estudias mucho?», 15 preguntó su padre acariciándole. Y él contestó que sí con la cabeza, cohibido y vergonzoso, como si el estudiar fuese delito. Su padre era para él como un extraño, y al intentar hablarle, la timidez le ataba la lengua. El sentimiento que al pobre niño inspiraba aquel hombre era mezcla singularísima de 20 respeto y temor. Le respetaba por el concepto de padre, que en su alma tierna tenía ya el natural valor; le temía, porque en su casa había oído mil veces hablar de él en términos harto desfavorables. Era Cadalso el papá malo, como Villaamil era el papá bueno. 25

Al sentir los pasos de algún tertulio sediento que venía al abrevadero, Víctor se colaba en el cuarto de Milagros. Conoció por la voz a Ponce, que amén de crítico era novio de Abelarda: reconoció también a Pantoja, empleado en Contribuciones, amigo de Villaamil y aun del propio Cadalso, 30 quien le tenía por la máquina humana más inútil y roñosa que en oficinas existiera. No pudo dejar de notar que una de

[9] **dormiré . . . canónigo** I'll sleep like a log
[10] **No tengo . . . ganas de** I don't feel at all like
[11] **echó nuevas pestes** and invented new insults

las personas que más sed tuvieron aquella noche fué Abelarda. Salió dos o tres veces a beber, y además quiso substituir a su tía Milagros en la obligación de acostar al pequeño. Estando en ello,[12] se metió Víctor en la alcoba, huyendo de
5 otro tertulio sofocado que iba a refrescarse.

—Papá está muy inquieto con esta aparición tuya —le dijo Abelarda sin mirarle—. Has entrado en casa como Mefistófeles, por escotillón, y todos nos alteramos al verte.

—¿Me como yo la gente? — respondió Víctor sentándose en
10 la misma cama de Luis —. Por lo demás, en mi venida no hay misterio; hay algo, sí, que no comprenderán tu padre y tu madre; pero tú lo comprenderás cuando te lo explique, porque tú eres buena para mí, Abelarda; tú no me aborreces como los demás, sabes mis desgracias, conoces mis faltas y me
15 tienes compasión.

Insinuó esto con mucha dulzura, contemplando a su hijo, ya medio desnudo. Abelarda evitaba el mirarle. No así Luisito, que había clavado los ojos en su padre, como queriendo descifrar el sentido de sus palabras.

20 —¡Lástima yo de ti! — repuso al fin la insignificante con voz trémula —. ¿De dónde sacas eso?... ¿Si pensarás que creo algo de lo que dices? A otras engañarás, pero ¡a la hija de mi madre[13]...!

Y como Víctor empezase a replicarle con cierta vehemencia,
25 Abelarda le mandó callar con un gesto expresivo. Temía que alguien viniese o que Luis se enterase, y aquel gesto señaló una nueva etapa en el diálogo.

—No quiero saber nada — dijo, determinándose al fin a mirarle cara a cara.

30 —Pues ¿a quién he de confiarme yo si no me confío a ti..., la única persona que me comprende?

—Vete a la iglesia, arrodíllate ante el confesonario...

—La antorcha de la fe se me apagó hace tiempo. Estoy a

[12] **Estando en ello** While she was doing this
[13] **a la hija ... madre** you can't fool me

obscuras —declaró Víctor mirando al chiquillo, ya con las manos cruzadas para empezar sus oraciones.

Y cuando el niño hubo terminado, Abelarda se volvió hacia el padre, diciéndole con emoción:

—Eres muy malo, muy malo. Conviértete a Dios, encomiéndate a él, y. . .

—No creo en Dios —replicó Víctor con sequedad—; a Dios se le ve soñando, y yo hace tiempo que desperté.

Luisito escondió su faz entre las almohadas, sintiendo un frío terrible, malestar grande y todos los síntomas precursores de aquel estado en que se le presentaba su misterioso amigo.

xi-xii

A las doce, cuando los tertulios desfilaron, Cadalso se acomodó en el sofá del comedor, cubriéndose con la manta que Abelarda le diera. Ignoraba él que su cuñada se acostaría vestida aquella noche por carecer de abrigo. Retiráronse todos, menos Villaamil, que no quiso recogerse sin tener una explicación con su yerno. La lámpara del comedor había quedado encendida, y el abuelo, al entrar, vió a Víctor incorporado en su duro lecho, con la manta liada de medio cuerpo abajo.[1] Comprendió al punto el yerno que su padre político quería palique, y se preparó, cosa fácil para él, pues era hombre de imaginación pronta, de afluente palabra, de salidas ágiles y oportunas, a fuer de meridional de pura sangre,[2] nacido en aquella costa granadina que tiene detrás la Alpujarra y enfrente a Marruecos. «Este tío — pensó — me quiere embestir. A buena parte viene... Empiece la brega. Le trastearemos con gracia».[3]

—Ahora que estamos solos — dijo Villaamil con aquella gravedad que imponía miedo —, decídete a ser franco conmigo. Tú has hecho algún disparate, Víctor. Te lo conozco en la cara, aunque tu cara pocas veces dice lo que piensas. Confiésame la verdad, y no trates de marearme con tus pases de palabras ni con esas ideas raras de que sacas tanto partido.[4]

[1] **con la . . . abajo** the blanket pulled up to his waist

[2] **a fuer . . . sangre** like the glib southerner that he was

[3] **Empiece . . . gracia** Let the fight begin. We'll knock him around with style.

[4] **de que . . . partido** which get you what you want

—Yo no tengo ideas raras, querido don Ramón; las ideas raras son las de mi señor suegro. Debemos juzgar las ideas de las personas por el pelo que éstas echan.[5] ¿Le han colocado a usted ya? Se me figura que no. Y usted sigue tan fresco, esperando su remedio de la justicia, que es lo mismo que esperarlo de la luna. Mil veces le he dicho a usted que el mismo Estado es quien nos enseña el derecho a la vida. Si el Estado no muere nunca, el funcionario no debe perecer tampoco administrativamente. Y ahora le voy a decir otra cosa: mientras no cambie usted de papeles, no le colocarán; se pasará los meses y los años viviendo de ilusiones, fiándose de palabras zalameras y de la sonrisa traidora de los que se dan importancia con los tontos, haciendo que les protegen.

—Pero tú, necio — dijo Villaamil enojadísimo —, ¿has llegado a figurarte que yo tengo esperanzas? ¿De dónde sacas, majadero, que yo me forje ni la milésima parte de una condenada ilusión? ¡Colocarme a mí! No se me pasa por la imaginación semejante cosa, no espero nada, y digo más: hasta me ofende el que me supone pendiente de formulillas y de palabras cucas.

—Como siempre le he conocido a usted así, tan confiado, tan optimista . . .

—Te repito de una vez para siempre (deseando tener a mano una botella, tintero o palmatoria que tirarle a la cabeza) que yo no espero nada, ni pienso que me colocarán jamás. En cambio estoy convencido de que tú, tú, que acabas de defraudar al Tesoro, tendrás el premio de tu gracia, porque así es el mundo, y así está la cochina Administración . . . ¡Dios mío!, ¡que viva yo para ver estas cosas! (levantándose y llevándose las manos a la cabeza).

—Lo que tiene usted que hacer (con cierta fatuidad) es aprender de mí.

—¡Bonito modelo! No quiero oírte, no quiero verte ni en pintura[6] . . . Adiós (marchándose y volviendo desde la

[5] **por el . . . echan** by the fruits they bear
[6] **ni en pintura** at all

puerta). Y ten entendido que yo no espero ni esto; que estoy conforme, que llevo con paciencia mi desgracia, y que no se me ocurre que me puedan colocar ahora, ni mañana, ni el siglo que viene..., aunque buena falta nos hace. Pero...

5 —Pero ¿qué?... (echándose a reír malignamente). Vamos, ¿a que le coloco yo a usted si me atufo?

—¡Tú..., tú!; ¡deberte yo a ti...!

Y fué tal su indignación, que no quiso hablar más, temeroso de hacer un disparate, y pegando un portazo que estremeció 10 la casa, huyó a su alcoba y arrojóse en la inquieta superficie de su camastro, como un desesperado al mar.

Víctor se arrebujó en la manta, tratando de dormir; pero hallábase excitadísimo, más que por el altercado con su suegro, por la memoria de sucesos recientes, y no podía con- 15 ciliar el sueño, no siendo tampoco extraña a este fenómeno la dureza del banco en que reposaba.

Y al cabo de un cuarto de hora, cuando parecía que había encontrado el sueño, soltó de improviso la risa, diciendo: «No me pueden probar nada. Pero aunque me lo pro- 20 baran...» Por fin se durmió, y tuvo una pesadilla, semejante a otras que en los casos de agitación moral turbaban su descanso. Soñó que iba por una galería muy larga, inacabable, con paredes de espejos, que hasta lo infinito repetían su gallarda persona. Iba por aquel inmenso callejón persi- 25 guiendo a una mujer, a una dama elegante, la cual corría agitando con el rápido mover de sus pies la falda de crujiente seda. Cadalso le veía los tacones de las botas, que eran... ¡cascarones de huevo! Quién podía ser la dama, lo ignoraba; era la misma con quien soñara otra noche, y al seguirla, se 30 decía que todo aquello era sueño, asombrándose de correr tras un fantasma, pero corriendo siempre. Por fin ponía la mano en ella, la dama se paraba y se volvía, diciéndole con voz muy ronca: «¿Por qué te empeñas en quitarme esta cómoda que llevo aquí?» En efecto, la dama llevaba en la 35 mano una cómoda ¡de tamaño natural!, y la llevaba tan desahogadamente como si fuera un portamonedas. Entonces

Víctor despertaba sintiendo sobre sí un peso tal que no podía moverse, y un terror supersticioso que no sabía relacionar ni con la cómoda, ni con la dama, ni con los espejos. Todo ello era estúpido y sin ningún sentido.

Despierto, tenían más miga los sueños de Cadalso, porque toda la vida se la llevaba pensando en riquezas que no tenía, en honores y poder que deseaba, en mujeres hermosas, cuyas seducciones no le eran desconocidas, en damas elegantes y de alta alcurnia que con ardentísima curiosidad anhelaba tratar y poseer, y esta aspiración a los supremos goces de la vida le traía siempre intranquilo, vigilante y en acecho. Devorado por el ansia de introducirse en las clases superiores de la sociedad, creía tener ya en las manos un cabo y el primer nudo de la cuerda por donde otros menos audaces habían logrado subir. ¿Cuál era este nudo? Ved aquí un secreto que por nada del mundo revelaría Cadalso a sus vulgarísimos y apocados parientes los de Villaamil.

Aparecióse le muy temprano *la figura arrancada a un cuadro de Fra Angélico,* por otro nombre doña Pura, quien le acometió con el arma cortante de su displicencia, agravada por la mala noche que un dolorcillo de muelas le hizo pasar. «Ea, despejarme el comedor. Ve a lavarte a mi cuarto, que tenemos precisión de barrer aquí. Lárgate pronto si no quieres que te llenemos de polvo». Apoyaba esta admonición, de una manera más persuasiva, la segunda *Miau,* que se presentó escoba en mano.

—No se enfade usted, mamá. (A doña Pura le cargaba mucho que su yerno la llamase *mamá.*) Desde que está usted hecha una potentada, no se la puede aguantar. ¡Qué manera de tratar a este infeliz!

—Eso es, búrlate... Es lo que te faltaba para acabar de conquistarnos. ¡Y que tienes el don de la oportunidad! Siempre te descuelgas por aquí cuando estamos con el agua al cuello.[7]

[7] **Siempre . . . cuello** You always drop in on us when we're just about to go under.

—¿Y si dijera que precisamente he venido creyendo ser muy oportuno? A ver... ¿qué respondería usted a esto? Porque no conviene despreciar a nadie, querida mamá, y se dan casos de que el huésped molesto nos resulte Providencia de la noche 5 a la mañana.

—Buena providencia nos dé Dios (siguiéndole hacia el cuarto donde Víctor pensaba lavarse). ¿Qué quieres decir?, ¿que vas a apretar la cuerda que nos ahorca?

—Tanto como está usted chillando ahí (con zalamería), 10 y todavía soy hombre para convidarla a usted a palcos por asiento.[8]

—Ninguna falta nos hacen tus palcos... ¡Ni qué has de convidar tú, si siempre te he conocido más arrancado que el Gobierno!

15 —Mamá, mamá, por Dios, no rebaje usted tanto mi dignidad. Y sobre todo, el que yo sea pobre no es motivo para que se dude de mi buen corazón.

—Déjame en paz. Ahí te quedas. Despacha pronto.

—Prefiero ver delante de mí el puñal del asesino a ver 20 malas caras. (Deteniéndola por un brazo.) Un momento. ¿Quiere usted que pague mi hospedaje.

Sacó su cartera en el mismo instante, y a doña Pura se le encandilaron los ojos viendo que abultaba y que el bulto la hacía un grueso manojo de billetes de Banco.

25 —No quiero ser gravoso (dándole un billete de 100 pesetas). Tome usted, querida mamá, y no juzgue mis intenciones por la insuficiencia de mis medios.

—Pues no creas... (echando la zarpa al billete como si éste fuera un ratón), no creas que voy a llevar mi delicadeza 30 hasta lo increíble, rechazando con indignación tu dinero, a estilo de teatro.[9] No estamos ahora para escrúpulos ni para indignaciones cursis. Lo tomo, sí, lo tomo, y voy a pagar con él una deuda sagrada, y además, nos viene bien para...

[8] **Tanto ... asiento** In spite of your nagging (putting on his charm) I'm still willing to invite you to chair-circle seats at the opera.

[9] **a estilo de teatro** the way they do in corny stage-plays

—¿Para qué?

—Déjame a mí. ¿Quién no tiene sus secretillos?

—Y un hijo, un hijo cariñoso, ¿no merece ser depositario de esos secretos? Gracias por la confianza que merezco. Yo creí que me apreciaban más. Querida mamá, aunque usted no me considere de la familia, yo no puedo desprenderme de ella. Mándeme usted que no les quiera, y no obedeceré... En otra parte puedo entrar con indiferencia, pero en esta casa no; y cuando en ella noto síntomas de estrechez, aunque usted me lo prohiba, me tengo que afligir... (poniéndole cariñosamente la mano en el hombro). Simpática suegra, no me gusta que papá ande sin capa.

—¡Pobrecito!... y ¡qué le hemos de hacer!... Su situación viene siendo muy triste hace tiempo. La cesantía va estirando más de lo que creíamos. Sólo Dios y nosotras sabemos las amarguras que en esta casa se pasan.

—Menos mal si el remedio viene, aunque sea de la persona a quien no se estima (dándole otro billete de igual cantidad, que doña Pura se apresura a recoger).

—Gracias... No es que no te estimemos; es que tú...

—He sido malo, lo confieso (patéticamente); reconocerlo es señal de que ya no lo soy tanto. Tengo mis defectos como cada *quisque;* [10] pero no soy empedernido, no está mi corazón cerrado a la sensibilidad, ni mi entendimiento a la experiencia. Yo seré todo lo malo que usted quiera; pero, en medio de mi perversidad, tengo una manía, vea usted..., no tolero que esta familia, a quien tanto debo, pase necesidades. Me da por ahí [11]..., llámelo usted debilidad o como quiera (dándole un tercer billete con gallardía generosa, sin mirar la mano que lo daba). Mientras yo gane un real, no consiento que el padre de mi pobre Luisa vista indecorosamente, ni que mi hijo ande desabrigado.

—Gracias, Víctor, gracias (entre conmovida y recelosa).

—No tiene usted por qué darme las gracias. No hay mérito

[10] **como cada quisque** as anyone does
[11] **me da por ahí** that's my Achilles' heel

ninguno en cumplir un deber sagrado. Se me ocurre que podría usted tomar hasta dos mil reales, porque no serán una ni dos las cosas que se han ido a Peñaranda.[12]

—Rico estás... (con escama de si serían falsos los billetes).

5 —Rico, no... Ahorrillos. En Valencia se gasta poco. Se encuentra uno con economías sin notarlo. Y repito que si usted me habla de agradecimiento, me incomodo. Yo soy así. ¡He variado tanto! Nadie sabe la pena que siento al recordar los malos ratos que he dado a ustedes, y sobre todo a mi 10 pobre Luisa (con emoción falsa o verdadera, pero tan bien expresada, que a doña Pura se le humedecieron los ojos). ¡Pobre alma mía! ¡Que no pueda yo reparar los agravios que aquella santa recibió de mí! ¡Que no pueda yo resucitarla para que vea mi corazón mudado, aunque luego nos muriéramos 15 los dos! (Dando un gran suspiro.) Cuando la muerte se interpone entre la culpa y el arrepentimiento, no tiene uno ni el amargo consuelo de pedir perdón a quien ha ofendido.

—¡Cómo ha de ser! No pienses ahora en cosas tristes. ¿Quieres otra toalla? Aguarda. Y si necesitas agua caliente, 20 te la traeré volando.

—No; nada de molestarse por mí. Pronto despacho, y en seguida iré a traer mi equipaje.

—Pues si se te ocurre algo, llamas... La campanilla no hay quien la haga sonar. Te asomas a la puerta y me das una 25 voz.[13]

Aquel hombre, que sabía desplegar tan variados recursos de palabra y de ingenio cuando se proponía mortificar a alguien, ya con feroz sarcasmo, ya hiriendo con delicada crueldad las fibras más irritables del corazón, entendía mara-30 villosamente el arte de agradar, cuando entraba en sus miras.[14] A doña Pura no la cogían de nuevas las demostraciones in-

[12] **porque ... Peñaranda** because quite a few things missing in this house must be at the pawnshop

[13] **me ... voz** call me

[14] **cuando ... miras** when it suited his purpose

sinuantes de su yerno; pero esta vez, sea porque fuesen acompañadas de la donación en metálico, sea porque Víctor extremara sus zalamerías la pobre señora le tuvo por moralmente reformado o en camino de ello siquiera. Corridas algunas horas,[15] no pudo la *Miau* ocultar a su cónyuge que tenía dinero, pues el disimular las riquezas era cosa enteramente incompatible con el carácter y los hábitos de doña Pura. Interrogóla Villaamil sobre la procedencia de aquellos que modestamente llamaba *recursos,* y ella confesó que se los había dado Víctor, por lo cual se puso don Ramón muy sobresaltado, y empezó a mover la mandíbula con saña, soltando de su feroz boca algunos vocablos que asustarían a quien no le conociera.

—Pero ¡qué simple eres!... Si no me ha dado más que una miseria. Pues ¿qué querías tú, que le mantenga yo el pico? Bonitos estamos para eso. Le he acusado las cuarenta [16]..., clarito, clarito. Si se empeña en estar aquí, que contribuya a los gastos de la casa. ¡Bah!, ¡qué cosas dices! Que ha defraudado al Tesoro. Falta probarlo..., serán cavilaciones tuyas. ¡Vaya usted a saber! Y en último caso, ¿es eso motivo para que viva a costa nuestra?

Villaamil calló. Tiempo hacía que estaba resignado a que su señora llevase los pantalones. Era ya achaque antiguo que cuando Pura alzaba el gallo,[17] bajase él la cabeza fiando al silencio la armonía matrimonial. Recomendáronle, cuando se casó, este sistema, que cuadraba admirablemente a su condición bondadosa y pacífica. Por la tarde volvió doña Pura a la carga,[18] diciéndole: «Con este poco de barro hemos de tapar algunos agujeros. Ve pensando en hacerte ropa. Es imposible que consiga nada el que se presenta en los Minis-

[15] **Corridas ... horas** After a few hours

[16] **que le mantenga ... cuarenta** for me to feed him? We're in fine shape to do that! I read him the riot act

[17] **cuando ... gallo** when Pura had her dander up

[18] **volvió ... carga** Doña Pura picked up where she'd left off

terios hecho un mendigo, los tacones torcidos, el sombrero del año del hambre,[19] y el gabán con grasa y flecos. Desengáñate: a los que van así nadie les hace caso, y lo más a que pueden aspirar es a una plaza en San Bernardino.[20] Y como ahora 5 te han de colocar, también necesitas ropa para presentarte en la oficina.

—Mujer, no me marees... No sabes el daño que me haces con esa confianza de que no participo; al contrario, yo nada espero.

10 —Pues sea lo que sea; si te colocan, porque sí, y si no, porque no, necesitas ropa. El traje es casi casi la persona, y si no te presentas como Dios manda, te mirarán con desprecio, y eres hombres perdido. Hoy mismo llamo al sastre para que te haga un gabán. Y el gabán nuevo pide sombrero, y el 15 sombrero botas.

Villaamil se asustó de tanto lujo; pero cuando Pura adoptaba el énfasis gubernamental, no había medio de contradecirla. Ni se le ocultaba lo bien fundado de aquellas razones, y el valor social y político de las prendas de vestir; y 20 harto sabía que los pretendientes bien trajeados llevan ya ganada la mitad de la partida. Vino, pues, el sastre llamado con urgencia, y Villaamil se dejó tomar las medidas, taciturno y fosco, como si más que de gabán fuesen medidas de mortaja.[21]

[19] **del año del hambre** as old as the hills
[20] The poorhouse in Madrid
[21] **como ... mortaja** as if they were measuring for a shroud rather than an overcoat

xiii

Antes de proseguir, evoquemos la doliente imagen de Luisa Villaamil, muerta aunque no olvidada, en los días de esta humana crónica. Pero retrocediendo algunos años, la cogeremos viva.[1] Vámonos, pues, al 68, que marca el mayor trastorno político de España en el siglo presente, y señaló además graves sucesos en los azarosos anales de la familia Villaamil. 5

Contaba Luisa cuatro años más que su hermana Abelarda, y era algo menos insignificante que ella. Ninguna de las dos se podía llamar bonita; pero la mayor tenía en su mirada algo de *ángel,* un poco más de gracia, la boca más fresca, el cuello 10 y hombros más llenos, y por fin, la aventajaba ligeramente en la voz, acento y manera de expresarse. Las escasas seducciones de entrambas no las realzaba una selecta educación. A principios de 1868, desempeñaba Villaamil el cargo de Jefe Económico en una capital de provincia de tercera clase, ciudad 15 arqueológica, de corto y no muy brillante vecindario, famosa por su catedral. En aquel *pueblo* pasó la familia de Villaamil la temporada triunfal de su vida, porque allí doña Pura y su hermana daban el tono [2] a las costumbres elegantes y hacían lucidísimo papel, figurando en primera línea en el escalafón 20 social. Cayó entonces en la oficina de Villaamil un empleadillo joven y guapo, de la clase de aspirantes con cinco mil reales, engendro reciente del caciquismo.[3] Cómo fué a parar

[1] **la cogeremos viva** we find her still alive
[2] **daba el tono** set the style
[3] **engendro . . . caciquismo** recent offspring of the spoils system

allí Víctor Cadalso, es cosa que no nos importa saber. Era andaluz, había estudiado parte de la carrera en Granada, se vino a Madrid sin blanca, y aquí, después de mil alternativas, encontró un padrinazgo de momio, que lo lanzó de un manotazo[4] a la vida burocrática, como se puede lanzar una pelota. A poco de entrar en las oficinas de aquella provincia, hízose muy de notar, y como tenía atractivos personales, lenguaje vivo y gracioso, buenas trazas para vestirse y desenvueltos modales, no tardó en obtener la simpatía y agasajo de la familia del jefe, en cuya sala (no hay manera de decir *salones*), bastante concurrida los domingos y fiestas de guardar,[5] fué desde la primera noche astro refulgente.

Por esto sucedió lo que debía suceder: que Luisa se prendó del aspirante y locamente, desde la primera noche que se vieron, con ese amor explosivo en que los corazones parece que están llenos de pólvora cuando los traspasa la inflamada flecha. Esto suele ocurrir en las clases populares y en las sociedades primitivas, y pasa también alguna vez en el seno del vulgo infatuado y sin malicia, cuando cae en él, como rayo enviado del cielo, un ser revestido de apariencias de superioridad. La pasión súbita de Luisa Villaamil fué tan semejante a la de Julieta, que al día siguiente de hablarle por primera vez, no habría vacilado en huir con Víctor de la casa paterna, si él se lo hubiera propuesto. Siguieron al flechazo unos amoríos furibundos. Luisa perdió el sueño y el apetito. Había carteo dos o tres veces al día y telégrafos a todas horas. En resolución, que el amor se salió con la suya, como suele. Trinaron los señores de Villaamil; pero, pensándolo bien, ¿qué remedio quedaba más que arreglar aquel desavío como se pudiese?

Luisa era toda sensibilidad, afecto y mimo; un ser desequilibrado, incapaz de apreciar con sentido real las cosas de la vida. Vibraban en ella el dolor y la alegría con morbosa

[4] **de un manotazo** in one fell swoop
[5] **fiestas de guardar** holidays

intensidad. Tenía a Víctor por el más cabal de los hombres, se extasiaba en su guapeza y era completamente ciega para ver las jorobas de su carácter. Los seres y las acciones eran como hechuras de su propia imaginación, y de aquí su fama de escaso mundo y discernimiento. Fué padrino del bodorrio el cacique, y su regalo sacarle a Víctor una credencial de ocho mil, lo que agradecieron mucho don Ramón y su mujer, pues una vez incorporado Cadalso a la familia, no había más remedio que empujarle y hacer de él un hombre. A poco estalló la Revolución, y Villaamil, por deber aquel destino a un íntimo de González Bravo,[6] quedó cesante. Víctor tuvo aldabas y atrapó un ascenso en Madrid. Toda la familia se vino por acá, y entonces empezaron de nuevo las escaseces, porque Pura había tenido siempre el arte de no ahorrar un céntimo, y una gracia especial para que la paga de primero de mes hallase la bolsa más limpia que una patena.[7]

Volviendo a Luisa, sépase que, comido el pan de la boda, seguía embelesada con su marido, y que éste no era un modelo. La infeliz niña vivía en ascuas, agrandando cavilosamente los motivos de su pena; le vigilaba sin descanso, temerosa de que él partiese en dos su cariño o lo llevase todo entero fuera de casa. Entonces empezaron las desavenencias entre suegros y yerno, enconadas por enojosas cuestiones de interés. Luisa pasaba las horas devorada por ansias y sobresaltos sin fin, espiando a su marido, siguiéndole y contándole los pasos de noche. Y el truhán, con aquella labia que Dios le dió,[8] sabía desarmarla con una palabrita de miel. Bastaba una sonrisa suya para que la esposa se creyese feliz, y un monosílabo adusto para que se tuviera por inconsolable. En marzo del 69 vino al mundo Luisito, quedando la madre tan desmejorada y endeble, que desde entonces pudieron, los que constantemente la veían, augurar su cercano fin. El niño

[6] Minister in the cabinet of Isabel II
[7] **más . . . patena** as clean as a hound's tooth
[8] **con aquella . . . dió** with his special gift of gab

nació raquítico, expresión viva de las ansias y aniquilamiento de su madre. Pusiéronle ama, sin ninguna esperanza de que viviera, y estuvo todo el primer año si se va o no se va.[9] Y por cierto que trajo suerte a la familia, pues a los seis días de nacido, dieron al abuelo un destino con ascenso, en Madrid, y de este modo pudo doña Pura bandearse en aquel golfo de trampas, imprevisión y despilfarro. Víctor se enmendó algo. Cuando ya su mujer no tenía remedio, mostróse con ella cariñoso y solícito. Padecía la infeliz accesos de angustiosa tristeza o de alegría febril, cuyo término era siempre un ataque de hemoptisis. En el último período de su enfermedad, el cariño a su marido se le recrudeció en términos que parecía haber perdido la razón, y cuando él no estaba presente, llamábale a gritos. Por una de esas perversiones del sentimiento que no se explican sin un desorden cerebral, su hijo llegó a serle indiferente; trataba a sus padres y a su hermana con esquiva sequedad. Toda la atención de su alma era para el ingrato, para él todos sus acentos de amor, y sus ojos habían eliminado cuantas hermosuras existen en el mundo moral y físico, quedándose tan sólo con las que su exaltada pasión fantaseaba en él.

Villaamil, que conocía la incorrecta vida de su yerno fuera de casa, empezó a tomarle aborrecimiento; Pura, más conciliadora, dejábase engatusar por las traidoras palabras de Cadalso, y a condición de que éste tratara con piedad y buenos modos a la pobre enferma, se daba por satisfecha y perdonaba lo demás. Por fin, la demencia, que no otro nombre merece, de la infortunada Luisa tuvo fatal término en una noche de San Juan. Murió llorando de gratitud porque su marido la besaba ardientemente y le decía palabras amorosas. Aquella mañana había sufrido un ataque de perturbación mental más fuerte que los anteriores, y se arrojó del lecho pidiendo un cuchillo para matar a Luis. Juraba que no era hijo suyo, y que Víctor le había traído a la casa en una

[9] **si se . . . va** between life and death

cesta, debajo de la capa. Fué aquel día de acerbo dolor para toda la familia, singularmente para el buen Villaamil, que, sin ruidoso duelo exterior, mudo y con los ojos casi secos, se desquició y desplomó interiormente, quedándose como ruina lamentable, sin esperanza, sin ilusión ninguna de la vida; y 5
desde entonces se le secó el cuerpo hasta momificarse, y fué tomando su cara aquel aspecto de ferocidad famélica que le asemejaba a un tigre anciano e inútil.

xiv-xv

Para completar las noticias biográficas de Víctor, importa añadir que tenía una hermana llamada Quintina, esposa de un tal Ildefonso Cabrera, empleado en el ferrocarril del Norte, buenas personas ambos, aunque algo extravagantes. 5 Faltándoles hijos, Quintina deseaba que su hermano le encomendase la crianza de Luis, y quizás lo habría conseguido sin las desavenencias graves que surgieron entre Víctor y su hermano político, por cuestiones relacionadas con la mezquina herencia de los hermanos Cadalso. Tratábase de 10 una casa ruinosa y sin techo en el peor arrabal de Vélez-Málaga, y sobre si el tal edificio correspondía a Quintina o a Víctor, hubo ruidosísimas querellas. La cosa era clara, según Cabrera, y para probar su diafanidad, no inferior a la del agua, puso el asunto en manos de la curia, la cual, en poco 15 tiempo, formó sobre él un mediano monte de papel sellado. La hermana de Cadalso deseaba que el pleito se transigiera y concluyesen aquellas enojosas cuestiones; y cuando su hermano fué a verla, a los pocos días de llegar de Valencia (aprovechando la ocasión en que la fiera de Ildefonso recorría 20 el trozo de línea de que era inspector), le propuso esto: «Mira, si me das a tu Luis, yo te prometo desarmar a mi marido, que desea tanto como yo tener al niño en casa». Trato inaceptable para Víctor, que aunque hombre de entrañas duras, no osaba arrancar al chiquillo del poder y amparo de 25 sus abuelos. Quintina, firme en su pretensión, argumentaba: «Pero ¿no ves que esa gente te lo va a criar muy mal? Lo de menos serían los resabios que ha de adquirir; pero es que le hacen pasar hambres al ángel de Dios. Ellas no saben cuidar criaturas ni en su vida las han visto más gordas.[1] No saben más que suponer y pintar la mona; [2] ni se ocupan más que de si tal artista cantó o no cantó como Dios manda, y su casa parece un herradero».

Aunque se trataban las *Miaus* y Quintina, no se podían ver ni en pintura,[3] porque la de Cadalso, que era una buena mujer (con lo cual dicho se está que no se parecía a su hermano), tenía el defecto de ser excesivamente curiosa, refistolera, entrometida, olfateadora. Al visitar a las Villaamil, no entraba en la sala, sino que se iba rondón al comedor, y más de una vez hubo de colarse en la cocina y destapar los pucheros para ver lo que en ellos se guisaba. A Milagros, con esto, se la llevaban los demonios.[4] Todo lo preguntaba Quintina, todo lo quería averiguar y en todo meter sus ávidas narices. Daba consejos que no le pedían, inspeccionaba la costura de Abelarda, hacía preguntas capciosas, y en medio de su cháchara impertinente, se dejaba caer con [5] alguna reticencia burlona, como quien no dice nada.

A Cadalsito le quería con pasión. Nunca se iba de casa sin verle, y siempre le llevaba algún regalillo, juguete o prenda de vestir. A veces, se plantaba en la escuela y mareaba al maestro preguntándole por los adelantos del rapaz, a quien solía decir: «No estudies, corazón, que lo que quieren es secarte los sesitos. No hagas caso; tiempo tienes de echar talento.[6] Ahora come, come mucho, engorda y juega, corre y diviértete todo lo que te pida el cuerpo». En cierta ocasión, observando a las *Miaus* bastante tronadas, les propuso que le

[1] **ni en . . . gordas** they've never been up against anything like that

[2] **pintar la mona** put on a front

[3] **no se . . . pintura** they couldn't stand each other

[4] **se la . . . demonios** drove her crazy

[5] **se dejaba caer con** she would drop

[6] **echar talento** develop your mind

dieran el chico; pero doña Pura se indignó tanto de la propuesta, que Quintina no hubo de plantearla más sino en broma. En fin, que era una moscona insufrible, un fiscal pegajoso y un espía siempre alerta.

5 Eran sus costumbres absolutamente distintas de las de sus víctimas. No frecuentaba el teatro, vivía con orden admirable, y su casa de la calle de los Reyes era lo que se dice una tacita de plata.[7] Físicamente, valía Quintina menos que su hermano, que se llevó toda la guapeza de la familia; era 10 graciosa, mas no bella; bizcaba de un ojo,[8] y la boca pecaba de grande y deslucida, aunque la adornase perfecta dentadura. Vivía el matrimonio Cabrera pacíficamente y con desahogo, pues además del sueldo de inspector, disfrutaba Ildefonso las ganancias de un tráfico hasta cierto punto clan-15 destino, que consistía en traer de Francia objetos para el culto y venderlos en Madrid a los curas de los pueblos vecinos y aun al clero de la Corte. Todo ello era género barato, de cargazón, producto de la industria moderna, que no pierde ripio [9] y sabe explotar la penuria de la Iglesia en los difíciles 20 tiempos actuales. Últimamente importaba Cabrera enormes partidas de estampitas para premios o primera comunión, grandes cromos de los dos Sagrados Corazones, y por fin, agrandando y extendiendo el negocio, trajo surtidos de imágenes vulgarísimas, los San Josés por gruesas, los niños 25 Jesús y las Dolorosas a granel y en varios tamaños, todo al estilo devoto francés, muy relamido y charolado, doraditas las telas a la bizantina,[10] y las caras chapas de rosicler, como si en el cielo se usara ponerse colorete.

Cadalsito iba de tiempo en tiempo a casa de la de Cabrera 30 y se embelesaba contemplando las estampas. Cierto día vió un

[7] **lo que . . . plata** as neat as a pin
[8] **bizcaba . . . ojo** one eye was turned in
[9] **que no . . . ripio** which doesn't miss a trick
[10] **doraditas . . . bizantina** their clothes adorned with gold leaf like Byzantine icons

Padre Eterno, de luenga y blanca barba, en la mano un mundo azul, imagen que le impresionó mucho. ¿Se derivaba de esto el fenómeno extrañísimo de sus visiones? Nadie lo sabe; nadie quizás lo sabrá nunca. Pero, a lo mejor, prohibióle su abuela volver a la casa aquella repleta de santos, diciéndole: «Quintina es una picarona que te nos quiere robar para venderte a los franceses». Cadalsito cogió miedo, y no volvió a parecer por la calle de los Reyes.

Desde el segundo día de su llegada, Víctor no se recataba de nadie. Entraba y salía con libertad; pasaba a la sala a las horas de tertulia, pero sin echar raíces en ella,[11] porque tal sociedad le era atrozmente antipática. Desarmada Pura por la generosidad de su hijo político, se compadeció de verle dormir en el duro sofá del comedor, y por fin convinieron las tres *Miaus* en ponerle en la habitación de Abelarda, previa la traslación de ésta a la de su tía Milagros, que era la de Luisito. La *pudorosa Ofelia* se fué a dormir a la alcoba de su hermana, en angostísimo catre. A Don Ramón no le supieron bien estos arreglos,[12] porque lo que él desearía era ver salir a su yerno a cajas destempladas.[13] En la Dirección de Contribuciones, su amigo Pantoja le había dicho que Víctor pretendía el ascenso, y que tenía un expediente cuya resolución podía serle funesta si algún padrino no arrimaba el hombro.[14] Era cosa de la Administración de Consumos, o irregularidades descubiertas en la cuenta corriente que Cadalso llevaba con los pueblos de la provincia. Parecía que en la relación de apremios no figuraban algunos pueblos de los más alcanzados, y se creía que Cadalso obraba en connivencia con los alcaldes morosos. También dijeron a Villaamil que el reparto de consumos, propuesto en el último semestre por Víctor, estaba

[11] **pero . . . ella** but without staying there long
[12] **A Don Ramón . . . arreglos** These arrangements were not to Don Ramon's liking
[13] **ver . . . destempladas** to see his son-in-law sent packing
[14] **si algún . . . hombro** if some influential friend didn't help him

hecho de tal modo que *saltaba a la vista* el chanchullo y que el jefe no había querido aprobarlo.

De estas cosas no habló Villaamil ni una palabra con su yerno. En la mesa, el primero estaba siempre taciturno y
5 Cadalso muy decidor, sin conseguir interesar vivamente en lo que decía a ninguno de la familia. Con Abelarda echaba largos parlamentos, si por acaso se encontraban solos o en el acto interesante de acostar a Luis. Gustaba el padre de observar el desarrollo del niño y vigilar su endeble salud, y
10 una de las cosas en que principalmente ponía cuidado era en que le abrigaran bien por las noches y en vestirle con decencia. Mandó que se le hiciera ropa, le compró una capita muy mona y traje completo azul con medias del mismo color. Cadalisto, que era algo presumido, no podía menos de agra-
15 decer a su papá que le pusiera tan majo. Pero en lo tocante[15] a ropa nueva, nada es comparable al lujo que desplegó en su persona el mismo Víctor al poco tiempo de llegar a Madrid. Cada día traíale el sastre una prenda flamante, y no era ciertamente su sastre como el de Villaamil, un *artista* de poco
20 más o menos, casi de portal,[16] sino de los más afamados de Madrid. ¡Y que no lucía poco la gallarda figura de Víctor[17] con aquel vestir correcto y airoso, no exento de severidad, que es el punto y filo de la verdadera elegancia, sin cortes ni colores llamativos! Abelarda le observaba con disimulo, sola-
25 padamente, admirando y reconociendo en él al mismo hombre excepcional que algunos años antes le sorbió el seso a su desgraciada hermana,[18] y sentía en su alma depósito inmenso de indulgencia hacia el joven tan vivamente denigrado por toda la familia. La indulgencia se le subía del corazón al

[15] **en lo tocante** when it comes to
[16] **un artista . . . portal** a tailor from the wrong side of the tracks
[17] **Y que . . . Víctor** And how well Victor's handsome figure showed off
[18] **le sorbió . . . hermana** drove her unfortunate sister crazy

pensamiento en esta forma: «No, no puede ser tan malo como dicen. Es que no le comprenden, no le comprenden».

En los días de este relato, costábale a la insignificante gran esfuerzo el disimular la turbación que su cuñado producía en ella al dirigirle la palabra. A veces un gozo íntimo y bullicioso, con inflexiones de travesura, le retozaba en el corazón, como insectillo parásito que anidase en él y tuviera crías; a veces era una pena gravativa que la agobiaba. En toda ocasión sus respuestas eran vacilantes, desentonadas, sin gracia ninguna.

—Pero ¿es de veras que te casas con ese pájaro frito de Ponce? [19] — le dijo una noche, cuando acostaba al pequeño —. Buena boda, hija. ¡Qué envidia te tendrán tus amigas! No a todas les cae esa breva.[20]

—Déjame a mí. . ., tonto, mala persona.

En lo de no ser entendido insistía Víctor siempre que venía a pelo.[21] «Mira tú, Abelarda, esto que te digo no debiera parecerte a ti una barbaridad, porque tú me comprendes algo; tú no eres vulgo, o al menos no lo eres del todo, o vas dejando de serlo».

A solas se descorazonaba la pobre joven, achicándose con implacable modestia. «Sí, por más que él diga que no, vulgo soy, y ¡qué vulgo, Dios mío! De cara. . ., ¡psh!, soy insignificante; de cuerpo no digamos; y aunque algo valiera, ¿cómo había de lucir mal vestida, con pingos aprovechados, compuestos y vueltos del revés? Luego soy ignorantísima; no sé nada, no hablo más que tonterías y vaciedades, no tengo salero ninguno. Soy un a calabaza con boca, ojos y manos.[22] ¡Qué pánfila soy, Dios mío, y qué sosaina! ¿Para qué nací así?»

[19] **es de veras . . . Ponce** is it true that you're marrying that jerk Ponce

[20] **No a . . . breva** Not all girls have such luck

[21] **siempre . . . pelo** whenever he had a chance

[22] **Soy . . . manos** I'm just a scarecrow

xvi

Luisito andaba malucho, llegando su desazón al punto de guardar cama: doña Pura y Milagros fueron aquella noche al Real, Villaamil al café, en busca de noticias de la combinación, y Abelarda se quedó cuidando al chiquillo. Cuando
5 menos lo pensaba,[1] llaman a la puerta. Era Víctor, que entró muy gozoso, tarareando un tango zarzuelero. Enteróse de la enfermedad de su hijo, que ya estaba durmiendo, lo oyó respirar, reconoció que la fiebre, caso de haberla,[2] era levísima, y después se puso a escribir cartas en la mesa del comedor.
10 Su cuñada le vigilaba con disimulo; dos o tres veces pasó por detrás de él fingiendo tener que trastear algo en el aparador, y echando furtiva ojeada sobre lo que escribía. Carta de amores era sin duda por lo larga, por lo metido de la letra [3] y por la febril facilidad con que Víctor plumeaba. Pero no pudo
15 sorprender ni una frase ni una sílaba. Concluída la misiva, Cadalso trabó conversación con la joven, que salió a coser al comedor.

—Oye una cosa — le dijo, apoyando el codo en la mesa y la cara en la palma de la mano —. Hoy he visto a tu Ponce.
20 ¿Sabes que he variado de opinión? Te conviene; es buen muchacho, y será rico cuando se muera su tío el notario, de

[1] **Cuando . . . pensaba** When she least expected it

[2] **caso de haberle** if there was one

[3] **por lo larga . . . letra** to judge from its length and the crowded writing

quien dicen va a ser único heredero... Porque no hemos de atenernos al criterio del amigo Ruiz, según el cual no hay felicidad como estar a la cuarta pregunta[4]... Si Federico tuviera razón, y yo me dejara llevar de mis sentimientos, te diría que Ponce no te conviene, que te convendría más otro; yo, por ejemplo...

Abelarda se puso pálida, desconcertándose de tal modo, que sus esfuerzos por reír no le dieron resultado alguno.

—¡Qué tonterías dices!... ¡Jesús, siempre has de estar de broma!

—Bien sabes tú que esto no lo es (poniéndose muy serio). Hace dos años, una noche, cuando vivíais en Chamberí, te dije: «Abelardilla, me gustas. Siento que el alma se me desmigaja cuando te veo...» ¿A que[5] no te acuerdas? Tú me contestaste que... No sé cómo fué la contestación; pero venía a significar que si yo te quería, tú... también.

—¡Ay, qué embustero!... ¡Quita allá![6] Yo no dije tal cosa.

—Entonces, ¿lo soñé yo?... Como quiera que sea, después te enamoraste locamente de esa preciosidad de Ponce.

—Yo... enamorarme... Tú estás malo... Pues sí, pongamos que me enamoré. ¿Y a ti qué te importa?

—Me importa, porque en cuanto yo me enteré de que tenía un rival, volví mi corazón hacia otra parte. Para que veas lo que es el destino de las personas: hace dos años estuvimos casi a punto de entendernos: hoy la desviación es un hecho. Yo me fuí, tú te fuiste, nosotros nos fuimos. Y al encontrarnos otra vez, ¿qué pasa? Yo estoy en una situación muy rara con respecto a ti. El corazón me dice: «enamórala», y en el mismo momento sale, no sé de dónde, otra voz que me grita: «mírala y no la toques».

[4] **según ... pregunta** who insisted that only the poor are happy
[5] **A que** I'll bet
[6] **Quita allá** Stop that

—¿Qué me importa a mí nada de eso (ahogándose), si yo no te quiero a ti ni pizca [7] ni te puedo querer?

—Lo sé, lo sé... No necesitas jurármelo. Hemos convenido en que no tiene el diablo por dónde desecharme.[8] Me aborreces, como es lógico y natural. Pues mira tú lo que son las cosas. Cuando una persona me aborrece, a mí me dan ganas de quererla, y a ti te quiero, porque me da la gana, ya lo sabes, ea... y ole morena,[9] como dice tu papá.

—Pero di, ¿te has propuesto marearme? (trémula y disimulando su turbación con la tentativa frustrada de enhebrar una aguja).[10] ¿Qué disparates son esos que me dices? Si yo no he de... hacerte caso...

—Ya sé que no me quieres. Lo único que te pido, y te lo pido como un favor muy grande, es que no me aborrezcas, que me tengas compasión. Déjame a mí, que yo me entiendo solo, guardando con avaricia estas ideas para consolarme con ellas. En medio de mis desgracias, que tú no conoces, tengo un alivio, y es saber vivir en lo ideal y fortificar mi alma con ello. Tu destino es muy diferente al mío, Abelarda. Sigue tu senda, que yo voy por la mía, llevado de mi fiebre y de la rapidez adquirida. No contrariemos la fatalidad, que todo lo rige. Quizás no volvamos a encontrarnos. Antes de que nos separemos, te voy a dar un consejo: si Ponce no te es desagradable, cásate con él. Basta con que no te sea desagradable. Si no te gusta, si no encuentras otro que tenga los ojos menos húmedos,[11] renuncia al matrimonio... Es el consejo de quien te quiere más de lo que tú piensas... Renuncia al mundo, entra en un convento, conságrate a un ideal y a la vida contemplativa. Yo no tengo la virtud de la resignación, y si no

[7] **ni pizca** at all

[8] **no tiene ... desecharme** even the devil won't have anything to do with me

[9] **y ole morena** and let'er rip

[10] **con la ... aguja** by trying to thread a needle

[11] **que tenga ... húmedos** who is more of a man

consigo llegar a donde pienso, si mi sueño se convierte en humo, me pegaré un tiro.

Lo dijo con tanta energía y tal acento de verdad, que Abelarda se lo creyó, más impresionada por aquel disparate que por los otros que acababa de oír. 5

—No harás tal. ¡Matarte! Eso sí que no me haría gracia... (cazando al vuelo una idea). Pero ¡quiá!, todo eso de la desesperación y el tirito es porque tienes por ahí algún amor desgraciado. Alguien habrá que te atormenta. Bien merecido lo tienes, y yo me alegro. 10

—Pues mira, hija (variando de registro),[12] lo has dicho en broma, y quizás, quizás aciertes...

—¿Tienes novia? (fingiendo indiferencia).

—Novia, lo que se dice novia..., no.

—Vamos, algún amor. 15

—Llámalo fatalidad, martirio...

—Dale con la dichosa fatalidad... Di que estás enamorado.

—No sé qué responderte (afectando una confusión bonita y muy del caso).[13] Si te digo que sí, miento; y si te digo que no, miento también. Y habiéndote asegurado que te quiero a ti, ¿en qué juicio cabe la posibilidad de interesarme por otra? 20

Víctor, sosteniéndose la cabeza con ambas manos, espaciaba sus distraídos ojos por el hule de la mesa, ceñudo y suspirón, haciéndose el romántico, el no comprendido, algo de ese tipo de Manfredo,[14] adaptado a la personalidad de mancebos de botica y oficiales de la clase de quintos. Después la miró con extraordinaria dulzura, y tocándole el brazo, le dijo: «¡Ah, cuánto te hago sufrir con estas horribles misantropías que no pueden interesarte! Perdóname; te ruego que me perdones. 25 30

[12] **variando de registro** changing his tune
[13] **y muy del caso** and very much to the point
[14] **Manfredo** romantic hero in a poem by Byron

No estoy tranquilo si no dices que sí. Eres un ángel, no soy digno de ti, lo reconozco. Ni siquiera aspiro a merecerte; sería insensato atrevimiento. Sólo pretendo por ahora que me comprendas... ¿Me comprenderás?»

5 Abelarda llegaba ya al límite de sus esfuerzos por disimular el ansia y la turbación. Pero su dignidad podía mucho. No quería entregar el secreto de su alma sino defenderlo hasta morir; y al cabo, con supremo heroísmo, soltó una risa que más bien parecía la hilaridad espasmódica que precede a un 10 ataque de nervios, diciendo a Cadalso:

—Vaya si te comprendo... Te haces el pillo, te haces el malo..., sin serlo, para engañarme. Pero a mí no me la pegas... Tonto de capirote[15]..., yo sé más que tú. Te he calado.[16] ¿Qué manía de que te aborrezcan, si no lo has de 15 conseguir?...

[15] **Pero ... capirote** But you can't fool me ... you dummy
[16] **Te he calado** I've got your number

xvii

Luisito empeoró. Tratábase de un catarro gástrico, achaque propio de la infancia, y que no tendría consecuencias atendido a tiempo. Víctor, intranquilo, trajo al médico, y aunque su vigilancia no era necesaria porque las tres *Miaus* cuidaban con mucho cariño al enfermito, y hasta se privaron durante varias noches de ir a la ópera, no cesaba de recomendar la esmerada asistencia, observando a todas horas a su hijo, arropándole para que no se enfriara y tomándole el pulso. A fin de entretenerle y alegrar su ánimo, cosa muy necesaria en las enfermedades de los niños, le llevó algunos juguetes, y su tía Quintina también acudió con las manos llenas de cromos y estampas de santos, el entretenimiento favorito de Luis. Debajo de las almohadas llegó a reunir un sinnúmero de baratijas y embelecos, que sacaba a ciertas horas para pasarles revista. En aquellas noches de fiebre y de mal dormir, Cadalsito se había imaginado estar en el pórtico de las Alarconas o en el sillar de la explanada del Conde-Duque; pero no veía a Dios, o, mejor dicho, sólo le veía a medias. Presentábasele el cuerpo, el ropaje flotante y de incomparable blancura; a veces distinguía confusamente las manos, pero la cara no. ¿Por qué no se dejaba ver la cara? Cadalsito llegó a sentir gran aflicción, sospechando que el Señor estaba enfadado con él. ¿Y por qué causa?... En una de las estampitas que su padre le había traído, estaba Dios representado en el acto de fabricar el mundo. ¡Cosa más fácil!... Levantaba un dedo, y salían el cielo, el mar, las montañas... Volvía a levantar el dedo, y salían los leones, los cocodrilos, las culebras enroscadas y el ligero ratón... Pero la lámina aquélla no satisfacía al chicuelo. Cierto que el Señor estaba muy bien pintado; pero no era, no, tan guapo y respetuoso como su amigo.

Una mañana, hallándose ya Luis limpio de calentura,[1] entró su abuelo a visitarle. Parecióle al chico que Villaamil sufría en silencio una gran pena. Ya, antes de llegar el viejo, había oído Luis un run-run entre las *Miaus*, que le pareció de mal agüero. Se susurraba que no había sitio en la combinación. ¿Cómo se sabía? Cadalsito recordaba que por la mañana temprano, en el momento de despertar, había oído a doña Pura diciendo a su hermana: «Nada por ahora... Valiente mico nos han dado.[2] Y no hay duda ya; me lo ha dicho Víctor, que lo averiguó anoche en el Ministerio».

Estas palabras, impresas en la mente del chiquillo, las relacionó luego con la cara de ajusticiado del abuelo cuando entró a verle. Luis, como niño, asociaba las ideas imperfectamente, pero las asociaba, poniendo siempre entre ellas afinidades extrañas sugeridas por su inocencia. Si no hubiera conocido a su abuelo como le conocía, le habría tenido miedo en aquella ocasión, porque en verdad su cara era cual la de los ogros que se zampan a las criaturas... «No le colocan», pensó Luisito, y al decirlo juntaba otras ideas en su mente aún turbada por la mal extinguida calentura. La dialéctica infantil es a veces de una precisión aterradora, y lo prueba este razonamiento de Cadalsito: «Pues si no le quiere colocar, no sé por qué se enfada Dios conmigo y no me enseña la cara. Más bien debiera yo estar enfadado con él».

Villaamil se puso a dar paseos por la habitación, con las manos en los bolsillos. Nadie se atrevía a hablarle. Luis sintió entonces congojosa pena que le abatía el ánimo: «No le colocan — pensaba — porque yo no estudio, ¡contro!,

[1] **hallándose . . . calentura** once Luis was over his fever
[2] **Valiente . . . dado** They've certainly let us down

porque no me sé las condenadas lecciones». Pero al punto la dialéctica infantil resurgió para acudir a la defensa del amor propio: «Pero ¿cómo he de estudiar si estoy malo?. . . Que me ponga bueno él, y verá si estudio».

Entró Víctor, que venía de la calle, y lo primero que hizo fué darle un abrazo a Villaamil, cortando sus pasos de fiera enjaulada. Doña Pura y Abelarda hallábanse presentes.

—No hay que abatirse ante la desgracia — dijo Víctor al hacer la demostración afectuosa, que Villaamil, por más señas,[3] recibió de malísimo temple —. Los hombres de corazón, los hombres de fibra, tienen en sí mismos la fuerza necesaria para hacer frente a la adversidad. . . El Ministro ha faltado una vez más a su palabra, y han faltado también cuantos prometieron apoyarle a usted. Que Dios les perdone, y que sus conciencias negras les acusen con martirio horrible del mal que han hecho.

—Déjame, déjame — replicó Villaamil, que estaba como si le fueran a dar garrote.

Sobre todo, no conviene apurarse. — dijo Victor, contemplando a Villaamil con filial interés —. Venga lo que viniere,[4] puesto que todo es injusticia y sinrazón, si a mí me ascienden, como espero, mi suerte compensará la desgracia de la familia. Yo soy deudor a la familia de grandes favores. Por mucho que haga, no los podré pagar. He sido malo; pero ahora me da, no diré que por ser bueno, pues lo veo difícil, pero sí por que se vayan olvidando mis errores. . . La familia no carecerá de nada mientras yo tenga un pedazo de pan.

Agobiado por sentimientos de humillación, que caían sobre su alma como un techo que se desploma, Villaamil dió un resoplido y salió del cuarto. Siguióle su mujer, y Abelarda, dominada por impresiones muy distintas de las de su padre, se volvió hacia la cama de Luis, fingiendo arroparle, para

[3] **por más señas** to put it mildly
[4] **Venga . . . viniere** Come what may

esconder su emoción, mientras discurría: «No, lo que es de malo no tiene nada. No lo creeré, dígalo quien lo diga».

—Abelarda — insinuó él melosamente, después de un rato de estar solos con el pequeño —. Yo bien sé que a ti no necesito repetirte lo que he manifestado a tus padres. Tú me conoces algo, me comprendes algo; tú sabes que mientras yo tenga un mendrugo de pan, vosotros no habéis de carecer de sustento; pero a tus padres he de decírselo y aun probárselo para que lo crean. Tienen muy triste idea de mí. Verdad que no se pierde en dos días una mala reputación. ¿Y cómo no había de brindar a ustedes ayuda, a no ser un monstruo? Si no lo hiciera por los mayores, tendría que hacerlo por mi hijo, criado en esta casa, por este ángel, que más os quiere a vosotros que a mí. . . y con muchísima razón.

Abelarda acariciaba a Luis, tratando de ocultar las lágrimas que se le agolpaban a los ojos, y el pequeñuelo, viéndose tan besuqueado y oyendo aquellas cosas que papá decía y que le sonaban a sermón o parrafada de libro religioso, se enterneció tanto, que rompió a llorar como una Magdalena. Ambos se esforzaron en distraer su espíritu, riendo, diciéndole chuscadas festivas e inventando cuentos.

Por la tarde, el muchacho pidió sus libros, lo que admiró a todos, pues no comprendían que quien tan poco estudiaba estando bueno, quisiese hacerlo hallándose encamado.[5] Tanto se impacientó él, que le dieron la Gramática y la Aritmética, y las hojeaba, cavilando así: «Ahora no, porque se me va la vista; [6] pero en cuanto yo pueda, ¡contro!, me lo aprendo enterito. . . y veremos entonces. . ., ¡veremos!»

[5] **que quien . . . encamado** how the same fellow who hardly studied when he was well should want to now that he was sick in bed
[6] **se me va la vista** I feel faint

xviii

La mísera Abelarda andaba tan desmejoradilla, que su madre y su tía la creyeron enferma y hablaron de llamar al médico. No obstante, continuaba haciendo la vida ordinaria, trabajando, durante muchas horas del día, en transformaciones y arreglos de vestidos. Usaba un maniquí de mimbre, 5
trashumante [1] del gabinete al comedor, y que al anochecer parecía una persona, la cuarta *Miau,* o el espectro de alguno de la familia que venía del otro mundo a visitar a su progenie. Sobre aquel molde probaba la insignificante sus cortes y hechuras, que eran bastante graciosas. 10

Las noches que no iban las *Miaus* a rendir culto a Euterpe,[2] tenía que aguantar Abelarda, por dos o tres horas, la jaqueca de Ponce, o bien ensayaba su papel en la pieza. Mucho disgustaba a doña Pura tener que dar función dramática habiendo fracasado las esperanzas de próxima colocación; pero 15
como estaba anunciada a son de trompeta,[3] distribuídos los papeles y tan adelantados los ensayos, no había más remedio que sacrificarse en aras de la tiránica sociedad. De propósito había escogido Abelarda un papel incoloro, el de criada, que al alzarse el telón salía plumero en mano, lamentándose de 20
que sus amos no le pagaban el salario, y revelando al público que la casa en que servía era la más tronada de Madrid.

Poseía Abelarda memoria felicísima, y se aprendió el papel

[1] **un maniquí . . . trashumante** a dress form which roamed
[2] **a rendir . . . Euterpe** to the opera
[3] **a son de trompeta** far and wide

muy pronto. Asistía a los ensayos como una autómata, prestándose dócilmente a la vida de aquel mundo, por ella secundario y artificial; como si su casa, su familia, su tertulia, Ponce, fuesen la verdadera comedia, de fáciles y rutinarios papeles... y permaneciese libre el espíritu, empapado en su vida interior, verdadera y real, en el drama exclusivamente suyo, palpitante de interés, que no tenía más que un actor, ella, y un solo espectador, Dios.

Monólogo desordenado y sin fin. Una mañana, mientras la joven se peinaba, el espectador habría podido oír lo siguiente: «¡Qué fea soy, Dios mío; qué poco valgo! Más que fea, sosa, insignificante; no tengo ni un grano de sal.[4] ¡Si al menos tuviera talento!; pero ni eso... ¿Cómo me ha de querer a mí, habiendo en el mundo tanta mujer hermosa y siendo él un hombre de mérito superior, de porvenir, elegante, guapo y con muchísimo entendimiento, digan lo que quieran?[5]... (Pausa.) Anoche me contó Bibiana Cuevas que en el paraíso del Real nos han puesto un mote; nos llaman las de *Miau* o las *Miaus,* porque dicen que parecemos tres gatitos, sí, gatitos de porcelana, de esos con que se adornan ahora las rinconeras. Y Bibiana creía que yo me iba a incomodar por el apodo. ¡Qué tonta es! Ya no me incomodo por nada. ¿Parecemos gatos? ¿Sí? Mejor.[6] ¿Somos la risa de la gente? Mejor que mejor.[7] ¿Qué me importa a mí? Somos unas pobres cursis. Las cursis nacen, y no hay fuerza humana que les quite el sello. Nací de esta manera y así moriré. Seré mujer de otro cursi y tendré hijos cursis, a quienes el mundo llamará los *michitos*... (Pausa.) ¿Y cuándo colocarán a papá? Si lo miro bien, no me importa; lo mismo da.[8] Con destino y sin destino, siempre estamos igual. Poco más o menos, mi casa ha estado toda la vida como está ahora. Mamá no tiene

[4] **no tengo ... sal** I don't have a bit of spark
[5] **digan ... quieran** no matter what they say
[6] **Mejor** Fine
[7] **Mejor que mejor** Better still
[8] **lo mismo da** it's all the same

gobierno; ni lo tiene mi tía, ni lo tengo yo. Si colocan a papá, me alegraré por él, para que tenga en qué ocuparse y se distraiga; pero por la cuestión de bienestar, me figuro que nunca saldremos de ahogos, farsas y pingajos... ¡Pobres *Miaus*! Es gracioso el nombre. Mamá se pondrá furiosa si lo sabe; yo no; ya no tengo amor propio.[9] Se acabó todo, como el dinero de la familia..., si es que la familia ha tenido dinero alguna vez. Le voy a decir a Ponce esto de las *Miaus*, a ver si lo toma a risa o por la tremenda.[10] Quiero que se encrespe un día para encresparme yo también. Francamente, me gustaría pegarle o algo así... (Pausa.) ¡Vaya que soy desaborida y sin gracia! Mi hermana Luisa valía más; aunque, la verdad, tampoco era cosa del otro jueves.[11] Mis ojos no expresan nada; cuando más, expresan que estoy triste, pero sin decir por qué. Parece mentira que detrás de estas pupilas haya... lo que hay. Parece mentira que este entrecejo y esta frente angosta oculten lo que ocultan. ¡Qué difícil para mí figurarme cómo es el cielo; no acierto, no veo nada! ¡Y qué fácil imaginarme el infierno! Me lo represento como si hubiera estado en él... Y tienen razón; el parecido con la cara de un gato salta a la vista... La boca es lo peor; esta boca de esquina[12] que tenemos las tres... Sí; pero la de mamá es la más característica. La mía, tal cual;[13] y cuando me río, no resulta maleja. Una idea se me ocurre: si yo me pintara, ¿valdría un poco más? ¡Ah, no!; Víctor se reiría de mí. Él podrá desdeñarme; pero no me considera mujer ridícula y antipática. ¡Jesús! ¿Seré antipática? Esta idea sí que no la puedo sufrir. Antipática, no, Dios mío. Si me convenciera de que soy antipática, me mataría... (Pausa.) Anoche entró y se metió en su cuarto sin decir oxte ni moxte. Más vale así.[14] Cuando me habla me estruja el corazón. Por que

[9] **amor propio** pride
[10] **si lo toma a risa . . . tremenda** if he finds it funny or gets mad
[11] **tampoco . . . jueves** she was nothing to brag about either
[12] **boca de esquina** twisted mouth
[13] **tal cual** so-so
[14] **sin decir . . . vale así** without a word. It's better that way.

me quisiera sería yo capaz de cometer un crimen. ¿Qué crimen? Cualquiera..., todos. Pero no me querrá nunca, y me quedaré con mi crimen en proyecto y desgraciada para siempre».

5 Ponce entraba allí como Pedro por su casa,[15] dirigiéndose al comedor, donde comúnmente encontraba a su novia. Llegó aquella tarde a eso de las cuatro, y pasó, atusándose el pelo, después de haber colgado la capa y hongo en la percha del recibimiento. Era un joven raquítico y linfático, de esos que 10 tienen novia como podrían tener un paraguas, con ribetes de escritor, crítico gratuito, siempre atareado, quejoso de que no le leía nadie (aquí no se lee),[16] abogadillo, buen muchacho, orejas grandes, lentes sin cordón, bizcando un poco los ojos, mucha rodillera en los pantalones, poca sal en la mollera,[17] 15 y en el bolsillo obra de seis reales, cuando más. Gozaba un destinillo en el Gobierno de provincia, de seis mil, y estaba hipando[18] por los ocho que le habían prometido desde el año anterior..., que hoy, que mañana.[19] Cuando los tuviera, boda al canto.[20] Estas esperanzas no habrían bastado a que los 20 Villaamil aceptasen su candidatura a yerno; pero tenía un tío rico, notario, sin hijos, enfermo de cáncer, y como se había de morir antes de un año, quizás de un mes, y Ponce era su heredero, la familia *Miau* vió en el aspirante una chiripa. El desgraciado tío, según los cálculos de Pantoja, que era su 25 amigo y testamentario, dejaría dos casas, algunos miles y la notaría...

Lo mismo fué entrar Ponce en el comedor, que soltarle Abelarda esta indirecta:

—Si no trae usted las entradas para el beneficio de la Pelle-30 grini, no vuelve a poner los pies aquí.

[15] **como . . . casa** as though he were right at home

[16] A lament often repeated by intellectuals in Spain claiming that they are ignored. Here said ironically by Galdós.

[17] **poca . . . mollera** not very bright

[18] **estaba hipando** he was panting

[19] **que hoy . . . mañana** now today, now tomorrow

[20] **boda al canto** he'd get married quickly

—Calma, hija, calma; déjame sentar, tomar aliento... He venido a escape.[21] Me pasan cosas muy gordas, pero muy gordas.

—¿Qué le pasa a usted, hombre de Dios? — preguntó doña Pura, que acostumbraba reprenderle como a un hijo —. Siempre viene con apuros, y total, nada.

—Óigame usted, doña Pura, y tú, Abelarda, óyeme también. Mi tío está muy malo, pero muy malo.

—¡Ave María Purísima! — exclamó doña Pura, sintiendo que le daba un vuelco el corazón.

Y brincando como un cervatillo, fué a la cocina a dar la noticia a su hermana.

—Está expirando...

—¿Quién?

—El tío, mujer, el tío..., ¿no te enteras?... Pero dígame usted, Ponce (volviendo al comedor con rapidez gatuna), ¿va de veras?[22]... Estará usted muy contento, muy... triste quiero decir.

—Se harán ustedes cargo de que no puedo ir al teatro, ni visitar a la Pellegrini... Como ustedes conocen... Muy malo, muy malito... Dicen los médicos que no dura dos días...

—¡Pobre señor!... Y ¿qué hace usted que no se planta en casa del difunto... digo,[23] del enfermo?

—De allí vengo... Esta noche, a las siete, le llevaremos el Viático.

Corrió doña Pura al despacho, donde estaba Villaamil.

—El Viático... ¿no te enteras?

—¿Qué?..., ¿quién?

—El tío, hombre, el tío de Ponce, que está dando las boqueadas[24]... (Deslizándose otra vez hacia el comedor). Amigo Ponce, ¿quiere usted tomar una copita de vino con

[21] **He venido a escape** I've slipped away for a few minutes
[22] **¿va de veras?** is it really true?
[23] **digo** I mean
[24] **está . . . boqueadas** he's on his way out

bizcochos? Estará usted muy afectado... Y no hay que pensar en teatros... No faltaba más.[25] Nosotras tampoco iremos. Ya ve usted, el luto..., guardaremos luto riguroso[26]... ¿De veras no quiere usted una copita de vino con
5 bizcochos?... ¡Ah!, qué cabeza!... ¡si se ha acabado el vino!... Pero lo traeremos... Con formalidad:[27] ¿no quiere usted?

—Gracias; ya sabe usted que el vino se me sube a la cabeza.

Abelarda y Ponce pegaron la hebra,[28] sin más testigo que
10 Luis, que andaba enredando en el comedor, y a veces se paraba ante los novios, mirándolos con estupor infantil. Hablaban a media voz... ¿Qué dirían? Las trivialidades de siempre. Abelarda hacía su papel con aquella indolente pasividad que demostraba en los lances comunes de la vida. Era
15 ya rutina en ella charlotear con aquel tonto, decirle que le quería, anticipar alguna idea sobre la boda.

Sonó la campanilla y Abelarda se sobresaltó por dentro, sin perder su continente frío. Le conocía en el modo de llamar, conocía su taconeo al subir la escalera, y si desde la puerta de
20 la casa hasta el comedor pronunciaba alguna frase, hablando con doña Pura o con Villaamil, discernía por la inflexión lejana del acento si llegaba bien o mal humorado. Doña Pura, al abrir a Víctor, le embocó la noticia de la inminente muerte del tío de Ponce. Incapaz de contenerse la buena
25 señora, se espontaneó hasta con el *maestro de baile*.[29] Víctor entró sonriendo, y, por inadvertencia o malicia, hubo de dar la enhorabuena a Ponce, el cual se quedó turulato.[30]

[25] **No faltaba más** Of course not
[26] **guardaremos luto riguroso** we'll observe strict mourning
[27] **Con formalidad** Speak frankly
[28] **pegaron la hebra** began a tête-à-tête
[29] **se espontaneó ... baile** confided the news to everyone
[30] **se quedó turulato** was dumbfounded

xix

—¡Ah!, no... dispense usted. Me confundí... Es que a mi señora suegra le bailaban los ojos [1] cuando me lo dijo. Efectos del cariño que le tiene a usted, ínclito Ponce. El cariño ciega a las personas... Usted es ya de casa; le queremos mucho, y como no tenemos el gusto de conocer, ni aun de vista, a su señor tío... 5

Acarició a Luis sobándole la cara y repujándole los carrillos para besárselos, y después le mostró el regalo que le traía. Era un álbum para sellos, prometido el día que el niño tomó la purga, y además del álbum una porción de sellos de diferentes colores, algunos extranjeros, españoles los más,[2] para que se entretuviera pegándolos en las hojas correspondientes. Lo que agradeció Cadalsito este obsequio, no puede ponderarse.[3] Estaba en la edad en que empieza a desarrollarse el sentido de la clasificación y en que relacionamos los juguetes con los conocimientos serios de la vida. Víctor le explicó la distribución de las hojas del álbum, enseñándole a reconocer la nacionalidad de los sellos. «Mira, esta tía frescachona [4] es la República francesa. Esta señora con corona y *bandós* [5] es la Reina de Inglaterra, y esta águila con dos cabezas, Alemania. Los vas poniendo en su sitio, y ahora lo que has de hacer es 10 15 20

[1] **a mi señora . . . ojos** my mother-in-law was so enthusiastic
[2] **españoles los más** most of them Spanish
[3] **no puede ponderarse** you can't imagine
[4] **esta tía frescachona** this sexy-looking lady
[5] **bandós** sash of office

reunir muchos para llenar los huecos todos». El pequeñuelo estaba encantado; sólo sentía que la cantidad de sellos no fuera suficiente a inundar la mesa. Pronto se enteró del procedimiento, y en su interior hizo voto de conservar el álbum
5 y de cuidarlo mientras le durase la vida.

Víctor, entre tanto, metió cucharada en la conversación hocicante[6] que se traían Abelarda y Ponce. Casi estaban morro con morro,[7] tejiendo un secreto, una conspiración de soserías, para él amorosas y para ella indiferentes y cansadas.
10 Víctor encajó la cuchara entre boca y boca,[8] diciéndoles:

—Amiguitos, los gorros a quien los tolere;[9] yo protesto. ¿Y no podrían aguardar a la luna de miel para hacer los tortolitos? Francamente, eso es insultar a la desgracia. La felicidad debe disimularse ante los desdichados, como la
15 riqueza ante el pobre. La caridad lo manda así.

—Pero ¿a ti qué te importa que nosotros nos queramos o dejemos de querernos — dijo Abelarda — ni que nos casemos o dejemos de casarnos? Seremos felices o no, según nos dé la gana. Eso, acá nosotros. Tú nada tienes que ver.
20 —Don Víctor — indicó Ponce con su habitual insipidez —, si está usted envidioso, con su pan se lo coma.[10]

—¿Envidioso? No negaré que lo estoy, Mentiría si otra cosa dijese.

—Pues rabia, pues rabia.
25 —Papá, papá — chilló Luisito, empeñado en que Víctor volviera la cabeza hacia donde él estaba, y poniéndole la mano en la cara para obligarle a que le mirase —. ¿De qué parte es este que tiene un señor con bigotes muy largos?

—Pero ¿no lo ves, hijo? Es de Italia... Pues sí que estoy

[6] **metió ... hocicante** stuck his oar into the intimate conversation

[7] **moro con morro** necking

[8] **encajó ... boca** intervened

[9] **los gorros ... tolere** that's going too far

[10] **con su ... coma** that's your hard luck

envidioso. Ésta me dice que rabie, y no tengo inconveniente en rabiar y aun en morder. Porque cuando veo dos que se quieren bien, dos que resuelven el problema del amor y allanan todas las dificultades, y caminito, caminito de la dicha,[11] llegan hasta el matrimonio, me muero de envidia... Daría todo cuanto tengo, cuanto espero, por una cosa. ¿A que no lo adivinan?

Con repentina intuición, Abelarda le vió venir y temblaba.

—Pues yo daría todo por ser el ínclito Ponce. Créanlo ustedes o no lo crean, ésta es la verdad. ¿Quiere usted cambiarse,[12] Ponce amigo?

—Francamente, si en el cambio me quedo con la dama, no hay inconveniente ninguno.

—¡Oh!, eso no, porque cabalmente ahí está la tostada.[13] Yo daría sangre de las venas por echar mi anzuelo en el mar de la vida con el cebo de una declaración amorosa y pescar una Abelarda. Es una ambición que me curaría de las demás.

—Papá, papá (tirándole de la nariz para que volviera la cara hacia él). ¿Y este que tiene una cotorra?

—Guatemala... Déjame, hijo... No aspiro a más. Una Abelardita que me mime, y con tal compañía lo arrostro todo. Con una como ésta me casaría yo por puertas, es decir, sin una mota. No faltaría el garbanzo.[14] Prefiero con ella un pedazo de pan solo a todas las riquezas del mundo. Porque ¿dónde se encuentra un carácter tan dulce, un corazón tan tierno, una mujer tan hacendosita, tan...

—Don Víctor, que se corre usted mucho (con tentativas de humorismo, enteramente frustradas). Que es mi novia, y tantos piropos me van a dar celos...

—Aquí no se trata de celos... A buena parte viene

[11] **y caminito ... dicha** and strolling down happiness lane
[12] **¿Quiere usted cambiarse** Do you want to change places
[13] **ahí ... tostada** there's the rub
[14] **por puertas ... garbanzo** without any hesitation. We'd get along somehow

usted... ¿Ésta, ésta?... Ésta es segura, amigo; le quiere a usted con el alma y con la vida. La verdad por delante. Ella le quiere a usted, lo reconozco; pero en cuanto al corte... Es mucho corte el suyo,[15] hablo del corte moral y también del físico, sí señor, también del físico. ¿Quiere usted que lo diga claro? Pues para quien está cortada Abelarda es para mí [16]... Para mí; y no hay que tomarlo a ofensa. Para mí, aunque a usted le parezca un disparate.

Con otro que no fuera Ponce, bien se libraría Cadalso de emplear lenguaje tan impertinente; pero ya sabía él con quién trataba. El novio estaba amoscadillo, y Abelarda no sabía qué pensar. Para burla, le parecía demasiado cruel; para verdad, harto expresiva. Mucho le pesó a Ponce tener que marcharse: presumía que Víctor continuaría hablando a la chica en el mismo tono, y francamente, Abelarda era su novia, su prometida, y aquel cuñadito hospedado bajo el propio techo principiaba a inquietarle. El pillete de Cadalso, conociendo la turbación del crítico, en el momento de despedirse le sacudió mucho la diestra, repitiendo:

—Leal, soy muy leal... Nada hay que temer de mí.

Y cuando volvió al lado de la joven, que lo miraba consternada:

—Perdóname, hija; se me escapó aquella idea, que yo quería esconder a todos... Espontaneidades que uno tiene cuando menos piensa, y que el más ducho en disimular no puede contener a veces. Yo no quería hablar de esto; pero no sé qué me entró. ¡Me dió tal envidia de veros como dos tórtolos!...; ¡me asusté tanto de la soledad en que me encontraba, nada más que por llegar tarde, sí, por llegar tarde!... Dispénsame, no te diré una palabra más. Sé que este capítulo te aburre y te molesta. Seré discreto.

[15] **pero en ... suyo** but when it comes to class... She has a lot of class.

[16] **para quien ... para mí** Abelarda's cut out for me

Abelarda no podía reprimirse. Levantóse, sintiendo pavor, deseo de huir y de esconderse, para ocultar algo que impetuosamente al demudado rostro le salía.

—Víctor — exclamó descompuesta y temblando —, o eres el hombre más malo que hay en el mundo, o no sé lo que eres. 5

Corrió a su habitación y rompió a llorar, desplomándose de cara sobre las almohadas de su lecho. Víctor se quedó en el comedor, y Luis, que en su inocencia comprendía que pasaba algo extraño, no se atrevió durante un rato a molestar a papá con aquel tejemaneje[17] de los sellos. El padre fué 10 quien afectó entonces interesarse en el juego inteligente, y se puso a explicar a su hijo los símbolos de nacionalidades que éste no comprendía: «Este rey barbudo es Bélgica, y esta cruz la República helvética, es decir, Suiza».

Doña Pura entró de la calle, y como no viese a su hija en 15 el comedor ni en la cocina, buscóla en el dormitorio. Abelarda salía ya, con los ojos muy colorados, sin dar a su madre explicación satisfactoria de aquellos signos de dolor. Víctor, interrogado por doña Pura sobre el particular, le dijo con socarronería: 20

—Parece usted tonta, mamá. Llora por el tío de Ponce.

[17] **tejemaneje** fooling around

XX

Acostaron temprano a Luis, que metió consigo en la cama el álbum de sellos y se durmió teniéndole muy abrazadito. No sufrió aquella noche el acceso espasmódico que precedía a la singular visión del anciano celestial. Pero soñó que lo sufría, y, por consiguiente, que deseaba y esperaba la fantástica visita. El misterioso personaje hizo novillos,[1] y así lo expresaba con desconsuelo Cadalsito, deseando enseñarle su álbum. Esperó, esperó mucho tiempo, sin poder determinar el sitio donde estaba, pues lo mismo podía ser la escuela que el comedor de su casa o el escritorio del memorialista. Y al hilo del sueño, donde todo era sinrazón y desvarío, descargó el rapaz un golpe de lógica admirable: «Pero ¡qué tonto soy! — pensó —. ¿Cómo ha de venir, si le han llevado esta noche a casa del tío de Ponce?»

El día siguiente le dieron de alta; [2] pero se determinó que no fuese a la escuela en lo que restaba de la semana, lo que él agradeció mucho, determinando estudiar algo por las noches, nada más que una miaja,[3] y reservando los grandes esfuerzos de aplicación para cuando volviera a sus tareas escolares. Le permitieron bajar a la portería, y cargó con el álbum para enseñárselo a Paca y a *Canelo*. Bien quisiera llevarlo a casa de su tía Quintina; mas para esto no hubo permiso. En la portería se estuvo hasta el anochecer, hora en que le llamaron,

[1] **hizo novillos** didn't show up
[2] **le dieron de alta** they decided that he was well again
[3] **nada . . . miaja** just a bit

temiendo que se pasmase con el aire del portal. Al subir llevaba una idea que en sus conversaciones con Mendizábal y Paca había adquirido; una idea que le pareció al principio rara, pero que luego tuvo por la más natural del mundo. Hallábase solo con Abelarda, pues su abuela y Milagros zascandileaban por la cocina, cuando se determinó Cadalsito a comunicar a su tía la famosa idea. Ésta le acariciaba con extremada vehemencia, le daba besos, le prometía regalarle un álbum mayor, y de repente Luis, respondiendo a tantos cariños con otros no menos tiernos, le dijo:

—Tía, ¿por qué no te casas con mi papá?

Quedóse la chica como lela, fluctuando entre la risa y el enojo.

—¿De dónde has sacado tú eso, Luis? — le dijo, asustándole con la fiereza de su semblante —. Tú no lo has inventado. Alguien te lo ha dicho.

—Me lo dijo Paca — afirmó Luis, no queriendo cargar con responsabilidades ajenas —. Dice que Ponce es más tonto que quiere [4] y que no te conviene; que mi papá es listo y guapo y que va a hacer una carrera muy grande, muy grande.

—Dile a Paca que no se meta en lo que no le importa... ¿Y qué más, qué más te dijo?

—Pues... (escarbando en su memoria). ¡Ah!, que mi papá es un caballero muy decente..., como que le da pesetas a la Paca siempre que le lleva algún recado... Y que tú debías casarte con mi papá, para que todo quedase en casa.

—¿Le lleva recados?... ¿Cartas? ¿Y a quién? ¿No sabes?

—Debe ser al Ministro... Es que son muy amigos.

—Pues todo eso que te ha contado Paca del pobre Ponce, es un disparate — afirmó Abelarda sonriendo —. ¿A ti no te gusta Ponce? Dime la verdad, dime lo que pienses.

Luis vaciló un rato en dar contestación. Habían extinguido la prevención medrosa que su padre le inspiraba, no sólo los

[4] **más . . . quiere** as dull as they come

regalos recibidos de él, sino la observación de que Víctor se llevaba muy bien con toda la familia. En cuanto a Ponce, bueno será decir que Cadalsito no había formado opinión ninguna acerca de este sujeto, por lo cual aceptó, sin discu-
5 tirla, la de Paca.

—Ponce no sirve para nada, desengáñate. Va por la calle que parece que se le caen los calzones. Y lo que es talento... Mira, más talento tiene Cuevas. ¿No te parece a ti?

Abelarda se reía con tales ocurrencias. Aun hubiera
10 seguido charlando con Luis de aquel asunto; pero la llamó su padre para que le pegara algunos botones al chaleco, y en esto se entretuvo hasta la hora de comer. Doña Pura dijo que Víctor no comía en casa, sino en la de un amigo suyo, diputado y jefe de un grupito parlamentario. Sobre esto hizo Villaamil
15 algunos comentarios acres, que Abelarda oyó en silencio, con grandísima pena. Discutióse si irían o no al teatro aquella noche, resolviéndose en afirmativa, porque Luis estaba ya bien. Abelarda solicitó quedarse, y su madre le dió una arremetida a solas, asestándole varias preguntas:

20 —¿Por qué no comes? ¿Qué tienes? ¿Qué cara es ésa de carnero a medio morir? [5] ¿Por qué no quieres venir al Real? No me tientes la paciencia. Vístete, que nos vamos en seguida.

Y fueron las tres *Miaus,* dejando a Villaamil con su nieto
25 y sus fúnebres soledades. Después de acostar al niño se puso a leer *La Correspondencia,* que hablaba de una nueva combinación.

Cuando las *Miaus* regresaron, ya Víctor estaba allí, escribiendo cartas en la mesa del comedor. Don Ramón seguía
30 royendo el periódico, y suegro y yerno no se decían media palabra. Retiráronse todos, menos Abelarda, que tenía que mojar ropa para planchar al día siguiente, y al verla metida en esta faena, Víctor, sin soltar la pluma, le dijo:

[5] **¿Qué . . . morir?** Why that hangdog look?

—He pensado en ti todo el día. Temí que te enojaras por lo de ayer. Yo había hecho el propósito de no revelarte nunca mis sentimientos. Aun no te he dicho toda la verdad, ni te la diré, Dios mediante. Cuando uno llega tarde, debe resignarse y callar. ¿Y tú no me respondes nada? ¿No hablas ni siquiera para reñirme? 5

La insignificante tenía los ojos fijos en la mesa, y sus labios se agitaban como si la palabra retozara en ellos. Por fin no chistó.

—Te hablaré como hermano (con aquella gravedad bondadosa que tan bien sabía fingir), ya que de otra manera no me es lícito. Soy muy desgraciado... Estoy expiando los enormes disparates que cometí desde que me faltó mi pobre Luisa, aquel ángel..., ángel del cielo, pero inferior a ti, tan inferior, que no hay punto de comparación entre ambas. Yo, francamente (levantándose con exaltación), cuando veo que tesoro tan grande va a ser para un Ponce; cuando pienso que tal conjunto de cualidades cae en manos de... 10 15

Abelarda estaba tan sofocada, que si no desahoga, si no abre al menos una valvulita, revienta de seguro. 20

—¿Y si yo te dijera... vamos a ver (palideciendo), si yo te dijera que no quiero a Ponce?...

—¿Tú?..., ¿y es verdad?...

—¿Si yo te dijera que ni le quise jamás, ni le querré nunca?..., a ver. 25

Víctor no contaba con esta salida,[6] y se desorientó.

—Ahí tienes tú una cosa..., vamos... (balbuciendo), una cosa que me produce el efecto de un porrazo en la cabeza... Pero ¿es verdad? Cuando lo dices, verdad debe de ser. Abelarda, Abelarda, no juegues conmigo; no juegues con fuego... Estas bromas, si bromas son, suelen traer catástrofes. Porque cuando se aborrece a un hombre, como me aborreces tú a mí... (confuso y sin saber a qué santo 30

[6] **no contaba ... salida** wasn't expecting this

encomendarse),[7] no se le dice nada que pueda extraviarle respecto a..., quiero decir, respecto a los sentimientos de la persona que le aborrece, porque podría suceder que el aborrecido... No, no atino a explicarte lo que siento. Si no quieres a Ponce, es que quieres a otro, y esto es lo que no debes decirme a mí...

—Yo no he dicho que quiera a nadie..., me parece que no lo he dicho... Pero pongamos que lo dijese. Eso no es cuenta tuya.[8] Eres muy entrometido... Claro que yo no iba a querer a nadie que no me correspondiese. Pues ¡lucida estaba!

—De modo que hay reciprocidad (con fingida cólera). ¡Y estas cosas me las dices en mi propia cara!

—¡Yo!..., si yo no he chistado.[9]

—Pero lo das a entender... No quiero ser tu confidente, vamos... ¿De modo que el otro te ama?...

—No lo sé... (dejándose llevar de su espontaneidad, ya irresistible). Es lo que no he podido averiguar todavía.

—Y vienes sin duda a que yo te lo averigüe (con sarcasmo). Abelarda, esa clase de papeles no los hago yo. No me digas quién es; no necesito saberlo. ¿Es quizás persona que yo conozco? Pues cállate el nombre, cállatelo si no quieres que perdamos las amistades. Esto te lo dice un hombre que siente hacia ti un afecto..., pero un afecto que ahora no quiero definir; un hombre que vive bajo el peso de su destino fatal (estas filosofías y otras semejantes las tomaba Cadalso de ciertas novelas que había leído), un hombre a quien está vedado referirte sus padecimientos; y pues yo no debo quererte ni puedo ser tuyo ni tú mía, no debo atormentarme ni dejar que me atormentes tú. Guárdate tu secreto, y yo reservaré la parte de él que he adivinado. Si la fatalidad no se hubiera interpuesto entre nosotros dos, yo intentaría aún tu

[7] **a qué ... encomendarse** which way to jump
[8] **Eso ... tuya** That's not your concern
[9] **si yo ... chistado** I haven't said a word

remedio, procurando arrancarte ese amor, reemplazándolo con el mío. Pero no soy dueño de mi voluntad. El sentimiento éste (golpeándose el pecho) jamás pasará del corazón a la realidad de la vida. ¿Por qué me incitas a descubrirlo? Déjalo en mí, mudo, sepultado, pero siempre vivo. No me tientes, no me irrites. ¿Quieres a otro? Pues que yo no lo sepa. ¿A qué enconar una herida incurable?... Y para impedir mayores conflictos, mañana mismo me voy de esta casa, y no vuelvo a entrar aquí.

Abelarda sintió tan viva aflicción al oír esto, que no pudo encubrirla. No tenía ella en su pobre caletre armas de razonamiento para combatir con aquel monstruo de infinitos recursos e ingenio inagotable, avezado a jugar con los sentimientos serios y profundos. Aturdida y atontada, iba a entregar su secreto, ofreciéndose indefensa y cubierta de ridiculez al brutal sarcasmo de Víctor; pero pudo serenarse un poco, recobrar algún equilibrio, y con afectada calma le dijo:

—No, no, no hay motivo para que te vayas. ¿Es que hiciste las paces con Quintina?

—¿Yo? ¡Qué disparate! Ayer Cabrera por poco me pega un tiro.[10] Es un animal. Me iré a vivir a cualquier rincón.

—No. Eso no. Puedes seguir aquí.

—Pues prométeme no hablar de esto una palabra más.

—Si yo no he hablado. Eres tú el que se lo dice todo. Que me quieres, que no me puedes querer. ¿Cómo se entiende?

—Y la última prueba de que te quiero y no te debo querer (con agudeza), te la voy a dar con este consejo: vuelve los ojos a Ponce...

—Gracias.

—Vuelve los ojos al ínclito Ponce. Cásate con él. Ten espíritu práctico. ¿Que no le quieres? No importa.

—Tú estás loco (aturrulladísima). ¿Acaso he dicho yo que no le quería?

[10] **por poco . . . tiro** almost killed me

—Lo has dicho, sí.

—Pues me vuelvo atrás. ¡Qué disparate! Si lo dije, fué broma, por oírte y darte tela.[11]

—Eres mala, muy mala. Yo pensaba otra cosa de ti.

5 —Pues ¿sabes lo que digo? (levantándose con violento arrebato de ira y despecho). Que estás de lo más cargante y de lo más inaguantable [12] con tus... con tus enigmas; y que no te puedo ver, no te puedo ver. La culpa la tengo yo, que oigo tus necedades. Abur... Voy a dormir... Y dormiré

10 tan ricamente,[13] ¿qué te crees?

—El odio muy vivo, como el amor, quita el sueño.

—A mí no..., perverso..., tonto...

—Tú a dormir, y yo a velar pensando en ti... Adiós, Abelarda... Hasta mañana.

15 Y cuando se retiró el impío, un minuto después de la desaparición de la víctima (que se metió en su cuarto y atrancó la puerta como quien huye de un asesino), llevaba en los labios risilla diabólica y este monólogo amargo y cruel: «Si me descuido, me espeta la declaración con toda desver-

20 güenza. ¡Y cuidado que es antipática y levantadita de cascos la niña!... Y cursi hasta dejárselo de sobra, y sosita [14]... Todo se le podría perdonar si fuera guapa... ¡Ah! Ponce, ¡qué ganga te ha caído!... Es una plepa que no hay por dónde cogerla para echarla a la basura.[15]

[11] **darte tela** lead you on

[12] **Que ... inaguantable** You're an impossible and insufferable bore

[13] **Y dormiré ... ricamente** And I'll sleep without a care in the world

[14] **me espeta ... sosita** she would have spilled out her feelings shamelessly. And believe me, she's an unpleasant and vain little ninny; inane, ordinary and then some.

[15] **Es una ... basura** I wouldn't touch her with a ten-foot pole.

Literary Considerations

Discussion Questions X-XX

1. Víctor Cadalso's arrival in Chapter X gives a new turn to the situation at the Villaamil household. In some ways we could say that his personality forms a contrast with the mood already established in the house. How so?
2. At the end of Chapter X Víctor declares: "No creo en Dios, a Dios se le ve soñando, y yo hace tiempo que desperté." What does he mean? How does this contrast with his son's ideas? How would you classify Víctor as a person? Would you say that he was a realist or an idealist?
3. Notice how Víctor has a dream near the end of Chapter XI. Is his dream different in nature from those of Luisito? If so, in what way? (Are there Freudian elements here?) Speaking of Víctor, Galdós hints to us that he hides a special secret: "Ved aquí un secreto que por nada del mundo revelaría Cadalso a sus vulgarísimos y apocados parientes los de Villaamil." What is achieved by this hint? Could we say that other characters also hide secrets?
4. In the Pura-Víctor exchange in Chapter XII Galdós uses something similar to stage directions given in parenthesis. Look at the scene again and ponder as to the merits and/or weaknesses of this technique.
5. Chapters XIII and XIV give us what Galdós calls "notas biográficas de Víctor." Does this material focus only on Víctor or does it help to amplify our knowledge of other characters? What was the effect of Luisa's death on the members of the family?
6. Víctor is very much the actor in his scenes with Abelarda in Chapter XVI where he baits her and leads her on. His "line," though obvious, suggests a background of sentimental literature. Look at the paragraph beginning "Ya sé que no me quieres" . . . (p. 90) and comment on all the implications suggested there.
7. At the end of Chapter XVII we see Abelarda and Luis in warm embrace as they both weep reacting to Víctor's "noble speech." What is it that causes each to react this way? It is ironic that Villaamil, the true tragic figure at this moment should concern them little. Why is this?

8. Abelarda's "monólogo desordenado y sin fin" in Chapter XVIII is one of the most interesting passages in the novel and a fine example of the stream-of-consciousness technique. Examine it carefully. What does it tell us about Abelarda? Notice that she speaks of herself as "insignificante." Does this monologue help us to understand better the relationship between Abelarda and Víctor? Explain.
9. Chapter XIX presents to us a wonderful interplay between several characters, each with his own preoccupation and at odds with the others. Why do you think Luisito is placed in this scene? Contrast what the characters say with what you suspect they might be thinking.
10. In Chapter XX Abelarda herself tries playacting, to manipulate Víctor, but fails. Why is this? Notice the paragraph that begins, "Abelarda sintió tan viva aflicción al oir esto . . ." (p. 113)

Point of View

Our brief discussion on modes of narration examined how interest is maintained through the novel's change of pace and emphasis in the telling of the story. But a story, while being told in different ways can also be seen from different angles, observed from different perspectives, and this is what literary criticism has come to call "point of view." The nineteenth century, following a tradition established earlier, promoted the concept of the omniscient author—the novelist as all-powerful creator who sees all, knows all, and tells all, who like God is everywhere and yet nowhere—but the realists in their explorations discovered that a story could differ greatly depending on its angle of vision and the distance between creatures of fiction and their creator. Inherent in this was the novelist's attitude toward his material and his characters; his scorn or sympathy, his praise or condemnation. To be truly objective, the realist had to admit that he was human, that he had to control his attitudes and his prejudices. The concept of point of view is an awareness of both his tendency toward subjectivity and his ability to control it through technical resources.

You are obviously aware by this time that in *Miau* someone is telling the story. "Galdós, of course," you will say and you would be right, but that is only to state half a truth. You are aware too that he addresses you (the author's turning to his "dear reader" had become a cliché by this time) when he says "Ved aquí un secreto . . ." (p. 71) Notice, however, the first paragraph of Chapter XIII. What is the effect of words like "evoquemos" and "vámonos"? And what does he suggest when he calls his story a "crónica humana"?

Galdós is very much the raconteur and phrases such as "como digo," "se hablará mas adelante" and "pues como iba diciendo" establish him as a guide within the story, that is, as narrator. It now behooves us to inquire into his personality as narrator.

Let us consider, for a moment, his attitude toward his characters. Do you think that he feels affection for them? Scorn? On what do you base this? You may have noticed by now that he has a penchant for the use of epithets, often calling the people of his novel by a characterizing phrase other than their names. Recall, for example, what he calls Abelarda, Pura, and Milagros. These epithets are full of irony and would suggest a poor opinion of these people on the part of the author. But do these epithets originate with Galdós or has he merely borrowed them? Do they come from the world of the novel itself?

If they come to him second hand, that is, from the story-world itself, it would suggest an identification of Galdós with this world and negate the Olympian posture inherent in the omniscient author. Is he then a character in the novel? We know that he is not and yet we sense that he belongs there because of the manner in which he seems to know things and the way he communicates this knowledge. If he judges a character, it is as if this person were judged by one of his peers, and this is important. His vocabulary and his mode of expression are no different from those of the people that he tells us about. His style is familiar, colloquial and chatty.

Those who have considered good literature to be synonymous with elegance and refinement have found fault with this style of Galdós and have spoken of his "vulgaridad." (Valle-Inclán called him *Don Benito el garbancero.)* But it is a grave error to confuse the subject of Galdós, the common man of the Spanish nineteenth century, with the novelist himself. Galdós' great achievement was precisely that, while hardly being a common man, he could take on this unassuming form of expression that made him one with the world of his creation. This is what makes of Galdós not a literary stylist but a true novelist, as Professor Antonio Sánchez-Barbudo has explained in a fine study of *Miau*.[1]

Consider the many idioms and popular Madrid expressions that we have had to clarify for you through notes. Notice the wide use of diminutives to suggest affection and familiarity; the frequent appearance of the dative of interest denoting personal concern. Turn to Paca's words within the paragraph beginning "De debajo de la mesa salió un perro..." (p. 13) Examine them carefully for the elements just mentioned. Here is a classic example of popular speech, colorful and lively, and it is close to the tone and phrasing of Galdós' own narrative style. It is this style that at least subconsciously causes us to think of the author as something like a neighbor of the Villaamils, a passing acquaintance that merely nods to them as they go by but who observes them daily and through the neighborhood grapevine is able to learn of their doings. Thus it becomes evident that in Galdós there is a close relationship between style and point of view.

A school of critical thought, best exemplified by Percy Lubbock in his *The Craft of Fiction,* stresses the importance of maintaining a consistency in the point of view of a particular novel. Others, however, find a shifting of the point of view perfectly acceptable. E. M. Forster, for example, writes in his *Aspects of the Novel*: "...for me the whole

[1] *Estudios sobre Galdós, Unamuno y Machado* (Madrid, 1968).

intricate question of method resolves itself not into formulae but the power of the writer to bounce the reader into accepting what he says . . ."[2] Thus Forster prefers the novelist capable of breathing life into characters and situations rather than the master craftsman primarily concerned with problems of technique and structure. On this basis he admires Dickens and he would admire Galdós, who was more the imaginative creator than the meticulous artist.

To be sure, Galdós often shifts his point of view within a novel. We have not touched on one important perspective of this technique: his ability to create the impression that he is at times writing from "inside" a particular character. But this is an aspect that is better postponed until we take up problems of characterization.

[2] *Aspects of the Novel* (New York, 1959), p. 78.

Tercera Parte

xxi

Aunque las esperanzas de los Villaamil, apenas segadas en flor,[1] volvían a retoñar con nueva lozanía, el atribulado cesante las daba siempre por definitivamente muertas, fiel al sistema de esperar desesperando.

Para distraer su pena y olfatear nombramientos ajenos, ya que en el suyo afectaba no creer, o realmente no creía, iba por las tardes al Ministerio de Hacienda, en cuyas oficinas tenía muchos amigos de categorías diversas. Allí se pasaba largas horas, charlando, enterándose del expedienteo, fumando algún cigarrillo, y sirviendo de asesor a los empleados noveles o inexpertos que le consultaban sobre cualquier punto obscuro de la enrevesada Administración.

Profesaba Villaamil entrañable cariño a la mole colosal del Ministerio; la amaba como el criado fiel ama la casa y familia cuyo pan ha comido durante luengos años; y en aquella época funesta de su cesantía, visitábala él con respeto y tristeza, como sirviente despedido que ronda la morada de donde le expulsaron, soñando en volver a ella. Atravesaba el pórtico, la inmensa crujía que separa los dos patios, y subía despacio la monumental escalera, encajonada entre gruesos muros, que tiene algo de feudal y de carcelario a la vez. Casi siempre encontraba por aquellos tramos a algún empleado amigote que subía o bajaba. «Hola, Villaamil, ¿qué tal? — «Vamos tirando».[2] Al llegar al principal titubeaba antes de decidir si

[1] **apenas . . . flor** nipped in the bud
[2] **Vamos tirando** We're getting along

entraría en Aduanas o en el Tesoro, pues en ambas Direcciones le sobraban conocidos; pero en el segundo prefería siempre Contribuciones a Propiedades. Los porteros le saludaban; y como Villaamil era tan afable, siempre echaba un
5 párrafo con ellos.[3]

El mejor amigo entre los muchos buenos que Villaamil tenía en aquella casa era don Buenaventura Pantoja, de quien algo sabemos ya, padre de Virginia Pantoja, una de las actrices del coliseo doméstico de las *Miaus*. Visitaba con
10 preferencia don Ramón la oficina de tan excelente y antiguo compañero (Contribuciones), del cual había sido jefe: tomaba asiento en la silla más próxima a la mesa; le revolvía los papeles[4] si no estaba allí, y si estaba, trabábase entre los dos sabroso coloquio de chismografía burocrática.

15 —¿Sabes...? — decía Pantoja —. Hoy salieron calentitos dos oficiales primeros y un jefe de Administración. Ayer estuvo ese fantoche (aquí nombre de cualquier célebre político), y claro, a rajatabla.[5] Lo que yo te digo: cuando quieren hacer las cosas, saltan por cima de todo.

20 —Sea por amor de Dios — respondía Villaamil, dando un doliente suspiro que ponía trémulas las hojas de papel más cercanas.[6]

Aquel día tardó mucho el buen hombre en fondear ante la mesa de Pantoja.[7] A cada paso saltaban conocidos. Uno
25 salía por aquí, aferrando legajos atados con balduque; otro entraba presuroso por allá, retrasado y temiendo un regaño del jefe. «¿Cuánto bueno?[8]... ¿Qué tal, Villaamil?» —

[3] **echaba . . . ellos** he would exchange a few words with them

[4] **le revolvía los papeles** he would shuffle through the papers on his desk

[5] **a rajatabla** he called the shots

[6] **que ponía . . . cercanas** that made the nearby sheets of paper flutter

[7] **tardó . . . Pantoja** the good man was anchored for a long time at Pantoja's desk

[8] **¿Cuánto bueno?** What's new?

«Hijo, defendiéndonos». La oficina de Pantoja formaba parte de un vastísimo salón, dividido por tabiques como de dos metros de alto. El techo era común a los distintos departamentos, y en la vasta capacidad se veían los tubos de las estufas, largos y negros, quebrados en ángulo recto para tomar la horizontal, horadando las paredes. Llenaba aquel recinto el estridor sonoro de los timbres, voz lejana de los jefes, llamando sin cesar a sus subalternos. Como era la hora en que entran los rezagados, en que los madrugadores almuerzan, en que otros toman café, que mandan traer de la calle, no reinaba allí el silencio propicio al trabajo mental; antes, todo se volvía cierres de puertas, risas, traqueteo de loza y cafeteras, gritos y voces impacientes.

Villaamil entró en la sección, saludando a diestro y siniestro.[9] Allí estaba de oficial tercero el cojo Guillén, muy amigo de la familia Villaamil, tertuliano asiduo, apuntador en la pieza que se iba a representar. Era, por más señas, tío del famoso *Posturitas,* amigo y émulo de Luisito Cadalso, y vivía con sus hermanas, dueñas de la casa de *empréstamos.* Tenía fama Guillén de mordaz y maleante, capaz de tomarle el pelo al lucero del alba.[10] En la oficina escribía juguetes cómicos groseros y verdes, algún dramón espeluznante, que nunca llegaría a arrostrar las candilejas,[11] dibujaba caricaturas y rimaba sátiras contra la mucha gente ridícula de la casa.

Cerca de las mesas veíanse las perchas donde los funcionarios colgaban capas y sombreros. Guillén tenía las muletas junto a sí. Entre mesa y mesa, estantes y papeleras, trastos de forma y aspecto que sólo se ven en las oficinas. Sobre todos los pupitres abundaban legajos atados con cintas rojas, los unos amarillentos y polvorosos, papel que tiene algo de cinerario y [12] encierra las esperanzas de varias generaciones;

[9] **saludando . . . siniestro** greeting people on all sides
[10] **capaz . . . alba** one who considered nothing sacred
[11] **que nunca . . . candilejas** which would never be performed
[12] **papel . . . cinerario y** ash-like paper that

los otros de hojas flamantes y reciente escritura, con notas marginales y firmas ininteligibles. Eran las piezas más modernas del pleito inmenso entre el pueblo y el fisco.

Pantoja no estaba: le había llamado el Director.

5 —Tome usted asiento, don Ramón. ¿Quiere un cigarrito?

—¿Y tú qué te traes entre manos? [13] (acercándose a la mesa del cojo y apoderándose de un papel). ¿A ver, a ver...? *Drama original y en verso*. ¿Título? *La hijastra de su hermanastra*. Muy bien, zánganos; así perdéis las horas.

10 Entró en aquel punto Pantoja, y *conticuere omnes*.[14] Cubría la cabeza del jefe de la sección un gorrete encarnado, con unas [15] al modo de alcachofas bordadas de oro, y borla deshilachada que caía con gracia. Vestía gabán pardo y muy traído,[16] pantalón con rodilleras, rabicorto, dejando ver la 15 caña de las botas recién estrenadas, sin lustre aún. Después de saludar al amigo, ocupó su asiento. Arrimóse Villaamil, y charlaron. Pantoja no olvidaba por el palique los deberes, y a cada instante daba órdenes a su tropa. «Oiga usted, Argüelles, haga el favor de ponerme una orden a la Administra- 20 ción Económica de la Provincia pidiendo tal cosa... Usted, Espinosa, sáqueme en seguida el estado de débitos por Industrial». Y deshacía con mano experta el lazo de balduque para destripar un legajo y sacarle el mondongo. En atarlos también mostraba singular destreza, y parecía que los acari- 25 ciaba al mudarlos de sitio en la mesa o al ponerlos en el estante.

Moralmente, era Pantoja el prototipo del integrismo administrativo. Lo de *probo funcionario* iba tan adscrito a su persona como el nombre de pila. Se le citaba de tenazón y 30 por muletilla,[17] y decir *Pantoja* era como evocar la propia

[13] **qué te ... manos** what are you up to

[14] **conticuere omnes** all fell silent (Latin)

[15] **con unas** with figures

[16] **muy traído** quite worn

[17] **el nombre ... muletilla** his christian name. He was quoted in an offhand fashion and as a matter of course

imagen de la moralidad. Hombre de pocas necesidades, vivía obscuramente y sin ambición, contentándose con su ascenso cada seis o siete años, ni ávido de ventajas, ni temeroso de cesantía, pues era de esos pocos a quienes, por su conocimiento práctico, cominero y minucioso de los asuntos oficinescos, no se les limpia nunca el comedero.[18] Había llegado a considerar su inmanencia burocrática como tributo pagado a su honradez, y esta idea se transformaba en sentimiento exaltado o superstición. Era un alma ingenuamente honrada, una conciencia tan angosta, que se asustaba si oía hablar de millones que no fuesen los de la Hacienda.

[18] **no se . . . comedero** are never in danger of losing their jobs

xxii

En su trabajo era Pantoja puntualísimo, celoso, incorruptible y enemigo implacable de lo que él llamaba *el particular*.[1] Jamás emitió dictamen contrario a la Hacienda; la Hacienda le pagaba, era su ama, y no estaba él allí para servir
5 a los enemigos *de la casa*.

En su vida privada, era Pantoja el modelo de los modelos. No había casa más metódica que la suya, ni hormiga comparable a su mujer. Eran el reverso de la medalla de los Villaamil, que se gastaban la paga entera en los tiempos
10 bonancibles, y luego quedaban pereciendo. La señora de Pantoja no tenía, como doña Pura, aquel ruinoso prurito de suponer, aquellos humos de persona superior a sus medios y posición social. La señora de Pantoja había sido criada de servir (creo que de don Claudio Antón de Luzuriaga,[2] al cual
15 debió Pantoja su credencial primera), y lo humilde de su origen la inclinaba a la obscuridad y al vivir modesto y esquivo. Nunca gastaron más que los dos tercios de la paga, y sus hijos iban adoctrinados en el amor de Dios y en el supersticioso miedo al fausto y pompas mundanales. A pesar
20 de la amistad íntima que entre Villaamil y Pantoja reinaba, nunca se atrevió el primero a recurrir al segundo en sus frecuentes ahogos; le conocía como si le hubiese parido,[3] sabía

[1] **el particular** the private citizen
[2] Important politician and member of the cabinet in 1854.
[3] **le conocía . . . parido** he knew him better than he knew himself

perfectamente que el *honrado* ni pedía ni daba, que la postulación y la munificencia eran igualmente incompatibles con su carácter, arcas cuyas puertas jamás se abrían ni para dentro ni para fuera.

Sentados los dos, el uno ante un pupitre, el otro en la silla más próxima, Pantoja se ladeó el gorro, que resbalaba sobre su cabeza lustrosa al menor impulso de la mano, y dijo a su amigo:

—Me alegro que hayas venido hoy. Ha llegado el expediente contra tu yerno. No le he podido echar un vistazo. Parece que no es nada limpio. Dejó de incluir dos o tres pueblos en la nota de apremios, y en los repartos del último semestre hay sapos y culebras.[4]

—Ventura, mi yerno es un pillo: demasiado lo sabes. Habrá hecho cualquier barrabasada.

—Y me enteró ayer el Director de que anda por ahí dándose la gran vida,[5] convidando a los amigachos y gastando un lujo estrepitoso, con un surtidito de sombreros y corbatas que es un asco, y hecho un figurín el muy puerco.[6] Dime una cosa: ¿vive contigo?

—Sí — respondió secamente Villaamil, que sentía la ola de la vergüenza en las mejillas, al considerar que también su ropa, por flaqueza de Pura, procedía de los dineros de Cadalso —. Pero estoy deseando que se largue de mi casa. De su mano, ni la hostia.[7]

—Porque. . . verás, me alegro de tener esta ocasión de decírtelo: eso te perjudica, y basta que sea yerno tuyo y que viva bajo tu techo, para que algunos crean que vas a la parte con él.[8]

[4] **hay sapos y culebras** things are very fishy

[5] **dándose . . . vida** living it up

[6] **que es . . . puerco** that's a disgrace and cutting quite a figure, the dirty crook

[7] **De su . . . hostia** I'd rather die than take anything from him

[8] **vas . . . con él** you're in cahoots with him

—¡Yo... con él! (horrorizado). Ventura, no me digas tal cosa...

Pantoja volvió a ladear el gorro. Era una manera especial suya de rascarse la cabeza. Dando un gran suspiro, que salió muy oprimido de la boca, porque ésta no se abría sino con cierta solemnidad, trató de consolar a su amigo en la forma siguiente:

—No sabemos si podrán arreglar lo del expediente de Víctor, a pesar de las ganas que parece tienen de ello sus protectores. Y por lo que hace a ti, yo que tú, sin dejar de machacar en el Director, el Subsecretario y el Ministro, me buscaría un buen faldón entre la gente que manda.[9]

—Pero si me cojo y tiro, y... como si no.

—Pues sigue tirando, hombre, hasta que te quedes con el faldón en la mano. Arrímate a los pájaros gordos,[10] sean o no ministeriales; dirígete a Sagasta,[11] a Cánovas,[11] a don Venancio,[11] a Castelar,[11] a los Silvelas,[11] no repares si son blancos, negros o amarillos,[12] pues al paso que vas, tal como se han puesto las cosas, no conseguirás nada.

Villaamil oía estos sabios consejos, los ojos bajos, la expresión lúgubre, y sin desconocer cuán razonables eran. Mientras que los dos amigos departían de este modo, totalmente abstraídos de lo que en la oficina pasaba, el maldito cojo Salvador Guillén trazaba en una cuartilla de papel, con humorísticos rasgos de pluma, la caricatura de Villaamil, y una vez terminada, y habiendo visto que era buena, puso por debajo: *El señor de Miau, meditando sus planes de Hacienda.* Pasaba el papel a sus compañeros para que se riesen, y el monigote iba de pupitre en pupitre, consolando de su abu-

[9] **me buscaría ... manda** I'd look for a good backer among people that count

[10] **hasta ... gordos** until you've got the backer in hand. Get next to Big Wheels

[11] Prominent politicians of the period.

[12] **no repares ... amarillos** don't bother about who they are

rrimiento a los infelices condenados a la esclavitud perpetua de las oficinas.

Cuando Pantoja y Villaamil hablaban de generalidades tocantes al ramo, no sonaban con armonioso acuerdo sus dos voces. Es que discrepaban atrozmente en ideas, porque el criterio del honrado era estrecho y exclusivo, mientras Villaamil tenía concepciones amplias, un plan sistemático, resultado de sus estudios y experiencia. Lo que sacaba de quicio a Pantoja era que su amigo preconizara el *income tax,* haciendo tabla rasa de la Territorial, la Industrial y Consumos.[13] El impuesto sobre la renta, basado en la declaración, teniendo por auxiliares el amor propio y la buena fe, resultaba un disparate aquí donde casi es preciso poner al contribuyente delante de una horca para que pague. La simplificación, en general, era contraria al espíritu del *probo funcionario,* que gustaba de mucho personal, mucho lío y muchísimo mete y saca [14] de papeles. Y por último, algo había de recelo personal en Pantoja, pues aquella manía de suprimir las contribuciones era como si quisiesen suprimirle a él. Sobre esto discutían acaloradamente hasta que a los dos se les agotaba la saliva. Y cuando Pantoja tenía que salir porque le llamaba el Director, y se quedaba Villaamil solo con los subalternos, éstos se distraían y solazaban un rato a cuenta de él, distinguiéndose el cojo Guillén por su intención maligna.

—Dígame, don Ramón, ¿por qué no publica usted su plan para que lo conozca el país?

—Déjame a mí de [15] publicar planes (paseándose agitadamente por la oficina). ¡Sí; buen caso me haría ese puerco de país! Mire usted, amigo Argüelles (parándose ante la mesa del *caballero de Felipe IV,* la capa terciada, la mano derecha muy expresiva). Yo he consagrado a esto mi experiencia de

[13] **haciendo ... Consumos** wanting to eliminate land, manufacturing and sales taxes

[14] **mete y saca** shuffling

[15] **Déjame ... de** Don't bother me with

tantos años. Podré acertar o no; pero que aquí hay algo, que aquí hay una idea, no puede dudarse. (Todos le oían con gran atención.) Mi trabajo consta de cuatro Memorias o tratados, que llevan su título para más fácil inteligencia. Primer punto: *Moralidad*. Segundo punto: *Income tax*. Tercer punto: *Aduanas*. Cuatro punto: *Unificación de la Deuda*.

—Sabe usted más, don Ramón, que el muy marrano que inventó la Hacienda.

(Coro de plácemes. El único que callaba era Argüelles, que no gustaba de reirle mucho las gracias a Guillén.)

—No es que sepa mucho (con modestia), es que miro las cosas *de la casa* como mías propias, y quisiera ver a este país entrar de lleno por la senda del orden. Esto no es ciencia, es buen deseo, aplicación, trabajo. Ahora bien: ¿ustedes me hicieron caso? Pues ellos tampoco. Allá se las hayan.[16] Llegará día en que los españoles tengan que andar descalzos y los más ricos pedir para ayuda de un panecillo[17]..., digo, no pedirán limosna, porque no habrá quien la dé. A eso vamos. Yo les pregunto a ustedes: ¿tendría algo de particular que me restituyesen a mi plaza de Jefe de Administración? Nada, ¿verdad? Pues ustedes verán todo lo que quieran, pero eso no lo han de ver. Vaya, con Dios.

Salía encorvado, como si no pudiera soportar el peso de la cabeza. Todos le tenían lástima; pero el despiadado Guillén siempre inventaba algún sambenito que colgarle a la espalda después que se iba.

—Aquí he copiado los cuatro puntos conforme los decía: señores, oro molido.[18] Vegan acá. ¡Qué risa, Dios! Vean, vean los cuatro títulos, escritos uno bajo el otro.

Moralidad.

Income tax.

[16] **Allá . . . hayan** That's their problem
[17] **para . . . panecillo** for a crust of bread
[18] **oro molido** this is really rich

Aduanas.

Unificación de la Deuda.

Juntadas las cuatro iniciales, resulta la palabra **M I A U.**

Una explosión de carcajadas retumbó en la oficina, poniéndola tan alegre como si fuera un teatro. 5

xxiii

En aquella temporada le dió a la insignificante por ir[1] a la iglesia bastante a menudo. Las prácticas religiosas de los Villaamil se concretaban a la misa dominguera en las Comendadoras, y esto no con rigurosa puntualidad. Don Ramón
5 faltaba rara vez; pero doña Pura y su hermana, por aquello de[2] no estar vestidas, por quehaceres o por otra causa, quebrantaban algunos domingos el precepto.[3] Abelarda se sentía ansiosa de corroborar su espíritu en la religión y meditar en la iglesia; se consolaba mirando los altares, el sagrario donde
10 el propio Dios está guardado, oyendo devotamente la misa, contemplando los santos y vírgenes con sus ahuecadas vestiduras.[4] Estos inocentes consuelos le sugirieron pronto la idea de otro más dulce y eficaz, el confesarse; porque sentía la necesidad imperiosa y punzante de confiar a alguien un
15 secreto que no le cabía en el corazón. Temía que si no lo confiaba, *se le escaparía* a lo mejor con espontaneidad indiscreta delante de sus padres, y esto le aterraba, porque sus padres se habrían de enfadar cuando tal supieran. ¿A quién confiarlo? ¿A Luis? Era muy niño. Hasta se le pasaba por
20 las mientes el disparate increíble de revelar su secreto al buenazo de Ponce. Por último, el mismo sentimiento religioso que se amparaba de su alma le inspiró la solución, y a la

[1] **le dió . . . ir** Abelarda took to going
[2] **por aquello de** excusing themselves on the grounds of
[3] **quebrantaban . . . precepto** failed to attend mass some Sundays
[4] **ahuecadas vestiduras** flowing robes

mañana siguiente de pensarla acercóse al confesonario y le contó al cura lo que le pasaba, añadiendo pormenores que al sacerdote no le importaba saber. Después de la confesión se quedó la insignificante muy aliviada y con el espíritu bien dispuesto para lo que pudiera sobrevenir. 5

Como era tiempo de Cuaresma, había ejercicios todas las tardes en las Comendadoras[5] y los viernes en Monserrat[5] y en las Salesas Nuevas.[5] Algo chocaba a la familia la asiduidad con que Abelarda iba a la iglesia, y a doña Pura no se le pudrió en el cuerpo esta observación impertinente: «¡Vaya, 10 hija, a buenas horas mangas verdes!»[6]

La circunstancia de que Ponce estaba complacidísimo y un si es no es[7] entusiasmado con las devociones de su novia, por ser él uno de los chicos más católicos de la generación presente (aunque más de pico que de obras,[8] como suele suceder), 15 acalló las susceptibilidades de doña Pura. El ínclito joven acompañaba a su novia algunas tardes a la iglesia, a pesar de las reiteradas instancias de ella para que la dejara sola. Comúnmente la esperaba al salir, y juntos iban hasta la casa, hablando del predicador, como la noche antes, en la tertulia, 20 hablaban de los cantantes del Real. Si Abelarda iba temprano a la iglesia, la acompañaba Luis, que a poco de probar estas excursiones tomó grandísima afición a ellas. El buen Cadalsito pasaba un rato con devoción y compostura; pero luego se cansaba y se ponía a dar vueltas por la iglesia, mirando los 25 estandartes de la Orden de Santiago[9] que hay en las Comendadoras, acercándose a la reja grande para atisbar a las monjas, inspeccionando los altares recargados de ex-votos de cera. En Montserrat, iglesia perteneciente al antiguo con-

[5] Churches in Madrid

[6] **a doña . . . verdes** Doña Pura got the following nasty comment out of her system: "Come dear, it's a little late to be getting pious, isn't it?"

[7] **un si es no es** more or less

[8] **aunque . . . obras** although he was more a talker than a doer

[9] Chivalric and religious order of the Middle Ages

vento que es hoy Cárcel de Mujeres, no se encontraba Luis tan a gusto como en las Comendadoras, que es uno de los templos más despejados y más bonitos de Madrid. A Monserrat encontrábalo frío y desnudo; los santos estaban mal trajeados; el culto le parecía pobre, y, además de esto, había en la capilla de la derecha, conforme entramos,[10] un Cristo grande, moreno, lleno de manchurrones de sangre, con enaguas y una melena natural tan larga como el pelo de una mujer, la cual efigie le causaba tanto miedo, que nunca se atrevía a mirarla sino a distancia, y ni que le dieran lo que le dieran entraba en su capilla.[11]

En cambio de estos malos ratos, Monserrat se los proporcionaba buenos, cuando se aparecía por allí su amigo y condiscípulo Silvestre Murillo, hijo del sacristán. Silvestre inició a Luis en algunos misterios eclesiásticos, explicándole mil cosas que éste no comprendía; por ejemplo: qué era la Reserva del Santísimo, qué diferencia hay entre el Evangelio y la Epístola, por qué tiene San Roque un perro y San Pedro llaves, metiéndose en unas erudiciones litúrgicas que tenían que oír. «La hostia, verbigracia, lleva dentro a Dios, y por eso los curas, antes de cogerla, se lavan las manos para no ensuciarla; y *dominus vobisco* [12] es lo mismo que decir: *cuidado, que seáis buenos*». Metidos los dos en la sacristía, Silvestre le enseñaba las vestiduras, las hostias sin consagrar, que Cadalso miraba con respeto supersticioso, las piezas del monumento que pronto se armaría, el palio y la manga-cruz,[13] revelando en el desenfado con que lo enseñaba y en sus explicaciones un cierto escepticismo del cual no participaba el otro. Pero no pudo Murillito hacerle entrar en la capilla del Cristo de las melenas, ni aun asegurándole que él las había tenido en la mano cuando su madre se las peinaba, y

[10] **conforme entramos** as one enters

[11] **y ni . . . capilla** and not for the world would he enter the chapel

[12] **dominus vobisco** *dominus vobiscum* (Latin), God be with you

[13] **el palio . . . cruz** the canopy and drapings

que aquel Señor era muy bueno y hacía la mar de [14] milagros.

Como la mente de los chicos se impresiona con todo, y a esta impresión se amolda con energía y prontitud su naciente voluntad, aquellas visitas a la iglesia despertaron en Cadalsito el deseo y propósito de ser cura, y así lo manifestaba a sus abuelos una y otra vez. Todos se reían de esta precoz vocación, y al mismo Víctor le hizo mucha gracia. Sí, Luisito aseguraba que o no sería nada o cantaría misa, pues le entusiasmaban todas las funciones sacerdotales, incluso el predicar, incluso el meterse en el confesonario para *oír los pecados de las mujeres*. Díjolo con ingenuidad tan graciosa, que todos se partieron de risa, y de ello tomó pie [15] Víctor para romper a hablar a solas con la insignificante por primera vez después de la conferencia de marras.[16] No estaba presente ninguna persona mayor, y el único que podía oír era Luis, y estaba engolfado en su álbum filatélico.

—Yo no diré, como mi hijo, que quiero ordenarme; pero ¡ello es que de algún tiempo a esta parte siento en mí una necesidad tan viva de creer! . . . Este sentimiento, júzgalo como quieras, me viene de ti, Abelarda (aquí una mirada amplia, sostenida, ternísima), de ti, y de la influencia que tu alma tiene sobre la mía.

—Pues cree, ¿quién te lo impide? — repuso la joven, que se sentía aquella tarde con facilidades para hablar, y esperaba mayor claridad en él.

—Me lo impiden las rutinas de mi pensamiento, las falsas ideas adquiridas en el trato social, que forman una broza difícil de extirpar. Me convendría un maestro angélico, un ser que me amase y que se interesara por mi salvación. Pero ¿dónde está ese ángel? Si existe, no es para mí. Soy muy desgraciado. Veo el bien muy próximo, y no me puedo acercar a él. Dichosa tú si no comprendes esto.

Encontrábase la señorita de Villaamil con fuerzas para

[14] **la mar de** a great many
[15] **tomó pie** took the opportunity
[16] **de marras** of a while back

tratar aquel asunto, porque la religión se las diera hasta para confesar su secreto a quien no debía oírlo de sus labios.

—Yo quiero creer, y creí — dijo —. Yo busqué un alivio en Dios, y lo encontré. ¿Quieres que te cuente cómo?

5 Víctor, que, sentado junto a la mesa, se oprimía la cabeza entre las manos, levantóse de pronto, diciendo con el tono y gesto de un consumado histrión:

—No hables: me atormentarías sin consolarme. Soy un réprobo, un condenado . . .

10 Dió un suspiro, y hasta otra [17] . . .

Por la noche, antes de comer, Víctor entró muy gozoso y dió un abrazo a su suegro, al cual no le hicieron gracia tales confianzas, y estuvo por decirle: «¿En qué pícaro bodegón hemos comido juntos?» [18] No tardó el otro en explicar los 15 móviles de su enhorabuena. Había estado en el Ministerio aquella tarde, y el Jefe del Personal le dijo que Villaamil iba en la primera hornada.

Doña Pura estaba radiante, y Villaamil, desconcertado en su pesimismo, parecía un combatiente a quien le destruyen 20 de improviso las defensas que le amparan, dejándole inerme y desnudo ante las balas enemigas. Esforzábase en recobrar su aplomo pesimista . . . «Historias . . . Bueno, y aunque fuese verdad que Juan, Pedro y Diego me recomendaran, ¿de eso se sigue que me coloquen? Déjame en paz, y pide para ti, 25 pues sin abrir la boca te lo han de dar, mientras que yo, aunque vuelva loco al género humano, nada alcanzaré».

Abelarda, aunque no desplegó los labios, sentía su pecho inundado de gratitud hacia Víctor y se congratulaba de amarle, declarándose que ninguna duda podía existir de la 30 bondad de sus sentimientos. Imposible que aquel acento noble y hermoso no fuera el acento de la verdad. Mientras comían, se discutió lo mismo: Villaamil opinando tercamente que jamás habría piedad para él en las esferas ministeriales,

[17] **y hasta otra** and left
[18] **En qué . . . puntos** Since when have we been such pals?

y la familia entera sosteniendo con denuedo lo contrario. Entonces soltó Luisito aquella frase que fué célebre en la familia durante una semana y se comentó y repitió hasta la saciedad, celebrándola como gracia inapreciable, o como uno de esos rasgos de sabiduría que de la mente divina pueden descender a la de los seres cuyo estado de gracia les comunica directamente con aquélla. Lo dijo Cadalsito con ingenuidad encantadora y cierto aplomo petulante que aumentaba el hechizo de sus palabras. «Pero, abuelito, parece que eres tonto. ¿Por qué estás pidiendo y pidiendo a esos tíos de los Ministerios, que son unos cualisquieras y no te hacen caso? Pídeselo a Dios, ve a la iglesia, reza mucho, y verás cómo Dios te da el destino».

Todos se echaron a reír; pero en el ánimo de Villaamil hizo efecto muy distinto la salida del inspirado niño. Por poco se le saltan al buen viejo las lágrimas, y dando un golpe en la mesa con el cabo del tenedor, decía: «Ese demonches de chiquillo [19] sabe más que todos nosotros y que el mundo entero».

[19] **Ese . . . chiquillo** That little devil

XXIV

Marchóse Víctor, apenas tomado el postre, que era, por más señas,[1] miel de la Alcarria, y de sobremesa, doña Pura echó en cara a su marido la incredulidad y desabrimiento con que éste había oído lo expresado por el yerno.

5 —¿Por qué no ha de ser cierto que se interesa por ti? No debemos ponernos siempre en la mala.[2] Es más: Víctor, si no lo ha hecho, estaba en la obligación de hacerlo.

—Parece mentira que en tantos años no hayáis aprendido a conocer a ese hombre (exaltándose), el más malo y traicionero 10 que hay bajo la capa del sol.[3] Para hacerle más temible, Dios, que ha hecho tan hermosos a algunos animales dañinos, le dió a éste el mirar dulce, el sonreír tierno y aquella parla con que engaña a los que no le conocen, para atontarles, fascinarles y comérseles después... Es el monstruo más...

15 Detúvose Villaamil al reparar que estaba presente Luisito, quien no debía oír semejante apología. Al fin era su padre. Y por cierto que el pobre niño clavaba en el abuelo sus ojos con expresión de terror. Abelarda, como si le arrancaran el corazón a tenazazos, sentía impulsos de echarse a llorar, 20 seguidos de un brutal anhelo de contradecir a su padre, de taparle la boca, de disparar algún denuesto contra su cabeza venerable. Levantóse y se fué a su cuarto, aparentando que

[1] **por más señas** to be exact

[2] **No debemos ... mala** We mustn't always take a dim view of people

[3] **bajo ... sol** under the sun

entraba a buscar algo, y desde allí oyó aún el murmullo de la conversación... Doña Pura denegaba tímidamente lo dicho por su esposo, y éste, después que se retiró Luisito, llamado por Milagros para lavarle en la cocina boca y manos, reiteró su bárbaro, implacable y sangriento anatema contra Víctor, añadiendo que con él no iba ni a recoger monedas de cinco duros.[4] Era tan hondo el acento del buen Villaamil, y tan lleno de sinceridad y convicción, que Abelarda creyó volverse loca en aquel mismo instante, soñando como único alivio a su desatada pena salir de la casa, correr hacia el Viaducto de la calle de Segovia y tirarse por él. Figurábase el momento breve de desplomarse al abismo, con las enaguas sobre la cabeza, la frente disparada hacia los adoquines. ¡Qué gusto! Después la sensación de convertirse en tortilla, y nada más. Se acabaron todas las fatigas.

A poco de esto, empezó a llegar la escogida sociedad que frecuentaba en determinadas noches aquella elegante mansión. Víctor no solía concurrir a las tertulias; pero aquella noche entró más temprano que de costumbre y pasó a la sala, produciendo la admiración de Virginia Pantoja y de las chicas de Cuevas. ¡Era tan superior por todos conceptos a los tipos que allí se veían! Guillén le tenía ojeriza, y como Víctor le pagaba en la misma moneda,[5] se tirotearon con frases de doble sentido, haciendo reír a la concurrencia.

Al día siguiente, antes de almorzar, hallándose en el comedor Víctor, su suegra, Abelarda y Luisito, que acababa de llegar de la escuela, dijo Cadalso a doña Pura:

—Pero ¿cómo reciben ustedes en su casa a ese cojo inmundo? ¿No comprenden que viene por divertirse observando y contar luego en la oficina lo que ve?

—Pero ¿acaso tenemos monos pintados en la cara —dijo

[4] **con él ... duros** he wouldn't have anything to do with him on a bet

[5] **le tenía ... moneda** couldn't stand him and since Victor gave him tit for tat

Pura con desenfado —, para que ese cojitranco venga aquí nada más que a reírse?

—Es un sapo venenoso que en cuanto ve algo que no es sucio como él, se irrita y suelta toda la baba.[6] Cuando papá va a la oficina de Pantoja, ¿en qué creen ustedes que se ocupa Guillén? En hacerle la caricatura. Tiene ya una colección que anda de mano en mano entre aquellos gandules. Ayer, sin ir más lejos, vi una con un letrero al pie que dice: *El señor de Miau, meditando su plan de Hacienda.* Había ido corriendo de oficina en oficina, hasta que Urbanito Cucúrbitas la llevó al Personal, donde el majadero de Espinosa, hermano de ese cursilón que estuvo aquí anoche, la pegó en la pared con cuatro obleas para que sirviera de chacota[7] a todo el que entraba. Cuando vi aquello me sulfuré, y por poco se arma allí la de San Quintín.[8]

Doña Pura se indignó tanto, que el coraje le cortaba la respiración y la palabra.

—Pues yo le diré a ese galápago que no vuelva a poner los pies en mi casa... ¿Y cómo dices que llaman a mi marido? ¿Habrá desvergüenza?...

—Es que le quieren aplicar ahora el mote que le pusieron a la familia en el Real — dijo Víctor dulcificando su crueldad con una sonrisa —; mote que no tiene maldita gracia.[9]

—¡A nosotras, a nosotras! — exclamaron a un tiempo, rojas de ira, las dos hermanas.

—Tomémoslo a risa,[10] pues no merece otra cosa. Es público y notorio que cuando toman ustedes posesión de su sitio en el paraíso, todo el mundo dice: «Ya están ahí las *Miaus*...», ¡qué tontería!

[6] **suelta . . . baba** releases all his bile
[7] **para . . . chacota** so that it might serve as a butt of ridicule
[8] **por poco . . . Quintín** all hell almost broke loose
[9] **mote . . . gracia** a nickname that isn't funny at all
[10] **Tomémoslo a risa** Consider it a laughing matter

La ira de las dos hermanas era nada en comparación de la que agitaba el ánimo de Luisito Cadalso al oír que el cojo Guillén motejaba a su abuelo y le ponía en solfa; [11] y para sí decía: «De todo esto tiene la culpa *Posturitas,* y le he de dar pa el pelo,[12] porque la ordinariota de su mamá, que es hermana de Guillén, fué la que puso el mote, ¡contro!, y luego se lo dijo al cojo, que es un sapo venenoso, y el muy canalla se lo ha dicho a los de la oficina».

Tan rabioso se puso, que al ir a la escuela cerraba los puños y apretaba los dientes. De seguro que si encuentra a *Posturitas* en la calle, la emprende con él dándole una morrada buena en *mitá la cara.*[13] Tocóle después estar a su lado en la clase y le pegó con el codo, diciéndole: «No *quio na* [14] contigo, sinvergüenza. Tú no eres caballero, ni tu familia tampoco *son* caballeros». El otro no le contestó, y dejando caer la cabeza sobre el brazo, cerró los ojos como vencido de un profundo sueño. Hubo de notar entonces Cadalso que su amigo tenía la cara muy encendida, los párpados hinchados, la boca abierta, respirando por ella, y a ratos soplando fuertemente por la nariz, como si quisiera desobstruirla. Nuevos y más fuertes codazos de Luisito no le hicieron salir de aquel pesado sopor. «¿Qué tienes, recontro?. . ., ¿estás malo?» La cara de *Posturitas* echaba fuego. El maestro llegó por allí, y viéndole en tal estado y que no había medio de enderezarle, le observó, le pulsó, le puso la mano en la cara. «Chiquillo, tú estás malo; vete corriendo a tu casa y que te acuesten y te abriguen bien para que sudes». Levantóse entonces el rapaz tambaleándose, y con cara y gesto de malísimo humor, atravesó la sala de la escuela. Algunos compañeros le miraron con envidia porque se iba a su casa antes que los demás.

[11] **le ponía en solfa** made him look ridiculous
[12] **le he . . . pelo** I'll give him what for
[13] **dándole . . . cara** punching him right on the nose
[14] **No quio na** No quiero nada

Otros, Cadalsito entre ellos, creían que la enfermedad era farsa, pura comedia para irse de pingo [15] y estarse brincando toda la tarde en el Retiro,[16] con los peores gateras de Madrid. Porque era muy pillo, muy embustero, y en poniéndose a
5 inventar y a hacer pamemas, no había quien le ganara.

Al día siguiente, Murillito trajo la noticia de que Paco Ramos estaba enfermo de tabardillo, y que le había entrado tan fuerte, pero tan fuerte, que si no bajaba la calentura aquella noche, se moriría. Hubo discusión a la salida sobre
10 ir o no a verle. «Que eso se pega, hombre».[17] «Que no se pega... ¡bah, tú!» — «Morral». — «Morral él». Por fin, Murillito, otro que llamaban Pando y Cadalso con ellos, fueron a verle. Era a dos pasos de la escuela, en la casa que tiene farol y muestra de prestamista. Subieron los tres muy
15 ternes, discutiendo todavía si se pegaba o no se pegaba la *tifusidea*.[18] y Murillito, el más farfantón de la partida, les animaba escupiendo por el colmillo.[19] «No seáis gallinas. ¡Si creeréis que por entrar vus vais [20] a morir!...» Llamaron, y les abrió una mujer, quien al ver la talla y fuste de los
20 visitantes, no les hizo maldito caso [21] y les dejó plantados, sin dignarse responder a la pregunta que hizo Murillito. Otra mujer pasó por el recibimiento y dijo: «¿Qué buscan aquí estos monos? ¡Ah! ¿Venís a saber de Paquito? Más animado está esta tarde...» «Que pasen, que pasen — gritó dentro
25 otra voz femenil —, a ver si mi niño les conoce». Vieron, al entrar, el despacho de los préstamos, donde estaba un señor de gorro y espejuelos que *parecía un ministro* (según pensó Cadalso), y atravesaron luego un cuarto grande donde había

[15] **irse de pingo** go gadding about
[16] Central park in Madrid
[17] **Que ... hombre** That's catching, man
[18] **tifusidea** *tifoidea,* typhoid fever
[19] **escupiendo ... colmillo** bullying
[20] **vus vais** os vais
[21] **quien ... caso** who on seeing the age and appearance of the visitors didn't pay any attention to them at all

ropa, golfos de ropa, la mar de ropa, y por fin, en una habitación toda llena de capas dobladas, cada una con su cartón numerado, yacía el enfermo y a su lado dos enfermeras, la una sentada en el suelo, la otra junto al lecho. *Posturitas* había delirado atrozmente toda la noche y parte de la mañana. 5
En aquel momento estaba más tranquilo, sin que el recargo se iniciara aún. «Rico — le dijo la mujer o señora instalada a la cabecera, y que debía de ser la mamá —, aquí están tus amiguitos, que vienen a preguntar por ti. ¿Quieres verles?»
El pobre niño exhaló una queja, como si quisiera romper a 10
llorar, lenguaje con que indican las criaturas enfermas lo que les desagrada y molesta, que suele ser todo lo imaginable. «Mírales, mírales. Te quieren mucho». Paquito dió una vuelta en la cama, e incorporándose sobre un codo, echó a sus amigos una mirada atónita y vidriosa. Tenía los ojos, 15
aunque inflamados, mortecinos, los labios tan cárdenos que parecían negros, y en los pómulos manchas de color de vino. Cadalso sentía lástima y también terror instintivo que le mantuvo desviado de la cama. La mirada fija y sin luz de su compañero de escuela le hacía temblar. Paco Ramos sin duda 20
no conoció de los tres más que a Luisito, porque sólo dijo *Miau, Miau,* después de lo cual su cabeza se derrumbó sobre la almohada.

XXV

Muy pensativo se fué Cadalsito a su casa aquella tarde. El sentimiento de piedad hacia su compañero no era tan vivo como debiera, porque el mameluco de Ramos[1] le había insultado, arrojándole a la cara el infamante apodo, delante
5 de gente. La infancia es implacable en sus resentimientos, y la amistad no tiene raíces en ella. Con todo, y aunque no perdonaba a su mal educado compañero, pensó pedir por él en esta forma: «Ponga usted bueno a *Posturitas.* A bien que poco le cuesta. Con decir *levántate, Posturas,* ya está».
10 Acordándose después de que la mamá de su amigo, aquella misma señora que estaba junto al lecho tan afligida, era la inventora del ridículo bromazo, renovóse en él la inquina que le tenía. «Pero no es *señora* — pensó —. No es más que *mujer,* y ahora Dios la castiga de firme por poner motes».
15 Aquella noche estuvo muy intranquilo; dormía mal, se despertaba a cada instante, y su cerebro luchaba angustiosamente con un fenómeno muy singular. Habíase acostado con el deseo de ver a su benévolo amigo el de la barba blanca; los síntomas precursores se habían presentado, pero la apari-
20 ción no. Lo doloroso para Cadalsito era que soñaba que la veía, lo que no era lo mismo que verla. Al menos no estaba satisfecho, y su mente forcejeaba en un razonar penoso y absurdo, diciendo: «No es éste, no es éste..., porque yo no lo veo, sino sueño que le veo, y no me habla, sino sueño que

[1] **el mameluco de Ramos** that boob Ramos

me habla». De aquella febril cavilación pasaba a estotra: «Y no podrá decir ya que no estudio, porque hoy sí que me supe la lección, ¡contro! El maestro me dijo: «Bien, bien, Cadalso». Y la clase toda estaba turulata. Largué de corrido lo del adverbio, y no me comí más que una palabra.[2] Y cuando dije lo de que caía el maná en el desierto, también *me lo supe,* y sólo me trabuqué después en aquello de los Mandamientos, por decir que los trajo encima de un tablero, en vez de una tabla».[3] Luis exageraba el éxito de su lección de aquel día. Lo dijo mejor que otras veces, pero no había motivo fundado para tanto bombo.

Mala noche fué aquélla para los dos habitantes del estrecho cuarto, pues Abelarda no hacía más que dar vueltas en su catre, rebelde al sueño, conciliándolo breves minutos, sintiéndose acometida por bruscos estremecimientos, que la hacían pronunciar algunas palabras, de cuyo sonido se asombraba ella propia. Una vez dijo: «Huiré con él». Y al punto le respondió un acento suspirón: «Con el que tenía los anillos de puros». Al oír esto, dió un salto aterrada. ¿Quién le respondía? Todo era silencio en la alcoba; pero al poco rato la voz volvió a sonar, diciendo: «Le castiga usted por malo, por poner motes». Al fin, la mente de Abelarda se esclarecía, pudiendo apreciar la realidad y reconocer la vocecilla de su sobrino. Volvióse del otro lado y se durmió. Luis murmuraba gimiendo, como si quisiera llorar y no pudiese. «Que sí me supe la lección..., que sí».[4] Y al cabo de un rato: «No me mojes el sello con tu boca negra... ¿Ves? Eso te pasa por malo. Tu mamá no es señora, sino mujer...» A lo que contestó Abelarda: «Esa elegantona que te escribe cartas no es dama, sino una tía *feróstica*... ¡Tonto, y me desprecias

[2] **Largué ... palabra** I rattled off all about the adverb and only forgot one word

[3] **y sólo ... tabla** and I only got mixed up on the commandments saying that he carried them on a table rather than a tablet

[4] **Que ... que sí** I *did* know the lesson, I *did*

a mí por ella, a mí, que me dejaría matar por...! Mamá, mamá, yo quiero ser monja». «No... —decía Luis—, ya sé que no le dió usted al señor de Moisés los Mandamientos en un tablero, sino en una tabla... Bueno, en dos tablas... *Posturas* se va a morir. Su padre le envolverá en aquel mantón de Manila... Usted no es Dios, porque no tiene ángeles... ¿En dónde están los ángeles?»

Y Abelarda: «Ya pesqué la llave de la puerta. Quiero escapar. ¡Con el frío que hace, esperándome en la calle!... ¡Vaya un llover!»

Luis: «Es un ratón lo que *Posturas* echa por la boca, un ratón negro y con el rabo mu[5] largo. Me escondo debajo de la mesa. ¡Papá!»

Abelarda en voz alta: «Qué..., ¿qué es eso, Luis?; ¿qué tienes? Pobrecito..., esas pesadillas que le dan. Despierta, hijo, que estás diciendo disparates. ¿Por qué llamas a tu papá?»

Despierto también Luis, aunque no con el sentido muy claro. «Tiíta, no duermo. Es que... un ratón. Pero mi papá lo ha cogido. ¿No ves a mi papá?

—Tu papá no está aquí, tontín; duérmete.

—Sí que está... Mírale, mírale... Estoy despierto, tiíta. ¿Y tú?

—Despéjate, hijo... ¿Quieres que encienda luz?

—No... Tengo sueño. Es que todo es muy grande, todas las cosas grandes, y mi papá estaba acostado contigo, y cuando yo le llamé vino a cogerme.

—Prenda, acuéstate de ladito y no tendrás malos sueños. ¿De qué lado estás acostado?

—Del lado de la mano izquierda... ¿Por qué es todo grandísimo, del tamaño de las cosas mayores?

—Acuéstate del lado derecho, alma mía.

—Estoy del lado de la mano izquierda y del pie derecho...

[5] **mu** muy

¿Ves?, éste es el pie derecho, ¡tan grande! Por eso la mamá de *Posturas* no es señora. Tiíta...

—¿Qué?

—¿Estás dormida?... Yo me duermo ahora. ¿Verdad que no se muere *Posturas*? 5

—¡Qué se ha de morir, hombre! No pienses en eso.

—Dime otra cosa. ¿Y mi papá se va a casar contigo?

En la excitación cerebral que producen la obscuridad y el insomnio, Abelarda no pudo responder lo que habría respondido a la luz del día con la cabeza serena, por cuya razón 10 se dejó decir: «No sé todavía.... verdaderamente no sé nada... Puede...»

Poco después murmuró Luis «bueno» en tono de conformidad, y se quedó dormido. Abelarda no pegó los ojos en el resto de la noche, y al día siguiente se levantó muy tem- 15 prano, la cabeza pesadísima, los párpados encendidos y el humor destemplado, deseando hacer algo extraordinario y nuevo, reñir con alguien, así fuese el mismísimo cura cuya misa pensaba oír pronto, o el monago que había de ayudarla. Se fué a la iglesia, y en ella tuvo muy malos pensamientos, 20 tales como escabullirse de la casa sin saber para qué, casarse con Ponce y pegársela después,[6] meterse monja y amotinar el convento, hacerle una declaración burlesca de amor al cojo Guillén, empezar la representación de la comedia y retirarse a la mitad, dejándoles a todos plantados; envenenar a Federico 25 Ruiz, tirarse del paraíso del Real a las butacas en lo mejor de la ópera... y otros disparates por el estilo. Pero la permanencia en el templo, silencioso y plácido, las tres misas que oyó, sosegaron poco a poco sus nervios, estableciendo en su cerebro la normalidad de las ideas. Al salir se asustaba y 30 aun se reía de aquellas extravagancias sin sentido. Pasara lo de tirarse [7] del paraíso a las butacas en un momento de deses-

[6] **y pegársela después** and cheat on him later
[7] **Pasara ... tirarse** One could imagine her throwing herself

peración; pero envenenar al pobre Federico Ruiz, ¿a qué santo?[8]

Al llegar a su casa, lo primero que hizo, según costumbre, fué enterarse de si Víctor había salido o no. Resultó que sí, y doña Pura dijo con alegría no disimulada que su yerno almorzaba fuera. Los recursos se le habían ido agotando a la señora con la rapidez de esa sal puesta en agua que se llama dinero.

Fueron aquella tarde doña Pura y su hermana a visitar unas amigas. Milagros encargó a Abelarda que diese una vuelta por la cocina,[9] pero la exaltada joven, al quedarse sola, pues Villaamil había ido al Ministerio y Luis a la escuela, echó al olvido[10] cacerolas y sartenes, y metióse en el cuarto de Víctor, con el fin de revolver, de escudriñar, de ponerse en íntimo contacto con su ropa y los objetos de su uso. Sentía la insignificante, en esta inspección vedada, los estímulos de la curiosidad, mezclados con un goce espiritual de los más profundos. El examen de la indumentaria, la exploración de todos los bolsillos, aunque en ellos no encontrara cosa de verdadero interés, era un gusto que no cambiaría ella por otros más positivos e indiscutibles. Lo que desesperaba a la insignificante era encontrar el baúl siempre cerrado. Allí sí que habría querido ella meter manos y ojos. ¡Qué de secretos guardaría aquella cavidad misteriosa! Varias veces había probado a abrirla con llaves diferentes, pero en vano.

Pues, señor, aquel día, al sentarse en el baúl, ¡tlin!, un rumorcillo metálico. Miró, y... ¡las llaves estaban puestas! Víctor se había olvidado de quitarlas, faltando a sus hábitos cautelosos y previsores. Ver las llaves, abrir y levantar la tapa casi fueron actos simultáneos. Gran desorden en la parte superior del contenido. Había allí un sombrero cha-

[8] **¿a qué santo?** Why in heaven's name should she?
[9] **diese . . . cocina** look in on the kitchen
[10] **echó al olvido** forgot about

fado, de los que llaman *livianillos,*[11] cuellos y puños sueltos, cigarros, una caja de papel y sobres, ropa blanca y de punto, periódicos doblados, corbatas ajadas y otras nuevecitas. Abelarda observó todo un buen rato sin tocar, enterándose bien, como es uso de curiosos y ladrones, de la colocación de los objetos para volver a ponerlos lo mismo. Luego deslizó la mano por un lado, explorando la segunda capa. No sabía por dónde empezar. Al propio tiempo, la presunción de que Víctor andaba en líos con alguna señora de mucho lustre y empinadísimo copete [12] se imponía y destacaba sobre las ideas restantes. Pronto se descubriría todo; allí se encontraban de fijo las pruebas irrecusables. De tal modo dominaba este prejuicio la mente de Abelarda, que antes de descubrir el cuerpo del delito [13] ya creía olfatearlo, porque el olfato era quizás su sentido más despierto en aquellas pesquisas. «¡Ah! ¿no lo dije? ¿Qué es esto? Un ramito de violetas». En efecto, al levantar con cuidado una pieza de ropa, encontró el ramo ajado y oloroso. Siguió explorando. Su instinto, su intuición o corazonada, que tenía la fuerza de una luz precursora o de indicador misterioso, la guiaba por aquellas revueltas honduras. Sacó varias cosas cuidadosamente, las puso en el suelo, y adelante; busca de aquí, busca de allí,[14] su mano convulsa dió con un paquete de cartas. ¡Ah!, por fin había parecido la clave del secreto. ¡Si no podía ser de otro modo! Cogió el paquete, y al sentirlo entre sus dedos infundióle terror su propio hallazgo.

A leer tocan.[15] No sabía la joven por dónde empezar. Hubiera querido echarse al coleto en un santiamén todas

[11] **de los . . . livianillos** with a soft brim
[12] **de mucho . . . copete** very chic and classy
[13] **el cuerpo del delito** the evidence
[14] **y adelante . . . allí** and ahead she went, looking here and there
[15] **A leer tocan** She *had* to read them

las cartas de cruz a fecha.[16] El tiempo apremiaba; su madre y su tía no tardarían en entrar. Leyó rápidamente una, y cada frase fué una cuchillada para la lectora. Allí se trataba de negativa de rompimiento, se daban descargos como res-
5 pondiendo a una acusación celosa; allí se prodigaban los términos azucarados que Abelarda no había leído nunca más que en las novelas; allí todo era finezas y protestas de amor eterno, planes de ventura, anuncios de entrevistas venideras, y recuerdos dulces de las pasadas, refinamientos de precau-
10 ción para evitar sospechas, y al fin derrames de ternezas en forma más o menos velada. Pero el nombre, el nombre de la sinvergüenzona aquélla, por más que la lectora lo buscaba con ansia, no parecería en ninguna parte. La firma no rompía el anónimo; a veces una expresión convencional, *tu chacha,*
15 *tu nenita;* a veces un simple garabato.... Pero lo que es nombre, ni rastros de él. Leyendo todo, todo cuidadosamente, se habría podido sacar en limpio,[17] por referencias, quién era la *chacha;* pero Abelarda no podía detenerse; ya era tarde, llamaban a la puerta... Había que colocar todo
20 en su sitio de modo que no se conociese la mano revoltijera. Hízolo rápidamente, y fué a abrir. Ya no se borró más de su mente, en aquel día ni en los que le siguieron, la fingida imagen de la odiada señora. ¿Quién sería? La insignificante se la figuraba hermosota, muy *chic,* mujer caprichosa y de-
25 senfadada, como a su parecer lo eran todas las de las altas clases. «¡Qué guapa debe de ser!..., ¡qué perfumes tan finos usará! — se decía a todas horas con palabras de fuego que del cerebro le salían para estampársele en el corazón —. ¡Y cuántos vestidos tendrá, cuántos sombreros, cuántos
30 coches!...»

[16] **echarse ... fecha** to swallow up the contents of the letters from beginning to end

[17] **se habría ... limpio** one might have figured out

xxvi

Allá va otra vez el amigo don Ramón a la oficina de Pantoja. Él no quiere hablar de su pleito, de su cuita inmensa y desgarradora, pero sin quererlo habla; y cuanto dice va a parar insensiblemente al eterno tema. Le pasa lo que a los amantes muy exaltados, que cuanto hablan o escriben se convierte en substancia de amor.

—¿Ha vuelto Víctor por aquí? ¿Cómo va su expediente?

Pantoja tardó en responder; tenía la boca lo mismo que si se la hubieran cosido. Se ocupaba en abrir pliegos, dentro de los cuales, al ser abiertos, sonaba la arenilla pegada a la tinta seca, y *el honrado* cuidaba de que los tales polvos no se cayeran, ¡lástima de desperdicio!, y prolijamente los vertía en la salvadera. Era en él costumbre antigua este aprovechamiento de los polvos empleados ya en otra oficina, y lo hacía con nimio celo, cual si mirase por los intereses de su ama, la señora Hacienda.

—Créeme a mí — replicó al fin, dando permiso a la boca[1] y poniendo la mano por pantalla a fin de que sus oficiales no oyeran —. No le harán nada a tu yerno. El expediente es música. Créeme a mí, que conozco el paño.[2]

—Ventura, las influencias lo pueden todo — observó Villaamil con inmensa pena —; absolver a los delincuentes, y aun premiarlos, mientras los leales perecen.

[1] **dando . . . boca** beginning to speak

[2] **El expediente . . . paño** All that talk of firing him is fiction. Believe me, I know that line.

—Y las influencias que vuelven el mundo patas arriba y hacen escarnio de la justicia, no son las políticas..., quiero decir que estas influencias no revuelven el cotarro[3] tanto como otras.

5 —¿Cuáles? — preguntó Villaamil.

—Las faldas — replicó Pantoja tan a media voz, que Villaamil no lo oyó, y tuvo que hacerse repetir el concepto.

—¡Ah!... Noticia fresca... Pero dime. ¿Crees tú que Víctor, por ese lado...?

10 —Me ha dado en la nariz[4] (con malicia, llevándose el dedo a la punta de aquella facción). No aseguro nada; es que yo, con mi experiencia de esta casa, lo huelo, lo huelo, Ramón...., no sé..., puede que me equivoque. Al tiempo. Anoche en el café, Ildefonso Cabrera, el cuñado de tu yerno, 15 contó de éste ciertos lances...

—¡Dios, qué cosas ve uno! — dijo Villaamil llevándose las manos a la cabeza. Y en medio de su catoniana indignación, pensando en aquella ignominia de las faldas corruptoras, se preguntaba por qué no habría también faldas benéficas 20 que, favoreciendo a los buenos, como él, sirvieran a la Administración y al país.

—Ese tuno sabe por dónde anda. Acuérdate de lo que te digo: le echarán tierra al expediente...

—Y venga el ascenso... y ole morena.

25 Sonó el timbre, y Pantoja fué al despacho del Director, que le llamaba.

Villaamil pasó a Propiedades (el mismo piso a la derecha), donde era segundo Jefe don Francisco Cucúrbitas, y de allí bajó para caer como una bomba en el Personal, donde tenía 30 varios conocidos, entre ellos un tal Sevillano, que a veces le informaba de las vacantes efectivas o presuntas. Después bajaba a Tesorería, dando una vuelta por el Giro Mutuo, previo el consabido palique de los porteros al entrar en cada

[3] **no revuelven el cotarro** don't stir up a row
[4] **Me . . . nariz** I smell something

oficina. En algunas partes le recibían con cordialidad un tanto helada; en otras, la constancia de sus visitas empezaba a ser molesta. No sabían ya qué decirle para darle esperanzas, y los que le habían aconsejado que machacase sin tregua, se arrepentían ya, viendo que sobre ellos se ponía en práctica 5 el socorrido consejo. En el Personal era donde Villaamil se mostraba más tenaz y jaquecoso. El jefe de aquel departamento, sobrino de Pez y sujeto de mucha escama,[5] le conocía, aunque no lo bastante para apreciar y distinguir las excelentes prendas del hombre, bajo las importunidades del preten- 10 diente. Así, cuando las visitas arreciaron, el Jefe no ocultaba su desabrimiento ni sus pocas ganas de conversación. Villaamil era delicado, y sufría lo indecible con tales desaires; pero la imperiosa necesidad le obligaba a sacar fuerzas de flaqueza y a forrar de vaqueta su cara.[6] Con todo, a veces se retiraba 15 consternado, diciendo para su capote: [7] «¡No puedo, Señor, no puedo! El papel de mendigo porfiado no es para mí». Y la consecuencia de este abatimiento era no parecer unos días por el Personal. Luego volvía la ley tiránica de la necesidad a imponerse brutalmente; el amor propio se sublevaba 20 contra el olvido, y a la manera del lobo en ayunas, que sin reparar en el peligro de muerte se echa al campo y se aproxima impávido al caserío en busca de una res o de un hombre, así don Ramón se lanzaba otra vez, hambriento de justicia, a la oficina del Personal, arrostrando desaires, malas caras y peores 25 respuestas. Quien mejor le recibía y más le alentaba, ofreciéndole cordialmente su ayuda, era don Basilio Andrés de la Caña (Impuestos). Terminada la excursión, Villaamil volvía a su casa rendido de cuerpo y espíritu. Su mujer le interrogaba con arte; pero él, firme en su dignidad estudiada, 30 sostenía no haber ido al Ministerio más que a fumar un

[5] **sujeto . . . escama** quite a bureaucratic fish
[6] **sacar . . . cara** find some inner strength and put up a good front
[7] **para su capote** to himself

cigarro con los amigos; que no esperando nada, no formulaba pretensiones, y que la familia no debía edificar castillos en el aire.

5 Por aquellos días, que eran ya primeros de marzo, volvió la infortunada familia a notar los pródromos de la *sindineritis*.[8] Hubo una semana de horrible penuria, mal disimulada ante los íntimos, sobrellevada por Villaamil con estoica entereza y por doña Pura con aquella ecuanimidad valerosa que la salvaba de la desesperación. Pero el remedio 10 vino inopinadamente y por el mismo conducto que en otra ocasión no menos aflictiva. Víctor volvió a estar boyante. Su suegra fué sorprendida cuando menos lo pensaba por nuevos ofrecimientos de metálico, que no vaciló en aceptar, sin meterse en la filosofía de inquirir la procedencia. Ni creyó 15 discreto contarle a su marido que había visto la cartera de Víctor reventando de billetes. ¡Como que se le habían encandilado los ojos! Embolsó los cuartos recibidos y las consideraciones que el caso le sugería. Si aun no le habían colocado, ¿de dónde sacaba tanto dinero? Y aunque le 20 hubieran colocado... Por fuerza había mano oculta... En fin, ¿a qué [9] escarbar en el temido enigma? No gustaba ella de averiguar vidas ajenas.[10]

Víctor andaba otra vez muy fachendoso. Se había encargado más ropa, tenía butaca una y otra noche en diferentes 25 teatros, y en el mismo Real; hacía frecuentes regalitos a toda la familia, y su esplendidez llegó hasta convidar a las tres *Miaus* a la ópera, a butaca nada menos.[11]

Lo que produjo en Villaamil verdadera indignación, pues era un escarnio de su pobreza y un insulto a la moral pública. 30 Pura y su hermana se rieron del ofrecimiento, pues aunque

[8] **pródromos . . . sindineritis** symptoms of poverty

[9] **a qué** why

[10] **de averiguar . . . ajenas** to poke her nose into other people's lives

[11] **a butaca . . . menos** to an orchestra seat no less

rabiaban por ir, carecían de los perendengues necesarios a semejante exhibición. Abelarda se negó resueltamente. Armóse gran disputa sobre esto, y la mamá sugirió algunas ideas para obviar las grandes dificultades con que el pensamiento de su yerno tropezaba en la práctica. Véase lo que discurrió el cacumen arbitrista de la *figura de Fra Angélico*. Sus amigas y vecinas las de Cuevas se ayudaban, como se ha dicho antes, con la confección de sombreros. En cierta ocasión que las *Miaus* pescaron tres butacas de periódico para el Español,[12] Abelarda, doña Pura y Bibiana Cuevas se encasquetaron los mejores modelos que aquellas amigas tenían en su taller, después de arreglarlos cada cual a su gusto. ¿Por qué no hacer lo mismo en la ocasión que se discutía? Bibiana no se había de oponer. Y por cierto que tenía en aquel entonces tres o cuatro *prendas,* una de la marquesa A, otra de la condesa B, a cual más bonitas y elegantes. Se las disfrazaba, pues para eso había en el taller cantidad de alfileres, hebillas, cintas y plumas, y aunque sus dueñas estuvieran en el teatro, no habían de conocer las mascaritas.[13] En cuanto a los vestidos, ellas lo arreglarían, con ayuda de las amigas, procurándose además algún abrigo, traído de la tienda para probarlo, y como Víctor se había brindado a regalarles también los guantes, no era un arco de iglesia[14] ir a butacas. ¡Cuántos no irían disimulando con menos gracia la *tronitis*![15]

[12] **butacas . . . Español** press passes to the Municipal Theater
[13] **las mascaritas** the new models
[14] **no era . . . iglesia** it wasn't a great trial
[15] **la tronitis** their poverty

xxvii

Abelarda se resistió a esta trapisonda, asegurando que ni en pedazos [1] la llevarían a butacas de aquella manera, y así quedó la cuestión. Todo se redujo a ir a delantera de paraíso [2] una noche que dieron *La Africana,* y al punto de sentarse las tres
5 cundió por la concurrencia de aquellas alturas el comentario propio de tan desusado acontecimiento. «¡Las *Miaus* en delantera!» En diez años no se había visto un caso igual.

Abelarda, más que en la ópera, que había visto cien veces, fijó su atención en la concurrencia, recorriendo con ansiosa
10 mirada palcos y butacas, reparando en todas las señoras que entraban por la calle del centro con lujosos abrigos, arrastrando la cola e introduciéndose después con todo aquel falderío por las filas ya ocupadas. Poco a poco se iba poblando el patio. Los palcos no aparecían poblados hasta el fin del
15 primer acto. En el palco regio apareció la reina Mercedes, detrás don Alfonso.[3] Las señoras inevitables, conocidas del público, aparecieron en el segundo acto, conservando el abrigo hasta el tercero, y aplaudían maquinalmente siempre que había por qué. Las *Miaus,* conocedoras de toda la sociedad
20 elegante, *abonada* también,[4] la comentaba como ellas fueron comentadas al ocupar sus asientos. Viéndola una y otra noche,

[1] **ni en pedazos** under no circumstances

[2] **Todo ... paraíso** They settled by taking seats in the first row of the balcony

[3] King Alfonso XII who reigned from 1874 to 1885

[4] **abonada también** also regular patrons

habían llegado a tomarse tanta confianza, que se creería que trataban íntimamente a damas y caballeros. «Ahí está ya la Duquesa. Pero Rosario no ha venido todavía... María Buscental no puede tardar... Mira, mira, ahora viene María Heredia... Pero ¡qué pálida está Mercedes; pero qué pálida!... Ahí tienes a don Antonio[5] en el palco de los Ministros, y a ese Cos-Gayón[6]..., así le fusilaran».[7]

Después de mucho rebuscar, descubrió la insignificante a su cuñadito en la segunda fila de butacas. Estaba de frac, tan elegante como el primero.[8] ¡Qué cosas hay en la vida! ¿Quién había de decir que aquel hombre parecido a un duque, aquel apuesto joven que charlaba desenfadadamente con su vecino de butaca, el Ministro de Italia, era un empleado obscuro y cesante, alojado en la casa de la pobreza, en cuartucho humilde, guardando su ropa en un baúl! «¿No es aquél Víctor? —dijo Pura, echándole los gemelos—. ¡Buen charol se está dando![9]... ¡Si le conocieran!... ¡Parece un potentado! ¡Cuánto hay de esto en Madrid! Yo no sé cómo se las compone.[10] Él buena ropa, él butacas en todos los teatros, él cigarros magníficos. Mira, mira con qué desparpajo habla. ¡Pobre señor, qué papas le estará encajando![11] Y esos extranjeros son tan inocentes, que todo se lo creerán».

Abelarda no le quitaba los ojos, y cuando le veía mirar para algún palco, seguía la dirección de sus miradas, creyendo que ellas venderían el amoroso secreto. «¿Cuál de estas que aquí están será? —pensaba la insignificante—. Porque alguna de éstas tiene que ser. ¿Será aquella vestida de blanco? ¡Ah! Puede. Parece que le mira. Pero no; él mira a otro

[5] Antonio Cánovas, famous politician and leader of the conservative party during this time

[6] **Cos-Gayón** minister in the cabinet of Alfonso XII

[7] **así le fusilaran** they ought to shoot him

[8] **tan ... primero** as elegant as they come

[9] **Buen ... dando** He's certainly putting on the dog

[10] **como ... compone** how he manages

[11] **qué ... encajando** I wonder what lies he's feeding him

lado. ¿Será alguna cantante? ¡Quiá!, no, cantante no. Es de éstas, de estas elegantonas de los palcos, y yo la he de descubrir». Fijábase en alguna, sin saber por qué, por mera indicación de su avizor instinto; pero luego, desechando la hipótesis, se fijaba en otra, y en otra, y en otra más, concluyendo por asegurar que no era ninguna de las presentes. Víctor no manifestaba preferencias en sus ojeadas a butacas y palcos. Podría ser que hubieran concertado no mirarse de una manera descarada y delatora. También echó el joven una visual hacia la delantera de paraíso, e hizo un saludito a la familia. Doña Pura estuvo un cuarto de hora dando cabezadas, en respuesta a la salutación que del noble fondo del teatro subía hasta las pobres *Miaus*.

Al regresar a su casa, encontraron a Villaamil en vela; Víctor no había entrado aún ni lo hizo hasta muy tarde, cuando todos dormían menos Abelarda, que sintió el ruido del llavín, y echándose de la cama y mirando por un resquicio de la puerta, le vió entrar en el comedor y meterse en su alcoba, después de beber un vaso de agua. Venía de buen humor, tarareando, el cuello del gabán alzado, pañuelo de seda al cuello, anudado con negligencia, y la felpa del sombrero ajadísima y con chafaduras. Era la viva imagen del perfecto perdis de buen tono.[12]

Al día siguiente molestó bastante a la familia solicitando pequeños servicios de aguja, ya pegadura de botón, ya un delicado zurcido, o bien algo referente a las camisas. Pero Abelarda supo atender todo con gran diligencia. A la hora de almorzar, entró doña Pura diciendo que se había muerto el chico de la casa de préstamos, noticia que confirmó Luis con más acento de novelería que de pena, condición propia de la dichosa edad sin entrañas.[13] Villaamil entonó al difuntito la oración fúnebre de gloria, declarando que es una dicha

[12] **perdis . . . tono** society playboy
[13] **condición . . . entrañas** something to be expected of childish heartlessness

morirse en la infancia para librarse de los sufrimientos de esta perra vida. Los dignos de compasión son los padres, que se quedan aquí pasando la tremenda crujía, mientras el niño vuela al cielo a formar en el glorioso batallón de los ángeles. Todos apoyaron estas ideas, menos Víctor, que las acogía con sonrisa burlona, y cuando su suegro se retiró y Milagros se fué a su cocina y doña Pura empezó a entrar y salir, encaróse con Abelarda, que continuaba de sobremesa, y le dijo:

—¡Felices los que creen! No sé qué daría por ser como tú, que te vas a la iglesia y te estás allí horas y horas, ilusionada con el aparato escénico que encubre la mentira eterna. La religión, entiendo yo, es el ropaje magnífico con que visten la nada para que no nos horrorice... ¿No crees tú lo mismo?

—¿Cómo he de creer eso? —clamó Abelarda, ofendida de la tenacidad artera con que el otro hería sus sentimientos religiosos siempre que encontraba coyuntura favorable—. Si lo creyera no iría a la iglesia, o sería una farsante hipócrita. A mí no tienes que salirme por ese registro.[14] Si no crees, buen provecho te haga.

—Es que yo no me alegro de ser incrédulo, fíjate bien; yo lo deploro, y me harías un favor si me convencieras de que estoy equivocado.

—¿Yo? No soy catedrática ni predicadora. El creer nace de dentro. ¿A ti no se te pasa por la cabeza[15] alguna vez que puede haber Dios?

—Antes sí; hace mucho tiempo que semejante idea voló.

—Pues entonces..., ¿qué quieres que yo te diga? (Tomándolo en serio.) ¿Y piensas tú que cuando nos morimos no nos piden cuenta de nuestras acciones?

—¿Y quién nos la va a pedir? ¿Los gusanitos? Cuando llega la de *vámonos,* nos recibe en sus brazos la señora *Materia,* persona muy decente, pero que no tiene cara, ni pensamiento, ni intención, ni conciencia, ni nada. En ella

[14] **A mi . . . registro** You don't have to give me that line
[15] **no se . . . cabeza** doesn't it enter your head

desaparecemos, en ella nos diluímos totalmente. Yo no admito términos medios. Si creyese lo que tú crees, es decir, que existe allá por los aires, no sé dónde, un Magistrado de barba blanca que perdona o condena y extiende pasaportes
5 para la Gloria o el Infierno, me metería en un convento y me pasaría todo el resto de mi vida rezando.

—Y es lo mejor que podías hacer, tonto. (Quitándole la servilleta a Luis, que tenía fijos en su padre los atónitos ojuelos.)

10 —¿Por qué no lo haces tú?

—¿Y qué sabes si lo haré hoy o mañana? Estáte con cuidado. Dios te va a castigar por no creer en él; te va a sentar la mano,[16] y una mano muy dura; verás.

En este momento, Luisito, muy incomodado con los
15 dicharachos de su padre, no se pudo contener, y con infantil determinación agarró un pedazo de pan y se lo arrojó a la cara del autor de sus días, gritando: «¡Bruto!»

Todos se echaron a reír de aquella salida, y doña Pura dió muchos besos a su nieto, azuzándole de este modo: «Dale,
20 hijo, dale, que es un pillo. Dice que no cree para hacernos rabiar. Pero ¿veis qué chico? Si vale más que pesa.[17] Si sabe más que cien doctores. ¿Verdad que mi niño va a ser eclesiástico, para subir al púlpito y echar sus sermoncitos y decir sus misitas? Entonces estaremos todos hechos unos carcamales,
25 y el día que Luisín cante misa, nos pondremos allí de rodillas para que el clériguito nuevo nos eche la bendición. Y el que estará más humilde y cayéndosele la baba [18] será este zángano, ¿verdad? Y tú le dirás: «Papá, ya ves como al fin has llegado a creer».

30 —¡Qué guapo es este hijo y qué talento tiene! —dijo Víctor, levantándose gozoso y besando al pequeño, que escondía la cara para rehuir el halago—. ¡Si le quiero yo

[16] **te va . . . mano** he's going to lay a hand on you
[17] **Si vale . . . pesa** He's worth his weight in gold
[18] **cayéndosele la baba** overwhelmed with joy

más!... Te voy a comprar un velocípedo para que pasees en la plazuela de enfrente. Verás qué envidia te van a tener tus compañeros.

La promesa del velocípedo trastornó por un momento las ideas del pequeño, quien calculó con rudo egoísmo que sus deseos de ser cura y de servir a Dios y aun de llegar a santo no estaban reñidos con tener un velocípedo precioso, montarse en él y pasárselo por los hocicos a sus compañeros, muertos de dentera.[19]

[19] **muertos de dentera** green with envy

xxviii

A la mañana siguiente, Villaamil celebró con su mujer, cuando ésta volvió de la compra, una conferencia interesante. Estaba él en su despacho escribiendo cartas, y al sentir entrar a su costilla,[1] siseó con misterio, y encerrándose con ella, le 5 dijo: «De esto, ni una palabra a Víctor, que es muy perro y me puede parar el golpe.[2] Aunque yo nada espero, he dado ayer algunos pasos. Me apoya un diputado de mucho empuje... Hablamos anoche largamente. Te diré, para que lo sepas todo, que me presentó a él mi amigo La Caña. 10 Le relaté mis antecedentes, y se admiró de que me tuvieran cesante. Así como quien no quiere la cosa,[3] le expuse mis ideas sobre Hacienda, y mira tú qué casualidad: son las mismas que tiene él. Piensa igualito que yo. Que deben ensayarse nuevas maneras de tributación, tirando a simpli- 15 ficar, apoyándose en la buena fe del contribuyente y tendiendo a la baratura de la cobranza. Pues prometió apoyarme a rajatabla.[4] Es hombre que vale mucho y parece que no le niegan nada. ¿Te vas enterando?

—Sí, hombre, sí (radiante de satisfacción); y me parece que 20 lo que es ahora, no hay quien nos quite el bollo.[5]

[1] **su costilla** his better half

[2] **que es . . . golpe** for he is something of a rat and can spoil things for me

[3] **Así . . . cosa** In a very off-hand way

[4] **a rajatabla** come what may

[5] **lo que . . . bollo** the way things are now nobody can take this plum away from us

—¡Oh!, lo que es confianza, lo que se llama confianza, yo no la tengo. Ya sabes que me pongo siempre en lo peor. Pero vamos a hacer nuestro plan: Yo al Ministerio. Que Luis no vaya a la escuela esta tarde, y que espere aquí, porque con él le tengo que mandar la carta. No le veré yo mismo, porque Víctor se ha empeñado en que visitemos juntos esta tarde al Jefe del Personal. Quiero ir con él para despistarle. ¿Entiendes? Cuidado como le dejas entender a ese pillo de dónde sopla ahora el viento.

Levantándose excitadísimo, se puso a dar paseos por el angosto aposento. Su mujer, gozosa, le dejó solo, y a pesar de la reserva que se impuso, su hija y su hermana le conocieron en la cara las buenas nuevas. Era de esas personas que atesoran en sí mismas un arsenal de armas espirituales contra las penas de la vida y poseen el arte de transformar los hechos, reduciéndolos y asimilándolos en virtud de la facultad dulcificante que en sus entrañas llevan, como la abeja, que cuanto chupa lo convierte en miel.

Para Cadalsito fué aquel día de huelga, pues por la mañana, según disposición del maestro, debían ir todos al sepelio del malogrado *Posturitas*. Y uno de los designados para llevar las cintas del féretro era Luis, a causa de ser tal vez el que mejor ropa tenía, gracias a su papá Víctor. Su abuela le puso los trapitos de cristianar,[6] con guantes y todo, y salió muy compuesto y emperejilado, gozoso de verse tan guapo, sin que atenuara su contento el triste fin de tales composturas. La mujer del memorialista le hizo mil caricias encareciendo lo majo que estaba, y el niño se dirigió hacia la casa de préstamos, seguido de *Canelillo*, que también quiso meter su hocico en el entierro, aunque no era fácil le dieran vela en él.[7] Al entrar en la calle del Acuerdo, se encontró Cadalso a su tía Quintina, que le llenó de besos, ensalzó mucho su elegancia, le estiró el cuerpo de la chaqueta y las mangas, y

[6] **los trapitos de cristianar** his Sunday best
[7] **aunque . . . en él** although he had no business there

le arregló el cuello para que resultara más guapo todavía. «Esto me lo debes a mí, pues le dije a tu padre que te comprara ropita. A él no se le hubiera ocurrido nunca tal cosa; anda muy distraído. Por cierto, corazón, que estoy bregando
5 ahora más que nunca con tu papá para que te lleve a vivir conmigo. ¿Qué es eso?; ¿qué cara me pones? Estarás conmigo mucho mejor que con esas remilgadas *Miaus*. . . ¡Si vieras qué cosas tan bonitas tengo en casa! ¡Ay, si las vieras!. . . Unos niños Jesús que se parecen a ti, con el mundito en la
10 mano; unos nacimientos tan preciosos, pero tan preciosos. . .

Cadalsito, abriendo cada ojo con aquellas descripciones de juguetes sacros, decía que sí con la cabeza, aunque afligido por la dificultad de ver y gozar tales cosas, pues abuelita no le dejaba poner los pies allá. En esto llegaron a la puerta de
15 la casa mortuoria, donde Quintina, después de besuquearle otra vez refregándole la cara, le dejó en campañía de los demás chicos, que ya estaban allí, alborotando más de lo que permitían las tristes circunstancias. Unos por envidia, otros porque eran en toda ocasión muy guasones, empezaron a
20 tomarle el pelo [8] al amigo Cadalso por la ropa flamante que llevaba, por las medias azules y más aún por los guantes del mismo color, que, dicho sea entre paréntesis,[9] le entorpecían las manos. No dejaba él que le tocasen, resuelto a defender contra todo ataque de envidiosos y granujas la limpieza de
25 sus mangas. Tratóse luego de si subían o no a ver a Paco Ramos muerto, y entre los que votaron por la afirmativa se coló también Luis, movido de la curiosidad. Nunca tal hiciera.[10]

Porque le impresionó tan vivamente la vista del chiquillo
30 difunto, que a poco se cae al suelo. Le entró una pena en la boca del estómago,[11] como si le arrancasen algo. El pobre

[8] **empezaron . . . pelo** began to kid
[9] **dicho . . . paréntesis** by the way
[10] **Nunca tal hiciera** What a mistake that was
[11] **en la . . . estómago** at the pit of his stomach

Posturitas parecía más largo de lo que era. Estaba vestido con sus mejores ropas; tenía las manos cruzadas, con un ramo en ellas: la cara muy amarilla, con manchas moradas, la boca entreabierta y de un tono casi negro, viéndose los dos dientes de en medio, blancos y grandes, mayores que cuando estaba vivo... Tuvo que apartarse Luisín de aquel espectáculo aterrador. ¡Pobre *Posturas!*... ¡Tan quieto el que era la misma viveza, tan callado el que no cesaba de alborotar un punto, riendo y hablando a la vez! ¡Tan grave el que era la misma travesura y a toda la clase la traía siempre al retortero![12] En medio de aquel inmenso trastorno de su alma, que Luis no podía definir, ignorando si era pena o temor, hizo el chico una observación que se abría paso por entre sus sentimientos, como voz del egoísmo, más categórico en la infancia que la piedad. «Ahora — pensó — no me llamará *Miau*». Y al deducir esto, parecía quitársele un peso de encima,[13] como quien resuelve un arduo problema o ve conjurado un peligro. Al descender la escalera, procuraba consolarse de aquel malestar que sentía, afirmando mentalmente: «Ya no me dirá *Miau*... Que me diga ahora *Miau*».[14]

Poco tardó en bajar la caja azul para ser puesta en el carro. En marcha, pues, Luis pensó que su ropa daba golpe,[15] y no fué insensible a las satisfacciones del amor propio. Iba muy consentido en su papel de portador de cinta, pensando que si él no la llevase, el entierro no sería, ni con mucho, tan lucido. Buscó a *Canelo* con la mirada; pero el sabio perro de Mendizábal, en cuanto entendió que se trataba de enterrar, cosa poco divertida y que sugiere ideas misantrópicas, dió media vuelta y tomó otra dirección, pensando que le tenía más cuenta[16] ver si se parecía alguna perra elegante y sensible por aquellos barrios.

[12] **y a toda ... retortero** and always had the class in an uproar
[13] **parecía ... encima** he seemed to take a load off his mind
[14] **Que ... Miau** Just let him try calling me Miau now
[15] **daba golpe** attracted attention
[16] **le tenía ... cuenta** that it was more worth his while

En el cementerio, la curiosidad, más poderosa que el miedo, impulsó a Cadalso a ver todo... Bajaron del carro el cadáver, le entraron entre dos, abrieron la caja... No comprendía Luis para qué, después de taparle la cara con un pañuelo, le echaban cal encima aquellos brutos... Pero un amigo se lo explicó. Cadalsito sentía, al ver tales operaciones, como si le apretasen la garganta. Metía su cabeza por entre las piernas de las personas mayores, para ver, para ver más. Lo particular era que *Posturitas* se estuviese tan callado y tan quieto mientras le hacían aquella herejía de llenarle la cara de cal. Luego cerraron la tapa... ¡Qué horror quedarse dentro! Le daban la llave al cojo, y después metían la caja en un agujero, allá, en el fondo, allá... Un albañil empezó a tapar el hueco con yeso y ladrillos. Cadalso no apartaba los ojos de aquella faena... Cuando la vió concluída, soltó un suspiro muy grande, explosión del respirar contenido largo tiempo. ¡Pobre *Posturitas*! «Pues, señor, a mí me dirán *Miau* todos los que quieran; pero lo que es éste [17] no me lo vuelve a decir».

Cuando salieron, los amigos le embromaron otra vez por su esmerado atavío. Alguno dejó entrever la intención malévola de hacerle caer en una zanja,[18] de la cual habría salido hecho una compasión.[19] Varias manos muy puercas le tocaron con propósitos que es fácil suponer, y ya Cadalso no sabía qué hacerse de las suyas, aprisionadas en los guantes, entumecidas e incapaces de movimiento. Por fin se libró de aquella apretura, quitándose los guantes y guardándolos en el bolsillo. Antes de llegar a la calle Ancha, los chicos se dispersaron y Luisito siguió con el maestro, que le dejó a la puerta de su casa. Ya estaba allí *Canelo* de vuelta de sus depravadas excursiones, y subieron juntos a almorzar, pues el can no ignoraba que había repuesto fresco de víveres arriba.

—¿Y los guantes? — preguntó doña Pura a su nieto cuando le vió entrar con las manos desnudas.

[17] **lo que es éste** as for this guy
[18] **de hacerle . . . zanja** of pushing him into a ditch
[19] **hecho una compasión** looking a fright

—Aquí están... No los he perdido.

Villaamil, a eso de las tres, entró de la calle, afanadísimo, y metiéndose en su despacho, escribió una carta delante de su esposa, que veía con gusto en él la excitación saludable, síntoma de que la cosa iba de veras.[20] 5

—Bueno. Que Luis lleve esta carta y espere la contestación. Me ha dicho Sevillano que tenemos vacante, y quiero saber si el diputado la pide para mí o no. De la oportunidad depende el éxito. Yo estoy citado con Víctor, y para desorientarle no quiero faltar... Es labor fina la que traigo entre 10 manos,[21] y hay que andar con muchísimo tiento. Dame mi sombrero..., mi bastón, que ya estoy otra vez en la calle. Dios nos favorezca. A Luis que no se venga sin la respuesta. Que dé la carta a un portero y se aguarde en el cuarto aquél, a la derecha conforme se entra. Yo no espero nada; pero es 15 preciso, es preciso echar todos los registros,[22] todos...

Salió Cadalsito a eso de las cuatro con la epístola y sin guantes, seguido de *Canelo* y conservando la ropita del entierro, pues su abuela pensó que ninguna ocasión más propicia para lucirla. No fué preciso indicarle hacia dónde 20 caía el Congreso, pues había ido ya otra vez con comisión semejante. En veinte minutos se plantó allá. La calle de Floridablanca estaba invadida de coches que, después de soltar en la puerta a sus dueños, se iban situando en fila. Examinado todo esto, el observador Cadalsito se metió por aquella 25 puerta coronada de un techo de cristales. Un portero con casaca le apartó suavemente para que entrasen unos señorones con gabán de pieles, ante los cuales abría la mampara roja. Cadalsito se encaró después con el sujeto aquel de la casaca, y quitándose la gorra (pues él, siempre cortés en viendo galones, 30 no distinguía de jerarquías), le dió la carta, diciendo con

[20] **la cosa ... veras** things were looking up

[21] **Es labor ... manos** This is a delicate matter that I'm working on

[22] **echar ... registros** try everything

timidez: «Aguardo contestación». El portero, leyendo el sobre: «No sé si ha venido. Se pasará». Y poniendo la carta en una taquilla, dijo a Luis que entrase en la estancia a mano derecha.

5 Había allí bastante gente, la mayor parte en pie junto a la puerta, hombres de distintas cataduras, algunos muy mal de ropa, la bufanda enroscada al cuello, con trazas de pedigüeños; mujeres de velo por la cara, y en la mano enrollado papelito que a instancia trascendía. Algunos acechaban con 10 airado rostro a los señores entrantes, dispuestos a darles el alto.[23] Otros, de mejor pelo,[24] no pedían más que papeletas para las tribunas, y se iban sin ellas por haberse acabado. Cadalsito se dedicó también a mirar a los caballeros que entraban en grupos de dos o de tres, hablando acalorada-15 mente. «Muy grande debe de ser esta casona — pensó Luis — cuando cabe tanto señorío». Y cansado al fin de estar en pie, se metió para dentro y se sentó en un banco de los que guarnecen la sala de espera. Allí vió una mesa donde algunos escribían tarjetas o volantes, que luego confiaban a los por-20 teros, y aguardaban sin disimular su impaciencia. Había hombre que llevaba tres horas, y aun tenía para otras tres. Las mujeres suspiraban inmóviles en el asiento, soñando una respuesta que no venía. De tiempo en tiempo abríase la mampara que comunicaba con otra pieza; un portero 25 llamaba: «El señor Tal», y el señor Tal se erguía muy contento.

Transcurrió una hora, y el niño bostezaba aburridísimo en aquel duro banco. Para distraerse, levantábase a ratos y se ponía en la puerta a ver entrar personajes, no sin discurrir 30 sobre el intríngulis de aquella casa y lo que irían a guisar en ella tantos y tantos caballerotes.

Volvió al banco, y desde él vió entrar a uno que se le figuró su padre. «¡Mi papá también aquí!» Y le franquearon

[23] **dispuestos . . . alto** ready to stop them
[24] **de mejor pelo** better dressed

la mampara como a los demás. Por poco sale tras él gritando: «Papá, papá», pero no hubo tiempo, y donde estaba se quedó. «¿Y será mi papá de los que hablan? Quien debía venir aquí a explicarse es Mendizábal, que sabe tanto, y dice unas cosas tan buenas. . .» En esto sintió que se le nublaba la vista, y le entraba el intenso frío al espinazo. Fué tan brusca y violenta la acometida del mal, que sólo tuvo tiempo de decirse: *que me da,*[25] *que me da;* y dejando caer la cabeza sobre el hombro, y reclinando el cuerpo en la esquina próxima, se quedó profundamente dormido.

25 **que me da** I feel it coming on

xxix

Por un instante, Cadalsito no vió ante sí cosa alguna. Todo tinieblas, vacío, silencio. Al poco rato aparecióse enfrente el Señor, sentado, pero ¿dónde? Tras de él había algo como nubes, una masa blanca, luminosa, que oscilaba con ondulaciones semejantes a las del humo. El Señor estaba serio. Miró a Luis, y Luis a él en espera de que le dijese algo. Había pasado mucho tiempo desde que le vió por última vez, y el respeto era mayor que nunca.

—El caballero para quien trajiste la carta — dijo el Padre — no te ha contestado todavía. La leyó y se la guardó en el bolsillo. Luego te contestará. Le he dicho que te dé un *sí* como una casa.[1] Pero no sé si se acordará. Ahora está hablando por los codos.[2]

—Hablando — repitió Luis —; ¿y qué dice?

—Muchas cosas, hombre, muchas que tú no entiendes — replicó el Señor, sonriendo con bondad —. ¿Te gustaría a ti oír todo eso?

—Sí que me gustaría.[3]

—Hoy están muy enfurruñados. Acabarán por armar un gran rebumbio.[4]

—Y usted — preguntó Cadalso tímidamente, no decidiéndose nunca a llamar a Dios de *tú* —, ¿usted no habla?

[1] **un sí . . . casa** a strong yes

[2] **Ahora . . . codos** Right now he's talking a blue streak

[3] **Sí que me gustaría** I really would

[4] **Acabarán . . . rebumbio** The whole thing will end up in an uproar

—¿Dónde, aquí? Hombre..., yo..., te diré..., alguna vez puede que diga algo... Pero casi siempre lo que yo hago es escuchar.

—¿Y no se cansa?

—Un poquitín; pero ¡qué remedio! [5]... 5

—¿El caballero de la carta contestará que sí? ¿Colocarán a mi abuelo?

—No te lo puedo asegurar. Yo le he mandado que lo haga. Se lo he mandado la friolera de [6] tres veces.

—Pues lo que es ahora (con desembarazo), bien que 10 estudio.

—No te remontes mucho. Algo más aplicado estás. Aquí, entre nosotros, no vale exagerar las cosas. Si no te distrajeras tanto con el álbum de sellos, más aprovecharías.

—Ayer me supe la lección. 15

—Para lo que tú acostumbras, no estuvo mal. Pero no basta, hijo, no basta. Sobre todo, si te empeñas en ser cura, hay que apretar.[7] Porque figúrate tú, para decirme una misa has de aprender latín, y para predicar tienes que estudiar un sin fin de [8] cosas. 20

—Cuando sea mayor lo aprenderé todito... Pero mi papá no quiere verme cura, y dice que él no cree nada de usted, ni aunque lo maten. Dígame, ¿es malo mi papá?

—No es muy católico que digamos.[9]

—Y la Quintina, ¿es buena? 25

—La tía Quintina sí. ¡Si vieras qué cosas tan bonitas tiene en su casa! Debías ir a verlas.

—Abuelita no me deja (desconsolado). Es que a la tía Quintina se le ha metido en la cabeza que me vaya a vivir con ella, y los de casa... que nones.[10] 30

[5] **pero ... remedio** but what can you do about it
[6] **la friolera de** no less than
[7] **hay que apretar** you've got to try harder
[8] **un sin fin de** all sorts of
[9] **que digamos** I must say
[10] **que nones** they don't want me to

—Es natural. Pero tú, ¿qué piensas de esto? ¿Te gustaría seguir donde estás y que te dejaran ir a casa de la tía para ver los santos?

—¡Vaya si me gustaría!... Dígame, ¿y mi papá está aquí
5 dentro?

—Sí, por ahí anda.

—¿Y también él hablará?

—También. ¡Pues no faltaba más! [11] ...

—Usted perdone. El otro día dijo mi papá que las mujeres
10 son muy malas. Por eso yo no quiero casarme nunca.

—Muy bien pensado (conteniendo la risa). Nada de casorio. Tú vas a ser curita.

—Y obispo, si usted no manda otra cosa...

En esto vió que el Señor se volvía hacia atrás [12] como para
15 apartar de sí algo que le molestaba... El chico estiró el cuello para ver qué era, y el Padre dijo: «¡Largo!; idos de aquí y dejadme en paz». Entonces vió Luisito que por entre los pliegues del manto de su celestial amigo asomaban varias cabecitas de granujas. El Señor recogió su ropa, y quedaron
20 al descubierto tres o cuatro chiquillos en cueros vivos [13] y con alas. Era la primera vez que Cadalso les veía, y ya no pudo dudar que aquél era verdaderamente Dios, puesto que tenía ángeles. Empezaron a aparecerse por entre aquellas nubes algunos más, y alborotaban y reían, haciendo mil
25 cabriolas.[14] El Padre Eterno les ordenó por segunda vez que se largaran, sacudiéndoles con la punta de su manto, como si fuesen moscas. Los más chicos revoloteaban, subiéndose hasta el techo (pues había techo allí), y los mayores le tiraban de la túnica al buen abuelo para que se fuera con ellos. El anciano
30 se levantó al fin, algo contrariado, diciendo: «¡Qué machacones sois! [15] No os puedo aguantar». Pero esto lo decía con

[11] **Pues no faltaba más** Of course he will
[12] **se volvía ... atrás** turned
[13] **en cueros vivos** stark naked
[14] **haciendo mil cabriolas** cutting all sorts of capers
[15] **Qué ... sois** What pests you kids are

acento bonachón y tolerante. Cadalsito estaba embobado ante tan hermosa escena, y entonces vió que de entre los alados granujas se destacaba uno...

¡Contro!, era *Posturitas,* el mismo *Posturas,* no tieso y lívido como le vió en la caja, sino vivo, alegre y tan guapote. Lo que llenó de admiración a Cadalso fué que su condiscípulo se le puso delante y con el mayor descaro del mundo le dijo: «*Miau*..., fu, fu...» El respeto que debía a Dios y a su séquito no impidió a Luis incomodarse con aquella salida, y aun se aventuró a responder: «¡Pillo, ordinario..., eso te lo enseñaron la puerca de tu madre y tus tías, que se llaman *las arpidas!*» [16] El Señor habló así, sonriendo: «Callar, a callar todos... Andando...» Y se alejó pausadamente, llevándoselos por delante, y hostigándoles con su mano como a una bandada de pollos. Pero el recondenado de *Posturitas,* desde gran distancia, y cuando ya el Padre Celestial se desvanecía entre celajes, se volvió atrás, y plantándose frente al que fué su camarada, con las patas abiertas, el hocico risueño, le hizo garatusas,[17] y le secó un gran pedazo de lenguaza, diciendo otra vez: «*Miau, Miau,* fu, fu...» Cadalsito alzó la mano... Si llega a tener [18] en ella libro, vaso o tintero, le descalabra. El otro se fué dando brincos,[19] y desde lejos, haciendo trompeta con ambas manos, soltó un *Miau* tan fuerte y tan prolongado, que el Congreso entero, repercutiendo el inmenso mayido, parecía venirse abajo...

Un portero con una carta en la mano despertó al chiquillo, que tardaba mucho en volver en sí. «Niño, niño, ¿eres tú el que ha traído la carta para ese señor? Aquí está la respuesta, Sr. D. Ramón Villaamil».

—Sí, yo soy... digo, es mi abuelo — contestó al fin Luisito, y restregándose los ojos salió. El fresco de la calle despejóle

[16] **las arpidas** las arpías
[17] **le hizo garatusas** made faces
[18] **Si llega a tener** If he had had
[19] **se fué . . . brincos** went off skipping

un poco la cabeza. Estaba lloviendo, y su primera idea fué para considerar que se le iba a poner la ropa perdida. *Canelo,* a todas éstas,[19] había matado el tiempo en la Carrera de San Jerónimo, calle arriba, calle abajo, viendo las *muchachas*
5 bonitas que pasaban, algunas en coche, con su collares de lujo; y cuando Luis salió del Congreso, ya estaba de vuelta de su correría, esperando al amigo. Unióse a éste, esperando que comprase bollos; pero el pequeño no tenía cuartos, y aunque los tuviera, no estaba él de humor para comistrajos después
10 de las cosas que había visto y con el gran trastorno que en todo su cuerpo le quedara.

¿Y la carta?..., ¿qué decía la carta? Con trémula mano abrióla Villaamil (mientras doña Pura se llevaba adentro al chiquillo para mudarle la ropa), y al leerla se le cayeron las
15 alas del corazón.[20] Era una de esas cartas de estampilla, como las que a centenares se escriben diariamente en el Congreso y en los Ministerios. Mucha fórmula de cortesía, mucho trasteo de promesas vagas sin afirmar ni negar nada. Cuando su mujer acudió a enterarse, Villaamil ofrecía un aspecto trágico,
20 mostrando la epístola abierta, arrojada sobre la mesa.

Desde aquel día, Villaamil frecuentaba la iglesia de un modo vergonzante. Al salir de casa, si las Comendadoras estaban abiertas, se colaba un rato allí, y oía misa si era hora de ello, y si no, se estaba un ratito de rodillas, tratando sin
25 duda de armonizar su fatalismo con la idea cristiana. ¿Lo conseguiría? ¡Quién sabe! El cristianismo nos dice: *Pedid y se os dará;* nos manda que fiemos en Dios y esperemos de su mano el remedio de nuestros males; pero la experiencia de una larga vida de ansiedad sugería al buen Villaamil estas
30 ideas: *No esperes y tendrás; desconfía del éxito para que el éxito llegue.* Allá se las compondría en su conciencia. Quizás abdicaba de su diabólica teoría, volviendo al dogma consolador; tal vez se entregaba con toda la efusión de su espíritu

[19] **a todas éstas** all this time
[20] **se le . . . corazón** his heart sank

al Dios misericordioso, poniéndose en sus manos para que le diera lo que más le convenía, la muerte o la vida, la credencial o el eterno *cese,* el bienestar modesto o la miseria horrible, la paz dichosa del servidor del Estado o la desesperación famélica del pretendiente. Quizás anticipaba su acalorada gratitud para el primer caso o su resignación para el segundo, y se proponía aguardar con ánimo estoico el divino fallo, renunciando a la previsión de los acontecimientos, resabio pecador del orgullo del hombre.

Literary Considerations

Discussion Questions XXI-XXIX

1. Chapters XXI and XXII give us a portrait of Pantoja. How does this figure of the bureaucrat contrast with the figure of Villaamil? How do both, in turn, contrast with the other bureaucrats around them?
2. In Chapter XXIII Luis begins to think of preparing himself for the priesthood. What are the things that attract him to this vocation? Why?
3. On the subject of religion Víctor seems to have conflicting ideas. Contrast, for example, his statements beginning "Yo no diré, como mi hijo, que quiero ordenarme..." (p. 135) with his declaration later beginning "Felices los que creen..." (p. 159) Which do you believe reflects the real Víctor and why?
4. Chapters XXIV and XXV again focus on Luis, this time presenting the child's mind coping with the idea of death. How does he react to the death of Posturitas? See Posturitas' funeral in Chapter XXVIII. What are Luis' reactions here?
5. There is an interplay between characters in Chapters XXV when both Luis and Abelarda speak in their sleep. What do you think this scene seeks to convey? Is it successful?
6. Also in Chapter XXV we have Abelarda's rummaging through Víctor's possessions. How does Galdós describe this? Do her discoveries seem to clarify or to compound the mystery surrounding Víctor?
7. In Chapter XXVI Villaamil returns to the government offices. How is this microcosm described? What elements suggest the labyrinthine quality of this world?
8. Chapter XXVII offers still another world of the Miaus', the theater. Is the presentation of this world essentially humorous, or satirical, or both? Explain.
9. In Chapter XXIX Luis has another encounter with God. He now confronts his Creator with greater assurance and confidence. Give examples of this. What new characteristics have been added to the venerable figure and where do they come from?

The Art of Characterization

The essays and sketches of the eighteenth and early part of the nineteenth century offered lessons in the drawing of character and setting from which the realists profited greatly. In Spain, particularly the *tipos* of the *cuadros de costumbres* were simple but important models for character portraiture. Robert Weber suggests, for example, that a possible source for *Miau* may be a costumbrista sketch of E. Zamora y Caballero in which a destitute *cesante* is hounded by a nagging wife.[1] The implication here is that both Villaamil and Pura descend from established types and they very well may, which in no way diminishes the merit of Galdós' final character creations.

The problem of types in characterization is an intriguing one. The tendency in criticism for many years has been to speak derogatorily of them and to view them as the lowest rung in the ladder of characterization. That they are elemental and primitive as creations cannot be denied but they play an important role within a work, as Forster has intelligently pointed out.[2] Types abound in the early works of Galdós (charming ones, we might add) and they are present too in the later novels although in somewhat disguised forms and buttressed in various ways. Are there any other characters in *Miau* that you would consider types or having the inner core of a type? Can their presence in the novel be justified? Could we consider any of them types with depth, sometimes called archetypes?[3]

There are many ways of creating characters and we have already touched on some while focusing on other problems. Galdós' epithets for his characters is certainly one way of defining them. Think back over some of these epithets once more and make note of what they have to say about the person. This is a very old and traditional method of characterizing, one that goes back to the forefather of the novel, the epic. (The Cid is often referred to in the poem as "el que en buena

[1] Weber, *The Miau Manuscript,* p. 2.

[2] See Forster's discussion of types, which he calls "flat characters," in *Aspects of the Novel,* pp. 67-73.

[3] Eric Bentley differentiates between types and archetypes as follows: "If the traditional fixed characters typify smaller things—groups and their foibles and eccentricities—the archetypal character typifies larger things and characteristics that are more than idiosyncracies." *The Life of the Drama* (New York), 1965, p. 49.

hora ciñó espada" which not only suggests his valor but clearly establishes him as "the good guy.") There are other elementary forms such as Galdós' fondness for giving symbolic names to his characters. Can you give examples? At times a character may have a "tic" or some personal mannerism; and special phrases or expressions that he repeats can tell us much about him. Do you remember any such cases in *Miau?*

Important too is description. We are given the physical appearance of a person, his dress and attire, all of which informs us as to his tastes and habits. And given the pretentions of Spanish middle class society in the nineteenth century this characterizing element is central in a novel like *Miau.* Consider the initial appearance in the story of each of the principal characters. Most of these are in Chapter I. What do we learn about them from these passages? Does Galdós have special similes or metaphors to make his descriptions more vivid and the characterization more suggestive? Consider too how a house, a person's room and belongings reveal character and how changes in these can indicate changes in fortune and attitude toward life. Recall Villaamil's reactions on being measured for an overcoat, for example, or Luisito's personality when he wears his Sunday best. Is not dress important to the Miau "girls"? Do we not get a glimpse into Víctor's private life when we look into his trunk? Mentally review all these examples and develop them further.

We know a character too by observing his relations with others. Social factors shape people's lives and in a novel like *Miau* what one character thinks of another becomes enormously important; gossip and social criticism become tools of characterization. Society has laughingly labeled the Villaamil women cats and calls them Miau. Víctor, for example, is many persons: he is one thing to Villaamil, another to Luis and still another to Abelarda. Even Paca, the portera, has her own ideas about him. She considers him "un caballero muy decente" (he is generous with his tips to her), suspects that Abelarda loves him and concludes that the two should marry. Review the concept that each of the principal characters has of the others. We realize that many of these judgments are conflicting but we are ready to make allowances, to piece bits from one source and another and arrive at our own evaluation. We are further aided by the ideas that the characters have of themselves, an awareness that is most important to Galdós and one that he conveys with special irony. What do these characters think of themselves? What are their hopes and aspirations? What technical devices does Galdós use to reveal their minds and even their subconscious?

Professor Sherman Eoff believes that in Galdós "characterization is integrated with plot development." And he goes on: ". . . it is necessary to penetrate the surface or descriptive view of the principal characters and envisage them as growing personalities, not as static quantities observed within fixed situations. If the novels are examined from this point of view, it will be found that, in almost every one, personality growth is an integral part of the narrative movement, and consequently a basic element of the 'story'."[4] Now apply these ideas to the characters in *Miau*. Do the characters grow; that is, do they change? How is their change related to the movement of the plot?

It was already suggested in our discussion of point of view that there is a strong identification of Galdós with the world of his characters and that at times narration and the character's inner mental processes become one. For the realist, who was committed to objectivity above all else, this was a dangerous game to play. The understanding that Galdós has for his creations, an understanding that inevitably leads to sympathy, could distort and produce a sentimental view of things. Sánchez-Barbudo has examined this problem in *Miau* —one related as much to characterization as to point of view— and finds Galdós' solution to be Cervantine in its technique: camouflaging and controlling the tenderness that he feels for his creatures by mocking them and ridiculing them at every turn.

We, as readers, also laugh at them and pity them. Our sympathy too arises out of understanding, an understanding not of the characters alone but of the tragic implications in the human condition. Characterization in Galdós is rich but never exhaustive; to him, a human being always retained an element of the mysterious. Thus we are surprised to find ourselves intrigued by the most ordinary of people. Poor Abelarda, the insignificant one, whom we would hardly notice were she to pass us on the street, suddenly becomes a fascinating person, complex and unpredictable. And this is no mean accomplishment in the art of characterization.

[4] Sherman H. Eoff, *The Novels of Pérez Galdós,* Washington University Studies (1954), p. 3.

Cuarta Parte

XXX

Una tarde, ya cerca de anochecido, al volver a su casa, Villa-amil vió a Monserrat abierto, y allá se entró. La iglesia estaba muy obscura. Casi a tientas [1] pudo llegar a un banco de los de la nave central y se hincó junto a él, mirando hacia el altar, alumbrado por una sola luz. Pisadas de algún devoto que entraba o salía y silabeo tenue de rezos eran los únicos rumores que turbaban el silencio, en cuyo seno profundo arrojó el cesante su plegaria melancólica, mezcla absurda de piedad y burocracia... «Porque por más que revuelvo en mi conciencia no encuentro ningún pecado gordo que me haga merecer este cruel castigo... Yo he procurado siempre el bien del Estado, y he atendido a defender en todo caso la Administración contra sus defraudadores. Jamás hice ni consentí un chanchullo, jamás, Señor, jamás. Eso bien lo sabes tú, Señor... Ahí están mis libros cuando fuí tenedor de la Intervención... Ni un asiento mal hecho, ni una raspadura... ¿Por qué tanta injusticia en estos jeringados Gobiernos? Si es verdad que a todos nos das el pan de cada día, ¿por qué a mí me lo niegas? Y digo más: si el Estado debe favorecer a todos por igual, ¿por qué a mí me abandona?... ¡A mí, que le he servido con tanta lealtad! Señor, que no me engañe ahora... Yo te prometo no dudar de tu misericordia como he dudado otras veces; yo te prometo no ser pesimista, y esperar, esperar en ti. Ahora, Padre Nuestro, tócale en el

[1] **Casi a tientas** feeling his way

corazón a ese cansado Ministro, que es una buena persona: sólo que me le marean con tantas cartas y recomendaciones».

Transcurrido un rato se sentó, porque el estar de rodillas le fatigaba, y sus ojos, acostumbrándose a la penumbra, 5 empezaron a distinguir, vagamente los altares, las imágenes, los confesonarios y las personas, dos o tres viejas que rezongaban acurrucadas en ruedos al pie de los confesonarios.[2] No esperaba él el buen encuentro que tuvo a la media hora de estar allí. Deslizándose sobre el banco o andando con las 10 asentaderas sobre la tabla, se le apareció su nieto.

—Hijo, no te había visto. ¿Con quién vienes?

—Con tía Abelarda, que está en aquella capilla... Aquí la estaba esperando y me quedé dormido. No le vi entrar a usted.

15 —Pues aquí llegué hace un ratito — le dijo el abuelo, oprimiéndole contra sí —. ¿Y tú, vienes aquí a dormir la siesta? No me gusta eso; te puedes enfriar y coger un catarro. Tienes las manos heladitas. Dámelas que te las caliente.

—Abuelo — le preguntó Luis cogiéndole la cara y ladeándosela 20 —, ¿estaba usted rezando para que le coloquen?

Tan turbado se encontraba el ánimo del cesante, que al oír a su nieto pasó de la risa al lloro en menos de un segundo. Pero Luis no advirtió que los ojos del anciano se humedecían, y suspiró con toda su alma al oír esta respuesta:

25 —Sí, hijo mío. Ya sabes tú que a Dios se le debe pedir todo lo que necesitamos.

—Pues yo — replicó el chicuelo saltando por donde menos se podía esperar — se lo estoy diciendo todos los días, y nada.

—¿Tú..., pero tú también pides?... ¡Qué rico eres! 30 El Señor nos da cuanto nos conviene. Pero es preciso que seamos buenos, porque si no, no hay caso.

Luis lanzó otro suspiro hondísimo que quería decir: «Ésa es la dificultad, ¡contro!, que uno sea bueno». Después de

[2] **dos ... confesonarios** two or three old women grumbling as they waited their turn at the confessionals

una gran pausa, el chiquillo, manoseando otra vez la cara del abuelo para obligarle a mirar para él, murmuró:

—Abuelo, hoy me he sabido la lección.

—¿Sí? Eso me gusta.

—¿Y cuando me ponen en latín?[3] Yo quiero aprenderlo para cantar misa... Pero mire usted, lo que es esta iglesia no me hace feliz. ¿Sabe usted por qué? Hay en aquella capilla un Señor con pelos largos que me da mucho miedo. No entro allí aunque me maten. Cuando yo sea cura, lo que es allí no digo misa...

Don Ramón se echó a reír.

—Ya se te irá quitando el temor, y verás cómo también al Cristo melenudo le dices tus misitas.

—Y que ya estoy aprendiendo a echarlas. Murillo sabe todo el latinaje de la misma, y cuándo se toca la campanilla y cuándo se le levanta el faldón al cura.

—Mira — le dijo su abuelo sin enterarse —, ve y avisa a la tía que estoy aquí. No me habrá visto. Ya es hora de que nos vayamos a casa.

Fué Luis a llevar el recado, y el taconeo de sus pisadas resonó en el suelo de la iglesia como alegre nota en tan lúgubre silencio. Abelarda, sentada a la turca en el suelo,[4] miró hacia atrás, después se levantó, y vino a situarse junto a su padre.

—¿Has acabado? — le preguntó éste.

—Aun me falta un poquito. —Y siguió silabeando, fijos los ojos en el altar.

Confiaba mucho Villaamil en las oraciones de su hija, que creía fuesen por él, y así le dijo:

—No te apresures; reza con calma y cuanto quieras, que hay tiempo todavía. ¿Verdad que el corazón parece que se descarga de un gran peso cuando le contamos nuestras penas al único que las puede consolar?

[3] **Y cuando . . . latín?** And when can I study Latin?
[4] **sentada . . . suelo** squatting on the floor

Esto brotó con espontaneidad nacida del fondo del alma. El sitio y la ocasión eran propicios al dulcísimo acto de abrir de par en par [5] las puertas del espíritu y dar salida a todos los secretos. Abelarda se hallaba en estado psicológico semejante; pero sentía con más fuerza que su padre la necesidad de desahago. No era dueña de [6] callar en aquel instante, y a poco que se descuidara, le rebosarían de la boca confidencias que en otro lugar y momento por nada del mundo dejaría asomar a sus labios.

—¡Ay, papá! — se dejó decir —. Soy muy desgraciada... Usted no lo sabe bien.

Asombróse Villaamil de tal salida, porque para él no había en la familia más que una desgracia, la cesantía y angustiosa tardanza de la credencial.

—Es verdad — dijo soturnamente —; pero ahora..., ahora debemos confiar... Dios no nos abandonará.

—Lo que es a mí — confirmó Abelarda —, bien abandonada me tiene... Es que le pasan a una cosas muy terribles. Dios hace a veces unos disparates...

—¿Qué dices, hija? (alarmadísimo). ¡Disparates Dios...!

—Quiero decir que a veces le infunde a una sentimientos que la hacen infeliz; porque, ¿a qué viene querer, si no van las cosas por buen camino? [7]

Villaamil no comprendía. La miró por ver si la expresión del rostro aclaraba el enigma de la palabra. Pero la menguada luz no permitía al anciano descifrar el rostro de su hija. Y Luisito, en pie ante los dos, no entendía ni jota [8] del diálogo.

—Pues si te he de decir verdad — añadió Villaamil buscando luz en aquella confusión —, no te entiendo. ¿Qué disgusto tienes? ¿Has reñido con Ponce? No lo creo. El

[5] **de par en par** wide
[6] **No era dueña de** She wasn't capable of
[7] **a qué . . . camino** what's the use of being in love if things don't go right
[8] **ni jota** a thing

pobre chico, anoche en el café, me habló tan natural de la prisa que le corre casarse. No quiere esperar a que se muera su tío, el cual, entre paréntesis, es hombre acabado.

—No es eso, no es eso — dijo la *Miau* con el corazón en prensa [9]—. Ponce no me ha dado rabieta ninguna. 5

—Pues entonces...

Callaron ambos, y a poco Abelarda miró a su padre. Le retozaba en el alma un sentimiento maligno, un ansia de mortificar al bondadoso viejo diciéndole algo muy desagradable. ¿Cómo se explica esto? Únicamente por el rechazo 10 de la efusión de piedad en aquel turbado espíritu, que buscando en vano el bien, rebotaba en dirección del mal, y en él momentáneamente se complacía. Algo hubo en ella de ese estado cerebral (relacionado con desórdenes nerviosos, familiares al organismo femenil), que sugiere los actos de 15 infanticidio; y en aquel caso, el misterioso flúido de ira descargó sobre el mísero padre a quien tanto amaba.

—¿No sabes una cosa? — le dijo —. Ya han colocado a Víctor. Hoy al mediodía..., a poco de salir tú, llamaron a la puerta: era la credencial. Él estaba en casa. Le han dado el 20 ascenso y le nombran... no sé qué en la Administración Económica de Madrid.

Villaamil se quedó atontadísimo, como si le hubieran descargado un fuerte golpe de maza en la cabeza. Le zumbaron los oídos..., creyó delirar, se hizo repetir la noticia, y 25 Abelarda la repitió con acento en que vibraba la saña del parricida.

—Un gran destino — añadió —. Él está muy contento, y dijo que si a ti te dejan fuera, puede, por de pronto [10] y para que no estés desocupado, darte un destinillo subalterno en su 30 oficina.

Creyó por un momento el anciano sin ventura que la iglesia se le caía encima. Y en verdad, un peso enorme se le

[9] **con . . . prensa** with a heavy heart
[10] **por de pronto** for the time being

sentaba sobre el corazón no dejándole respirar. En el mismo instante, Abelarda, volviendo en sí de aquella perturbación cerebral que nublara su razón y sus sentimientos filiales, se arrepintió de la puñalada que acababa de asestar a su padre, 5 y quiso ponerle bálsamo sin pérdida de tiempo.

—También a ti te colocarán pronto. Yo se lo he pedido a Dios.

—¡A mí!, ¡colocarme a mí! (con furor pesimista). Dios no protege más que a los pillos... ¿Crees que espero algo 10 ni del Ministro ni de Dios? Todos son lo mismo... ¡Arriba y abajo farsa, favoritismo, polaquería! Ya ves lo que sacamos de tanta humillación y de tanto rezo. Aquí me tienes desairado siempre y sin que nadie me haga caso, mientras que ese pasmarote, embustero y trapisondista...

15 Se dió con la palma de la mano un golpe tan recio en el cráneo, que Luisito se asustó, mirando consternado a su abuelo. Entonces volvió a sentir Abelarda la malignidad parricida, uniéndola a un cierto instinto defensivo de la pasión que llenaba su alma. Los grandes errores de la vida, 20 como los sentimientos hondos, aunque sean extraviados, tienden a conservarse y no quieren en modo alguno perecer. Abelarda salió a la defensa de sí misma defendiendo al otro.

—No, papá, malo no es (con mucho calor), malo no. ¡En qué error tan grande están usted y mamá! Todo consiste en 25 que le juzgan de ligero, en que no le comprenden.

—¿Tú qué sabes, tonta?

—Pues ¿no he de saberlo? Los demás no le comprenden, yo sí.

—¡Tú hija...! —y al decirlo, una sospecha terrible cruzó 30 por su mente, atontándole más de lo que estaba. Pronto se rehizo, diciéndose: «No puede ser; ¡qué absurdo!» Pero como notara la excitación de su hija, el extravío de su mirar, volvió a sentirse acometido de la cruel sospecha.

—¡Tú..., dices que le comprendes tú!

35 Resistiéndose a penetrar el misterio, éste, al modo de negra

sima, más profunda y temerosa cuanto más mirada, le atraía con vértigo insano. Comparó rápidamente ciertas actitudes de su hija, antes inexplicables, con lo que en aquel momento oía; ató cabos,[11] recordó palabras, gestos, incidentes, y concluyó por declararse que estaba en presencia de un hecho muy grave. Tan grave era y tan contrario a sus sentimientos, que le daba terror cerciorarse de él. Más bien quería olvidarlo o fingirse que era vana cavilación sin fundamento razonable.

—Vámonos — murmuró —. Es tarde, y yo tengo que hacer antes de ir a casa.

Abelarda se arrodilló para decir sus últimas oraciones, y el abuelo, cogiendo a Luisito de la mano, se dirigió lentamente hacia la puerta, sin hacer genuflexión alguna, sin mirar para el altar ni acordarse de que estaba en lugar sagrado. Pasaron junto a la capilla del Cristo melenudo, y como Cadalsito tirase del brazo de su abuelo para alejarle lo más posible de la efigie que tanto miedo le daba, Villaamil se incomodó y le dijo con cruel aspereza:

—Que te come... Tonto...

Salieron los tres, y en la esquina de la calle de Quiñones se encontraron a Pantoja, que detuvo a don Ramón para hablarle del inaudito ascenso de Cadalso. Abelarda siguió hacia la casa. Al subir por la mal alumbrada escalera, sintió pasos descendentes. Era él... Su andar con ningún otro podía confundirse. Habría deseado esconderse para que no la viera, impulso de vergüenza y sobresalto que obedecía a misterioso presentimiento. El corazón le anunciaba algo inusitado, desarrollo y resultante natural de los hechos, y aquel encuentro la hacía temblar. Víctor la miró y se detuvo tres o cuatro escalones más arriba del rellano en que la chica de Villaamil se paró, viéndole venir.

—¿Vuelves de la iglesia? — le dijo —. Y no como hoy en casa. Estoy de convite.

[11] **ató cabos** he put two and two together

—Bueno—replicó ella, y no se le ocurrió nada más ingenioso y oportuno.

De un salto bajó Víctor los cuatro escalones, y sin decir nada, cogió a la insignificante por el talle y la oprimió contra
5 sí, apoyándose en la pared. Abelarda dejóse abrazar sin la menor resistencia, y cuando él la besó con fingida exaltación en la frente y mejillas, cerró los ojos, descansando su cabeza sobre el pecho del guapo monstruo, en actitud de quien saborea un descanso muy deseado, después de larga fatiga.

10 —Tenía que ser—dijo Víctor con la emoción que tan bien sabía simular—. No hemos hablado con claridad, y al fin nos entendemos. Vida mía, todo lo sacrifico por ti. ¿Estás dispuesta a hacer lo mismo por este desdichado?

Abelarda respondió que sí con voz que sólo fué un simple
15 despegar de labios.

—¿Abandonarías casa, padres, todo, por seguirme?—dijo él en un rapto de infernal inspiración.

Volvió la sosa a responder afirmativamente, ya con voz más clara y con acentuado movimiento de cabeza.

20 —¿Por seguirme para no separarnos jamás?

—Te sigo como una tonta, sin reparar...

—¿Y pronto?

—Cuando quieras... Ahora mismo.

Víctor meditó un rato.

25 —Alma mía, todo puede hacerse sin escándalo. Separémonos ahora... Me parece que viene alguien. Es tu padre... Súbete. Hablaremos.

Al sentir los pasos de su padre, Abelarda despertó de aquel breve sueño. Subió azorada, trémula, sin mirar hacia atrás.
30 Víctor siguió bajando lentamente, y al cruzarse con su suegro y el niño, ni les dijo nada, ni ellos le hablaron tampoco. Cuando Villaamil llegaba al segundo, ya la joven había llamado presurosa, deseando entrar antes de que su padre pudiera sorprender la turbación de criminal que desencajaba
35 su rostro.

xxxi

Toda aquella noche estuvo la insignificante en un estado próximo a la demencia, dividido su espíritu entre la alegría loca y una tristeza sepulcral.

Mientras comían, Villaamil observaba a su hija, poniendo en su rostro los rasgos más enérgicos de aquella ferocidad tigresca que le caracterizaba. Comía sin apetito, y creeríase que devoraba una pieza palpitante y medio viva, que gemía y temblaba con dolores horribles, clavada en su tenedor. Doña Pura y Milagros no osaron hablarle de la colocación de Víctor. Ambas estaban mohinas, lúgubres y con cara de responso,[1] y la misma Aberlarda concluyó por formar parte de aquel silencioso coro de sepulcrales figuras. Aquella noche no había Real. El cesante se metió en su despacho, y las tres *Miaus* fueron a la sala, donde se reunieron el ínclito Ponce y las de Cuevas. Abelarda tuvo momentos de febril locuacidad, y otros de meditación taciturna.

A las doce se acabó la tertulia, y a dormir... La casa en silencio, Abelarda en vela, esperando a Víctor para decirse lo que por decir estaba, y vaciar de lleno alma en alma, cambiando los vasos su contenido.[2] Pero dió la una, la una y media, y el galán no parecía. Entre dos y tres, la infeliz muchacha se hallaba en estado febril, que encendía en su mente los más peregrinos disparates.

[1] **cara de responso** a mournful face

[2] **para decirse ... contenido** in order to say what had to be said, each baring his soul to the other

Las cinco, y Víctor sin parecer. Las seis, y nada. Abelarda rompió a llorar, y tan pronto reclinaba su cabeza sobre la almohada, como se sentaba en un baúl o iba de una parte a otra de la habitación, cual pájaro saltando en su jaula de 5 palito en palito.

Llegó el día, y nada. El primero a quien Abelarda sintió levantarse fué su padre, que pasó camino de la cocina y después del despacho. Las ocho. Doña Pura no tardaría en abandonar las ociosas plumas.[3] Como ya, aunque Víctor 10 entrase, no era posible hablar a solas con él, la dolorida se acostó, no para dormir ni descansar, sino para que su madre no cayese en la cuenta de la noche toledana.[4] Más de las nueve eran ya cuando entró el trasnochador con muy mal cariz.[5] Doña Pura le abrió la puerta sin decirle una sola 15 palabra. Metióse en su cuarto, y Abelarda, que salía del suyo, le sintió revolviéndose en el estrecho recinto, donde apenas cabían la cama, una silla y el baúl. «Si vas a la iglesia —díjole Pura, sacando unos cuartos del portamonedas—, te traes cuatro huevos... Que te acompañe Luis. Yo no salgo. 20 Me duele la cabeza. Tu padre está disgustadísimo, y con razón. ¡Mira que colocar a este perdulario y dejarle a él en la calle, a él, tan honrado y que sabe más de Administración que todo el Ministerio junto! ¡Qué Gobiernos, Señor, qué Gobiernos! ¡Y se espantan luego de que haya revolución! 25 Te traes cuatro huevos. ¡No sé cómo saldremos del día!... ¡Ah!, tráete también el cordón negro para mi vestido y los corchetes».

Abelarda fué a la iglesia, y al volver con los encargos de su madre, halló a ésta, su tía y Víctor en el comedor, enzarzados 30 en furiosa disputa. La voz de Cadalso sobresalía, diciendo:

—Pero, señoras mías, ¿yo qué culpa tengo de que me hayan colocado a mí antes que a papá? ¿Es esto razón bastante para

[3] **las ociosas plumas** her warm covers
[4] **noche toledana** sleepless night
[5] **con . . . cariz** looking a mess

que todos en esta casa me pongan cara de cuerno?[6] Pues ganas me dan, como hay Dios, de tirar la credencial a la calle. Antes que nada, la paz de la familia. Yo desviviéndome por que me quieran, yo tratando de hacer olvidar los disgustos que les he causado, y ahora, ¡válgame Dios!, porque al Ministro se le antoja colocarme, ya falta poco para que mi suegra y la hermana de mi suegra me saquen los ojos! Bueno, señoras; arañen, peguen todo lo que gusten; yo no he de quejarme. Mientras más perrerías me digan, más he de quererlos yo a todos.

Abelarda no intervino en la reyerta, pero mentalmente se ponía de parte de su hermano político. En esto entró Villaamil, y Víctor se fué resueltamente a él: «Usted, que es un hombre razonable, dígame si cree, como estas señoras, que yo he gestionado o trabajado o intrigado por que me colocaran a mí y a usted no. Porque aquí me están calentando las orejas con esa historia,[7] y francamente, me aflige oírme tratar como un Judas sin conciencia. (Con noble acento.) Yo, señor don Ramón, me he portado lealmente. Si he tenido la desgracia de ir delante de otros, no es culpa mía. ¿Sabe usted lo que yo haría ahora?..., y que me muera si no digo verdad. Pues cederle a usted mi plaza.

—Si nadie habla del asunto — replicó Villaamil con serenidad, que obtenía violentándose cruelmente —. ¡Colocarme a mí! ¿Crees que alguien piensa en tal cosa? Ha pasado lo natural y lógico. Tú tienes allá..., no sé dónde..., buenos padrinos o madrinas... Yo no tengo a nadie... Que te aproveche.

Cerró la puerta de su despacho, dejando en el pasillo a Víctor, algo confuso y con una respuesta entre labio y labio[8] que no se atrevió a soltar. Aun quiso engatusar a doña Pura

[6] **me pongan ... cuerno** should look daggers at me

[7] **Porque ... historia** These women are roasting me with that story

[8] **entre labio y labio** on the tip of his tongue

en el comedor, tratando de rendir su ánimo con expresiones servilmente cariñosas. «¡Qué desgracia tan grande, Dios mío, no ser comprendido! Me consumo por esta familia, me sacrifico por ella, hago mías sus desgracias y suyos mis escasos posibles, y como si nada. Soy y seré siempre aquí un huésped molesto y un pariente maldito. Paciencia, paciencia».

Dijo esto con afectación hábil, en el momento de sacar papel y disponerse a escribir sobre la mesa del comedor. Al sentarse vió ante sí a su cuñada, de pie y mirándole, sosteniendo la barba entre los dedos de la mano derecha, actitud atenta, pensativa y cariñosa, semejante, salvo la belleza, a la de la célebre estatua de Polimnia [9] en el grupo antiguo de las Musas. No era preciso ser lince para leer en las pupilas y expresión de la insignificante estas o parecidas reconvenciones: «Pero, ¿qué haces ahí sin atenderme? ¿No sabes que soy la única persona que te ha comprendido? Vuélvete hacia mí, y no hagas caso de los demás... Estoy aguardándote desde anoche, ¡ingrato!, y tú tan distraído. ¿Qué se hicieron tus planes de escapatoria? Estoy pronta... Me iré con lo puesto».

Al verla en tal actitud y al leer en sus ojos la reconvención, cayó Víctor en la cuenta de que estaba en descubierto con ella. Maldito si desde la noche anterior se había vuelto a acordar del paso de la escalera, y si lo recordaba era como un hecho baladí, cual humorada estudiantil, sin consecuencias para la vida. Su primera impresión, al despertarse la memoria, fué de disgusto, cual si recordase la precisión impertinente de pagar una visita de puro cumplido.[10] Pero al instante compuso la fisonomía, que para cada situación tenía una hermosa máscara en el variado repertorio de su histrionismo moral; y cerciorándose de que no andaba por allí su suegra, puso una cara muy tierna, miró al techo, después a su cuñada, y entre ambos se cruzaron estas breves cláusulas:

[9] One of the nine muses
[10] **una visita ... cumplido** a required social call

—Vida mía, tengo que hablarte...; ¿dónde y cuándo?

—Este tarde..., en las Comendadoras..., a las seis.

Y nada más. Abelarda se escapó a arreglar la sala, y Víctor se puso a escribir, arrojando con desdén la careta y pensando de este modo: «La chiflada ésta quiere saber cuándo tocan a perderse[11]... ¡Ah!..., pues si tú lo cataras... Pero no lo catarás».

[11] **La chiflada ... perderse** This silly goose is asking for trouble

xxxii

Puntual, como la hora misma, entró Abelarda, a la[1] de la cita, en las Comendadoras. La iglesia, callada y obscura, estaba que ni de encargo[2] para el misterioso objeto de una cita. Quien hubiera visto entrar a la chica de Villaamil, se
5 habría pasmado de notar en ella su mejor ropa, los verdaderos trapitos de cristianar.[3] Se los puso sin que lo advirtiera su madre, que había salido a las cinco. Sentóse en un banco, rezando distraída y febril, y al cuarto de hora entró Víctor, que al pronto no veía gota,[4] y dudaba a qué parte de la iglesia
10 encaminarse. Fué ella a servirle de guía, y le tocó el brazo. Diéronse las manos y se sentaron cerca de la puerta, en un lugar bastante recogido y el más tenebroso de la iglesia, a la entrada de la capilla de los Dolores.

A pesar de su pericia y del desparpajo con que solía
15 afrontar las situaciones más difíciles, Víctor, no sabiendo cómo desflorar el asunto, estuvo mascando un rato las primeras palabras. Por fin, resuelto a abreviar, encomendándose mentalmente al demonio de su guarda,[5] dijo:

—Empiezo por pedirte perdón, vida mía; perdón, sí, lo
20 necesito, por mi conducta... imprudente... El amor que te tengo es tan hondo, tan avasallador, que anoche, sin saber

[1] **a la** a la hora
[2] **que . . . encargo** perfect
[3] **los verdaderos . . . cristianar** definitely her Sunday best
[4] **al pronto . . . gota** at first couldn't see a thing
[5] **demonio . . . guarda** his guardian devil

lo que hacía, quise lanzarte por las... escabrosidades de mi destino. Estarás enojadísima conmigo, lo comprendo, porque a una mujer de tu calidad, proponer yo como propuse... Pero estaba ciego, demente, y no supe lo que me dije. ¡Qué idea habrás formado de mí! Merezco tu desprecio. Proponerte que abandonaras tus padres, tu casa, por seguirme a mí, a mí, cometa errante [6] (recordando frases que había leído en otros tiempos y enjaretándolas con la mayor frescura), a mí que corro por los espacios sin dirección fija, sin saber de dónde he recibido el impulso ni adónde me lleva mi carrera loca...

No acertaba la *Miau* a comprender bien aquella palabrería, de sentido tan opuesto a lo que esperaba escuchar. Mirábale a él, y después a la imagen más próxima, un San Juan con cordero y banderola, y le preguntaba al santo si aquello era verdad o sueño.

—Estás, estás perdonado — murmuró respirando muy fuerte.

—No extrañes, amor mío — prosiguió él, dueño ya de la situación —, que en tu presencia me vuelva tímido y no sepa expresarme bien. Me fascinas, me anonadas,[7] haciéndome ver mi pequeñez. Perdóname el atrevimiento de anoche. Quiero ahora ser digno de ti, quiero imitar esa serenidad sublime. Tú me marcas el camino que debo seguir, el camino de la vida ideal, de las acciones perfectamente ajustadas a la ley divina. Te imitaré; haré por imitarte. Es preciso que nos separemos, mujer incomparable. Si nos juntamos, tu vida corre peligro y la mía también. Estamos cercados de enemigos que nos acechan, que nos vigilan... ¿Qué debemos hacer?... Separarnos en la tierra, unirnos en

[6] **cometa errante** Image often used by romantic poets, particularly Gustavo Adolfo Bécquer

[7] **me fascinas, me anonadas** Expressions found in *Don Juan Tenorio,* among other romantic works

las esferas ideales. Piensa en mí, que yo ni un instante te apartaré de mi pensamiento...

Quiso cogerle una mano, pero Abelarda la retiró, volviendo la cara hacia el opuesto lado.

—Tu esquivez me mata. Bien sé que la merezco... Anoche estuve contigo irrespetuoso, grosero, indelicado. Pero ya has dicho que me perdonabas. ¿A qué [8] ese gesto? Ya, ya sé... Es que te estorbo, es que te soy aborrecible... Lo merezco; sé que lo merezco. Adiós.

Y como alma que lleva Satanás, salió de la iglesia, refunfuñando. Tenía prisa, y se felicitaba de haber saldado una fastidiosa cuentecilla. «!Qué demonio¡ —dijo mirando su reloj y avivando el paso—. Pensé despachar en diez minutos y he empleado veinte. ¡Y *aquélla* esperándome desde las seis!... Vamos, que sin poderlo remediar me da lástima de esta inefable cursi. Van a tener que ponerte camisa... o corsé de fuerza».[9]

Y Abelarda, ¿qué hacía y qué pensaba? Pues si hubiera visto que al púlpito de la iglesia subía el Diablo en persona y echaba un sermón acusando a los fieles de que no pecaban bastante, y diciéndoles que si seguían así no ganarían el infierno; si Abelarda hubiera visto esto, no se habría pasmado como se pasmó. La palabra del monstruo y su salida fugaz, dejáronla yerta, incapaz de movimiento, el cerebro cuajado en las ideas y en las impresiones de aquella entrevista, como substancia echada en molde frío y que prontamente se endurece. Ni le pasó por la cabeza rezar, ¿para qué? Ni marcharse, ¿adónde? Mejor estaba allí, quieta y muda, rivalizando en inmovilidad con el San Juan del gallardete y con la Dolorosa.

Vinieron a coincidir en el tiempo dos gravísimos actos,

[8] **A qué** Why

[9] **Van a ... fuerza** She's going to end up in a jacket, strait-jacket, that is

cada uno de los cuales pudo decidir por sí solo la vida ulterior de la insignificante y trastornada joven. Con diferencia de dos horas y media, se realizaron el suceso que acabo de referir y otro no menos importante. Ponce, conferenciando con doña Pura en la sala de ésta, sin testigos, se mostró enojado porque los padres de su prometida no habían fijado aún el día de la boda.

—Pues por fijado, hijo, por fijado.[10] Ramón y yo no deseamos otra cosa. ¿Le parece a usted que a principios de mayo?, ¿el día de la Cruz?

Poco antes doña Pura había explicado la ausencia de su hija en la tertulia por el grandísimo enfriamiento que aquella tarde cogiera en las Comendadoras. Entró en casa castañeteando los dientes, y con un calenturón tan fuerte, que su madre la mandó acostarse al momento. Era esto verdad; mas no toda la verdad, y la señora se calló el asombro de verla entrar a horas desusadas y con un vestido que no acostumbraba ponerse para ir de tarde a la iglesia más próxima. «Eso es, lo mejorcito que tienes; estropéalo donde no lo puedes lucir, y dedícate a refregar con ese casimir tan rico, de catorce reales, los bancos de la iglesia, llenos de mugre, de polvo y de cuanta porquería hay». También se calló que su hija no contestaba acorde a nada de cuanto le decía. Esto, el chasquido de dientes [11] y la repugnancia a comer movieron a doña Pura a meterla en la cama. No las tenía la señora todas consigo,[12] y estaba cavilosa buscando el sentido de ciertas rarezas que en la niña notaba. «Sea lo que quiera — pensó —, cuanto más pronto la casemos, mejor». Sobre esto dijo algo a su marido; pero Villaamil no se había dignado contestar sílaba; tan tétrico y cabizbajo andaba.

Abelarda, que se hacía la dormida para que no la molestase nadie, vió a Milagros acostando a Luisito, el cual no se durmió

[10] **Pues . . . fijado** Consider it done, my boy
[11] **el chasquido de dientes** her teeth chattering
[12] **No las . . . consigo** The mother was confused

pronto aquella noche, sino que daba vueltas y más vueltas.[13] Cuando ambos se quedaron solos, Abelarda le mandó estarse callado. No tenía ella ganas de jarana; [14] era tarde y necesitaba descanso.

5 —Tiíta, no puedo dormirme. Cuéntame cuentos.

—Sí, para cuentos estoy yo.[15] Déjame en paz o verás...

Otras veces, al sentir a su sobrino desvelado, la insignificante, que le amaba entrañablemente, procuraba calmar su inquietud con afectuosas palabras; y si esto no era bastante, 10 se iba a su cama, y arrullándole y agasajándole, conseguía que conciliara el sueño. Pero aquella noche, excitada y fuera de sí, sentía tremenda inquina contra el pobre muchacho; su voz la molestaba y hería, y por primera vez en su vida pensó de él lo siguiente: «¿Qué me importa a mí que duermas o no, 15 ni que estés bueno ni que estés malo, ni que te lleven los demonios?»

Luisito, hecho a ver [16] a su tía muy cariñosa, no se resignaba a callar. Quería palique a todo trance,[17] y con voz de mimo, dijo a su compañera de habitación:

20 —Tía, ¿viste tú por casualidad a Dios alguna vez?

—¿Qué hablas ahí, tonto?... Si no te callas, me levanto y...

—No te enfades..., pues yo, ¿qué culpa tengo? Yo veo a Dios, le veo cuando me da la gana; para que lo sepas... 25 Pero esta noche no le veo más que los pies..., los pies con mucha sangre, clavaditos y con un lazo blanco, como los del Cristo de las melenas que está en Monserrat... y me da mucho miedo. No quiero cerrar los ojos, porque..., te diré..., yo nunca le he visto los pies, sino la cara y las 30 manos... y esto me pasa..., ¿sabes por qué me pasa?...

[13] **daba ... vueltas** tossed and turned
[14] **No tenía ... jarana** She was in no mood for fooling around
[15] **Sí, para ... yo** A fine time for stories
[16] **hecho a ver** accustomed to seeing
[17] **Quería ... trance** He wanted attention at all costs

porque hice un pecado grande..., porque le dije a mi papá una mentira, le dije que quería ir con la tía Quintina a su casa. Y fué mentira. Yo no quiero ir más que un ratito para ver los santos. Vivir con ella no. Porque irme con ella y dejaros a vosotros es pecado, ¿verdad? 5

—Cállate, cállate, que no estoy yo para oír tus sandeces... Pues ¿no dice que ve a Dios el muy borrico?... Sí, ahí está Dios para que tú le veas, bobo...

Abelarda oyó al poco rato los sollozos de Cadalsito, y en vez de piedad, sintió, ¡cosa más rara!, una antipatía tal contra su 10 sobrino, que mejor pudiera llamarse odio sañudo. El tal mocoso era un necio, un farsante, que embaucaba a la familia con aquellas simplezas de ver a Dios y de querer hacerse curita; un hipócrita, un embustero, un mátalas-callando [18]... y feo, y enclenque, y consentido además... 15

Esta hostilidad hacia la pobre criatura era semejante a la que se inició la víspera en el corazón de Abelarda contra su propio padre, hostilidad contraria a la naturaleza fruto sin duda de una de esas auras epileptiformes [19] que subvierten los sentimientos primarios en el alma de la mujer. No supo 20 ella darse cuenta de cómo tal monstruosidad germinara en su espíritu, y la veía crecer, crecer a cada instante, sintiendo cierta complacencia insana en apreciar su magnitud. Aborrecía a Luis, le aborrecía con todo su corazón. La voz del chiquillo le encalabrinaba los nervios, poniéndola frenética. 25

Cadalsito, sollozando, insistió: «Le veo las piernas negras con manchurrones de sangre, le veo las rodillas con unos cardenales muy negros, tiíta..., tengo mucho miedo... ¡Ven, ven!»

La *Miau* crispó los puños, mordió las sábanas. Aquella 30 voz quejumbrosa removía todo su ser, levantando en él una ola rojiza, ola de sangre que subía hasta nublarle los ojos. El chiquillo era un cómico, fingido y trapalón, bajado al

[18] **un mátalas-callando** a sly one
[19] **auras epileptiformes** epileptic-like trances

mundo para martirizarla a ella y a toda su casta... Pero aun quedaba en Abelarda algo de hábito de ternura que contenía la expansión de su furor. Hacía un movimiento para echarse de la cama y correr a la de Luis con ánimo de darle azotes, y se reprimía luego. ¡Ah!, como pusiera las manos en él, no se contentaría con la azotaina..., le ahogaría, sí. ¡Tal furia le abrasaba el alma y tal sed de destrucción tenían sus ardientes manos!

—Tiíta, ahora le veo el faldellín todo lleno de sangre, mucha sangre... Ven, enciende luz, o me muero de susto; quítamele, dile que se vaya. El otro Dios es el que a mí me gusta, el abuelo guapo, el que no tiene sangre, sino un manto muy fino y unas barbas blanquísimas...

Ya no pudo ella dominarse, y saltó del lecho... Quedóse a su orilla inmovilizada, no por la piedad, sino por un recuerdo que hirió su mente con vívida luz. Lo mismo que ella hacía en aquel instante, la había hecho su difunta hermana en una noche triste. Sí; Luisa padecía también aquellas horribles corazonadas del aborrecer a su progenitura, y cierta noche que le oyó quejarse, echóse de la cama y fué contra él, con las manos amenazantes, trocada de madre en fiera. Gracias que la sujetaron, pues si no, sabe Dios lo que habría pasado. Y Abelarda repetía las mismas palabras de la muerta, diciendo que el pobre niño era un monstruo, un aborto del infierno, venido a la tierra para castigo y condenación de la familia.

Llevóla este recuerdo a comparar la semejanza de causas con la semejanza de efectos, y pensó angustiadísima: «¿Estaré yo loca, como mi hermana?... ¿Es locura, Dios mío?»

Volvió a meterse entre sábanas, prestando atención a los sollozos de Luis, que parecían atenuarse, como si al fin le venciera el sueño. Transcurrió un largo rato, durante el cual la tiíta se aletargó a su vez; pero de improviso despertó sintiendo el mismo furor hostil en su mayor grado de intensidad. No la detuvo entonces el recuerdo de su hermana; no había en su espíritu nada que corrigiese la idea, o mejor dicho, el delirio de que Luis era una mala persona, un engendro detestable, un ser infame a quien convenía exterminar. Él tenía la culpa de todos los males que la agobiaban, y cuando él desapareciera del mundo, el sol brillaría más y la vida sería dichosa. El chiquillo aquél representaba toda la perfidia humana, la traición, la mentira, la deshonra, el perjurio.

Reinaba profunda obscuridad en la alcoba. Abelarda, en camisa y descalza, echándose un mantón sobre los hombros, avanzó palpando... Luego retrocedió buscando las cerillas. Habíasele ocurrido en aquel momento ir a la cocina en busca de un cuchillo que cortara bien. Para esto necesitaba luz. La encendió, y observó a Luis, que al cabo dormía profundamente. «¡Qué buena ocasión! —se dijo—; ahora no chillará, ni hará gestos... Farsante, pinturero, monigote, me las pagarás[20]... Sal ahora con la pamplina de que ves a Dios... Como si hubiera tal Dios, ni tales carneros[21]...» Después de contemplar un rato al sobrinillo, salió resuelta. «Cuanto más pronto, mejor». El recuerdo de los sollozos del chico, hablando aquellos disparates de los pies que veía, atizaba su cólera. Llegó a la cocina y no encontró cuchillo, pero se fijó en el hacha de partir leña, tirada en un rincón, y le pareció que este instrumento era mejor para el *caso,* más seguro, más ejecutivo, más cortante. Cogió el hacha, hizo un ademán de blandirla, y satisfecha del ensayo, volvió a la alcoba, en una mano la luz, en otra el arma, el mantón por la cabeza... Figura tan extraña y temerosa no se había visto nunca en aquella casa. Pero en el momento de abrir la puerta de cristales de la alcoba, sintió un ruido que la sobrecogió. Era el del llavín de Víctor girando en la cerradura. Como ladrón sorprendido, Abelarda apagó de un soplo la luz, entró y se agachó detrás de la puerta, recatando el hacha. Aunque

[20] **me las pagarás** I'll get even

[21] **Como si . . . carneros** As if God or any such foolishness existed

rodeada de tinieblas, temía que Víctor la viese al pasar por el comedor y se hizo un ovillo,[22] porque la furia que había determinado su última acción se trocó súbitamente en espanto con algo de femenil vergüenza. Él pasó alumbrándose con una 5 cerilla, entró en su cuarto y se cerró al instante. Todo volvió a quedar en silencio. Hasta la alcoba de Abelarda llegaba débil, atravesando el comedor y las dos puertas de cristales, la claridad de la vela que encendiera Víctor para acostarse. Cosa de diez minutos duró el reflejo; después se extinguió, y 10 todo quedó en sombra. Pero la cuitada no se atrevía ya a encender su luz; fué tanteando hasta la cama, escondió el hacha bajo la cómoda próxima al lecho, y se deslizó en éste reflexionando: «No es ocasión ahora. Gritaría, y el otro... Al otro le daría yo el hachazo del siglo; pero no basta un 15 hachazo, ni dos, ni ciento..., ni mil. Estaría toda la noche dándole golpes y no le acabaría de matar».

[22] **se hizo un ovillo** she curled up

xxxiii

Nuestro infortunado Villaamil no vivía desde el momento aciago en que supo la colocación de su yerno, y para mayor desdicha el prohombre ministerial no le hacía caso.[1] Inmediatamente después de almorzar, se echaba a la calle, y se pasaba el día de oficina en oficina, contando su malaventura a cuantos encontraba, refiriendo la atroz injusticia, que, entre paréntesis, no le cogía de nuevo; porque él, se lo podían creer, nunca esperó otra cosa. Cierto que, apretado por la fea necesidad,[2] y llegando a sentir como un estorbo en aquel pesimismo que se había impuesto, se lo arrancaba a veces como quien se arranca una máscara, y decía, implorando con toda el alma desnuda: «Amigo Cucúrbitas, me conformo con cualquier cosa. Mi categoría es de Jefe de Administración de tercera; pero si me dan un puesto de oficial primero, vamos, de oficial segundo, lo tomo, sí señor, lo tomo, aunque sea en provincias». La misma cantinela le entonaba al Jefe del Personal, a todos los amigos influyentes que en la casa tenía, y epistolarmente al Ministro y a Pez. A Pantoja, en gran confianza, le dijo: «Aunque sea para mí una humillación, hasta oficial tercero aceptaré por salir de estas angustias... Después, Dios dirá».

Luego iba de estampía contra Sevillano, empleado en el

[1] **y para ... caso** and worst of all the top man at the ministry paid no attention to him

[2] **apretado ... necesidad** pushed by harsh necessity

Personal, el cual le decía con expresión de lástima: «Sí, hombre, sí, cálmese usted; tenemos nota preferente [3] . . . Debe usted procurar serenarse». Y le volvía la espalda.[4] Poco a poco fué el santo varón desmintiendo su carácter aprendiendo
5 a importunar a todo el mundo y perdiendo el sentido de las conveniencias. Después de verle andar por las oficinas, dando la lata [5] a diferentes amigos, sin excluir a los porteros, Pantoja le habló en confianza:

—¿Sabes lo que el bigardo de tu yerno le dijo al Diputado
10 ese? Pues que tú estabas loco y que no podías desempeñar ningún destino en la Administración. Como lo oyes; [6] y el Diputado lo repitió en el Personal delante de Sevillano y del hermano de Espinosa, que me lo vino a contar a mí.

—¿Eso dijo? (estupefacto). ¡Ah!, lo creo. Es capaz de
15 todo . . .

Esto acabó de trastornarle. Ya la insistencia de su incansable porfía y la expresión de ansiedad que iban tomando sus ojos asustaba a sus amigos. En algunas oficinas, cuidaban de no responderle o de hablarle con brevedad para que se
20 cansara y se fuese con la música a otra parte.[7] Pero estaba a prueba de desaires, por habérsele encallecido la epidermis del amor propio.[8] En ausencia de Pantoja, Espinosa y Guillén le tomaban el pelo de lo lindo:

—¿No sabe usted, amigo Villaamil, lo que se corre por
25 ahi? [9] Que el Ministro va a presentar a las Cortes una ley estableciendo el *income tax*. La Caña la está estudiando.

—Como que me ha robado mis ideas. Mis cuatro Memorias durmieron en su poder más de un año. Vean ustedes lo

[3] **tenemos . . . preferente** you're high on our list
[4] **Y le . . . espalda** And he would turn his back on him
[5] **dando la lata** bothering
[6] **Como lo oyes** Just like that
[7] **y se . . . parte** take his troubles elsewhere
[8] **Pero . . . propio** But slights no longer affected him, since the skin of his pride had become callous
[9] **lo que . . . ahí** what's going around

que saca uno de quemarse las cejas [10] por estudiar algo que sirva de remedio a esta Hacienda moribunda... País de raterías, Administración de nulidades, cuando no se puede afanar una peseta, se tima el entendimiento ajeno. Ea, con Dios. 5

Y salía disparando, precipitándose por los escalones abajo, hacia la Dirección de Impuestos (patio de la izquierda), ansioso de calentarle las orejas al [11] amigo La Caña. A la media hora se le veía otra vez venciendo [12] jadeante la cansada escalera para meterse un rato en el Tesoro o en Aduanas. 10 Algunas veces, antes de entrar, daba la jaqueca [13] a los porteros, contándoles toda su historia administrativa.

Los porteros le llevaban el humor [14] mientras podían; pero también llegaron a sentir cansancio de él, y pretextaban ocupaciones para zafarse. El santo varón, después de explayarse 15 por las porterías, volvía adentro, y no faltaba [15] en Aduanas o en Propiedades un guasón presumido, como Urbanito, el hijo de Cucúrbitas, que le convidase a café para tirarle de la lengua [16] y divertirse oyendo sus exaltadas quejas. «Miren ustedes; a mí me pasa esto por decente, pues si yo hubiera 20 querido desembuchar ciertas cosas que sé referentes a pájaros gordos, ¿me entienden ustedes?..., digo que si yo hubiera sido como otros que van a las redacciones con la denuncia del enjuague A, del enredo B..., otro gallo me cantara [17]... Pero ¿qué resulta? Que aunque uno no quiera ser decente y 25 delicado, no puede conseguirlo. El pillo nace, el orador se hace. Total, que ni siquiera me vale haber escrito cuatro Memorias que constituyen un plan de Presupuestos, porque

[10] **quemarse las cejas** burning your eyes out
[11] **calentarle . . . al** bend the ear of his
[12] **venciendo** climbing
[13] **daba la jaqueca** he bored to death
[14] **le llevaban el humor** humored him
[15] **no faltaba** there always was
[16] **para . . . lengua** to encourage him to talk
[17] **otro . . . cantara** I'd have better luck

un mal amigo a quien se las enseño, me roba la idea y la da por suya. Lo que menos piensan ustedes es que ese dichoso *income tax* que quieren establecer, ¡temprano y con sol!,[18] es idea mía...

5 Por fin, hartos de este charlar incoherente, le echaban con buenos modos, diciéndole: «Don Ramón, usted debiera ir a tomar el aire. Un paseíto por el Retiro le vendría muy bien». Salía rezongando, y en vez de seguir el saludable consejo de oxigenarse, bajaba, mal terciada la capa, y se metía
10 en el Giro Mutuo, donde estaba Montes, o en Impuestos, donde su amigo Cucúrbitas soportaba con increíble paciencia discursos como éste: «Te digo en confianza, aquí de ti para mí, que me contento con una plaza de oficial tercero: proponme al Ministro. Mira que siento en mi cabeza unas cosas
15 muy raras, como si se me fuera el santo al cielo.[19] Me entran ganas de decir disparates, y aun recelo que a veces se me salen de la boca. Que me den esos dos meses, o no sé; creo que pronto empezaré a tirar piedras. Adiós; interésate por mí, sácame de este pozo en que me he caído... No quiero
20 molestarte; tienes que hacer. Yo también estoy atareadísimo. Abur, abur».

No se crea que se iba mi hombre a la calle. Atraído de irresistible querencia, se lanzaba otra vez, jadeante, a la fatigosa ascensión por la escalera, y llegaba sin aliento a
25 Secretaría. Allí cierto día se encontró una novedad. Los porteros, que comúnmente le franqueaban la entrada, le detuvieron, disimulando con insinuaciones piadosas la orden terminante que tenían de no dejarle pasar. «Don Ramón, váyase a su casa, y descanse y duerma para que se le despeje
30 ese meollo. El Jefe está encerrado y no recibe a nadie». Irritóse Villaamil con la desusada consigna y aun quiso forzarla, alegando que no debía regir para él. La capa del infeliz

[18] **temprano y con sol** and about time

[19] **como ... cielo** as if something were happening that I can't understand

cesante barrió el suelo de aquí para allí, y aun tuvieron los ordenanzas que ponerle el sombrero, desprendido de su cabeza venerable. «Bien, Pepito Pez, bien — decía el infeliz, respirando con dificultad —; así pagas a quien fué tu jefe, y te tapó muchas faltas. En donde menos se piensa [20] salta un ingrato. Basta que yo te haya hecho mil favores, para que me trates como a un negro. Lógica puramente humana... Quedamos enterados.[21] Adiós... ¡Ah! (volviéndose desde la puerta), dígale usted al Jefe del Personal, al don Soplado ése, que usted y él se pueden ir a escardar cebollinos».[22]

[20] **En donde . . . piensa** Where you least expect it
[21] **Quedamos enterados** I understand
[22] **al don . . . cebollinos** that Mr. Fat-gut that you and he can all go fly kites

xxxiv

Pecho a los escalones,[1] y otra vez al piso segundo, a la oficina de Pantoja. Cuando entró, Guillén, Espinosa y otros badulaques estaban muy divertidos viendo las aleluyas que el primero había compuesto, una serie de dibujillos de mala
5 muerte, con sus paredes al pie,[2] ramplones, groseros y de mediano chiste, comprendiendo, la historia completa de Villaamil desde su nacimiento hasta su muerte. Argüelles, que no veía con buenos ojos [3] las groseras bromas de Guillén, se apartaba del corrillo para atender a su trabajo.
10 Al ver a Villaamil escondieron el nefando pliego, pero con hilaridad mal reprimida denunciaban la broma que traían y su objeto. Ya otras veces el infeliz cesante pudo notar que su presencia en la oficina (faltando de ella Pantoja) producía un recrudecimiento en la sempiterna chacota [4] de aquellos
15 holgazanes. Las reticencias, las frases ilustradas con morisquetas al verle entrar, la cómica seriedad de los saludos le revelaron aquel día que su persona y quizás su desventura motivaban impertinentes chanzas, y esta certidumbre le llegó al alma. El enredijo de ideas que se había iniciado en su
20 mente, y la irritación producida en su ánimo por tantas tribulaciones, encalabrinaban su amor propio; su carácter se

[1] **Pecho . . . escalones** Take the stairs
[2] **dibujillos . . . pie** wretched drawings with captions at the bottom
[3] **no veía . . . ojos** did not approve
[4] **producía . . . chacota** produced a renewal of the everlasting kidding

agriaba, la ingénita mansedumbre trocábase en displicencia y el temple pacífico en susceptibilidad camorrista.

—A ver, a ver — gruñó, acercándose al grupo con muy mal gesto —. Me parece que se ocupaban ustedes de mí... ¿Qué papelotes son esos que guarda Guillén?... Señores, hablemos claro. Si alguno de ustedes tiene que decirme algo, dígamelo en mis barbas.[5] Francamente, en toda la casa noto que se urde contra mí una conjuración de calumnias; se trata de ponerme en ridículo, de indisponerme con los jefes, de presentarme al señor Ministro como un hombre grotesco, como un... ¡Y he de saber quién es el canalla, quién...! ¡Maldita sea su alma! (terciándose la capa, y pegando fuerte puñetazo en la mesa más próxima).

El santo varón giró sobre sí mismo, y se sentó, quebrantadísimo de aquel esfuerzo que acababa de hacer. Siguió murmurando, como si hablara a solas: «Es que por todos los medios se proponen acabar conmigo, desautorizarme, para que el Ministro me tenga por un ente, por un visionario, por un idiota».

Exhalando suspiros hondísimos, encajó la quijada en el pecho y así estuvo más de un cuarto de hora sin pronunciar palabra. Los demás callaban, mirándose de reojo,[6] serios, quizás compadecidos, y durante un rato no se oyó en la oficina más que el rasgueo de la pluma de Argüelles. De pronto, el chillar de las botas de Pantoja anunció la aproximación de este personaje. Todos afectaron atender a la faena, y el jefe de la sección entró con las manos cargadas de papeles. Villaamil no alzó la cabeza para mirar a su amigo ni parecía enterarse de su presencia.

—Ramón — dijo Pantoja en afectuoso tono, llamándole desde su asiento —. Ramón..., pero Ramón..., ¿qué es eso?

Y por fin el amigo, dando otro suspirazo como quien

[5] **en mis barbas** to my face
[6] **mirándose de reojo** looking at each other in side glances

despierta de un sueño, se levantó y fué hacia la mesa con paso claudicante.

—Pero no te pongas así —le dijo don Ventura quitando legajos de la silla próxima para que el otro se sentara—. Pareces un chiquillo. En todas las oficinas hablan de ti, como de una persona que empieza a pasearse por los cerros de Ubeda[7]... Es preciso que te moderes, y sobre todo (amoscándose un poco), es preciso que cuando se hable de planes de Hacienda y de la confección de los nuevos Presupuestos, no salgas con la patochada del *income tax*... Eso está muy bueno para artículos de periódico (con desprecio), o para soltarlo en la mesa del café, delante de cuatro tontos perdularios, de esos que arreglan con saliva el presupuesto de un país y no pagan al sastre ni a la patrona. Tú eres hombre serio y no puedes sostener que nuestro sistema tributario, fruto de la experiencia...

Levantóse Villaamil como si en la silla hubiera surgido agudísimo punzón, y este movimiento brusco cortó la frase de Pantoja, que sin duda iba a rematarla en estilo administrativo, más propio de la *Gaceta* que de humana boca. Quedóse el buen Jefe de sección archipasmado al ver que la faz de su amigo expresaba frenética ira, que la mandíbula le temblaba, que los ojos despedían fuego; y subió de punto el pasmo al oír estas airadas expresiones:

—Pues yo te sostengo..., sí, por encima de la cabeza de Cristo lo sostengo[8]..., que mantener el actual sistema es de jumentos rutinarios..., y digo más, de chanchulleros y tramposos... Porque se necesita tener un dedo de telarañas en los sesos[9] para no reconocer y proclamar que el *income tax,* impuesto sobre la renta o como quiera llamársele, es lo único racional y filosófico en el orden contributivo...; y digo más: digo que todos los que me oyen son un atajo de igno-

[7] **empieza ... Ubeda** is beginning to go off his rocker
[8] **Pues ... sostengo** Well I insist, yes by all that's holy, I insist
[9] **Porque ... sesos** Because you really have to be dense

rantes, empezando por ti, y que sois la calamidad, la polilla, la ruina de esta casa y la filoxera del país, pues le estáis royendo y devorando la cepa, majaderos mil veces. Y esto se lo digo al Ministro si me apura, porque yo no quiero credenciales, ni colocación ni derechos pasivos, ni nada; no quiero más que la verdad por delante, la buena administración y conciliar..., compaginar..., armonizar los intereses del Estado con las del contribuyente.

Revolvió los ojos a una parte y otra, y viéndose rodeado de tantas caras, alzó los brazos como si exhortara a una muchedumbre sediciosa, y lanzó un alarido salvaje gritando: «¡Vivan los presupuestos nivelados!»

Salió de la oficina, arrastrando la capa y dando traspiés.[10] El buen Pantoja, rascándose con el gorro, le siguió con mirada compasiva, mostrando sincera aflicción. «Señores — dijo a los suyos y a los extraños, agrupados allí por la curiosidad —, pidamos a Dios por nuestro pobre amigo, que ha perdido la razón».

[10] **dando traspiés** stumbling

xxxv-xxxvi

No eran las once de la manaña del día siguiente, día último de mes, por más señas, cuando Villaamil subía con trabajo la escalera encajonada del Ministerio, parándose a cada tres o cuatro peldaños para tomar aliento. Al llegar a la entrada de 5 la Secretaría, los porteros, que la tarde anterior le habían visto salir en aquella actitud lamentable que referida está, se maravillaron de verle tan pacífico, en su habitual modestia y dulzura, como hombre incapaz de decir una palabra más alta que otra. Desconfiaban, no obstante, de esta manse- 10 dumbre, y cuando el buen hombre se sentó en el banco, duro y ancho como de iglesia, y arrimó los pies al brasero próximo, el portero más joven se acercó y le dijo:

—Don Ramón, ¿para qué viene por aquí? Estése en su casa y cuídese, que tiempo tiene de rodar por estos barrios.

15 —Puede que tengas razón, amigo Ceferino. En mi casa metidito, y acá se las arreglen estos señores como quieran. ¿Yo qué tengo que ver? Verdad que el país paga los vidrios rotos, y no puede uno ver con indiferencia tanto desbarrar.[1] ¿Sabes tú si han llevado ya al Ministro el nuevo Presupuesto 20 ultimado? No sabes... Verdad, ¡a ti qué más te da! [2] Tú no eres contribuyente... Pues desde ahora te digo que el nuevo Presupuesto es peor que el vigente, y todo lo que hacen aquí una cáfila de barbaridades y despropósitos. Ahí me las

[1] **Verdad . . . desbarrar** It's true that the country pays all the damage, but one can't look on so much bungling with indifference

[2] **a ti . . . da** what do you care

den todas.[3] Yo en mi casa tan tranquilo, viendo cómo se desmorona este país, que podría estar nadando en oro si quisieran.

A poco de soltar esta perorata, el pobre cesante se quedó solo, meditando, la barba en la mejilla.[4] Vió pasar algunos empleados conocidos suyos; pero como no le dijeron nada, no chistó. Consideraba quizás la soledad que se iba formando en torno suyo, y con qué prisa se desviaban de él los que fueron sus compañeros y hasta poco antes se llamaban sus amigos. «Todo ello — pensó con admirable observación de sí mismo — consiste en que mis desgracias me han hecho un poco extravagante, y en que alguna vez la misma fuerza del dolor es causa de que se me escapen frases y gestos que no son de hombre sesudo, y contradicen mi carácter y mi. . ., ¿cómo es la palabreja?. . ., ¡ah! mi idiosincrasia. . . ¡Todo sea por Dios!»

Se persignó y siguió hasta Contribuciones. Pantoja y los demás recibieron al sufrido cesante con sobresalto, temerosos de una escena como la del día anterior. Pero el anciano les tranquilizó con su apacible acento y la serenidad relativa de su rostro. Sin dignarse mirar a Guillén, fué a sentarse junto al Jefe, a quien dijo de manos a boca.[5]

—Hoy me encuentro muy bien, Ventura. He descansado anoche, me despejé, y estoy hasta contento, me lo puedes creer, echando chispas de contento.[6]

—Más vale así,[7] hombre, más vale así — repuso el otro observándole los ojos —. ¿Qué traes por acá?

—Nada. . ., la querencia. . .; hoy estoy alegre. . .; ya ves cómo me río (riendo). Es posible que hoy venga por última vez, aunque. . ., te lo aseguro. . ., me divierte, me divierte

[3] **Ahí . . . todas** It's all the same to me
[4] **la barba . . . mejilla** chin in hand
[5] **de manos a boca** suddenly
[6] **echando . . . contento** so happy I'm all aglow
[7] **Más vale así** That's the way

esta casa. Se ven aquí cosas que le hacen a uno... morir de risa.

El trabajo concluyó aquel día más pronto que de ordinario, porque era día de paga, la fecha venturosa que pone feliz 5 término a las angustias del fin de mes, abriendo nueva era de esperanzas. El día de paga hay en las salas de aquel falansterio más luz, aire más puro y un no sé qué de[8] diáfano y alegre que se mete en los corazones de los infelices jornaleros de la Hacienda pública.

10 —Hoy os dan la paga —dijo Villaamil a su amigote, suspendiendo aquel reír franco y bonachón de que afectado estaba.

Ya se conocía en el ruido de pisadas, en el sonar de timbres, en el movimiento y animación de las oficinas, que había 15 empezado la operación. Cesaba el trabajo, se ataban los legajos, eran cerrados los pupitres, y las plumas yacían sobre las mesas entre el desorden de los papeles y las arenillas, que se pegaban a las manos sudorosas. En algunos departamentos, los funcionarios acudían, conforme les iban llamando, al 20 despacho de los habilitados, que les hacían firmar la nominilla y les daban el trigo.[9] En otros, los habilitados mandaban un ordenanza con los santos cuartos en una hortera, en plata y billetes chicos, y la nominilla. El Jefe de la sección se encargaba de distribuir las raciones de metálico y de hacer 25 firmar a cada uno lo que recibía.

[8] **un no sé qué de** something
[9] **trigo** money

xxxvii

Es cosa averiguada que cuando Villaamil vió entrar al portero con la horterita aquélla, se excitó mucho, acentuando su increíble alegría, y expresándola de campechana manera. «¡Anda, anda, qué cara ponéis todos!... Aquí está ya el santo advenimiento..., la alegría del mes... San Garbanzo bendito... Pues ¡apenas vais a echar mal pelo con tantos dinerales! [1]...»

Pantoja empezó a repartir. Todos cobraron la paga entera, menos uno de los aspirantes, a quien entregó el Jefe el pagaré otorgado a un prestamista, diciendo: «Está usted cancelado», y Argüelles recibió un tercio no más, por tener retenido lo restante. Cogiólo torciendo el gesto, echando la firma en la nominilla con rasgos que declaraban su furia; y después, el gran Pantoja se guardó su parte pausada y ceremoniosamente, metiendo en su cartera los billetes, y los duros en el bolsillo del chaleco, bien estibaditos para que no se cayesen. Villaamil no le quitaba ojo mientras duró la operación y hasta que no desapareció la última moneda no dejó de observarle. Le temblaba la mandíbula, le bailaban las manos.[2]

—¿Sales? —dijo a su amigo, levantándose—. Nos iremos de paseo. Yo tengo hoy muy... buen humor..., ¿no ves?... Estoy muy divertido...

—Yo me quedo un rato más —respondió *el honrado,* que

[1] **San Garbanzo . . . dinerales** Mr. Meat and Potatoes... I must say, you're going to have quite a good time spending those shekels

[2] **le bailaban las manos** his hands shook

deseaba quitarse de encima aquella calamidad —. Tengo que ir un rato a Secretaría.

—Pues quédate con Dios... Me largo de paseo... Estoy contentísimo... y de paso, compraré unas píldoras.

5 —¿Píldoras? Te sentarán bien.[3]

—¡Ya lo creo!... Abur; hasta más ver.[4] Señores, que sea por muchos años... Y que aproveche... Yo bueno, gracias...

En la escalera de anchos peldaños desembocaban, como 10 afluentes que engrosan el río principal, las multitudes que a la misma hora chorreaban de todas las oficinas.

Al desaguar la corriente en la calle,[5] iba cesando el ruido, y el edificio se quedaba como vacío, solitario, lleno de un polvo espeso levantado por las pisadas. Pero aun venían de 15 arriba destacamentos rezagados de las multitudes oficinescas. Sumaban entre todos tres mil, tres mil pagas de diversa cuantía, que el Estado lanzaba al tráfico, devolviendo por modo parabólico al contribuyente parte de lo que sin piedad le saca. La alegría del cobro, sentimiento característico de 20 la humanidad, daba a la caterva aquélla un aspecto simpático y tranquilizador.

Embozábase Villaamil en su pañosa para resguardarse del frío callejero, cuando le tocaron en el hombro. Volvióse y vió a Cadalso, quien le ayudó a asegurar el embozo liándoselo 25 al cuello.

—¿Qué tiene usted..., de qué se ríe usted?

—Es que... estoy esta tarde muy contento... A bien que a ti no te importa.[6] ¿No puede uno ponerse alegre cuando le da la real gana? [7]

30 —Sí..., pero... ¿Va usted a casa?

[3] **Te sentarán bien** They'll help you
[4] **hasta más ver** hasta la vista
[5] **Al desaguar . . . calle** As the stream flowed into the street
[6] **A bien . . . importa** Although it doesn't concern you
[7] **cuando . . . gana** when one jolly well feels like it

—Otra cosa que no es de tu incumbencia. ¿Tú adónde vas?

—Arriba, a recoger mi título... Yo también estoy hoy de enhorabuena.

—¿Te han dado otro ascenso? No me extrañaría. Tienes la sartén por el mango.[8] Mira, que te hagan Ministro de una vez; acaba de ponerte el mundo por montera antes que se acaben las carcamales.[9]

—No sea usted guasón. Digo que estoy de enhorabuena, porque me he reconciliado con mi hermana Quintina y el salvaje de su marido. Él se queda con aquella maldecida casa de Vélez-Málaga que no valía dos higos, paga las costas, y yo...

—Suma y van tres[10]... Otra cosa que a mí me tiene tan sin cuidado como el que haya o no pulgas en la luna. ¿Qué se me da a mí de tu hermana Quintina, de Ildefonso, ni de que hagáis o no cuantas recondenadas paces queráis?

—Es que...

—Anda, sube, sube pronto y déjame a mí. Porque yo te pregunto: ¿en qué cochino bodegón hemos comido juntos?[11] Tú por tu camino, lleno de flores; yo por el mío. Si te dijera que con toda tu buena suerte no te envidio ni esto... Más quiero honra sin barcos que barcos sin honra. Agur...

No le dió tiempo a más explicaciones, y asegurándose otra vez el embozo, avanzó hacia la calle. Antes de traspasar la puerta, le tiraron de la capa, acompañando el tirón de estas palabras amigables:

—¡Eh, simpático Villaamil, aunque usted no quiera!... Urbanito Cucúrbitas, pollancón rubio, ralo de pelo, estirado, zancudo y con mucha nuez.[12]

—¡Hola, Urbanito!... ¿Has cobrado tu paga?

[8] **Tienes ... mango** You've got the world on a string

[9] **acaba... carcamales** get the works now while you can still gigolo your way to power

[10] **Suma y van tres** It all adds up

[11] **en qué ... juntos** since when are you and I such buddies?

[12] **con mucha nuez** with a large Adam's apple

—Sí, aquí la llevo (tocándose el bolsillo y haciendo sonar la plata); casi todo en pesetas. Me voy a dar una vuelta por la Castellana.

—¿En busca de alguna conquistilla?... Hombre feliz... 5 Para ti es el mundo. ¡Qué risueño estás! Pues mira; yo también estoy de vena hoy[13]... Dime, ¿y tus hermanitos, han cobrado también sus paguillas? Dichosos los nenes a quienes el Estado les pone la teta en la boca, o el biberón. Tú harás carrera, Urbanito; yo sostengo que eres muy listo, contra la 10 opinión general que te califica de tonto. Aquí el tonto soy yo. Merezco, ¿sabes qué?; pues que el Ministro me llame, me haga arrodillar en su despacho y me tenga allá tres horas con una coroza de orejas de burro[14]... por imbécil, por haberme pasado la vida creyendo en la moral, en la justicia y en que se 15 deben nivelar los presupuestos. Merezco que me den una carrera en pelo,[15] que me pongan motes infamantes, que me llamen *el señor de Miau,* que me hagan aleluyas con versos chabacanos para hacer reír hasta a las paredes de la casa... No, si no lo digo en son de queja;[16] si ya ves..., estoy con- 20 tento, y me río..., me hace una gracia atroz mi propia imbecilidad.

—Mire usted, querido don Ramón (poniéndole ambas manos en los hombros). Yo no he tenido arte ni parte en[17] los monigotes. Confieso que me reí un poco cuando Guillén los 25 llevó a mi oficina; no niego que me entró tentación de enseñárselos a mi papá, y se los enseñé...

—Pero si yo no te pido explicaciones, hijo de mi alma.

—Déjeme acabar... Y mi papá se puso furioso y a poco me pega. Total, que enterado Guillén de las cosas que mi

[13] **yo también ... hoy** I too am feeling my oats today

[14] **con una ... burro** wearing a dunce's cap

[15] **Merezco ... pelo** I deserve to have the donkey's tail pinned on me

[16] **en son de queja** by way of complaining

[17] **Yo ... parte en** I've had nothing to do with

papá dijo, salió a espetaperros [18] de nuestra oficina, y no ha vuelto a parecer. Yo digo que ello puede pasar como broma de un rato. Pero ya sabe usted que le respeto, que me parece una tontería juntar las iniciales de sus cuatro Memorias, que nada significan, para sacar una palabra ridícula y sin sentido. 5

—Poco a poco, amiguito (mirándole a los ojos). A que la palabra *Miau* sea una sandez, no tengo nada que objetar; pero no estoy conforme con que las cuatro iniciales no encierren una significación profunda...

—¡Ah!... ¿sí? (suspenso). 10

Porque es preciso ser muy negado o no tener pizca de buena fe [19] para no reconocer y confesar que la M, la I, la A y la U significan lo siguiente: *Mis... Ideas... Abarcan... Universo.*

—¡Ah!..., ya...; bien decía yo... Don Ramón, usted debe cuidarse. 15

—Si bien no faltará quien sostenga... y yo no me atrevería a contradecirlo de plano..., quien sostenga, quizás con algún fundamento, que las cuatro misteriosas letras rezan esto: *Ministro... I... Administrador... Universal.* 20

—Pues mire usted, esa interpretación me parece una cosa muy sabia y con muchísimo intríngulis.

—Lo que yo te digo: hay que examinar imparcialmente todas las versiones, pues éste dice una cosa, aquél sostiene otra, y no es fácil decidir... Yo te aconsejo que lo mires despacio, 25 que lo estudies, pues para eso te da el Gobierno un sueldo, sin ir a la oficina más que un ratito por la tarde, y eso no todos los días... Y que tus hermanitos lo estudien también con el biberón de la nómina en los labios. Adiós; memorias a papá. Dile que, crucificado yo, por imbécil, en el madero 30 afrentoso de la tontería, a él le toca darme la lanzada, y a Montes la esponja con hiel y vinagre, en la hora y punto en que yo pronuncie mis Cuatro Palabras, diciendo: *Muerte...*

[18] **a espetaperros** at full speed
[19] **ser ... fe** to be obstinate and not have an ounce of good faith

Infamante... Al... Ungido... Esto de *ungido* quiere decir..., para que te enteres[20]...: *lleno de basura,* o embadurnado todo de materias fétidas y asquerosas, que son el símbolo de la zanguanguería, o llámese principios.

5 —Don Ramón..., ¿va usted a su casa?; ¿quiere que le acompañe? Tomaré un coche.

—No, hijo de mi alma; vete a tu paseíto. Yo me voy *pian pianino.*[21] Antes tengo que comprar unas píldoras..., aquí en la botica.

10 —Pues le acompañaré... y si quiere que veamos antes a un médico...

—¡Médico! (riendo desaforadamente). Si en mi vida me he sentido más sano, más terne... Déjame a mí de médicos.[22] Con estas pildoritas...

15 —De veras, ¿no quiere que le acompañe?

—No, y digo más: te suplico que no lo hagas. Tiene uno sus secretillos, y el acto, al parecer insignificante, de comprar tal o cual medicina puede evocar el pudor. El pudor, chico, aparece donde menos se piensa. ¿Qué sabes tú si soy yo un 20 joven, digo, un anciano disoluto? Conque vete por tu camino, que yo tomo el de la farmacia. Adiós, niño salado, chiquitín del Ministerio, diviértete todo lo que puedas; no vayas a la oficina más que a cobrar; haz muchas conquistas; pica siempre muy alto; arrímate a las buenas mozas, y cuando 25 te lleven a informar un expediente, pon la barbaridad más gorda que se te ocurra... Adiós, adiós... Sabes que se te quiere.

Fuése el pollancón por la calle de Alcalá abajo, y Villaamil, después de cerciorarse de que nadie le seguía, tomó en direc-30 ción de la Puerta del Sol, y antes de llegar a ella, entró en la que llamaba botica; es a saber: en la tienda de armas de fuego que hay en el número 3.

[20] **para . . . enteres** for your information
[21] **pian pianino** as quiet as you please
[22] **Déjame . . . médicos** Don't bother me with doctors

Literary Considerations

DISCUSSION QUESTIONS XXX-XXXVII

1. We said that Víctor's arrival added a new turn to events. How does Víctor's employment and promotion affect the Villaamil household now? Is the pace of the novel any different as a result?
2. By Chapter XXX the church has become a refuge for the troubled souls of the novel and a desire for faith becomes a necessity. (Notice, for example, the paragraph beginning "Desde aquel día . . ." on page 174) What do Abelarda and Villaamil seek through faith? Are they successful? Consider that the scene of Chapter XXX is in church and that both daughter and father are going through great suffering. What great ironies do you find in all this?
3. Víctor's interview with Abelarda in Chapter XXXII is a climax to their relationship. What is the source of his histrionics here? Now notice the paragraph beginning "Y Abelarda, ¿qué hacía y qué pensaba?" (p. 196) How can we say that Abelarda's situation, her attitude toward life and disillusionment, parallel those of her father?
4. Abelarda's despair reaches a point of madness in Chapter XXXII. Are her actions believable? Notice the paragraph beginning "Esta hostilidad hacia la pobre criatura . . ." (p. 199) where Galdós tries to give a pathological explanation for it all, "esas auras epileptoformes." But Abelarda herself is aware of her state and asks herself: "Estaré yo loca como mi hermana?" Do you find Galdós' presentation of this psychological condition convincing?
5. Madness is also taking possession of Villaamil. In Chapter XXXIII (p. 204) we find Galdós saying "esto acabó de trastornarle." It all becomes more evident still in Chapter XXXIV. How does his obsession contrast with that of his daughter? Villaamil, like her, is aware of the strangeness of his behavior. Notice the paragraph beginning "Por fin, hartos de este . . ." (p. 206) What accounts for the change of his spirits in Chapters XXXV-XXXVI?
6. In Chapters XXXVI and XXXVII we see the effect of payday in the world of the government bureaucracy. How does Galdós portray this effect?
7. Villaamil's conceptual play on the initials that spell out *Miau* is

another indication of his unbalanced mind. But on page 219 Galdós makes an oblique reference meant to enoble the figure of the old man. Look at the paragraph beginning "Lo que yo te digo: Hay que examinar imparcialmente todas las versiones..." What is this reference? Is it justified?

8. Urbanito Cucúrbitas, appearing in Chapter XXXVII, is the son of the bureaucratic official to whom Villaamil appealed for help in Chapter II. Obviously nepotism accounts for the boy having a job in the government now. Villaamil knew this and, on taking leave of him, gives him advice, one full of bitterness and irony which reveals his complete disillusionment. Examine carefully the paragraph beginning "No, y digo mas: te suplico que no lo hagas..." (p. 220) What are the implications of the different points of his advice?

The World of the Novel

Inseparable from the concept of character is setting, for often it is through a general milieu that a person is defined. The realists, however, could not be satisfied with a mere backdrop for the actions of their characters. Their interest in history, politics and sociology led them to a more demanding idea of background, one multifaceted and ever-changing. Their three-dimensional characters could only inhabit a three-dimensional setting. Thus the prime requisite of the nineteenth-century novel was established: the creation of a world.

This cosmos of the novel can be a mere reflection of our own world but it must obey its own laws, be distinct and self-coherent. Its geography may reproduce with exactness an actual terrain or it may be purely imaginary with its own hills, valleys and frontiers. Consistency of tone, however must be maintained; a character will thrive in its own world and die if transplanted to another. Huckleberry Finn is inconceivable in Faulkner's Yoknapatawpha county.

Miau takes place in the Spanish capital; Galdós is specific in his streets and locales and yet it is his very own Madrid. Review mentally those exterior scenes. What details do you remember? Are there many of these scenes? Where do we find ourselves most of the time? Would you say that locale is the prime concern in the author's conception of a novelistic world?

Man was a social animal to Galdós and he conceived of each man as creating his own world of social exchanges. The Madrid of *Miau* is, therefore, made up of a variety of ambients responding to the needs of its different characters. There is the world of bureaucracy which cast out Villaamil and around which he hovers incessantly. This milieu of government offices is created through description, people and activity. What is the total effect of this world? Do you find in it an element of terror and absurdity as some critics suggest? This bureaucratic ambient has been compared to the mechanical and unfeeling world of Kafka's novels where man is condemned by an unknown authority that allows him no appeal or defense. Is the comparison valid? Explain.

Then there is the elegant society as viewed by the Miaus from their seats in the peanut gallery of the Opera. We see it from afar but is it any the less real? Review figures and details of this world. How is it related to the lives of the main protagonists? Compare Víctor's presence at the Opera with that of the Miaus.

With Luisito and his dreams we enter still another realm, one that goes beyond a three-dimensional world to enlarge the novel's view of reality. Would you say that Luisito has a psychological need to dream? Could you explain his dreams as compensations? As premonitions? As expressions of guilt? Professor Ricardo Gullón has written: "En las novelas de Galdós lo sobrenatural y fantástico tiene mucha importancia, y aunque frecuentemente el novelista sugiere explicaciones racionales a hechos que en apariencia no la tienen, ni siempre convence, ni siquiera produce la impresión de estar él convencido de lo concluyente de su interpretación."[1] Do you agree? Would you say that Luisito's experiences are something else than dreams? Does God in these sequences have a reality of His own or is He no more than a product of the child's mind? Notice page 93 where he struggles to see God without success; and more important, page 144 where he tries to separate dream from apparition and says: ". . . yo no lo veo sino sueño que le veo, y no me habla sino que sueño que me habla . . ." Why is it that only Luisito experiences Him?

In Galdós the concept of a novelistic world has wider implications. All the personal realms of *Miau* converge and overlap: Luisito's daily experiences spill over into his dreams; the politicians who could help Villaamil appear in the reserved stalls at the Opera; and participants of Doña Pura's tertulia are later seen scurrying about in the government offices. Further, each of Galdós' novels is only one segment in a still broader and more complex panorama, his whole fictional cosmos. If *Miau* focuses on the world of the *cesante*—his home and his lost paradise of files and dossiers—other novels complete the whole picture in varied segments: the lower recesses of officialdom in the Royal Palace, the intrigues of parliament, the church hierarchy and its manipulations, the obsessions with luxury and fashion of a *cursi* society. Galdós offers us a beehive with its queens and drones. The novels too mesh and overlap as characters take center stage in one work and merely form part of the social chorus in another.

Both the larger cosmos and the smaller world, fulfilled unto itself, of each individual novel have the power to envelop us. We can lose ourselves in this fictional reality and leave behind the world of our daily existence. Ortega y Gasset considers this power to absorb the reader into its orbit one of the prime essentials of the novel: "Todo horizonte puede suscitar interés. La técnica del autor ha de consistir en aislar al lector de su horizonte real y aprisionarlo en un pequeño

[1] *Galdós Novelista Moderno* (Madrid, 1960), p. 160

horizonte hermético e imaginario que es el ámbito interior de la novela. Ningún horizonte es interesante por su materia, sino por su forma."[2] The form that shapes the world of *Miau* will be the subject of our final discussion.

[2] "Ideas sobre la novela," *Obras Completas* (Madrid, 1947), Vol. III, p. 409.

Quinta Parte

xxxviii

Notaban aquellos días doña Pura y su hermana algo desusado en las maneras, en el lenguaje y en la conducta del buen Villaamil, que si en actos de relativa importancia se mostraba excesivamente perezoso y apático, en otros de ningún valor y significación desplegaba brutales energías. 5
Tratóse de la boda de Abelarda, de señalar fecha y de fijar ciertos puntos a tan gran suceso pertinentes, y el hombre no dijo esta boca es mía.[1] Ni la bonita herencia de su futuro yerno (pues ya se había llevado Dios al tío notario) le arrancó una sola de aquellas hipérboles de entusiasmo que de la boca 10
de doña Pura salían a borbotones. En cambio, a cualquier tontería daba Villaamil la importancia de suceso trascendente, y por si su mujer cerró la puerta con algún ruido (resultado de lo tirantes que tenía los nervios), o por si le habían quitado, para ensortijarse la cabellera, un número de *La Correspondencia,* armó un cisco [2] que hubo de durar media mañana. 15

También merece notarse que Abelarda acogió la formalización de su boda con suma indiferencia, la cual, a los ojos de la primera *Miau,* era modestia de hija modosa bien educada, sin más voluntad que la de sus padres. Los preparativos, 20
en atención al ahogo de la familia,[3] habían de ser muy pobres, casi nulos, limitándose a algunas prendas de ropa interior,

[1] **no dijo . . . mía** didn't say a thing
[2] **armó un cisco** he created such a row
[3] **en atención . . . familia** recognizing the financial situation of the family

cuya tela se adquirió con un donativo de Víctor, del cual no se dió cuenta a Villaamil para evitar susceptibilidades. Debo advertir que desde la escena aquella en las Comendadoras, Víctor apenas paraba en la casa. Rarísimas noches entraba a dormir, y comía y almorzaba fuera todos los días. Los tertulios de la casa eran los mismos, excepto Pantoja y familia, que escaseaban sus visitas, sin que doña Pura penetrase la causa de este desvío, y Guillén, que definitivamente se eclipsó, muy a gusto de las tres *Miaus*. Las repetidas ausencias de Virginia Pantoja motivaron gran atraso en los ensayos de la pieza. A la señorita de la casa se le olvidó en absoluto su papel, y por estas razones y por la desgana de fiestas que Pura sentía mientras no se resolviera el problema de la colocación de su esposo, fué abandonado el proyecto de la función teatral.

Luisito salió a paseo aquella tarde con Paca, y al volver se puso a estudiar en la mesa del comedor. Pasado el extrañísimo, increíble arrechucho de Abelarda en la famosa noche de que antes hablé, el cerebro de la insignificante quedó aparentemente restablecido, hasta el punto de que un olvido benéfico y reparador arrancó de su mente los vestigios del acto. Apenas lo recordaba la joven con la inseguridad de sueño borroso, como pesadilla estúpida cuya imagen se desvanece con la luz y las realidades del día. Ocupábase en coser su ajuar, y Luis, cansado del estudio, se entretenía en quitarle y esconderle los carretes de algodón. «Chiquillo — le dijo su tía sin incomodarse —, no enredes. Mira que te pego». En vez de pegarle, le daba un beso, y el sobrinillo se envalentonaba más, ideando otras travesuras, como suyas, poco maliciosas. Pura ayudaba a su hija en los cortes, y Milagros funcionaba en la cocina, toda tiznada, el mandilón hasta los pies. Villaamil, siempre encerrado en su leonera. Tal era la situación de los individuos de la familia, cuando sonó la campanilla y cátate a [4] Víctor. Sorprendiéronse todos, pues no solía ir a semejante hora. Sin decir nada pasó a su cuar-

[4] **cátate a** there was

tucho, y se le sintió allí lavándose y sacando ropa del baúl. Sin duda estaba convidado a una comida de etiqueta. Esto pensó Abelarda, poniendo especial estudio en no mirarle ni dirigir siquiera los ojos a la puerta del menguado aposento.

Pero lo más singular fué que a poco de la entrada del monstruo, sintió la sosa en su alma, de improviso, con aterradora fuerza, la misma perturbación de la noche de marras. Estalló el trastorno cerebral como una bomba, y en el mismo instante toda la sangre se le removía, amargor de odio hacíale contraer los labios, sus nervios vibraban, y en los tendones de brazos y manos se iniciaba el brutal prurito de agarrar, de estrujar, de hacer pedazos algo, precisamente lo más tierno, lo más querido y por añadidura lo más indefenso. Tuvo Cadalsito, en tan crítica situación, la mala idea de tirarle del hilo de unos hilvanes, y la tela se arrugó... «Chiquillo, si no te estás quieto, verás», gritó Abelarda, con eléctrica conmoción en todo el cuerpo, los ojos como ascuas. Quizás no habría pasado a mayores; pero el tontín, queriendo echárselas de muy pillo, volvió a tirar del hilo, y... aquí fué Troya.[5] Sin darse cuenta de lo que hacía, obrando cual inconsciente mecanismo que recibe impulso de origen recóndito, Abelarda tendió un brazo, que parecía de hierro, y de la primera manotada le cogió de lleno a Luis toda la cara. El restallido debió de oírse en la calle. Al hacerse para atrás, vaciló la silla en que el chico estaba, y ¡pataplúm!, al suelo.

Doña Pura dió un chillido... «¡Ay, hijo de mi alma...!, ¡mujer!», y Abelarda, ciega y salvaje, de un salto cayó sobre la víctima, clavándole los dedos furibundos en el pecho y en la garganta. Como las fieras enjauladas y entumecidas recobran, al primer rasguño que hacen al domador, toda su ferocidad, y con la vista y el olor de la primera sangre pierden la apatía perezosa del cautiverio, así Abelarda, en cuanto derribó

[5] **Quizás ... Troya** Perhaps things wouldn't have gotten any worse, but the foolish boy, wanting to act smart, pulled the thread again and... all hell broke loose

y clavó las uñas a Luisito, ya no fué mujer, sino el ser monstruoso creado en un tris [6] por la insana perversión de la naturaleza femenina. «¡Perro, condenado..., te ahogo!, ¡embustero, farsante..., te mato!» gruñía rechinando los dientes; y luego buscó con ciego tanteo las tijeras para clavárselas. Por dicha, no las encontró a mano.[7]

Tal terror produjo el acto en el ánimo de doña Pura, que se quedó paralizada sin poder acudir a evitar el desastre, y lo que hizo fué dar chillidos de angustia y desesperación. Acudió Milagros, y también Víctor en mangas de camisa. Lo primero que hicieron fué sacar al pobre Cadalsito de entre las uñas de su tía, operación no difícil, porque pasado el ímpetu inicial, la fuerza de Abelarda cedió bruscamente. Su madre tiraba de ella, ayudándola a levantarse, y de rodillas aún, convulsa, toda descompuesta, su voz temblorosa y cortada, balbucía:

—Ese infame..., ese trasto..., quiere acabar conmigo... y con toda la familia...

—Pero, hija, ¿qué tienes?... — gritaba la mamá sin darse cuenta del brutal hecho, mientras Víctor y Milagros examinaban a Luisito, por si tenía algún hueso roto. El chico rompió a llorar, el rostro encendido, la respiración fatigosa.

—¡Dios mío, qué atrocidad! — murmuró Víctor ceñudamente.

Y en el mismo instante se determinaba en Abelarda una nueva fase de la crisis. Lanzó tremendo rugido, apretó los dientes, rechinándolos, puso en blanco los ojos [8] y cayó como cuerpo muerto, contrayendo brazos y piernas y dando resoplidos. Aparece entonces Villaamil, pasmado de aquel espectáculo: su hija con pataleta, Luisito llorando, la cara rasguñada, doña Pura sin saber a quién atender primero, los demás turulatos y aturdidos.

[6] **en un tris** in a flash
[7] **a mano** within reach
[8] **puso . . . ojos** rolled her eyes

—No es nada — dijo al fin Milagros, corriendo a traer un vaso de agua fría para rociarle la cara a su sobrina.

—¿No hay por ahí éter? — preguntó Víctor.

—Hija, hija mía — exclamó el padre —, ¿qué te pasa? Vuelve en ti. 5

Había que sujetarla para que no se hiciese daño con el pataleo incesante y el bracear violentísimo. Por fin, la sedación se inició tan enérgica como había sido el ataque. La joven empezó a exhalar sollozos, a respirar con esfuerzo como si se ahogara, y un llanto copiosísimo determinó la 10 última etapa del tremendo acceso. Por más que intentaban consolarla, no tenía término aquel río de lágrimas. Lleváronla a su lecho, y en él siguió llorando, oprimiéndose con las manos el corazón. No parecía recordar lo que había hecho. Entre Villaamil y Cadalso habían conseguido acallar a 15 Luisito, convenciéndole de que todo había sido una broma un poco pesada.

De repente el jefe de la familia se cuadró ante su yerno, y con temblor de mandíbula, intensa amarillez de rostro y mirada furibunda, gritó: 20

—De todo esto tienes tú la culpa, danzante. Vete pronto de mi casa, y ojalá no hubieras entrado nunca en ella.

—¡Que tengo yo la culpa!... Pues ¡no dice que yo...! — respondió el otro descaradamente —. Ya me parecía a mí que no estaba usted bueno de la jícara [9]... 25

—La verdad es — observó Pura, saliendo del cuarto próximo — que antes de que tú vinieras no pasaban en mi casa estas cosas que nadie entiende.

—¡Ah!, también usted... No parece sino que me hacen un favor con tenerme aquí. ¡Y yo creí que les ayudaba a 30 pasar la travesía del ayuno! [10] Si me marcho, ¿dónde encontrarán un huésped mejor?

[9] **Ya me ... jícara** I've thought all along that you were losing your marbles

[10] **a pasar ... ayuno** through hard times

Villaamil, ante tanta insolencia, no encontraba palabras para expresar su indignación. Acarició el respaldo de una silla, con prurito de blandirla en alto y estampársela en la cabeza a su hijo político. Pudo dominar las ganas que de esto
5 tenía, y reprimiendo su ira con fortísima rienda, le dijo con voz hueca de sochantre:

—Se acabaron las contemplaciones.[11] Desde este momento estás de más aquí.[12] Recoge tus bártulos y toma el portante,[13] sin ningún género de excusas ni aplazamiento.

10 —Bien — dijo Cadalso con aquella gallardía que sabía poner en sus resoluciones, siempre que eran mortificantes —. Me voy. También yo lo deseaba, y no lo había hecho por caridad, porque soy aquí un sostén, no una carga. Pero la separación será absoluta. Me llevo a mi hijo.

15 Las dos *Miaus* le miraron aterradas. Villaamil apretó con ferocidad los dientes.

—Pues ¿qué...? Después de lo que ha pasado hoy — añadió Víctor —, ¿todavía pretenden que yo deje aquí este pedazo de mi vida?

20 La lógica de este argumento desconcertó a todos los *Miaus* de ambos sexos.

[11] **Se acabaron las contemplaciones** The time for niceties is over
[12] **estás . . . aquí** you're not wanted here
[13] **toma el portante** get out

XXXIX

—No cedo, no cedo — dijo Víctor a Milagros, al quedarse solo con ella —. Me llevo a mi hijo. Pero ¿no comprende usted que no podré vivir con tranquilidad dejándole aquí después de lo que ha pasado hoy?

—¡Por Dios, hijo! — le respondió con dulzura *la pudorosa Ofelia,* queriendo someterle por buenas[1]—. Todo ello es una tontería... No volverá a suceder. ¿No ves que es nuestro único consuelo este mocoso?... y si nos le quitas...

La emoción le cortaba la palabra. Calló la artista, tratando de disimular su pena, pues harto sabía que como la familia mostrase vivo interés en la posesión de Luisito, esto sólo era motivo suficiente para que el monstruo se obstinase en llevársele. Creyó oportuno dejar el delicado pleito en las manos diplomáticas de doña Pura, que sabía tratar a su yerno combinando la energía con la suavidad. Al ir la *Miau* mayor al gabinete en seguimiento de su marido, le encontró arrojado en un sillón, la cabeza entre las manos.

—¿Qué te parece que debemos hacer? — le dijo ella confusa, pues no había tenido tiempo aún de tomar una resolución. Grande, inmensa fué la sorpresa de doña Pura, cuando su marido, irguiendo la frente, respondió estas inverosímiles palabras:

—Que se lo lleve cuando quiera. Será un trance doloroso verle salir de aquí; pero ¡que remedio!... Por lo demás, no

[1] **queriendo . . . buenas** hoping to butter him up

hay que remontarse, y digo más. . ., digo que, en efecto, mejor estará el chiquillo con Quintina que con. . . *vosotras.*

Al oír esto, *la figura de Fra Angélico* examinó en silencio, atónita, el turbado rostro del cesante. La sospecha de que empezaba a perder la razón confirmóse entonces, oyéndole decir aquel gran desatino. «¡Que estará mejor con Quintina que con nosotras! Tú no estás en tu juicio, Ramón».

Viendo que no podía ponerse de acuerdo con su marido, volvió a emprenderla con Víctor, que no había salido aún. Contra la creencia de Pura, el otro continuaba inflexible, sosteniendo su acuerdo con tenacidad digna de mejor causa. A entrambas *Miaus* se les habría podido ahogar con un cabello,[2] y Abelarda, confesándose autora del conflicto, lloraba en su lecho como una Magdalena. Entre atender a su hija y discutir con Víctor, doña Pura tenía que duplicarse, corriendo de aquí para allí, mas sin poder dominar la aflicción de la una ni la implacable contumacia del otro. Nunca había visto al guapo mozo tan encastillado en una resolución, ni encontraba el busilis de tanta crueldad y firmeza. Para ello habría sido preciso estar al tanto de [3] lo ocurrido el día anterior en casa de los de Cabrera. Éste ganó en segunda instancia el famoso pleito de la casucha de Vélez-Málaga, siendo Víctor condenado a reintegrar el valor de la finca y al pago de costas. El irreconciliable Ildefonso le había echado ya el dogal al cuello y disponíase a apretar, reteniéndole la paga, persiguiéndole y acosándole sin piedad ni consideración. Pero del fallo judicial tomó pie la muy lagarta de Quintina [4] para satisfacer sus aspiraciones maternales, y engatusando a Cabrera con estudiadas zalamerías y carantoñas, obtuvo de él que aprobara las bases del siguiente convenio: «Se echaría tierra al asunto; [5]

[2] **A entrambas . . . cabello** You could have knocked both Miau girls over with a feather

[3] **Para . . . tanto de** To do this she would have had to know

[4] **Pero . . . Quintina** But sly old Quintina used the court decision as an excuse

[5] **Se echaría . . . asunto** The matter would be hushed up

Ildefonso pagaría las costas (quedándose con la casa, se entiende). Y Víctor les entregaría a su hijo». Vío el cielo abierto Cadalso, y aunque le hacía mala boca[6] arrancar al chiquillo del poder y amparo de sus abuelos, hubo de aceptar a ojos cerrados. Todo se reducía a pasar un mal rato[7] en casa 5 de las *Miaus,* a recibir algún arañazo de Pura y otro de Milagros y una dentellada quizás de Villaamil. He aquí muy claro el móvil de la determinación por la cual hubo de cambiar de casa y de familia el célebre Cadalsito.

Las conferencias entre las dos *Miaus* y Víctor duraron 10 hasta que éste salió vestido de etiqueta, y toda la diplomacia de la una y los ruegos quejumbrosos de la otra no ablandaron el duro corazón de Cadalso. Lo más que obtuvieron fué aplazar la traslación de Luis hasta el día siguiente. Enterado Villaamil de esto, salió y dijo a su yerno con sequedad: 15

—Yo te prometo, te doy mi palabra de que lo llevaré yo mismo a casa de Quintina. No hay más que hablar... No necesitas tú volver más acá.

A esto respondió el monstruo que por la noche volvería a mudarse de ropa, añadiendo benévolamente que el acto de 20 llevarse al hijo no significaba prohibición de que le vieran sus abuelos, pues podían ir a casa de Quintina cuando gustaran, y que así lo advertiría él a su hermana.

—Gracias, señor elefante[8] — dijo diño Pura con desdén. Y Milagros: 25

—Lo que es yo... ¿allá?... ¡Estás tú fresco![9]

Faltaba todavía un dato importante para apreciar la gravedad del asunto; faltaba conocer la actitud del interesado, si se prestaría de buen grado a[10] cambiar de familia, o si, por

[6] **le hacía ... boca** he hated to

[7] **a ojos ... rato** blindly. It all boiled down to going through an unpleasant scene

[8] **señor elefante** Mr. Big-Shot

[9] **Lo que ... fresco** You're crazy if you think I'm going to show up there

[10] **si se ... grado a** if he would be willing

el contrario, se resistiría con la irreductible firmeza propia de la edad inocente. Su abuela, en cuanto el monstruo se fué, empezó a disponer el ánimo del chico para la resistencia, asegurándole que la tía Quintina era muy mala, que le encerraría en un cuarto obscuro, que la casa estaba llena de unas culebronas muy grandes y de bichos venenosos. Oía Cadalsito estas cosas con incredulidad, porque realmente eran papas demasiado gordas para que las tragase un niño ya crecidito y que empezaba a conocer el mundo.

Aquella noche nadie tuvo apetito, y Milagros se llevaba para la cocina las fuentes lo mismo que habían ido al comedor. Villaamil no desplegó los labios sino para desmentir las terroríficas pinturas que su mujer hacía del domicilio de Cabrera. «No hagas caso, hijo mío; la tía Quintina es muy buena, y te cuidará y te mimará mucho. No hay allí sapos ni culebras, sino las cosas más bonitas que puedes imaginarte; santos que parece que están hablando, estampas lindísimas y altares soberbios, y. . . la mar de cosas. Vas a estar muy a gusto».

Oyendo esto, Pura y Milagros se miraban atónitas, sin poder explicarse que el abuelo se pasase descarada y cobardemente al enemigo. ¿Qué vena le daba de [11] apoyar la inicua idea de Víctor, llegando hasta defender a Quintina y pintando su casa como un paraíso infantil? ¡Lástima que la familia no estuviera en fondos,[12] pues de lo contrario, lo primero sería llamar a un buen especialista en enfermedades de la cabeza para que estudiara la de Villaamil y dijere lo que dentro de ella ocurría.

[11] **Qué . . . daba de** What had gotten into him
[12] **no estuviera en fondos** didn't have money

XL

Cadalsito tampoco tuvo ganas de comer y menos de estudiar. Mientras le acostaban, la tiíta, completamente repuesta de aquel salvaje desvarío y sin tener de él más que vaga reminiscencia, le besó y le hizo extremadas caricias, no sin cierta escama del pequeño [1] y aun de doña Pura. Milagros se quedó allí a dormir aquella noche, por lo que pudiera tronar.[2]

Luis cogió pronto el sueño; [3] pero a medianoche despertó con los síntomas anunciadores de la visión. Su tía Milagros cuidó de arroparle y hacerle mimos, acostándose al fin con él para que se tranquilizase y no tuviera miedo. Lo primero que vió el chiquillo al adormilarse fué una extensión vacía, un lugar indeterminado, cuyos horizontes se confundían con el cielo, sin accidente alguno, casi sin términos, pues todo era igual, lo próximo y lo lejano. Discurrió si aquella era suelo o nubes, y luego sospechó si sería el mar, que nunca había visto más que en pintura. Mar no debía de ser, porque el mar tiene olas que suben y bajan, y la superficie aquélla era como la de un cristal. Allá lejos, muy lejos, distinguió a su amigo el de la barba blanca, que se aproximaba lentamente recogiendo el manto con la mano izquierda y apoyándose con la otra en un bastón grande o báculo como el que usan los

[1] **no sin . . . pequeño** not without a certain suspicion on the part of the boy

[2] **por . . . tronar** just in case something might happen

[3] **cogió . . . sueño** fell asleep quickly

obispos. Aunque venía de muy lejos y andaba despacio, pronto llegó delante de Cadalsito, sonriendo al verle. Acto continuo [4] se sentó. ¿Dónde, si allí no había piedra ni silla? Todo ello era maravilloso en grado sumo, pues por encima de los hombros del Padre vió Luis el respaldo de uno de los sillones de la sala de su casa. Pero lo más estupendo de todo fué que el buen abuelo, inclinándose hacia él, le acarició la cara con su preciosa mano. Al sentir el contacto de los dedos que habían hecho el mundo y cuanto en él existe, sintió Cadalso que por su cuerpo corría un temblor gustosísimo.

—Vamos a ver — le dijo el amigo —, he venido desde la otra parte del mundo sólo por echar un párrafo [5] contigo. Ya sé que te pasan cosas muy raras. Tu tía... ¡Parece mentira que queriéndote tanto!... ¿Tú entiendes esto? Pues yo tampoco. Te aseguro que cuando lo vi, me quedé como quien ve visiones. Luego tu papá, empeñado en llevarte con la tía Quintina... ¿Sabes tú el porqué de estas cosas?

—Pues yo — opinó Luis con timidez, asombrándose de tener ideas propias ante la sabiduría eterna — creo que de todo lo que está pasando tiene la culpa el Ministro.

—¡El Ministro! (asombrado y sonriente).

—Sí, señor, porque si ese tío hubiera colocado a mi abuelo, todos estaríamos contentos y no pasaría nada.

—¿Sabes que me estás pareciendo un sabio de tomo y lomo? [6]

—Mi abuelo, furioso porque no le colocan y mi abuela lo mismo, y mi tía Abelarda también. Y mi tía Abelarda no puede ver a mi papá, porque mi papá le dijo al Ministro que no colocara a mi abuelo. Y como no se atreve con mi papá, porque puede más que ella, la emprendió conmigo. Después se puso a llorar... Dígame, ¿mi tía es buena o es mala?

[4] **Acto continuo** Right afterwards
[5] **echar un párrafo** have a few words
[6] **un sabio . . . lomo** a very smart boy

—Yo estoy en que es buena. Hazte cuenta que el achuchón de hoy fué de tanto como te quiere.[7]

—¡Vaya un querer! [8] Todavía me duele aquí, donde me clavó las uñas... Me tiene mucha tirria [9] desde un día que le dije que se casara con mi papá. ¿Usted no sabe? Mi papá la quiere; pero ella no le puede ver. 5

—Eso sí que es raro.

—Como usted lo oye. Mi papá le dijo una noche que estaba enamoradísimo de ella, por lo fatal..., ¿sabe?, y que él era un condenado, y qué sé yo qué... 10

—Pero ¿a ti quién te mete a escuchar lo que dicen las personas mayores?

—Yo... estaba allí... (alzando los hombros).

—¡Vaya, vaya! ¡Qué cosas ocurren en tu casa! Se me figura que estás en lo cierto: el pícaro del Ministro tiene la culpa de todo. Si hubiera hecho lo que yo le dije, nada de eso pasaría. ¿Qué le costaba, en aquella casona tan llena de oficinas, hacer un hueco para ese pobre señor? Pero nada, no hacen caso de mí, y así anda todo. Verdad que tienen que atender a éste y al otro, y cuanto yo les digo, por un oído les entra y por otro les sale. 15 20

—Pues que le coloquen ahora..., ¡vaya! Si usted va allá y lo manda pegando un bastonazo fuerte con ese palo en la mesa del Ministro...

—¡Quiá! No hacen caso. Pues si consistiera en bastonazos, por eso no había de quedar. Los doy tremendos, y como si no.[10] 25

—Entonces, ¡contro! — envalentonado por tanta benevolencia —, ¿cuándo le van a colocar?

[7] **Yo estoy ... quiere** I believe that she's a good person. Just think of today's mauling as something she did because she loves you

[8] **Vaya un querer** Some love that is

[9] **Me ... tirria** She has had it in for me

[10] **Quiá ... si no** Oh no! They pay no mind. If it were just a matter of calling them to order with my staff there'd be no problem. I've done it and it doesn't do any good

—Nunca — declaró el Padre con serenidad, como si aquel *nunca* en vez de ser desesperante fuera consolador.

—¡Nunca! (no entendiendo que esto se dijera con tanta calma). Pues ¡estamos aviados! [11]

—Nunca, sí, y te añadiré que lo he determinado yo. Porque verás: ¿para qué sirven los bienes de este mundo? Para nada absolutamente. Esto, que tú habrás oído muchas veces en los sermones, te lo digo yo ahora con mi boca, que sabe cuanto hay que saber. Tu abuelito no encontrará en la tierra la felicidad.

—Pues ¿dónde?

—Parece que eres bobo. Aquí, a mi lado. ¿Crees que no tengo yo ganas de traérmele para acá?

—¡Ah! . . . — abriendo la boca todo lo que abrirse podía —. Entonces. . ., eso quiere decir que mi abuelo se muere.

—Y verdaderamente, chico, ¿a cuento de qué está [12] tu abuelo en este mundo feo y malo? El pobre no sirve ya para nada. ¿Te parece bien que viva para que se rían de él, y para que un ministrillo le esté desairando todos los días?

—Pero yo no quiero que se muera mi abuelo . . .

—Justo es que no lo quieras. . ., pero ya ves. . ., él está viejo, y, créelo, mejor le irá conmigo que con vosotros. ¿No lo comprendes?

—Sí (diciendo que sí por cortesía, pero sin estar muy convencido. . .) Entonces. . ., ¿el abuelo se va a morir pronto?

—Es lo mejor que puede hacer. Adviérteselo tú; dile que has hablado conmigo, que no se apure por la credencial, que mande al ministro a freír espárragos,[13] y que no tendrá tranquilidad sino cuando esté conmigo. Pero ¿qué es eso, tontín? Pues ¿no dices que vas a ser cura y a consagrarte a mí? Si así lo piensas, vete acostumbrando a estas ideas. ¿No te acuerdas ya de lo que dice el Catecismo? Apréndetelo bien.

[11] **Pues . . . aviados** Well, we're in a fine fix
[12] **a cuento . . . está** what keeps
[13] **a freír espárragos** to go jump in the lake

El mundo es un valle de lágrimas, y mientras más pronto salís de él, mejor. Todas estas cosas, y otras que irás aprendiendo, las has de predicar tú en el púlpito cuando seas grande, para convertir a los malos. Verás cómo haces llorar a las mujeres, y dirán todas que el padrito *Miau* es un pico de oro.[14] Dime, ¿no estás en [15] ser clérigo y en ir aprendiendo ya unas miajas de [16] misa, un poco de latín y todo lo demás?

—Sí, señor... Murillo me ha enseñado ya muchas cosas: lo que significa *aleluya* y *gloria patri,* y sé cantar lo que se canta cuando alzan, y cómo se ponen las manos al leer los santísimos Evangelios.

—Pues ya sabes mucho. Pero es menester que te apliques. En casa de tu tía Quintina verás todas las cosas que se usan en mi culto.

—Me quieren llevar con la tía Quintina. ¿Qué le parece?..., ¿voy?

Al llegar aquí, Cadalsito, alentado por la amabilidad de su amigo, que le acariciaba con sus dedos las mejillas, se tomó la confianza de corresponder con igual demostración, y primero tímidamente, después con desembarazo, le tiraba de las barbas al Padre, quien nada hacía para impedirlo, ni se incomodaba diciendo como Villaamil: *¿en qué cochino bodegón hemos comido juntos?*

—Sobre eso de vivir o no con los Cabreras, yo nada te digo. Tú lo deseas por la novelería de los juguetes eclesiásticos, y al mismo tiempo temes separarte de tus abuelitos. ¿Sabes lo que te aconsejo? Que llegado el momento, hagas lo que te salga de dentro.

—¿Y si me lleva mi papá a la fuerza sin dejarme pensarlo?

—No sé..., me parece que a la fuerza no te llevará. En último caso, haces lo que mande tu abuelo. Si él te dice: «A casa de Quintina», te callas y andando.

[14] **es . . . oro** has a silver tongue
[15] **no estás en** aren't you bent on
[16] **unas miajas de** a smattering of

—¿Y si me dice que no?

—No vas. Pásate sin los altaritos, y entre tanto, ¿sabes lo que haces? Le dices al amigo Murillo que te dé otra pasada de latín,[17] de ese que él sabe, que te explique bien la misa y el vestido del cura, cómo se pone el cíngulo, la estola, cómo se preparan el cáliz y la hostia para la consagración..., en fin, Murillito está muy bien enterado, y también puede enseñarte a llevar el Viático a los enfermos, y lo que se reza por el camino.

—Bueno... Murillo sabe mucho; pero su padre quiere que sea abogado. ¡Qué estúpido! Dice él que llegará a Ministro, y que se casará con una moza muy guapa. ¡Qué asco!

—Sí que es un asco.

—También *Posturas* tenía malas ideas. Una tarde nos dijo que se iba a echar una querida y a jugar a la timba.[18] ¿Qué cree usted? Fumaba colillas y era muy mal hablado.[19]

—Todas esas mañas se le quitan aquí.

—¿Dónde está que no lo veo con usted?

—Todos castigados. ¿Sabes lo que me han hecho esta mañana? Pues entre *Posturitas* y otros pillos que siempre están enredando, me cogieron el mundo, ¿sabes?, aquel mundo azul que yo uso para llevarlo en la mano, y lo echaron a rodar, y cuando quise enterarme, se había caído al mar. Costó Dios y ayuda sacarlo. La suerte que [20] es un mundo figurado, ¿sabes?, que no tiene gente, y no hubo que lamentar desgracias. Les di una mano de cachetes como para ellos solos.[21] Hoy no me salen del encierro...

[17] **que te ... latín** to coach you some more in Latin

[18] **que se ... timba** that he was going to take on a mistress and become a gambler

[19] **y era ... hablado** and he used swear words

[20] **Costó ... suerte que** It took heaven and earth to get it back. Fortunately

[21] **Les dí ... solos** I gave them a slapping they won't forget

—Me alegro. Que la paguen. Y dígame, ¿dónde les encierra?

La celestial persona, dejándose tirar de las barbas, miraba sonriendo a su amigo, como si no supiera qué decir.

—¿Dónde les encierra?..., a ver..., diga... 5

La curiosidad de un niño es implacable, y ¡ay de aquel que la provoca y no la satisface al momento! Los tirones de la barba debieron de ser demasiado fuertes, porque el bondadoso viejo, amigo de Luis, hubo de poner coto [22] a tanta familiaridad. 10

—¿Que dónde les encierro?... Todo lo quieres saber. Pues les encierro... donde me da la gana. ¿A ti qué te importa?

Pronunciada la última palabra, la visión desapareció súbitamente, y quedóse el buen Cadalso hasta la mañana, 15 durante el sueño, atormentado por la curiosidad de saber dónde les encerraba... Pero ¿dónde diablos les encerraría?

[22] **poner coto** put a stop

xli

No pareció Víctor en toda la noche; pero a la mañana, temprano, fué a reiterar la temida sentencia respecto a Luis, no cediendo ni ante las conminaciones de doña Pura, ni ante las lágrimas de Abelarda y Milagros. El chiquillo, afectado
5 por aquel aparato luctuoso,[1] se mostró rebelde a la separación; no quería dejarse vestir ni calzar; rompió en llanto, y Dios sabe la que se habría armado [2] sin la intervención discreta de Villaamil, que salió de su alcoba diciendo: «Pues es forzoso separarnos de él, no atosigarle, no afligir a la pobre criatura».
10 Asombrábase Víctor de ver a su suegro tan razonable, y le agradecía mucho aquel criterio consolador, que le permitiría realizar su propósito sin apelar a la violencia, evitando escenas desagradables. Milagros y Abelarda, viendo el pleito perdido, retiráronse a llorar al gabinete. Pura se metió en la cocina
15 echando de su boca maldiciones contra los Cabreras, los Cadalsos y demás razas enemigas de su tranquilidad, y en tanto Víctor le ponía las botas a su hijo, tratando de llevárselo pronto, antes que surgieran nuevas complicaciones.

—Verás, verás — le decía — qué cosas tan monas te tiene
20 allí la tía Quintina: santos magníficos, grandes como los que hay en las iglesias, y otros chiquitos para que tú enredes con ellos; vírgenes con mantos bordados de oro, luna de plata a los pies, estrellas alrededor de la cabeza, tan majas...,

[1] **por aquel . . . luctuoso** by that gloomy scene

[2] **y Dios . . . armado** and Heaven only knows what would have happened

verás... Y otras cosas muy divertidas: candeleros, cristos, misales, custodias, incensarios...

—¿Y les puedo poner fuego y menearlos para que den olor?

—Sí, vida mía. Todo es para que tú te entretengas y vayas aprendiendo, y a los santos puedes quitarles la ropa para ver cómo son por dentro, y luego volvérsela a poner.

Para abreviar la penosa situación y acelerar el momento crítico de la salida, Villaamil ayudó a ponerle la chaqueta; pero aun no le habían abrochado todos los botones, cuando, ¡Madre de Dios!, sale doña Pura hecha una pantera y arremete contra Víctor, badila en mano, diciendo:

—¡Asesino, vete de mi casa! ¡No me robarás esta joya!... ¡Vete, o te abro la cabeza!

Pura no se contentaba con menos que con sacarle los ojos a su yerno, y aquello iba a acabar malamente. La suerte que [3] aquel día estaba Villaamil tan razonable y con tal dominio de sí mismo y de la situación, que parecía otro hombre. Sin saber cómo, su respetabilidad se impuso.

—Mientras tú estés aquí —dijo a Víctor, sacándole con hábil movimiento de la cuna del toro,[4] o sea de entre las manos tiesas de doña Pura—, no adelantaremos nada. Vete, y yo te doy mi palabra de que llevaré a mi nieto a casa de Quintina. Déjame a mí, déjame... ¿No te fías de mi palabra?

—De su palabra sí, pero no de su capacidad para reducir a estos energúmenos.

—Yo los reduciré con razones. Descuida. Vete, y espérame allá.

Habiendo logrado tranquilizar a su yerno, entró en gran parola con la familia, agotando su ingenio en hacerles ver la imposibilidad de impedir la separación del chiquillo.

[3] **La suerte que** Luckily
[4] **de la . . . toro** from the horns of the bull

—¿No veis que si nos resistimos vendrá el propio juez a quitárnosle?

Media hora duró el alegato, y por fin las *Miaus* parecieron resignadas; convencidas, nunca.

5 Solo con Luis, el abuelo estuvo a punto de perder su estudiada, dificilísima compostura, y echarse a llorar. Se tragó toda aquella hiel, invocando mentalmente al cielo con esta frase:

—Terrible es la separación, Señor, pero es indudable que 10 estará mucho mejor allá, mucho mejor... Vamos, Ramón, ánimo, y no te amilanes.

Atravesó Villaamil con paso recatado el corredor y recibimiento, llevando a su nieto en brazos, y como durante la peligrosa travesía el chico prosiguiese con su flujo de pre- 15 guntas, sin bajar la voz, el abuelo le puso una mano por tapaboca,[5] susurrándole al oído: «Sí, puedes bautizar niños, todos los niños que quieras. Y también hay mitras a la medida de tu cabeza y capitas doradas y un báculo para que te vistas de obispín y nos eches bendiciones...»

20 Con esto franquearon la puerta, que Villaamil no cerró a fin de evitar el ruido. La escalera la bajó a trancos,[6] como ladrón que huye cargando el objeto robado, y una vez en el portal, respiró y dejó su carga en el suelo: ya no podía más. No estaba él muy fuerte que digamos, ni soportaba pesos, aun 25 tan livianos como el de su nietecillo. Temeroso de que Paca y Mendizábal cometiesen alguna indiscreción, esquivó sus saludos. La mujerona quiso decir algo a Luis, condoliéndose de su marcha; pero Villaamil anduvo más listo; dijo *volvemos,* y salió a la calle más pronto que la vista.[7]

30 El temor de que Luis cerdease otra vez le estimuló a reforzar en la calle sus mentirosas artimañas de catequista:

—Tienes allí tan gran cantidad de flores de trapo para

[5] **le puso . . . tapaboca** covered Luis' mouth with his hand
[6] **a trancos** pell-mell
[7] **más pronto . . . vista** quick as a flash

altares, que sólo para verlas todas necesitas un año... y velas de todos colores... y la mar de cirios... Pues hay un San Fernando vestido de guerrero, con armadura, que te dejará pasmado, y un San Isidro con su yunta de bueyes, que parecen naturales. El altar chico para que tú digas tus misas es más bonito que el de Monserrat...

—Dime, abuelito, y confesonario, ¿no tengo?

—¡Ya lo creo!... y muy majo... con rejas, para que las mujeres te cuenten sus pecados, que son muchísimos... Te digo que vas a estar muy bien, y cuando crezcas un poquito, te encontrarás hecho cura sin sentirlo,[8] sabiendo tanto como el padre Bohigas, de Monserrat, o el propio capellán de las Salesas Nuevas, que ahora sale a canónigo.

—Y yo, ¿seré canónigo, abuelito?

—Pues ¿qué duda tiene?... y obispo, y hasta puede que llegues a Papa.

En el cerebro del afligido anciano se determinó un retroceso súbito, semejante al rechazo de la enérgica idea que informaba todos los actos referentes a la cesión y traslado de su nieto. Éste seguía charla que te charla,[9] preguntando sin cesar, tirándole a su abuelo del brazo cuando las respuestas no empalmaban inmediatamente con las interrogaciones. El abuelo contestaba por monosílabos, evasivamente, pues todo su espíritu se reconcentraba en la vida interior del pensar. Cabizbajo, fijos los ojos en el suelo como si contara las rayas de las baldosas, apechugaba con la cuesta,[10] tirando de Luisito, el cual no advertía la congoja de su abuelo, ni el temblor de sus labios, articulando en baja voz la expresión de las ideas. «¿No es un verdadero crimen lo que voy a hacer, o, mejor dicho, dos crímenes?... Entregar a mi nieto, y después... Anoche, tras larga meditación, me parecieron ambas cosas muy acertadas, y consecuencia la una de la otra. Porque si

[8] **sin sentirlo** before you realize it
[9] **Este ... charla** The boy chattered on and on
[10] **apechugaba ... cuesta** he climbed the hill as best he could

yo voy a... cesar de vivir muy pronto, mejor quedará Luis con los Cabreras que con mi familia... Y pensé que mi familia le criaría mal, con descuido, consintiéndole mil resabios..., eso sin contar el peligro de que esté al lado de Abelarda, que volverá a las andadas [11] cualquier día. Los Cabreras me son antipáticos; pero les tengo por gente ordenada y formal. ¡Qué diferencia de Pura y Milagros! Éstas, con su música y sus tonterías, no sirven para nada. Así pensé anoche, y me pareció lo más cuerdo que a humana cabeza pudiera ocurrirle... ¿Por qué me arrepiento ahora y me entran ganas de volver a casa con el chico? ¿Es que estará mejor con las *Miaus* que con Quintina? No, eso no... ¿Es que desmaya en mí la resolución salvadora que ha de darme libertad y paz? ¿Es que te da ahora el antojillo de seguir viviendo, cobarde? ¿Es que te halagan el cuerpo los melindres de la vida?» [12]

Atormentado por cruelísima duda, Villaamil echó un gran suspiro, y sentándose en el zócalo de la verja del hospital que cae al paseo de Areneros, cogió las manos del niño y le miró fijamente, cual si en sus inocentes ojos quisiera leer la solución del terrible conflicto. El chico ardía de impaciencia; pero no se atrevió a dar prisa a su abuelo, en cuyo semblante notaba pena y cansancio.

—Dime, Luis — propuso Villaamil, abrazándole con cariño —. ¿Quieres tú de veras irte con la tía Quintina? ¿Crees que estarás bien con ella, y que te educarán e instruirán los Cabreras mejor que en casa? Háblame con franqueza.

Puesta la cuestión en el terreno pedagógico, y descartado el aliciente de la juguetería eclesiástica, Luis no supo qué contestar. Buscó una salida, y al fin la halló:

—Yo quiero ser cura.

[11] **volverá a las andadas** will be up to her old tricks

[12] **Es que ... vida** Is it that you don't want to leave earthly pleasures behind?

—Corriente; tú quieres ser cura y yo lo apruebo... Pero suponiendo que yo falte, que Pura y Milagros se vayan a vivir con Abelarda, señora de Ponce, ¿con quién te parece a ti que estarás mejor?

—Con la abuela y la tía Quintina juntas. 5

—Eso no puede ser.

Cadalsito alzó los hombros.

—¿Y no temerías tú, si siguieras donde estabas, que mi hija se alborotase otra vez y te quisiera matar?

—No se alborotará — dijo Cadalsito con admirable sabi- 10 duría —. Ahora se casa y no volvería a pegarme.

—¿De modo que tú... no tienes miedo? Y entre la tía Quintina y nosotros, ¿qué prefieres?

—Prefiero... que vosotros viváis con la tía.

Ya tenía Villaamil abierta la boca para decirle: «Mira, 15 hijo, todo eso que te he contado de los altaritos es música.[13] Te hemos engañado para que no te resistieses a salir de casa»; pero se contuvo, esperando que el propio Luis esclareciese con alguna idea primitiva, sugerida por su inocencia, el problema tremendo. Cadalsito montó una pierna sobre la 20 rodilla de su abuelo, y echándole una mano al hombro para sostenerse bien, se dejó decir:

—Lo que yo quiero es que la abuela y la tía Milagros se vengan a vivir con Quintina.

—¿Y yo? — preguntó el anciano, atónito de la preterición. 25

—¿Tú? Te diré. Ya no te colocan..., ¿entiendes?, ya no te colocan, ni ahora ni nunca.

—¿Por dónde lo sabes? (con el alma atravesada en la garganta).

—Yo lo sé. Ni ahora ni nunca... Pero maldita la falta 30 que te hace.[14]

—¿Cómo lo sabes? ¿Quién te lo ha dicho?

[13] **es música** is nonsense
[14] **Pero . . . hace** But you don't need it at all

—Pues... yo... Te lo contaré; pero no lo digas a nadie... Veo a Dios... Me da así como un sueño, y entonces se me pone delante y me habla.

Tan asombrado estaba Villaamil, que no pudo hacer 5 ninguna observación. El chico prosiguió:

—Tiene la barba blanca, es tan alto como tú, con un manto muy bonito... Me dice todo lo que pasa... y todo lo sabe, hasta lo que hacemos los chicos en la escuela...

—¿Y cuándo le has visto?

10 —Muchas veces: la primera en las Alarconas, después aquí cerca, y en el Congreso y en casa... Me da primero como un desmayo, me entra frío, y luego viene él y nos ponemos a charlar... ¿Qué, no lo crees?

—Sí, hijo, sí lo creo (con emoción vivísima); pues ¿no lo 15 he de creer? [15]

—Y anoche me dijo que no te colocarán, y que este mundo es muy malo, y que tú no tienes nada que hacer en él, y que cuanto más pronto te vayas al cielo, mejor.

—Mira tú lo que son las cosas: a mí me ha dicho lo mismo.

20 —Pero ¿tú le ves también?

—No, tanto como verlo [16]..., no soy bastante puro para merecer esa gracia..., pero me habla alguna vez que otra.[17]

—Pues eso me dijo... Que morirte pronto es lo que te conviene, para que descanses y seas feliz.

25 El estupor de Villaamil fué inmenso. Eran las palabras de su nieto como revelación divina, de irrefragable autenticidad.

—¿Y a ti qué te cuenta el Señor?

—Que tengo que ser cura..., ¿ves?, lo mismo, lo mismito 30 que yo deseaba..., y que estudie mucho latín y aprenda pronto todas las cosas...

La mente del anciano se inundó, por decirlo así, de un

[15] **pues . . . creer** Why shouldn't I believe it?
[16] **tanto . . . verlo** as far as seeing him
[17] **alguna . . . otra** once in a while

sentido afirmativo, categórico, que excluía hasta la sombra de la duda, estableciendo el orden de ideas firmísimas a que debía responder en el acto la voluntad con decisión inquebrantable.

—Vamos, hijo, vamos a casa de la tía Quintina — dijo al nieto, levantándose y cogiéndole de la mano. 5

Le llevó aprisa, sin tomarse el trabajo de catequizarle con descripciones hiperbólicas de juguetes y chirimbolos sacrorecreativos. Al llamar a la puerta de Cabrera, Quintina en persona salió a abrir. Sentado en el último escalón, Villaamil 10 cubrió de besos a su nieto, entrególe a su tía paterna, y bajó a escape sin siquiera dar a ésta los buenos días.[18] Como al bajar creyese oír la voz del chiquillo que gimoteaba, avivó el paso y se puso en la calle con toda la celeridad que sus flojas piernas le permitían. 15

[18] **sin . . . días** without even greeting Quintina

xlii

Era ya cerca de mediodía, y Villaamil, que no se había desayunado, sintió hambre. Tiró hacia la plaza de San Marcial, y al llegar a los vertederos de la antigua huerta del Príncipe Pío, se detuvo a contemplar la hondonada del
5 Campo del Moro y los términos distantes de la Casa de Campo. El día era espléndido, raso y bruñido el cielo de azul, con un sol picón y alegre.

¡Qué hermoso es esto! — se dijo soltando el embozo de la capa, que le daba mucho calor —. Paréceme que lo veo por
10 primera vez en mi vida, o que en este momento se acaban de crear esta sierra, estos árboles y este cielo. Verdad que en mi perra existencia, llena de trabajos y preocupaciones, no he tenido tiempo de mirar para arriba ni para enfrente... Siempre con los ojos hacia abajo, hacia esta puerca tierra, que
15 no vale dos cominos, hacia la muy marrana Administración, a quien parta un rayo,[1] y mirándoles las cochinas caras a Ministros, Directores y Jefes del Personal, que maldita gracia tienen. Lo que yo digo: ¡cuánto más interesante es un cacho de cielo, por pequeño que sea,[2] que la cara de Pantoja, la de
20 Cucúrbitas y la del propio Ministro!... Gracias a Dios que saboreo este gusto de contemplar la Naturaleza, porque ya se acabaron mis penas y mis ahogos, y no cavilo más si me darán o no me darán el destino; ya soy otro hombre, ya sé lo que es independencia, ya sé lo que es vida, y ahora me les paso a

[1] **a quien . . . rayo** may it be damned
[2] **por . . . sea** however small

todas por las narices,[3] y de nadie tengo envidia, y soy . . . soy el más feliz de los hombres. A comer se ha dicho, y ole morena mía.[4]

Dió un par de castañetazos con los dedos de ambas manos, y volviendo a liarse la capa, se dirigió hacia la cuesta de San Vicente, que recorrió casi toda, mirando las muestras de las tiendas. Por fin, ante una taberna de buen aspecto se detuvo, murmurando: «Aquí deben de guisar muy bien. Entra, Ramón, y date la gran vida».[5] Dicho y hecho. Un rato después hallábase el buen Villaamil sentado ante una mesa redonda, de cuatro patas, y tenía delante un plato de guisado de falda olorosísimo, un cubierto cachicuerno, jarro de vino y pan. «Da gusto — pensaba, emprendiéndola resueltamente con el guisote — encontrarse así, tan libre, sin compromisos, sin cuidarse de la familia . . ., porque, en buena hora lo diga, ya no tengo familia; estoy solo en el mundo, solo y dueño de mis acciones . . . ¡Qué gusto, qué placer tan grande! El esclavo ha roto sus cadenas, y hoy se pone el mundo por montera,[6] y ve pasar a su lado a los que antes le oprimían, como si viera pasar a Perico el de los Palotes[7] . . . Pero ¿qué rico está este guisado de falda! En su vida compuso nada tan bueno la simple de Milagros, que sólo sabe hacerse los ricitos, y cantarse y mayarse por todo lo alto. Parece un perrillo cuando le pellizcan el rabo . . . De veras está rica la falda . . . ¡Qué gracia tienen para sazonar en esta taberna! ¡Y qué persona tan simpática es el tabernero, y qué bien le sientan los manguitos verdes, los zapatos de alfombra[8] y la gorra de piel! !Cuánto más guapo es que Cucúrbitas y que el propio Pantoja! . . . Pues, señor, el vinillo es fresco y

[3] **me les . . . narices** I thumb my nose at everybody
[4] **A comer . . . mía** It's time to have something to eat, and then on with the dance
[5] **date . . . vida** live it up
[6] **se pone . . . montera** has the world on a platter
[7] **como si . . . Palotes** as if he saw John Doe go by
[8] **zapatos de alfombra** house slippers

picón... Me gusta mucho. Efectos de la libertad de que gozo, de no importárseme un bledo de nadie,[9] y de ver mi cabeza limpia de cavilaciones y pesadumbres. Porque todo lo dejo bien arregladito: mi hija se casa con Ponce, que es un
5 buen muchacho y tiene de qué vivir; mi nieto en poder de Quintina, que le educará mejor que su abuela..., y en cuanto a esas dos pécoras, que carguen con ellas Abelarda y su marido... En resolución, ya no tengo que mantener el pico a nadie, ya soy libre, feliz, independiente. ¡Qué dicha! Ya no
10 tengo que discurrir a qué cristiano[10] espetarle mañana la cartita pidiendo un anticipo. ¡Qué descanso tan grande haber puesto punto a tanta ignominia! El alma se me ensancha..., respiro mejor, me ha vuelto el apetito de mi mocedad, y a cuantas personas veo me dan ganas de apretarles la mano y
15 comunicarles mi felicidad».

Aquí llegaba del soliloquio, cuando entraron en la taberna tres muchachos, sin duda recién salidos del tren, con sendos morrales al hombro, vara en cinto, vestidos a usanza campesina,[11] iguales en el calzado, que era de alpargata, y distintos
20 en el sombrero, pues el uno lo traía redondo, el otro boina y el tercero pañuelo de seda liado a la cabeza.

Uno de los mozos sacó la vara del cinto y dió con ella tan fuerte golpe sobre la mesa, que por poco la parte en dos, gritando:

25 —Patrona, que tenemos mucha hambre. Por vida del condenado Solimán[12]... Vengan esas magras.

A Villaamil le cayó en gracia esta viveza de genio, y admiró la juventud, la sangre hirviente de los tres muchachos. El tabernero les rogó que esperasen unos minutos, y les puso
30 delante, pan y vino para que fueran matando el gusanillo.[13]

[9] **de no . . . nadie** not giving a hoot about anybody
[10] **a qué cristiano** whom
[11] **a usanza campesina** like peasants
[12] **Solimán** Suleiman, Turkish ruler
[13] **para . . . gusanillo** so that they might stall their hunger

Pagó entonces Villaamil, y el tabernero, ya muy sorprendido de sus maneras originales, y teniéndole por tocado, se corrió a ofrecerle una copita de Cariñena. Aceptó el cesante, reconocido a tanta bondad, y tomando la copa y levantándola en alto, «brindó por la prosperidad del establecimiento». Los quintos berrearon: 5

—¡Madrid, cinco minutos de parada y fonda!... ¡Viva la Nastasia, la Bruna, la Ruperta y toas las mozas de Daganzo de Arriba!

Y como Villaamil elogiase, al despedirse del tabernero con mucha finura, el buen servicio y lo bien condimentado del guiso, el dueño le contestó: 10

—No hay otra como ésta. Fíjese en el rétulo: *La Viña del Señor.*

—No, si yo no he de volver. Mañana estaré muy lejos, amigo mío. Señores (volviéndose a los chicos y saludándoles sombrero en mano), conservarse. Gracias; que les aproveche... 15

Salió arrastrando la capa, y uno de los mozos se asomó a la puerta gritando: 20

—¡Eh..., abuelo, agárrese, que se cae!... Abuelo, que se le han quedado las narices. Vuelva acá.

Pero Villaamil no oía nada, y siguió hacia arriba, buscando camino o vereda por donde escalar la Montaña por segunda vez. Encontróla al fin, atravesando un solar vacío y otro ya cercado para la edificación, y por último, después de dar mil vueltas y de salvar hondonadas y de trepar por la movediza tierra de los vertederos, llegó a la explanada del cuartel y lo rodeó, no parando hasta las vertientes áridas que desde el barrio de Argüelles descienden a San Antonio de la Florida. Sentóse en el suelo y soltó la capa, pues el vino por dentro y el sol por fuera le sofocaban más de lo justo. 25 30

—¡Qué tranquilo he almorzado hoy! Desde mis tiempos de muchacho, cuando salimos en persecución de Gómez, no he sido tan dichoso como ahora. Entonces no era libre de cuerpo; 35

pero de espíritu sí, como en el momento presente; y no me ocupaba de si había o no había para mandar mañana a la plaza.[14] Esto de que todos los días se ha de ir a la compra es lo que hace insoportable la vida... A ver, esos pajarillos tan
5 graciosos que andan por ahí picoteando, ¿se ocupan de lo que comerán mañana? No; por eso son felices; y ahora me encuentro yo como ellos, tan contento, que me pondría a piar si supiera, y volaría de aquí a la Casa de Campo, si pudiese. ¿Por qué razón Dios, vamos a ver, no le haría a uno pájaro,
10 en vez de hacerle persona?... Al menos que nos dieran a elegir. Seguramente nadie escogería ser hombre, para estar descrismándose luego por los empleos y obligado a gastar chistera, corbata, y todo este matalotaje que, sobre molestar, le cuesta a uno un ojo de la cara[15]... Ser pájaro sí que es có-
15 modo y barato. Mírenlos, mírenlos tan campantes, pillando lo que encuentran, y zampándoselo tan ricamente... Ninguno de éstos estará casado con una pájara que se llame Pura, que no sabe ni ha sabido nunca gobernar la casa, ni conoce el ahorro...

20 Como viera los gorriones delante de sí, a distancia de unas cuatro varas, acercándose a brincos, cautelosos y audaces, para rebuscar en la tierra, sacó el buen hombre de su bolsillo el pan sobrante del almuerzo que había guardado en la taberna, y desmigajándolo, lo arrojó a las menudas aves. Aunque el
25 movimiento de sus manos espantó a los animalitos, pronto volvieron, y descubierto el pan, ya se colige que cayeron sobre él como fieras. Villaamil sonreía y se esponjaba observando su voracidad, sus graciosos meneos y aquellos saltitos tan cucos. Al menor ruido, a la menor proyección de sombra o indicio
30 de peligro, levantaban el vuelo; pero su loco apetito les traía pronto al mismo lugar.

—Coman, coman tranquilos —les decía mentalmente el

[14] **para ... plaza** money for food the next day
[15] **todo este ... cara** all that mess which besides being a nuisance costs one so dearly

viejo, embelesado, inmóvil, para no asustarlos... —Si Pura hubiera seguido vuestro sistema, otro gallo nos cantara.[16] Pero ella no entiende de acomodarse a la realidad. ¿Cabe algo más natural que encerrarse en los límites de lo posible? Que no hay más que patatas..., pues patatas... Que mejora la situación y se puede ascender hasta la perdiz..., pues perdiz. Pero no, señor, ella no está contenta sin perdiz a diario. De esta manera llevamos treinta años de ahogos, siempre temblando; cuando lo había, comiéndonoslo a trangullones[17] como si nos urgiese mucho acabarlo; cuando no, viviendo de trampas y anticipos. Por eso, al llegar la colocación ya debíamos el sueldo de todo un año. De modo que perpetuamente estábamos lo mismo, *a ti suspiramos,* y mirando para las estrellas... ¡Treinta años así, Dios mío! Y a esto llaman vivir. «Ramón, ¿qué haces que no te diriges a tal o cual amigo?... Ramón, ¿en qué piensas? ¿Crees que somos camaleones?... Ramón, determínate a empeñar tu reloj, que la niña necesita botas... Ramón, que yo estoy descalza, y aunque me puedo aguantar así unos días, no puedo pasarme sin guantes, pues tenemos que ir al beneficio de la Furranguini... Ramón, dile al habilitado que te anticipe quinientos reales; son tus días,[18] y es preciso convidar a las de tal o cual... Ramón...» ¡Y que yo no haya sido hombre para trincar a mi mujer y ponerle una mordaza en aquella boca, que debió de hacérsela un fraile, según es de pedigüeña! ¡Cuidado que[19] soportar estos treinta años!... Pero ya, gracias a Dios, he tenido valor para soltar mi cadena y recobrar mi personalidad. Ahora yo soy yo, y nadie me tose,[20] y por fin he aprendido lo que no sabía: a renegar de Pura y de

[16] **otro ... cantara** things would be different

[17] **cuando ... trangullones** when there was something to eat, gulping it down

[18] **son tus días** it's your birthday

[19] **Cuidado que** Just imagine

[20] **y nadie me tose** nobody bosses me around

toda su casta, y a mandarlos a todos a donde fué al padre Padilla.[21]

No pudiendo reprimir su entusiasmo y alegría, dió tales manotadas, que los pájaros huyeron.

[21] **y a mandarlos . . . Padilla** and tell them all to go to hell

xliii-xliv

Con estas meditaciones, harto más largas y difusas de lo que en la narración aparecen, se le fué pasando la tarde a Villamil. Dos o tres veces mudó de sitio, destrozando impíamente al pasar alguno de los arbolillos que el Ayuntamiento en aquel erial tiene plantados. «El Municipio — decía — es hijo de la Diputación Provincial y nieto del muy gorrino del Estado, y bien se puede, sin escrúpulo de conciencia, hacer daño a toda la parentela maldita. Tales padres, tales hijos. Si estuviera en mi mano, no dejaría un árbol ni un farol... El que la hace que le pague[1]..., y luego la emprendería con los edificios, empezando por el Ministerio del cochino ramo, hasta dejarlo arrasadito, arrasadito..., como la palma de la mano. Luego, no me quedaría vivo un ferrocarril, ni un puente, ni un barco de guerra, y hasta los cañones de las fortalezas los haría pedacitos así».

Vagaba por aquellos andurriales, sombrero en mano, recibiendo en el cráneo los rayos del sol, que a la caída de la tarde calentaba desaforadamente el suelo y cuanto en él había. La capa la llevaba suelta, y tuvo intenciones de tirarla, no haciéndolo porque consideró que podía venirle bien a la noche, aunque fuese por breve tiempo. Paróse al borde de un gran talud que hay hacia la Cuesta de Areneros, sobre las nuevas alfarerías de la Moncloa, y mirando al rápido declive, se dijo con la mayor serenidad: «Este sitio me parece bueno,

[1] **El que . . . pague** It's only fair to get even

porque iré por aquí abajo, dando vueltas de carnero; y luego, que me busquen... Como no me encuentre algún pastor de cabras... Bonito sitio, y sobre todo, cómodo, digan lo que quieran».

5 Pero luego no debió parecerle el lugar tan adecuado a su temerario intento, porque siguió adelante, bajó y volvió a subir, inspeccionando el terreno, como si fuera a construir en él una casa. Ni alma viviente había por allí. Los gorriones iban ya en retirada hacia los tejares de abajo o hacia los
10 árboles de San Bernardino y de la Florida. De repente, le dió al santo varón la vena de sacar un revólver que en el bolsillo llevaba, montarlo y apuntar a los inocentes pájaros, diciéndoles: «Pillos, granujas, que después de haberos comido mi pan pasáis sin darme tan siquiera las buenas tardes, ¿qué
15 diríais si ahora yo os metiera una bala en el cuerpo?... Porque de fijo no se me escapaba uno. ¡Tengo yo tal puntería!... Agradeced que no quiero quedarme sin tiros; pues si tuviera más cápsulas, aquí me las pagabais todas juntas [2]... De veras que siento ganas de acabar con todo lo que vive, en
20 castigo de lo mal que se han portado conmigo la Humanidad, y la Naturaleza, y Dios (con exaltación furiosa)..., sí, sí: lo que es portarse,[3] se han portado cochinamente... Todos me han abandonado, y por eso adopto el lema que anoche inventé y que dice literalmente: *Muerte... Infamante... Al...*
25 *Universo...*»

Con esta cantata siguió buen trecho alejándose hasta que, ya cerrada la noche, encontróse en los altos de San Bernardino que miran a Vallehermoso, y desde allí vió la masa informe del caserío de Madrid con su crestería de torres y cúpulas,
30 y el hormigueo de luces entre la negrura de los edificios... Calmada entonces la exaltación homicida y destructora, volvió el pobre hombre a sus estudios topográficos: «Este sitio sí que es de primera... Pero no; me verían los guardas

[2] **aquí ... juntas** I'd get even with all of you right here
[3] **lo que es portarse** when it comes to the way they behaved

de Consumos que están en esos cajones, y quizás..., son tan brutos..., me estorbarían lo que quiero y debo hacer... Sigamos hacia el cementerio de la Patriarcal, que por allí no habrá ningún importuno que se meta en lo que no le va ni le viene.[4] Porque yo quiero que vea el mundo una cosa, y es que ya me importa un pepino[5] que se nivelen o no los presupuestos, y que me río del *income tax* y de toda la indecente Administración.

Al decir esto, todas sus ideas accesorias e incidentales se desvanecieron, dejando campar sola y dominante la idea constitutiva de su lamentable estado psicológico. «Debe de ser tarde, Ramón. Apresúrate a ponerte punto final. Dios lo dispone.» De aquí pasó al recuerdo de Luis. «Luisín, niño mío, tú, lo más puro y lo más noble de la familia, digno hijo de tu madre, a quien voy a ver pronto, ¿qué tal te encuentras con esos señores? ¿Extrañas la casa? Tranquilízate, que ya te irás acostumbrando a ellos; son buenas personas, tienen mucho arreglo, gastan poco, te criarán bien, harán de ti un hombre. No te pese haber venido. Haz caso de mí, que te quiero tanto, y hasta me dan ganas de rezarte, porque tú eres un santo en flor y te han de canonizar..., como si lo viera. Por tu boca inocente se me confirmó lo que ya se me había revelado... y yo, que aun dudaba, desde que te oí, ya no dudé más. Adiós, chiquillo celestial; tu abuelito te bendice..., mejor sería decirte que te pide la bendición, porque eres un santito, y el día que cantes misa, verás, verás qué alegría hay en el cielo... y en la tierra... Adiós, tengo prisa... Duérmete, y si eres desgraciado y alguien te quita la libertad, ¿sabes lo que haces?, pues te largas de aquí..., hay mil maneras... y ya sabes dónde me tienes... Siempre tuyo...»

Esto último lo dijo andando. Encontróse de nuevo en los vertederos de la Montaña, en lugares a donde no llega el

[4] **en lo . . . viene** in what doesn't concern him
[5] **y es que . . . pepino** and the fact is that I don't give a damn

alumbrado público, y los altibajos del terreno poníanle en peligro de dar con su cuerpo en tierra antes de sazón. Por fin, se detuvo en el corte de un terraplén reciente, en cuyo movedizo talud no se podía aventurar nadie sin hundirse hasta la 5 rodilla, amén del peligro de rodar al fondo invisible. Al detenerse, asaltóle una idea desconsoladora, fruto de aquella costumbre de ponerse en lo peor y hacer cálculos pesimistas. «Ahora que veo cercano el término de mi esclavitud y mi entrada en la gloria eterna, la maldita suerte me va a jugar 10 otra mala pasada. Va a resultar (sacando el arma) que este condenado instrumento falla... y me quedo vivo o a medio morir, que es lo peor que puede pasarme, porque me recogerán y me llevarán otra vez con las condenadas *Miaus*... ¡Qué desgraciado soy! Y sucederá lo que temo..., como si 15 lo viera... Basta que yo desee una cosa, para que suceda la contraria... ¿Quiero suprimirme? Pues la perra suerte lo arreglará de modo que siga viviendo»

Pero el procedimiento lógico que tan buenos resultados le diera en su vida, el sistema aquel de imaginar el reverso del 20 deseo para que el deseo se realizase, le inspiró estos pensamientos: «Me figuraré que voy a errar el jeringado tiro, y como me lo imagine bien, con obstinación sostenida de la mente, el tirito saldrá... ¡Siempre la contraria! Conque a ello... Me imagino que no voy a quedar muerto, y que me 25 llevarán a mi casa... ¡Jesús! Otra vez Pura y Milagros, y mi hija, con sus salidas de pie de banco, y aquella miseria, aquel pordioseo constante... y vuelta al pretender, a importunar a los amigos... Como si lo viera: este cochino revólver no sirve para nada. ¿Me engañó aquel armero indecente de 30 la calle de Alcalá?... Probémoslo, a ver..., pero de hecho me quedo vivo[6]..., sólo que... por lo que pueda suceder, me encomiendo a Dios y a San Luisito Cadalso, mi adorado santín... y... Nada, nada, este chisme no vale... ¿Aposta-

[6] **de hecho . . . vivo** the fact is I'll probably stay alive

mos a que falla el tiro? ¡Ay! Antipáticas *Miaus,* ¡cómo os vais a reír de mí! . . . Ahora, ahora . . . ¿a que no sale?

Retumbó el disparo en la soledad de aquel abandonado y tenebroso lugar; Villaamil, dando terrible salto, hincó la cabeza en la movediza tierra, y rodó seco hacia el abismo, sin que el conocimiento le durase más que el tiempo necesario para poder decir: «Pues . . . sí . . .» 5

Madrid, Abril de 1888.

Literary Considerations

Discussion Questions XXXVIII-XLIV

1. Abelarda, who seemed to have recovered from her nervous attack, has a relapse in Chapter XXXVIII when she assaults Luis savagely. Are there any justifications for her selecting Luisito as the object of her attack? Notice the way Galdós describes Abelarda's crisis that follows. How does this suggest that Galdós was anticipating many of the twentieth century's ideas of psychology?
2. What is behind Víctor's resolution to give his son to Quintina? Is his concern for Luisito the primary motive? Why does Villaamil accept these developments so calmly? Could we consider this another stage in his development? How so? How does doña Pura interpret his passivity?
3. Chapter XL offers another encounter between Luis and God. Notice how this time Luis thinks of God as "el buen abuelo." Why is this? Also we are given a God who is baffled before the behavior of men, who is unable to influence the minister, etc. What are the implications here?
4. This sequence with God is strongly humorous and yet it takes place at a point in the story which is essentially tragic. Can you pick out examples in this scene which illustrate both its humorous and tragic qualities? Why does Galdós create this duality here?
5. Quintina's supply of religious artifacts is used as a bribe to entice Luis into leaving his grandparents' house, but the boy's references to church affairs are not only a commentary on the child's imagination but also on religious customs. Using these references to formulate your answer, what aspects of religion seem most important to this society?
6. Luis can sometimes suggest amazing wisdom for his age. On page 249 how do you interpret his remark that Abelarda "no se alborotará. Ahora se casa y no volverá a pegarme...? What reasoning lies behind this?
7. In Chapter LXII Villaamil acts as a man liberated. Why is this? Is it not ironic that this should happen now? He relates to nature and to his fellow men. Comment on the significance and the underlying reasons for these changes in his character.

8. Villaamil's scene at the tavern seems to suggest a deliberate reference to another important literary figure of Spanish literature. Do you have any idea who this can be?
9. Notice the first paragraph of the final chapter beginning "Con estas meditaciones, harto largas y difusas..." What accounts for his destructive attitude here? Notice the interpretation he gives to the *Miau* initials now.
10. How do Villaamil's final thoughts tie in with his early philosophy of life and hope? What is the effect now?

Plot, Form and Structure

When we said that the world of the novel absorbs us we meant that it engages our minds above all else. When a reader turns to the final chapter of a mystery story to identify the murderer he is abandoning further reading in the story or is transforming the aim of his reading. To look in on the last chapter of *Miau* is useless. What finally happens to Villaamil is not as important as *how* and *why* it happened. In the novel this process is what we call plot.

Differentiating between story and plot Forster has written:

> We have defined a story as a narrative of events arranged in their time sequence. A plot is also a narrative of events, the emphasis falling on causality. "The kind died and then the queen died," is a story. "The king died and then the queen died of grief," is a plot. The time sequence is preserved but the sense of causality overshadows it . . . in a story we say "and then," . . . in a plot we ask "why?" . . . A plot could be told to a gaping audience of cave men or to a tyrannical sultan or to their modern descendant, the movie public. They can only be kept awake by "and then—and then—" they can only supply curiosity. But a plot demands intelligence and memory also.[1]

A well constructed plot has a line to direct the reader's interest. It can be a journey, as in *Don Quijote;* a search, as in *Moby Dick;* a chase as in *Les Miserables.* Is there such a line in *Miau?* Are there any teasing questions that add some element of suspense?

Could we consider Villaamil's situation as one of tragic proportions? If he is a tragic figure then his suffering becomes important to the plot, and actions and incidents are meant primarily to focus on a mental and emotional process. Could we see the plot then as stages in his *via crucis?* Think back over the novel and consider what those stages might be and how and why the changes take place. What elements are central to changes in the character's state of mind?

Would you say that the character of Víctor is a catalyst in the novel? If so, how does he affect its structure?

Abelarda might also be considered a tragic figure and her suffering parallels that of Villaamil almost like a subplot. How valid is it to

[1] *Aspects of the Novel,* p. 86.

refer to her story as a subplot? Examine the stages of *her* deterioration and relate these to Villaamil.

Precisely what is Luisito's function within the plot? Does he function at different levels? We have divided the work in five parts. Can you see any logic to justify this division?

Now consider the element of time in the novel. What is it's temporal span? Does time seem to weigh more heavily in some parts of the novel than in others? Notice how the beginning of chapters often give us an indication of temporal progression. Are there any time shifts within the novel?

The element of space too deserves consideration. When the characters wander out into the streets of the capital how broad a view of Madrid are we offered? Consider Luisito's errands in the early chapters and Villaamil's wanderings in the final ones. Much of the story takes place in the Villaamil apartment. How concrete is our feeling of its geography? And what can you say of the spatial reality of the labyrinthine governmental offices? On the whole does the element of space in the novel suggest freedom or repression?

Time, space, characters, setting, and story combine to create plot, and a unifying view of all of these constitutes the form of a novel. Structure in Galdós does not possess classic architectural lines since his preoccupation with a spontaneous creation of life gave his novels a seemingly rambling though vital quality. But their form is never loose; a unifying force always guides them unerringly. Ford Madox Ford, who defines the novel as "the rendering of an Affair: of one embroilment, one set of embarrassments, one human coil, one psychological progression," stresses the importance of this unity and adds: ". . . the whole novel . . . was to proceed to one culmination, to reveal once for all, in the last sentences, or the penultimate; in the last phrase, or the one before it—the psychological significance of the whole."[2]

Miau ends with the last words of Villaamil as he recognizes that the gun did work and that he is dying. "Pues . . . sí . . .," he murmurs softly. Would you say that the last scene and the final words of the novel reveal . . . "the psychological significance of the whole?"

[2] Quoted in *Writers on Writing,* Walter Allen, ed. (New York, 1959), p. 149.

General Questions for Consideration

1. Who is the main character of the novel? How many plot-threads are there in the story? Are they related? How?
2. Is Villaamil a victim? Who and/or what is it that victimizes him? Would you say that he shares any blame for his situation? Are you acquainted with Arthur Miller's *Death of a Salesman*? Is a comparison between the two works valid?
3. Víctor Cadalso is problematic as a character. Is his cruelty believable to you? What do you believe are Galdós' feelings toward him? Are they explicit or implicit? How does this compare with his treatment of other characters? Does this work to the benefit or the detriment of Victor as a character?
4. The character of Luisito is one of Galdós' most charming creations. He loved children and often introduced them in his novels. Consider the character of Luis as a study in child psychology. Is it convincing? What elements impressed you?
5. Religion, understood as man's attitude toward God and faith, is ever present in the novel. Consider the religious attitude of each one of the important characters? Is the spirit of the novel optimistic or pessimistic? Why?
6. Humor and irony may be, and in this novel are, intricately interwoven. Think back over the novel and try to give good examples which will illustrate both the qualities of Galdós' humor and the nature of his irony.
7. In this novel there are frequent and rich differences between reality and appearance. The reasons behind this interplay are many: rationalization, pretense, self-delusion, hypocrisy, etc. (Remember too how insistent Galdós is with the words like *suponer* and *suposición*.) Pick out scenes or situations which illustrate this characteristic. Consider what it may tell you about the complexity of nineteenth-century realism.
8. Consider the title of the novel. Review the different references and interpretations given the title? Can it be justified as a title? Could you suggest a better one? Defend your choice.

Vocabulary

ABBREVIATIONS

adj.	adjective	*interj.*	interjection
adv.	adverb	*p. p.*	past participle
dim.	diminutive	*pl.*	plural
f.	feminine	*pr. n.*	proper noun
inf.	infinitive		

A

abajo down, downstairs
abandonar to abandon
el abandono abandonment
abarcar to take in, encompass
abatido, –a downcast
el abatimiento knocking down, discouragement
abatir to discourage, depress; **–se** to become discouraged
abdicar to abdicate; **– de** to renounce
la abeja bee
abierto, -a open, spread
el abismo abyss
ablandar to soften
el abogado lawyer
aborrecer to abhor, hate
aborrecible detestable
el aborrecimiento abhorrence, hate
el aborto abortion
abrazar to embrace
el abrazo embrace, hug
el abrevadero drinking place
abreviar to cut short
abrigar to shelter, foster; **-se** to bundle up
el abrigo overcoat, cover
abrir to open; **–se paso** to force one's way
abrochar to button, fasten
absoluto, –a absolute; **en —** completely
absolver (ue) to absolve
absorto, –a absorbed, entranced
abstracto, –a abstract; **en —** in the abstract
abstraído, –a absorbed, withdrawn, impervious
la abuela grandmother
el abuelo grandfather; **–s** grandparents
abultar to be bulky
la abundancia abundance, plenty
abundar to abound
abur so long!
el aburrimiento boredom
aburrir to bore
abusar to abuse
acá here
acabar to finish, end; **— de** to have just

acalorado, –a heated, excited
acallar to quiet
acariciar to caress, pet
acaso perhaps
el acaso chance, accident
el acceso attack, spell
accesorio, –a accessory
accionar to gesticulate
acechar to spy on, watch
el acecho spying; **en —** on the watch
acelerar to hasten
el acento accent, ring
acentuar to accentuate
aceptar to accept
acerbo, –a bitter, cruel
acercar to bring near; **–se** to approach, draw near
acertado, –a right
acertar (ie) to hit upon, find, be right; **— a** to happen to, succeed in
aciago, –a unlucky, ill-fated
el acíbar aloes, bitterness
aclarar to clear up
acoger to welcome, receive
acometer to attack, overcome, assail
la acometida attack
acomodar to accommodate; **–se a** to settle down to, adjust to
acompañar to accompany, share
acongojar to distress, afflict
aconsejar to advise
el acontecimiento happening, event
acordarse (ue) to remember
acorde in accord
el acordeón accordion
acosar to harass, pursue
acostar (ue) to put to bed
acostumbrar to be accustomed, used to
acre biting
la actitud attitude
activar to activate
el acto act; **en el —** at once
la actriz actress
actual present
acudir to respond, come to the rescue; **— a** to come to
el acuerdo accord, agreement; **ponerse de —** to be in agreement
la acusación accusation
acusar to accuse, show
el achaque illness, weakness, excuse
achicar to humble, belittle
el achuchón crushing, jostling
adaptar to adapt
adecuado, –a fitting, suitable
adelantar to advance
adelante ahead, forward; **más —** farther on
el adelanto progress
el ademán gesture
además moreover, besides; **— de** besides
adentro within, inside; **para —** inside
admirar to admire; **–se** to wonder, be surprised
admitir to admit
la admonición admonition
adoctrinar to indoctrinate
adoptar to adopt
el adoquín paving block
adormilarse to doze
adornar to adorn

adquirir to acquire
adscrito, –a attributed, assigned
la aduana customs
adusto, –a grim, gloomy
el advenimiento coming, advent, accession
el adverbio adverb
la adversidad adversity
advertir (ie) to notice, observe, warn
afamado, –a famed, famous
afanar to press, harass
la afectación affectation
afectar to affect, pretend
el afecto affection
afectuoso, –a affectionate
aferrar (ie) to sieze, clutch
la afición fondness, liking
la afinidad affinity
afirmar to affirm
la aflicción sorrow, grief
afligir to afflict; **–se** to grieve
afluente abundant
el afluente tributary
afrentoso, –a insulting
afrontar to confront
agacharse to crouch, cower
agarrar to grab, sieze, get hold of
agasajar to shower with attentions
el agasajo attention, favor
la agencia office
ágil agile
la agitación agitation
agitar to agitate, shake
agobiar to bow, exhaust, oppress
agolpar to throng, crowd together, fill
agotar to exhaust, use up
agradar to please
agradecer to be thankful for
agradecido, –a grateful
el agradecimiento gratitude
agrandar to enlarge, make greater
agravar to aggravate, make worse
el agravio wrong, offense
agregar to add
agriarse to turn sour, become exasperated
agrupar to group, cluster
el agua *f.* water
aguantar to bear, endure
aguardar to wait, wait for
la agudeza sharpness
agudo, –a sharp
el agüero omen
el águila *f.* eagle
la aguja needle
el agujero hole
agur so long!
ahí there
ahogar to drown, stifle, choke
el ahogo pinch, crisis
ahora now; **— mismo** right now
ahorcar to hang
ahorrar to save
los ahorrillos small savings
el ahorro saving
ahuecado, –a hollow
airado, –a angry
airoso, –a breezy, resplendent
aislar to isolate, separate
ajar to wither, abuse, muss
ajeno, –a another's
el ajuar trousseau
ajustar to adapt, adjust
el ajusticiado executed criminal
el ala *f.* wing
la alacena cupboard, closet

alado, –a winged
el alarde display, show
alargar to extend, stretch
el alarido howl, yell
el albañil mason
alborotar to make a racket, stir up; **–se** to become agitated, get excited
la alcachofa artichoke
el alcalde mayor
alcanzado, –a needy
alcanzar to reach, get, attain
la alcoba bedroom
la alcurnia ancestry, family
la aldaba knocker; **tener –s** to have pull
alegar to allege
el alegato allegation, discussion
alegrar to cheer; **–se de** to be glad
la alegría happiness, joy
alejar to draw away; **–se** to move away
alelado, –a stunned, engrossed
la aleluya doggerel
Alemania *pr. n.* Germany
alentar (ie) to encourage, cheer
alerto, –a alert, vigilant
aletargarse to get benumbed, fall into a lethargy
la alfarería pottery store
el alfiler pin
la alfombra carpet; **zapato de —** house slipper
algo something, somewhat
el algodón cotton (thread)
la alhaja jewel, ornament
el aliciente attraction, inducement
el aliento breath
aliviar to relieve
el alivio relief
el alma *f.* soul, spirit
el almirez mortar
la almohada pillow
almorzar (ue) to lunch, have lunch
el almuerzo lunch
alojar to lodge
la alpargata hemp sandal
alrededor around; **— de** around
alterarse to be upset, be disturbed
el altercado altercation
la alternativa alternative, option; **–s** ups and downs
los altibajos, bumps, ups and downs
alto, –a tall, upper, high, loud; **en —** up high; **de —** high
el alto height
la altura height
la alucinación hallucination
alumbrado, –a enlightened
alumbrar to light
alzar to raise, elevate (the host); **— el grito** to raise one's voice; **— los hombros** to shrug
allanar to smooth out
allegar to gather, collect
allí there
el ama *f.* nurse, mistress, owner
la amabilidad amiability
amable amiable, kind
el amante lover
amar to love
amargar to embitter, spoil
amargo –a bitter
el amargor bitterness
la amargura bitterness
amarillento, –a yellowish
la amarillez yellowness

amarillo, –a yellow
el ambiente atmosphere
ambos, –as both
ambulante traveling
el amén amen; **— de** in addition to
amenazante threatening
amenazar to threaten
amigable friendly
amilanarse to be intimidated
la amistad friendship
el amo master
amoldar to adjust, adapt, model
el amor love; **— propio** self-esteem, conceit
amoroso, –a amorous, affectionate
amoscarse to be peeved, be annoyed
amotinar to upset
amparar to protect, shelter; **–se de** to seek the protection of
el amparo protection
amplio, –a broad
los anales annals
el anatema anathema, denunciation
anciano, –a old, ancient
ancho, –a broad, wide
andaluz, –luza Andalusian
andar to walk, go, be
el andar walk, gait
los andurriales byways, lonely spot
angélico, –a angelic
angosto, –a narrow
el ángulo angle, corner
angustiado, –a anguished, distressed
angustioso, –a distressed, grievous
anhelar to desire eagerly, crave, covet
el anhelo desire, longing
anidar to nestle, take shelter, live
el anillo ring
animado, –a lively
animar to encourage
el ánimo spirit, thought, intention
aniñado, –a childish
el aniquilamiento annihilation
anoche last night
anochecer to grow dark
el anochecer nightfall
el anónimo anonymity
el ansia *f.* anxiety, yearning
la ansiedad worry, anxiety
ansioso, –a anxious, eager
el antecedente antecedent; **–s** past history
anterior previous
anticipar to anticipate, advance
el anticipo advance (*payment*), loan
la antigüedad antiquity
antiguo, –a old
la antipatía antipathy, dislike
antipático, –a disagreeable
antojarse to fancy; **— le a uno** to take a notion to
el antojo whim, caprice, fancy
la antorcha torch
anudar to knot, tie
anunciador, –dora foreboding
anunciar to announce
el anuncio announcement
el anzuelo hook
la añadidura addition
añadir to add
el año year

apacible peaceful, mild
apagar to put out; **–se** to go out
el aparador sideboard, buffet
el aparato apparatus, display
aparecer to appear
aparentar to pretend
la aparición apparition
la apariencia appearance
el apartamiento withdrawal
apartar to remove, take away; **–se** to withdraw, move away
apático, –a apathetic
apelar to appeal
el apellido name, family name
apenas scarcely, hardly
aplaudir to applaud
el aplazamiento delay
aplazar to postpone, delay
aplicado, –a studious
aplicar to apply
aplomarse to regain assurance
el aplomo aplomb, self-possession
apocado, –a irresolute, diffident, of little courage
apoderar to empower; **–se de** to take hold of
el apodo nickname
la apología apologia, outburst
el aposento room
apostar (ue) to bet
apoyar to lean, rest, support
la apreciación appreciation, appraisal
apreciar to appreciate, estimate
apremiar to press, urge
el apremio writ (demanding payment)
aprender to learn
apresuradamente hurriedly
apresurar to hasten, hurry; **–se** to be in a hurry
apretar (ie) to squeeze, press, clench
la apretura construction, restraint
aprisa hurriedly, quickly
aprisionar to imprison, bind
aprobar (ue) to approve
aprovechado, –a miserly
el aprovechamiento use
aprovechar to take advantage of, improve, progress, benefit from
la aproximación approach
aproximarse to come near
apuesto, –a elegant
el apuntador prompter
apuntar to aim
apurar to purify, finish, use up, annoy; **–se** to worry, fret
el apuro need, grief, affliction
aquí here
el ara *f.* altar; **en –s de** in honor of
arañar to scratch
el arañazo scratch
arbitrista scheming
el árbol tree
el arca chest, coffer
archipasmado, –a completely astounded
ardentísimo, –a very passionate
arder to burn; **— de** to burn with
ardiente burning, feverish
ardoroso, –a fiery, enthusiastic
arduo, –a arduous, difficult
la arenilla grain of sand
argumentar to argue

el arma *f.* arm, weapon; **— de fuego** firearm
la armadura armor
armar to load, fix, set; **–se** to start, break out
el armero gunsmith
la armonía harmony
armonioso, –a harmonious
armonizar to harmonize
el aro band
la arpía shrew, harpy
la arpillera sackcloth
arqueológico, –a archeological
el arrabal suburb
arrancado, –a poor
arrancar to pull out, snatch; **— a** to spring from; **–se** to start
el arranque outburst, sally
arrasar to demolish, smooth, level
arrastrar to drag, trail
arrear to urge, push, shove
el arrebato rage, fury
arrebujarse to wrap oneself up
arreciar to grow worse
el arrechucho fit, impulsive act
arreglar to arrange, fix; **–se** to adjust, fix up
el arreglo arrangement, adjustment, order; **con — a** according to
arremeter to attack; **— contra** to rush upon
la arremetida attack, push
el arrepentimiento repentance
arrepentirse (ie) to repent
arriba up, upstairs
arrimar to move up, come close; **— el hombro** to put one's shoulder to the wheel
la arroba arroba (*weight of about 25 pounds*)
arrodillarse to kneel down
arrojado, –a bold
arrojar to throw, hurl
arropar to wrap up
arrostrar to face, overcome
arrugar to wrinkle, crumple
arrullar to lull to sleep
el arte *f.* art, cunning
artero, –a sly, cunning
articular to articulate
el artículo article
la artimaña trick
artístico, –a artistic
asaltar to assault, come suddenly upon
ascender (ie) to promote, advance, go up
la ascensión ascent
el ascenso promotion
el asco disgusting thing
la ascua ember; **en –s** worried to death
asegurar to assure, fasten, secure
asemejar to make like
las asentaderas buttocks, bottom
el asesino assassin
el asesor adviser
asestar to shoot, fire, aim
así so, thus; **— como** as soon as, as well as
la asiduidad frequency, persistence
asiduo, –a assiduous, frequent
el asiento seat, entry
asimilar to assimilate
la asistencia attendance, assistance
asistir to attend
asociar to associate
asomar to stick out (one's head)

asombrar to frighten, astonish; **–se** to be frightened, amazed
el asombro fright, astonishment, wonder
el aspecto aspect, appearance
la aspereza harshness
el aspirante applicant, candidate
aspirar to aspire
asqueroso, –a loathsome, disgusting
la astilla chip, splinter
el astro star, leading light
el asunto matter, affair
asustar to scare, frighten; **–se** to be frightened
el atajo bunch
el ataque attack
atar to tie
atarear to overwork
el atavío dress
atender (ie) to attend to, take care of
atener (ie) to depend; **–se a** to abide by, rely on
atento, –a attentive
atenuar to lessen, attenuate
aterrador, –dora terrifying
aterrar to terrify
atesorar to store up
atestiguar to witness, attest to
atinar to find; **— a** to manage
atisbar to watch, spy on
atizar to rouse, stir up
atónito, –a overwhelmed, aghast
atontar to stun, confuse
atormentar to torment, torture
atosigar to harass
el atractivo attraction, attractiveness
atraer to attract
atrancar to bar
atrapar to catch, get
atrás back, backward, behind; **hacia —** backwards
el atraso delay
atrever to dare; **–se a** to dare to; **–se con** to be impudent toward
atravesar (ie) to cross, pierce
el atrevimiento daring, impudence
atribular to grieve, afflict
la atrocidad atrocity; **qué —** how awful!
atropelladamente tumultuously
atroz atrocious, enormous
atufarse to get angry
aturdir to amaze, bewilder
aturrullar to bewilder, perplex
atusar to smooth
la audacia audacity, boldness
audaz audacious, bold
augurar to augur, predict
aumentar to increase
aún still, yet
la ausencia absence
ausente absent
la autenticidad authenticity
el autómata automaton
la autoridad authority
el auxiliar auxiliary, aid, assistant
el auxilio help, aid
avante fore; **salir —** to be successful, win out
avanzar to advance
la avaricia avarice, greed
avasallador, –dora enslaving
el ave *f.* bird
aventajado, –a outstanding
aventajar to excel
aventurar to adventure; **–se a** to venture
averiguar to ascertain, find out

avezar to be accustomed
ávido, –a avid, greedy
avivar to quicken
avizor, –zora watchful, spying
ayer yesterday
la ayuda aid, help
ayudar to help, assist
ayuno, –a fasting, deprived; **en ayunas** starving
el ayuntamiento city government, city hall
azaroso, –a hazardous, unfortunate
azorar to disturb, excite
la azotaina whipping
el azote spanking, lash
el azúcar sugar
azucarado, –a sugary
azul blue
azuzar to tease

B

el báculo staff
la badila fire shovel
el badulaque nincompoop
bailar to dance
bajar to lower, come down, fall
bajo, –a low, under, downcast
la bala bullet
baladí frivolous, trivial
balancear to swing
balbucear to stammer
balbucir to babble
el balcón balcony
la baldosa paving tile
el balduque narrow red tape
el bálsamo balm
el banco bench, bank
la banda band, gang
la bandada flock
bandearse to manage, get along
la bandeja tray
la banderola banner, streamer
el bandido robber
el banquillo bench, seat
la baratija trinket
barato, –a cheap
la baratura cheapness
la barba beard, chin
la barbaridad outrage, nonsense
barbudo, –a bearded
el barco boat, ship
el barquillo cone (for ice cream)
la barrabasada devilishness, fiendish act
barrer to sweep
el barrio district
el barro mud, clay
los bártulos belongings
basar to base
bastante enough, quite
bastar to be enough, suffice
el bastidor frame
el bastón cane, staff
el bastonazo blow with a stick
la basura rubbish, trash
la bata wrapper, housecoat
el batacazo thud, bump
el batallón batallion
el baúl trunk
bautizar to baptize
beber to drink
Bélgica *pr. n.* Belgium
la belleza beauty
bello, –a beautiful
la bencina benzine
bendecir (i) to bless
la bendición blessing
bendito, –a blessed, happy
el beneficio benefit performance

benéfico, –a beneficent, beneficial
benévolo, –a benevolent, kind
berrear to bellow
besar to kiss
el beso kiss
besuquear to kiss repeatedly
el biberón nursing bottle
el bicho bug, vermin
bien well, very; **hombre de —** man of his word; **tener a —** to deem it wise; **a — que** although
el bien good, welfare, darling
el bienestar well-being
el bienio biennium
bigardo, –a licentious, perverse
el bigote mustache
el billete ticket, bill
biográfico, –a biographical
el biombo screen
bizcar to wink, squint
bizco, –a cross-eyed
el bizcocho cake, cookie
la blanca cent
blanco, –a white
la blancura whiteness
blandir to brandish
blando, –a soft
el bobo simpleton, dunce
la boca mouth
la boda wedding, marriage
el bodorrio showy wedding
la boina beret
la bola ball
la bolsa purse
el bolsillo pocket
el bollo bun
la bomba bomb
el bombo ballyhoo
bonachón –chona, good natured
bonancible calm, serene
la bondad goodness, kindness
bondadoso, –a kind, good
bonito, -a pretty, neat
el borbotón bubbling; **a –es** tumultuously
bordar to embroider
el borde edge
la borla tassel
borrado, –a eroded, effaced
borrar to erase
el borrico donkey, ass
borroso, –a hazy, fuzzy
bostezar to yawn
la bota shoe, boot
la botella bottle
la botica drugstore
el botón button
boyante buoyant, prosperous
bracear to flail the arms
el brasero brazier
el brazo arm
bregar to fight, quarrel
la breva snap, cinch
breve short, brief
la brevedad brevity, conciseness
la brigadiera brigadier general's wife
brillante brilliant, bright
brillar to shine
el brillo brilliance, splendor
brincar to leap, skip
el brinco hop
brindar to offer, toast
el brío spirit, courage
la broma joke, jest
brotar to gush forth, burst out
la broza trash, rubbish
el bruñido burnishing, polishing
bruñir to burnish, polish

brusco, –a brusque
bruto, –a stupid, rough, big
el buey ox
la bufanda scarf, muffler
el bulto bulk, bulge
bullicioso, –a turbulent, riotous
la burla joke, ridicule
burlar to mock, ridicule, make fun
burlesco, –a funny, comic
burlón, –lona jesting, mocking
la burocracia bureaucracy
burro, –a stupid
la busca search
buscar to look for
el busilis secret

C

cabal complete, perfect
cabalgar to ride on the back
la caballería cavalry
el caballero gentleman
la cabecera head (of bed)
la cabellera head of hair
el cabello hair
caber to fit, be admitted, be possible, happen
la cabeza head; **de —** head first
la cabezada nod
cabizbajo, –a crestfallen
el cabo end, small piece; **al —** finally; **al — de** at the end of
la cabra goat
el cabrito kid
el cacahuete peanut
la cacerola casserole, saucepan
el cacique political boss
el cacumen acumen
cachicuerno, –a horn-handled
el cacho bit
cada each; **— cual** each one
el cadáver corpse
la cadena chain
caer to fall, droop, be located; **— en la cuenta** to catch on; **— en gracia** to please
el café coffee, cafe
la cafetera coffee pot
la cáfila flock
la caída fall
la caja box
el cajón drawer, box, booth
la cal lime
la calamidad calamity
la calceta stocking; **hacer —** to knit
calcular to calculate
el cálculo calculation
calentar (ie) to warm
la calentura fever
el calenturón high fever
el caletre brains
el calibre size
caliente hot
calificar to characterize
el cáliz chalice
calmar to calm, quiet; **–se** to calm down
el calor heat, warmth
la calumnia slander
el calzado footwear
calzar to put shoes on
el calzón, los –es breeches, trousers
calladito, –a silent, quiet
callar to silence, keep silent; **–se** to keep quiet
la calle street, aisle
callejero, –a (pertaining to the) street
el callejón lane, alley

la cama bed; **guardar —** to be sick in bed
el camaleón chameleon
el camarada companion
el camastro rickety old bed
el cambalache swap, trade
cambiar to change, exchange
el cambio change, exchange; **en —** on the other hand
la caminata long walk, jaunt
el camino road, route; way; **— de** on the way to
la camisa shirt, chemise
camorrista quarrelsome
la campanilla doorbell, bell
campante proud, satisfied, cheerful
campar to stand out
campechano, –a hearty, good-humored
el campo field, countryside
el can dog
la cana gray hair
el canal canal, channel
el canalla rabble, roughneck
cancelar to cancel, pay up
el cáncer cancer
el candelero candlestick
la candidatura candidacy
el canónigo canon
canonizar to canonize
cansado, –a weary, tiresome
el cansancio weariness
cansarse to tire, get tired
el cantante singer
cantar to sing
la cantería stonework
la cantidad quantity, amount
la cantinela song; **la misma —** the same old song
el cantorrio concert
la caña stalk, leg (of boot)
el cañón cannon
la capa cape, cloak, layer
la capacidad capacity, ability, space
capaz capable
capcioso, –a crafty
el capellán chaplain
la capilla chapel
el capítulo chapter
el capricho caprice, whim
caprichoso, –a capricious
la cápsula cartridge
la cara face
caracterizar to characterize
la carantona ugly face; **–s** fawning
el carbón coal
la carbonera coal box
la carcajada burst of laughter
el carcamal infirm old person
la cárcel prison
carcelario, –a jail-like
el cardenal bruise
cárdeno, –a purple
carecer to lack
la careta mask
la carga burden
cargado, –a loaded
cargar to load, carry, annoy; **— con** to pick up, take along, take upon oneself
el cargazón cargo
el cargo burden, weight, charge, position; **hacerse — de** to take upon oneself, take care of, realize
la caridad charity
el cariño affection
cariñoso, –a affectionate
el cariz appearance
la carne flesh, meat

carneril (pertaining to) sheep; **a lo** — like sheep
el carnicero butcher
carnicero, –a blood-thirsty, ferocious
la carpeta folder, portfolio
la carrera career, course
el carrete spool
la carretilla cart; **de** — by heart, mechanically
el carrillo cheek
el carro cart
la carta letter
el cartel poster
el carteo correspondence, exchange of letters
la cartera wallet
el carterito little postman
el cartón cardboard
la casaca dress coat
el casamiento marriage
casar to marry; **–se** to get married
el cascarón shell
el caserío farmhouse, group of houses
el casimir cashmere
el caso case, event; **hacer** — **de** to pay attention to
la casona large house
el casorio hasty marriage
la casta race, kind
el castañetazo cracking of joints
castañetear to chatter
la Castellana *pr. n.* Castellana (*main avenue in Madrid*)
castigar to punish
el castigo punishment
el castillo castle
la casualidad chance, coincidence; **por** — by chance
la casucha shack
la catadura face, appearance
catar to taste, look at, know
el catarro cold
el catecismo catechism
el catedrático university professor
la categoría category, rank
el catequista catechist, questioner
catequizar to catechize, win over
la caterva throng, crowd
catoniano, –a Catonian
catorce fourteen
el catre cot
la causa cause, reason
causar to cause
cauteloso, –a cautious
el cautiverio captivity
cavernoso, –a cavernous
la cavidad cavity
la cavilación suspicion, mistrust
cavilar to object, raise petty objections
caviloso, –a suspicious
cazar to hunt
la cazuela casserole, clay dish
el cebo bait
ceder to yield, give up
cegar to blind
la ceja eyebrow
el celaje cloud
celebrar to celebrate, hold
célebre famous
la celebridad celebrity
la celeridad haste
celestial celestial, heavenly
el celo distrust, envy, zeal; **–s** jealousy
celoso, –a zealous, jealous
el cementerio cemetery
el centenar hundred
el céntimo cent

el centinela guard, watch
ceñudo, –a frowning, stern
la cepa stalk
la cera wax
cerca near; — **de** near, nearly
cercado, –a surrounded, enclosed
cercano, –a near, close
cerciorar to inform, assure; **–se de** to find out about
cerdear to hold back, look for excuses
cerdoso, –a bristly
el cerebro brain
la cerilla match
el cero zero
la cerradura lock
cerrar (ie) to close
el certamen contest
la certidumbre certainty
el cervato fawn
el cesante unemployed person
la cesantía unemployment
cesar to close, stop; **sin** — ceaselessly
el cese cease: stoppage of salary
la cesión cession
la cesta basket
el cesto basket
ciego, –a blind
el ciego blind man
el cielo sky, heaven
cien hundred
la ciencia science
el ciento a hundred
el cierre closing, shutting
cierto, –a certain, true; **por — que** for certain, as a matter of fact
el cigarrillo cigarette
el cigarro cigar, cigarette
la cima top; **por — de** over (the top of)
cincuenta fifty
el cíngulo cingulum (*cord of a priest's alb*)
la cinta ribbon
el cinto belt
el circo circus
la circunstancia circumstance
el cirio wax candle
la cita appointment, date
citar to make appointment with
la ciudad city
clamar to cry out
clandestino, –a clandestine
la claridad clarity, brightness
claro, –a clear; *interj.* sure, of course
el clarobscuro chiaroscuro
claudicante limping
la cláusula sentence
clavado, –a studded with nails
clavar to fasten
la clave key
el clavo nail, pin
el clérigo clergyman
el clero clergy
el cobarde coward
la cobranza collection
cobrar to collect
el cobro collection
cocer (ue) to cook, boil
el cocido stew
la cocina kitchen
la cocinera cook
el cocodrilo crocodile
el coche coach
cochino, –a piggish, dirty, stingy
el codazo nudge, poke with the elbow
el codo elbow

coger to catch, grab, take, seize, get, lay hands on; **–se** to get caught
cohibir to check, restrain
coincidir to coincide
el cojín cushion
cojitranco, –a mean and lame
cojo, –a lame
la cola tail, train
colarse to slip
colegir (i) to gather, infer, conclude
la cólera rage
el colgadero clothes rack
colgar (ue) to hang, hang up
la colilla butt
el coliseo coliseum
el colmillo eyetooth
la colocación employment, placement
colocar to place, find a job
el coloquio talk
colorado, –a red
el colorete rouge; **ponerse —** to make up
el collar dog collar
el combatiente combatant
combatir to combat
la combinación combination, list (of appointments)
combinar to combine
la comedia play, comedy
el comedor dining room, eating place
comentar to comment on
el comentario commentary
comer to eat; **–se** to eat up
el comestible food
el cometa comet
cometer to commit
la comida meal, dinner
cominero, –a fussy
el comino cuminseed; **no valer dos —s** not to be worth a continental
la comisión commission, errand
el comistrajo hodgepodge, mess
la comitiva retinue
la cómoda bureau
cómodo, –a comfortable
compadecer to pity; **–se de** to feel sorry for
compadecido, –a sympathetic
compaginar to put in order
el compañero companion
la compañía company
la comparación comparison
comparar to compare
compasivo, –a compassionate
compensar to compensate, make up for
la complacencia pleasure, satisfaction
complacerse to be pleased
complacido, –a satisfied, complacent
completar to complete
componer to compose, make, mend; **–selas** to manage, make out
la compostura composure, neatness
la compra purchase, shopping
el comprador buyer
comprar to buy
comprender to understand, comprise
el compromiso compromise, pledge, commitment
compuesto, –a decked out, composed, calm
común common

comunicar to communicate
la concepción conception
el concepto concept, opinion, judgment
concertar (ie) to agree
la conciencia conscience, awareness
conciliador, –dora conciliatory
conciliar to conciliate, win
concluir to conclude, end
concretar to make concrete, boil down; **–se a** to be limited to
la concurrencia gathering
concurrido, –a crowded, full of people
concurrir to concur, attend, gather
la condenación condemnation, damnation
condenado, –a condemned, confounded
condenar to condemn
la condesa countess
la condición condition, nature
condimentado, –a seasoned
el condiscípulo fellow student
condoler (ue) to sympathize; **–se de** to sympathize with
la conducta, conduct, behavior
el conducto channel, medium
la confección making, concoction
conferenciar to confer
confesar (ie) to confess; **–se** to go to confession
el confesonario confessional
confiado, –a self-confident
la confianza confidence, familiarity
confiar to trust, have confidence in, confide, entrust
la confidencia confidence, secret
el confidente confidant
confinar to confine, restrict
confirmar to confirm
conformar to conform, agree, adjust
conforme in agreement, according, as
la conformidad conformity, compliance
confundir to confuse; **–se** to become confused
confuso, –a confused
la congoja grief
congojoso, –a distressing
congratular to congratulate; **–se** to rejoice
el conjunto whole, combination
la conjuración plot
conjurar to conjure, plot
la conminación threat
la conmoción disturbance, shock
conmovido, –a moved, touched
la connivencia connivance
conocedor, –dora knowing, expert
conocer to know, meet
el conocido acquaintance
el conocimiento knowledge, consciousness; **–s** knowledge
la conquista conquest
conquistar to conquer, win over
consabido, –a well-known
la consagración consecration
consagrar to devote, consecrate; **–se** to devote oneself
la consecuencia consequence, result
conseguir (i) to obtain, get
el consejo advice
consentido, –a pampered, proud

consentir (ie) to consent, permit; **–se** to crack up
conservadito, –a preserved
conservar preserve, keep; **–se** to take care of oneself
considerar to consider
la consigna order
consiguiente consequent; **por** — therefore
consistir to consist
consolador, –dora consoling
consolar (ue) to console
la conspiración conspiracy
la constancia constancy
constar to be clear; – **de** to consist of
consternar to dismay, terrify
constituir to constitute
constitutivo, –a constituent
construir to build
el consuelo consolation; **sin** — inconsolably
consultar to consult
consumado, –a consummate
consumir to consume, wear down
el consumo consumption; **–s** tax on provisions
contado, –a scarce, rare
contar (ue) to count, tell; — . . . **años** to be . . . years old
contemplar to contemplate, look at
contener (ie) to contain, hold back; **–se** to restrain oneself, limit oneself
el contenido content
contentar to content, indorse, please
contento, –a contented, pleased
el contento contentment
la contestación reply
contestar to answer, reply
la contienda contest
el continente bearing
continuar to continue
continuo, –a continual; **de** — continuously
el contorno outline
contradecir to contradict
contraer to contract
contrariar to oppose, annoy, provoke
la contrariedad opposition, annoyance
contrario, –a contrary, opposite; **por el** — on the contrary
el contrario enemy, opponent
contrastar to contract
el contraste contrast
el contrato contract
la contribución tax
contribuir to contribute
contributivo, –a contributive, tax
el contribuyente contributor, taxpayer
contro shucks, by gosh
la contumacia obstinacy
convencer to convince
la conveniencia propriety
el convenio agreement
convenir (ie) to be suitable, be important; **–se en** to agree
convertir (ie) to convert, turn
convidar to invite
el convite invitation; **estar de** — to be invited out
convulso, –a convulsed, convulsive
el cónyuge spouse, mate
la copa glass

copiar to copy, copy down
copioso, –a copious
el coraje spirit, nerve
el corazón heart
la corazonada hunch, impulsiveness
la corbata tie
el corchete hook and eye
el cordero lamb
la cordialidad cordiality
el cordón cord, belt
corear to chorus
el coro chorus
la corona crown
coronar to crown, cap, top
el corredor corridor
corregir (i) to correct
correr to run; **–se** to go too far
la correría excursion, foray
corresponder to correspond, reciprocate, belong
correspondiente corresponding, respective
corriente current, ordinary; *adv.* all right
el corrillo huddle, clique
corroborar to strengthen
corruptor, –tora corrupting
cortante cutting, sharp
cortar to cut, stop
el corte cut, material, cutting, fitting
la cortedad shortness, bashfulness
cortés courteous
la cortesía courtesy
corto, –a short, small, slight
el coscorrón bump on the head
coser to sew
la costa cost, cast; **a — nuestra** at our expense
costar (ue) to cost
la costra crust
la costumbre custom
la costura sewing
la cotorra parrot
la coyuntura opportunity
el cráneo skull
crear to create
crecer to grow
crecido, –a big, grown
la credencial credential, job
la creencia belief
creer to believe; **ya lo creo!** I should say so!
la crestería battlement
la cría offspring, brood
la criada maid, servant
criado, –a bred; **mal —** ill-bred
el criado servant
la crianza rearing
criar to rear, bring up
la criatura creature
crispar to twitch, clench
el cristal pane of glass, mirror
la cristiandad Christianity
el cristianismo Christianity
el Cristo *pr. n.* Christ, crucifix
el criterio criterion, judgment
el cromo picture
la crónica chronicle
crucificado, –a crucified
crudo, –a raw
la crueldad cruelty
la crujía corridor, hall, press, hard time
crujiente crackling, rustling
la cruz cross
cruzar to cross
cuadrar to square, conform; **–se** to become solemn
el cuadro picture, square

cuajado, –a dumbfounded
cuajar to curdle, thicken, overdeck
cual which, what, like; **cada —** each one
la cualidad quality
cuán how, how much
cuando when; **— más** at most
la cuantía amount
cuanto, –a as much as, all that; **en —** as soon as; **en — a** as for
la cuaresma Lent
el cuartel quarter, barracks
la cuartilla tablet sheet
el cuartillo dry measure (*1.156 liters*)
cuarto, –a fourth
el cuarto quarter, room
el cuartucho hovel
el cuatrillón quadrillion
cuatro four
cubierto, –a covered
el cubierto cover; knife, fork, and spoon
cubrir to cover
cuco, –a sly, cute
la cuchillada slash, knife-thrust
el cuchillo knife
la cuchufleta joke
el cuello neck, collar
la cuenta count, account, bill; **dar —** to give account; **darse — de** to realize; **a — de** at the expense of; **caer en la —** to catch on
el cuento story
la cuerda cord, rope
cuerdo, –a wise, prudent
el cuerno horn
el cuerpo body
la cuesta hill, slope
cuestionar to question, dispute
el cuidado care, worry; **tener —** to be careful
cuidadoso, –a careful
cuidar to care for, look after, take care; **— de** to be careful to
la cuita trouble, worry
la culebra snake
la culebrona large snake
culinario, –a culinary
la culpa blame, fault; **tener —** to be to blame
el culto worship; **rendir —** to pay homage
cumplir to fulfill; **— . . . años** to be . . . years old
cundir to spread
la cuñada sister-in-law
el cuñado brother-in-law
la cúpula cupola, dome
el cura priest
curar to cure
la curia courts
la curiosidad curiosity
cursi cheap, vulgar
cursivo, –a cursive
la custodia monstrance
el cutis skin

CH

chabacano, –a crude
la chacha lass, baby
la cháchara chatter
chafado, –a flattened, rumpled
la chafadura wrinkle, muss
el chaleco vest
chanchullero, –a crooked
el chanchullo crookedness
la chanza joke, jest

la chapa flush, rouge
la chaqueta jacket
el chaquetón jacket
charlar to chat
el charlatán chatterbox, gossip
charlotear to chatter, gossip
charolado, –a shiny
el chico boy, lad
chillar to shriek
el chillido scream, shriek
la chiquillería crowd of youngsters
el chiquillo little boy
el chiquitín tot, little fellow
el chirimbolo utensil, tool, vessel
la chiripa lucky stroke, break
el chisme gadget, jigger
la chismografía gossiping
chistar to speak; **no —** to not say a word
el chiste joke
la chistera top hat
chocar to shock, collide, click
la chocolatera chocolate dealer
chorrear to gush, trickle
chupar to suck, absorb
la chuscada pleasantry

D

la dama lady
el danzante meddler
danzar to dance
dañino, –a harmful
el daño hurt, harm
dar to give, strike, hit, attack; **— voces** to shout; **— prisa a** to rush, hurry; **— con** to run into; **–se cuenta de** to realize; **— garrote a** to garrote; **— cuenta a** to give account; **–se por** to be considered as; **— ganas de** to feel like; **–se a** to devote oneself to; **–se las manos** to join hands
el dato datum, fact
debajo below, underneath; **por —** under
deber to owe, ought
el deber debt, duty
débil weak
la debilidad weakness
el débito debit
la decadencia decline
la decencia decency, propriety
decidir to decide
decidor, –dora talkative
la declaración declaration, proposal
declarar to declare, announce
el declive descent
el dechado sample, model
dedicar to dedicate, devote
el dedo finger
deducir to deduce
defender (ie) to defend; **–se** to get along
definir to define
el defraudador defrauder
defraudar to defraud
degenerado, –a degenerate, old
dejar to leave, allow, let; **— de** to stop, fail to
delante before, in front; **por — de** ahead of; **por —** first
delantero, –a front
la delantera front row
delator, –tora accusing
la delicadeza delicacy, scrupulousness
delicado, –a delicate, touchy

el delincuente delinquent
delirar to be delirious
el delirio delirium, nonsense
el delito crime
demás other, rest of the; **por lo —** furthermore
demasiado, –a too much
la demencia madness
demente demented, insane
la demostración demonstration
demudar to change; **–se** to color suddenly
denegar (ie) to deny
denigrar to defame, insult
la denominación denomination, name
la dentadura set of teeth
la dentellada bite, tooth mark
el denuedo daring
el denuesto insult
la denuncia denunciation
denunciar to denounce, proclaim
departir to chat, converse
depender to depend
deplorar to deplore
el depositario depository
el depósito supply
depravado, –a depraved
derecho –a right, straight, standing, upright
el derecho law, right
derivar to derive
el derrame lavishing, overflow
derrengar (ie) to break back of, cripple
derribar to knock down, upset
derrumbar to throw headlong; **–se** to collapse
desaborido, –a insipid, dull, insignificant
desabrigarse to undress, strip
el desabrimiento bitterness, despondency
desabrochar to unbutton, unfasten
desaforado, –a disorderly, boisterous, great
desagradable disagreeable, unpleasant
desagradar to displease, annoy
el desagrado displeasure
desahogado, –a impudent, free, comfortable
desahogar to relieve, give rein to; **–se** to let oneself go
el desahogo comfort, comfortable circumstances, outlet, relief
desairar to overlook, slight
el desaire rebuff, snub
desalentado, –a discouraged
desaparecer to disappear
la desaparición disappearance
la desaplicación lack of application, laziness
desarmar to disarm
desarrollar to develop
el desarrollo development
desasirse to get loose
el desastre disaster
desatado, –a wild, fierce, violent
el desatino foolishness, nonsense
desautorizar to discredit
la desavenencia discord, hostility
el desavío going astray, inconvenience
desayunarse to have breakfast
la desazón discomfort, annoyance, indisposition
descalabrar to hit on the head, crown
descalzo, –a barefoot

descansar to rest
el **descanso** rest
descarado –a impudent, shameless
descargar to shoot, unload, fire
el **descargo** acquittal, denial
descarnadamente plainly, frankly
el **descaro** impudence
descartar to reject, cast aside
descendente descending
descender (ie) to descend
el **descendiente** descendant
descifrar to decipher
descolorido, –a pale, off color
descompuesto, –a exasperated, angry
desconcertar (ie) to disturb, surprise, disconcert; **–se** to get upset
desconfiar to have no confidence in; — **de** to distrust
desconforme disagreeing, at odds
desconocer to not know, deny
desconocido, –a unknown
la **desconsideración** inconsiderateness
desconsolado, –a disconsolate
desconsolador, –dora distressing
el **desconsuelo** grief, disconsolateness
descorazonarse to become discouraged
descortés discourteous
describir to describe
descrismarse to break one's skull, rack one's brains
descubierto, –a discovered, uncovered, bare; **al** — in the open; **en** — overdrawn
descubrir to discover
descuerar to flay
descuidar to neglect, not worry; **–se** to not be careful, be distracted
el **descuido** carelessness, slip
el **desdén** disdain
desdeñar to scorn
desdeñoso, –a disdainful
desdichado, –a unhappy, unlucky, wretched
desdoblar to unfold, spread open
desear to wish, want
desechar to cast aside, drop
el **desembarazo** ease; **con** — readily, quickly
desembocar to flow, empty
desembuchar to tell (secrets)
desempeñar to fulfill, carry out
desemprestar to redeem
desencajar to contort
desenfadado, –a carefree
el **desenfado** ease, freedom
desengañar to undeceive, disabuse
desentonado, –a flat
desentumecerse to shake off the numbness
desenvuelto, –a easy, bold, forward
el **deseo** desire, wish
desequilibrado, –a unbalanced
la **desesperación** desperation
desesperado, –a despairing, hopeless
desesperante despairing, maddening

desesperar to despair, exasperate
desfallecer to faint, grow weak
desfavorable unfavorable
desfilar to file out
desflorar to treat superficially
la **desgana** indifference, boredom
desgarrador, –dora tearing, overwhelming
la **desgracia** misfortune, bad luck
desgraciado, –a unfortunate, unhappy
deshacer to destroy, undo, untie
deshilachar to fray
la **deshonra** dishonor
el **desierto** desert
designar to designate
desigualmente unevenly
deslizarse to slip
deslucido, –a unshowy, undistinguished
deslucir to tarnish
desmayar to falter
el **desmayo** fainting spell
desmedido, –a excessive, limitless
desmejorar to decline, lose one's health
desmentir (ie) to belie, conceal, contradict
desmigajar to crumble
desmoronarse to decline, decay
desnudar to strip, undress
desnudo, –a naked, undressed, bare
desobstruir to clear
desocupado, –a unemployed, idle
el **desorden** disorder
desordenado, –a disordered
desorientar to confuse; **–se** to become confused
despacio slowly
despachar to dispatch, attend to, hurry
el **despacho** office
el **desparpajo** flippancy, impudence
el **despecho** spite, despair
despedir (i) to see off, send out, dismiss
despegar to open
despejado, –a clear, bright
despejar to clear, clear out; **–se** to clear up, come out of it
la **despensa** pantry
el **desperdicio** waste, leftover
desperezarse to stretch
despertarse (ie) to awaken
despiadado, –a merciless, ruthless
despierto, –a wide-awake
el **despilfarro** waste, extravagance
despistar to throw off the track
desplegar (ie) to unfold, deploy, display, open
desplomarse to collapse, crumble
desplumar to fleece
despotricar to rant
despreciar to scorn
el **desprecio** scorn
desprender to loosen, come off; **–se de** to give up
el **despropósito** absurdity
después after, afterward
desquiciarse to collapse
el **destacamento** detachment
destacar to stand out
destapar to uncover

destemplado, –a irregular, disagreeable, unpleasant
destinar to destine
el **destino** destination, destiny, employment
la **destreza** skill
destripar to empty, take out
destrozar to shatter, destroy
destructor, –tora destructive
destruir to destroy
desusado, –a out of use, unusual
desvanecerse to disappear, evaporate
el **desvanecimiento** dizziness, fainting spell
desvariar to rave, be delirious
el **desvarío** delirium, nonsense
desvelado, –a awake, sleepless
desvelar to keep awake
la **desventura** misfortune
desvergonzado, –a shameless, impudent
la **desvergüenza** insolence, shamelessness
la **desviación** deviation, drawing apart
desviar to turn away
el **desvío** deviation, coldness
desvivir to be eager; **–se por** to be eager to, be anxious to
detener (ie) to stop, check; **–se** to stop
determinar to determine, decide
detrás behind; **por — de** behind
la **deuda** debt
deudor, –dora indebted
devolver (ue) to return, pay back
devorar to devour
devoto, –a devotional, devout
el **devoto** worshiper
el **diablo** devil
la **diafanidad** clearness
diáfano, –a transparent
la **dialéctica** dialectic, logic
diario, –a daily; **a —** every day
dibujar to sketch
el **dictamen** dictum, opinion
la **dicha** happiness, joy, luck; **por —** by chance
el **dicharacho** vulgarity, obscenity
dichoso, –a happy, lucky, annoying, tiresome
el **diente** tooth
la **diestra** right hand
diestro, –a right
diez ten
la **dificultad** difficulty
el **difunto** deceased
dignarse to deign, condescend
la **dignidad** dignity
digno, –a worthy, dignified
la **diligencia** errand, diligence
diluirse to dissolve
el **dinero** money
Dios God, heaven; **— mío** good heavens
la **diplomacia** diplomacy
la **diputación** deputation
el **diputado** deputy
la **dirección** direction, way, address, administration, office
dirigir to direct, address; **–se** to go
el **discernimiento** discernment
discernir (ie) to discern
discrepar to differ
disculpar to excuse
discurrir to contrive, ramble, discourse
el **discurso** speech
la **discusión** argument

discutir to discuss, argue
disfrazar to disguise
disfrutar to enjoy, have the benefit of
disgustado, –a sad, sorrowful
disgustar to annoy
el **disgusto** annoyance, quarrel
disimular to dissemble
el **disimulo** dissembling, indulgence; **con —** on the sly
el **dislocado** contortionist
disminuir to diminish
disparar to fire, throw, hurl
el **disparate** foolishness, blunder, mistake
el **disparo** shot
dispensar to excuse, pardon
dispersar to disperse
la **displicencia** coolness, ill humor
disponer to dispose, arrange, prepare; **–se a** to get ready to
la **disposición** disposition, arrangement; **estar en — de** to be ready to, be inclined to
dispuesto, –a arranged, disposed, skilful, ready
distinguir to distinguish, discern
distinto, –a different
distraer to distract, amuse, divert
distraído, –a distracted, absent-minded, licentious
distribuir to distribute, scatter
el **distrito** district
la **diversión** diversion, amusement
diverso, –a diverse, different
divertido, –a amusing, funny
divertirse (ie) to enjoy oneself
dividir to divide
divino, –a divine
doblar to turn, round, fold; **–se** to bend, fold, bow
doble double
doce twelve
la **docena** dozen
el **dogal** noose
doler (ue) to hurt, ache
doliente suffering, sad
el **dolor** ache, pain, grief
dolorido, –a heartsick, disconsolate
doloroso, –a painful, pitiful
la **Dolorosa** Sorrowing Mary
el **domador** animal trainer
el **domicilio** domicile
dominar to dominate, control
el **dómine** teacher
el **domingo** Sunday
dominguero, –a Sunday
el **dominio** control
el **don** gift, talent
el **donativo** gift
la **doncella** housemaid
dorado, –a golden, gilt
dormido, –a asleep
dormir (ue) to sleep; **–se** to go to sleep
el **dormitorio** bedroom
dos two; **a las —** at two o'clock
doscientos, –as two hundred
el **dote** talent, gift
ducho, –a skilful, experienced
la **duda** doubt
dudar to doubt
el **duelo** grief
la **dueña** owner
el **dueño** owner, master
dulce sweet
dulcificante sweetening

dulcificar to sweeten
la **dulzura** sweetness
duplicarse to double
el **duque** duke
la **duquesa** duchess
durante during
durar to last
la **dureza** hardness
duro, –a hard
el **duro** dollar (*Spanish coin worth 5 pesetas*)

E

ea hey!
eclesiástico, –a ecclesiastic, ecclesiastical
eclipsarse to be eclipsed, disappear
económico, –a economic
la **ecuanimidad** equanimity
echar to throw, put out, take, cast; **— a** to begin to; **–se** to throw oneself, throw on; **–se a** to burst out; **— raíces** to take root; **— un vistazo** to take a look; **— tierra a** to hush up
la **edad** age
la **edificación** construction
edificar to build
el **edificio** building
educar to educate, bring up, rear
efectivo, –a real
el **efecto** effect; **en —** as a matter of fact
eficaz effective
la **efigie** effigy, statue
ejecutivo, –a executive, imperative
el **ejercicio** exercise
ejercitar to exercise, practice
eléctrico, –a electric, electrical
electrizar to electrify
la **elegancia** elegance
elegir (i) to choose
elemental elementary
eliminar to eliminate
elogiar to praise
ello it; **— es que** the fact is that
embadurnado, –a smeared
el **embajador** ambassador
el **embargo** embargo; **sin —** however, nevertheless
embaucar to deceive, bamboozle
el **embeleco** trinket, charm
embelesar to fascinate, charm; **–se** to be fascinated
embestir (i) to attack, rush
embobar to fascinate; **–se** to be fascinated
embocar to spring
embolsar to pocket
embotar to blunt, dull
embozarse to muffle oneself up
el **embozo** muffler
la **embriaguez** drunkenness
embromar to make fun of, tease
el **embustero** liar, trickster
la **emisión** emission, issue
emitir to emit, give out
empalmar to connect; **— con** to follow
empañado, –a flat
empapar to soak, saturate
empedernido, –a hardened, hard-hearted
empeñar to pawn; **–se en** to insist on

el empeño insistence
empeorar to grow worse
emperejilar to dress up
empezar (ie) to begin
el empleado employee
emplear to employ, use
emprender to undertake, set out on; **–la con** to squabble with
el empréstamo loan, lending
empujar to push
el empuje push, pull
el empujón push, hard shove
el émulo rival
la enagua petticoat
enamorar to make love; **–se** to fall in love
encadenar to chain, link
encajar to put; **— una cosa a uno** to palm off something on someone
encajonado, –a enclosed, narrow
encajonar to box, squeeze in
encalabrinar to rattle, fluster
encandilarse to sparkle, flash, light up
encaminarse to set out
encantado, –a delighted
encantador, –dora charming
encararse (con) to face
encarecer to extol
encargar to entrust, request, order; **–se de** to take charge of
el encargo charge, commission
encariñarse (con) to become attached to, fond of
encarnado, –a red
encasquetar to stick on the head
encastillado, –a haughty, proud
encastillarse to withdraw
encender (ie) to light, kindle, instigate
encendido, –a bright, flushed, red
encepar to interlock
encerrar (ie) to shut in, contain, confine; **–se** to lock oneself in, go into seclusion
el encierro confinement, detention
encima above, besides; **por — de** over; **quitarse de — a** to get rid of
enclenque weak, sickly
el encogimiento timidity
encomendar (ie) to entrust, commend
enconar to inflame, aggravate
encontrar (ue) to encounter, find; **— se** to meet
encorvado, –a bent over, stooped
encresparse to get angry
el encuarte draft horse
encubrir to conceal
el encuentro meeting; **a su —** to meet him
endeble feeble, weak
la endecha dirge, quatrain
enderezar to straighten up
endurecer to harden
el enemigo enemy
enérgico, –a energetic
el energúmeno wild person, crazy person
el enero January
enfadarse to be annoyed, get angry
el énfasis emphasis
la enfermedad illness

la enfermera nurse
enfermo, –a sick, ill
enfrente in front, opposite
el enfriamiento cold, chill
enfriarse to get cold, get chilled
enfurruñar to sulk
engañar to deceive, trick
la engañifa trick
engatusar to wheedle, coax
el engendro tiny person, clownish person
engolfado, –a deeply absorbed
engordar to get fat
engrosar to enlarge, swell
la enhorabuena congratulations; **estar de —** to be in luck
enjaretar to rush through, pass off
enjaulado, –a caged
el enjuague plot, scheme
enloquecer to drive crazy, madden
enmendarse (ie) to reform
enmudecerse to be silent
enojarse to get angry
el enojo anger
enojoso, –a annoying
enorme enormous
enredar to romp around
el enredijo tangle
el enredo tangle, plot
enrevesado, –a complex, intricate
enrollar to roll up
enroscado, –a curled, rolled up
enroscarse to twist, curl, roll up
ensalzar to extol
ensancharse to expand, be high and mighty
ensayar to try out, test
el ensayo trial, test, rehearsal
la enseñanza teaching, education
enseñar to teach, show
ensortijado, –a ringed
ensortijar to curl
ensuciar to dirty, soil, stain
el ente guy, strange duck
entender (ie) to understand; **—se** to understand each other
entendido, –a expert, skilled, trained
el entendimiento understanding
enterado, –a informed
enterar to inform; **–se de** to find out about
la entereza fortitude
enternecerse to be touched
enterrar (ie) to bury
el entierro burial
entonar to sing, intone
entonces then; **en aquel —** at that time
entorpecer to obstruct, slow up
la entrada entrance, ticket
entrambos, –as both
entrante entering
entrañable close, deep-felt
las entrañas will, temper
entrar to enter, go in, attack, overtake
entreabierto, –a half-open
el entrecejo space between eyebrows
la entrega delivery
entregar to deliver, surrender
entretanto meanwhile
entretener (ie) to entertain, amuse
el entretenimiento entertainment, amusement

entrever to glimpse, guess, suspect
la entrevista interview
entristecerse to become sad
entrometido, –a meddlesome
entumecido, –a numb
entusiasmarse to be enthusiastic
el entusiasmo enthusiasm
envalentonarse to pluck up
envejecer to age
el envejecimiento aging
envenenar to poison
enviar to send
la envidia envy, desire
envidiar to envy
envidioso, –a envious
el envoltorio bundle
envolver (ue) to wrap, wind
envuelto, –a wrapped, wrapped up
enzarzar to involve; —se to get involved
la epístola epistle
la época epoch, time
el equilibrio balance
el equipaje baggage
equivocarse to be mistaken
la era period
erguir to raise, straighten; —se to swell with pride
el erial uncultivated land
errante wandering
errar to miss
el error error, mistake
la erudición erudition, learning
la escabrosidad scabrousness, roughness
escabullirse to slip away, escape
la escala ladder, scale; hacer — en to call at, make stop at
el escalafón register, roster
escalar to scale, climb
la escalera stairway; — abajo downstairs
el escalón step
la escama fear, suspicion
el escándalo scandal, uproar
escapar to escape
el escaparate show window
la escapatoria escape, getaway
el escape escape, flight; a — on the run
escarbar to scratch, poke
el escarnio mockery
escasear to make sparingly, avoid
la escasez scarcity, need
escaso, –a scarce, scant
la escena scene
escénico, –a scenic
el escepticismo skepticism
esclarecer to brighten, enlighten, clarify
la esclavitud slavery
el esclavo slave
la escoba broom
escoger to choose, select
escolar school, scholastic
esconder to hide
el escotillón trap door
el escribiente office clerk
escribir to write
el escribir writing
el escritor writer
la escritura writing
el escrúpulo scruple
escuchar to listen, hear
escudriñar to scrutinize, pry into
la escuela school
la escultura sculpture

escupir to spit
la **esfera** sphere
esforzarse (ue) to exert oneself; — **en** to strive to
el **esfuerzo** effort
esmerado, –a careful
eso that; **a — de** about
espaciar to scatter, roll
el **espacio** space
la **espalda** back
espantar to scare, frighten; **–se** to become frightened
el **espanto** fright
espantoso, –a frightful, awful
la **especie** kind, sort
el **espectáculo** spectacle, sight
el **espectador** spectator
el **espectro** ghost
el **espejo** mirror
los **espejuelos** spectacles
espeluznante hair-raising
la **espera** wait; **en — de** waiting for
la **esperanza** hope
esperar to wait, wait for, hope, expect
espeso, –a thick
espetar to pierce; **—le a uno una cosa,** to spring something on someone
el **espía** spy
espiar to spy
el **espinazo** backbone
la **espiral** spiral
la **esplendidez** splendor, generosity
la **esponja** sponge
esponjarse to puff up, glow
la **espontaneidad** spontaneity
la **esposa** wife
el **esposo** husband
la **esquina** corner
esquivar to shun, avoid
la **esquivez** aloofness, scorn
esquivo, –a aloof, scornful
establecer to establish
el **establecimiento** establishment
el **estado** state
estallar to break out
la **estampa** print, engraving, stamp
estampar to stamp, print, slam
estampía, de — suddenly, unexpectedly
la **estampilla** stamp, seal, rubber stamp
la **estancia** room
el **estandarte** standard, banner
el **estante** shelf
estar to be; **— por** to be in favor of, be about to
la **estatua** statue
la **estatura** stature
estibar to stuff, pack
el **estilo** style; **por el —** like that, of the kind
estimar to esteem
estimular to stimulate
el **estímulo** stimulus
estirado, –a lanky, tall and thin
estirar to stretch, pull
estoico, –a stoic, stoical
la **estola** stole
el **estómago** stomach
estorbar to annoy, disturb
el **estorbo** hindrance, annoyance
estotro, –tra this other
estragar to spoil
la **estrechez** austerity, poverty
estrecho, –a narrow, austere, tight
la **estrella** star
estremecer to shake, shudder

el estremecimiento shivering, shuddering
estrenar to wear for the first time
estrepitoso, –a noisy, shocking
el estridor stridence, racket
estropear to spoil, ruin
estrujar to crush, smash
estudiantil (pertaining to a) student
estudiar to study
el estudio study
la estufa stove
estupefacto, –a dumbfounded
estupendo, –a stupendous
el estupor stupor, surprise
la etapa stage
el éter ether
la etiqueta formality; **de —** full-dress
el evangelio gospel
evasivo, –a evasive
evitar to avoid
evocar to evoke
evolucionar to perform maneuvers
exagerar to exaggerate
exaltado, –a exalted
el examen examination
examinar to examine
excelso, –a lofty, sublime
la excepción exception; **a — de** except for
la excitación excitement
excitar to excite; **—se** to become excited
exclamar to exclaim
excluir to exclude
exento, –a exempt, free
exhalar to exhale, breathe forth
exhausto, –a exhausted
exhortar to exhort
exigente exacting
existir to exist
el éxito success
el expediente dossier, record
el expedienteo red tape
expiar to expiate, atone for
expirar to expire, die
la explanada esplanade
explayarse to discourse at large
la explicación explanation
explicar to explain
explorar to explore
explotar to exploit
exponer to expound
expresar to express
expresivo, –a expressive, affectionate
expulsar to expel
extasiarse to become enraptured
extender (ie) to extend, issue
la extensión expanse
exterminar to exterminate
extinguir to extinguish
extirpar to eradicate
extranjero, –a foreign
extrañar to be surprised, find strange
el extraño stranger, outsider
extraño, –a strange
la extravagancia extravagance, nonsense
extravagante extravagant, foolish
extraviar to mislead
el extravío going astray, annoyance
extremado, –a extreme, excessive
extremar to carry to the limit
el ex-voto votive offering

F

la fábrica factory
el fabricante manufacturer
fabricar to make, bring about
la facción feature
fácil easy
la facilidad facility, ease
facilitar to furnish, provide
la facultad faculty, power
fachendoso, –a boastful, ostentatious
la faena task, job
el falansterio community
la falda skirt, loin (of beef)
el faldellín short skirt
el falderío mass of skirts
el faldón shirttail, tail of priest's chasuble
falsificado, –a fake
la falta lack, want, fault, mistake; **hacer —** to be needed, need; **a — de** for want of
faltar to be lacking, want, need, fail, miss
fallar to fail, misfire
el fallo decision
la fama fame, reputation
famélico, –a famished, starving
la familiaridad familiarity
fantasear to dream of, fancy
el fantasma phantom, ghost
el fantoche nincompoop
farfantón, –tona braggart
la farmacia pharmacy
el farol lamp, street lamp
la farsa farce
el farsante fake
fascinar to fascinate
la fase phase
el fastidio boredom
fastidioso, –a annoying
la fatalidad fate
el fatalismo fatalism
la fatiga fatigue, hardship
fatigar to fatigue, tire
fatigoso, –a tiring
la fatuidad conceit
el fausto pomp, show
fausto, –a happy
favorecer to favor
la faz face
la fe faith
el febrero February
febril feverish
la fecha date
la felicidad happiness
felicitar to congratulate
feliz happy, lucky
la felpa plush
femenil feminine, womanly
el fenómeno phenomenon
feo, –a ugly
el féretro coffin
la ferocidad fierceness
feróstico, –a very ugly
feroz fierce
el ferrocarril railroad
festivo, –a witty, humorous
fétido, –a fetid, foul
fiambre cold
fiar to trust, give credit to
la fibra fiber, strength; **–s del corazón** heartstrings
la fiebre fever
fiel faithful
el fieltro felt
la fiera wild animal, fiend
la fiereza fierceness
la fiesta party, celebration
figurar to figure, represent; **–se** to figure, imagine

fijar to fix; **–se** to settle, notice, pay attention
fijo, –a fixed; **de —** surely, without doubt
la fila row, line
filatélico, –a (pertaining to) stamp
Filipinas *pr. n.* Philippines
el filo edge
la filoxera aphid, plant louse
filtrarse to filter, filtrate
el fin end, purpose; **por —** finally; **al —** finally; **a — de** in order to
la finca property
la fineza fineness, favor
fingir to pretend
fino, –a fine, delicate
la finura courtesy, politeness
la firma signature
firme firm, unswerving; **de —** hard
la firmeza firmness
el fiscal informer
el fisco state treasury
físico, –a physical
la fisonomía features
fisonómico, –a physiognomic, of the face
flaco, –a thin, skinny
flamante bright, brand-new
la flaqueza weakness
el fleco fringe, ragged edge
la flecha arrow
el flechazo arrow shot, love at first sight
la flojedad weakness
flojo, –a loose, thin, weak
la flor flower
flotante flowing
fluctuar to fluctuate
el fluido fluid
el flujo flow, stream
el fogón cooking stove
fomentar to promote, encourage
la fonda inn, restaurant
el fondo depth, bottom, ground
forcejear to struggle
forjar to forge, build
la forma form, format, way
formal formal, serious
la formalidad formality
formalito, –a serious, sedate
la formalización formalizing, finalizing
formalizar to formalize
formar to form, develop
la fórmula formula, standard form
formular to formulate
forrado, –a lined, covered
la fortaleza fortress
fortificar to fortify
forzar (ue) to force
forzoso, –a unavoidable
fosco, –a cross, sullen
el fósforo match
el frac tails, full-dress coat
fracasar to fail
el fraile friar
francés, –cesa French
franco, –a frank, open
franquear to open
la franqueza frankness
la frase phrase, sentence
la frecuencia frequency
frecuentar to frequent
frenético, –a frenetic, mad
frente front; **— a** in front of, facing
la frente front, face, head; **hacer — a** to face
fresco, –a fresh, cool, cheeky

la frescura calmness, coolness, cheek
la frialdad coldness
frío, –a cold
el frío cold
la friolera trifle
fruncir to wrinkle, knit (eyebrows)
frustrar to frustrate, thwart
el frutero fruit vendor
el fruto fruit, product
el fuego fire
el fuelle bellows
la fuente platter
fuera out; **— de** outside of; **de —** out, outside; **— de sí** beside herself
fuerte strong, hard
la fuerza strength, force; **por —** perforce, necessarily; **a la —** by force
fugaz fleeting, fleeing
el fumador smoker
fumar to smoke
la función function, duty, office
funcionar to function
el funcionario functionary, official
el fundamento basis
fundar to found, base
fúnebre funereal, gloomy
funesto, –a fatal, sad
la furia fury
furibundo, –a furious, frenzied
el furor furor, rage

G

el gabán overcoat
el gabinete office, study
el galán gallant, lover
el galápago rascal, sly fellow
la galería gallery
el galón braid, stripe
el gallardete pennant, streamer
la gallardía elegance, gallantry
gallardo, –a gallant, elegant, noble
la gallina hen, chicken
la gana desire; **tener —** to feel like; **de mala —** unwillingly; **dar —s de** to feel like
la ganancia gain, profit
ganar to earn, win, beat
el gancho hook
el gandul loafer, idler
la ganga bargain
el garabato scrawl
el garbanzo chickpea
la garganta throat
el garrote garrote; **dar — a** to garrote
gastar to spend, waste
el gasto expense
gástrico, –a gastric, stomach
el gatera riff-raff
gatesco, –a catlike
el gato cat
gatuno, –a catlike
el gemelo twin; **–s** binoculars
el gemido groan, howl
gemir (i) to groan
la generalidad generality
el género kind, genre, merchandise; **— humano** human race
la generosidad generosity
el genio temper, genius, character, disposition
la gente people
el gentil gentile, heathen
la genuflexión genuflection

germinar to germinate
el gerundio gerund
gestionar to manage, strive for
el gesto gesture, face, look, appearance
gimotear to whine
girar to turn
el giro draft
Giro Mútuo Credit and Exchange
el gobernador governor
gobernar (ie) to govern, manage
el gobierno government, control
el goce enjoyment
el golfo gulf, sea, chaos, large number
la golosina snack
el golpe blow
golpear to strike, hit, knock
la goma gum, glue
gordo, –a fat, plump, big
el gorjeo trill, warbling
la gorra cap
el gorrete cap
el gorrino pig
el gorrión sparrow
el gorro cap
gozar to enjoy
el gozo joy
gozoso, –a joyful
la gracia grace, charm; **–s** thanks; **tener —** to be funny; **hacerle a uno —** to strike one as funny; **caer en —** to please
gracioso, –a gracious, attractive, witty
el grado degree
la grajera smudge, specks
la gramática grammar
la grana tangled mop (of hair)
granadino, –a of Granada
grandón, –dona very big
el grandor size
granel : a — in bulk
el granuja urchin, waif
la grasa grease
gratuito, –a gratuitous
gravativo, –a burdensome, heavy
la gravedad gravity
gravoso, –a burdensome, tiresome
el grillete shackle
gritar to shout
el grito shout, shriek
la grosería grossness, rudeness
grosero, –a coarse, gross
grotesco, –a grotesque
la gruesa gross
grueso, –a thick
gruñir to grunt, growl
el guante glove
la guapeza good looks, showiness
guapo, –a handsome, good-looking
guapote good-natured, nice
guardar to guard, keep show; **— cama** to be sick in bed
el guardia guard, police
guarnecer to provide
guasón, –sona funny, comical
gubernamental governmental
la guerra war
el guerrero warrior
el guía guide
guiar to guide
la guindilla hot pepper
el guisado stew
guisar to cook, arrange
el guisote hash, poor dish
el gusano worm
gustar to like

el gusto taste, liking, pleasure; **a —** at ease, in comfort; **a — de** to the liking of
gustoso, –a agreeable, pleasant

H

el habano Havana cigar
haber to have, get; **hay que** + *inf.* to be necessary to + *inf.*; **— de** must, to have to, to be to
hábil skillful
la habilidad ability, feat
el habilitado paymaster
la habitación room
el habitante occupant
habitar to live
hacendoso, –a industrious
hacer to do, make, act, play the part of, pretend to be, withdraw; **–se** to become; **— calceta** to knit; **— compañía** to keep company; **— el favor de** to do the favor of; **— falta** to need; **— caso de** to pay attention to
hacia toward, in the direction of
la hacienda treasury
el hacha (*f.*) axe
el hachazo blow with an axe
hala get going
el halago flattery
halagüeño, –a bright, flattering
hallar to find; **–se** to be
el hallazgo discovery, find
el hambre (*f.*) hunger; **tener —** to be hungry; **pasar –s** to go hungry
hambriento, –a hungry
la harina flour, wheat
harto, –a fed up; *adv.* quite, very, well
he (*adv.*) here is, here are, lo and behold
la hebilla buckle
la hecha: de esta — at this point
el hechizo charm
el hecho fact, deed, act
la hechura creation, making, form
helado, –a frozen, chilly
helvético, –a Helvetic
la hembra female
la hemoptisis spitting of blood
el heredero heir
la herejía outrage, insult
la herencia inheritance
la herida wound
herido, –a hurt, wounded
herir (ie) to wound, hurt
la hermana sister
la hermanastra stepsister
hermoso, –a beautiful
la hermosura beauty
el herradero place for branding cattle
la hiel gall, bitterness
el hierro iron
el higo fig; **no valer un —** to be not worth a damn
la hija daughter
la hijastra step-daughter
el hijo son, child
la hilaridad hilarity
el hilo thread; **al —** along the thread
el hilván basting, tacking
el himno hymn
hincar to stick, sink; **–se** to kneel
hinchado, –a swollen, puffed

la hipérbole hyperbole
hiperbólico, –a hyperbolic
hipócrita hypocritical
hipotecable mortgageable
la hipótesis hypothesis
hirviente boiling, seething
el histrión actor
el histrionismo histrionics
el hocico snout, face
la hoja leaf, page
hojear to leaf through
el holgazán loafer, bum
el hombro shoulder
hombruno, –a mannish
homérico, –a Homeric
homicida homicidal
hondo, –a deep
la hondonada lowland
la hondura depth
el hongo derby
la honra honor, dignity
la honradez honesty
honrado, –a honorable, honest
honroso, –a honorable
la hora hour, time; **la — de comer** dinner time; **en buena —** safely, luckily
horadar to pierce
la horca gallows
el horizonte horizon
la hormiga ant
el hormigueo swarm
la hornada batch, crop
horrorizar to horrify
la hortera wooden bowl
el hospedaje lodging
hospedar to lodge
la hostia Host
hostigar to drive
la hostilidad hostility
hoy today
hueco, –a hollow, soft
el hueco opening, niche, space
la huelga rest, strike
la huerta garden
el hueso bone
el huésped guest; **casa de —es** boarding house
el huevo egg
la huída flight, escape
huir to flee
el hule oilcloth
humedecer to moisten; **–se** to become moist, become wet
humilde humble
la humillación humiliation
el humo smoke, air
la humorada pleasantry, bit of humor
el humorismo humor, humorousness
humorístico, –a humorous
hundirse to sink
el hurón weasel

I

idear to think up
idéntico, –a identical
la idiosincrasia idiosyncrasy
la iglesia church
la ignominia ignominy
ignorar not to know
igual equal, same; **por —** equally
la iluminación illumination
iluminado, –a lighted
ilusionar to have illusions
ilustrar to illustrate
la imagen image
imaginar to imagine

la imbecilidad imbecility, stupidity
imitar to imitate
la impaciencia impatience
impacientarse to become impatient
impávido, –a fearless
impedir (i) to prevent
imperioso, –a imperative
el ímpetu impetus
impetuoso, –a impetuous
impío, –a pitiless, cruel
implorar to implore
imponer to impose
importar to be important, import, matter
importunar to importune
la importunidad annoyance
importuno, –a inopportune
la imposibilidad impossibility
impresionar to impress
impreso, –a impressed, imprinted
la imprevisión lack of foresight
improviso, –a unforeseen; **de —** suddenly
el impuesto tax
impulsar to impel
el impulso impulse, thrust
inacabable unending
inaceptable unacceptable
la inadvertencia inadvertence, oversight
inagotable inexhaustible
inapreciable inestimable
inaudito, –a unheard of
incansable tireless
incapaz incapable
el incensario censer
incesante incessant
inclinar to lean, rest; **–se** to bow
ínclito, –a illustrious, distinguished
incluir to include
incluso, –a including
incoloro, –a colorless
incomodar to inconvenience; **–se** to get annoyed
inconsciente unconscious
la incontinencia incontinence, lack of restraint
el inconveniente difficulty, objection
incorporar to incorporate; **–se** to sit up
la incredulidad incredulity, disbelief
incrédulo, –a incredulous
increíble incredible
la incumbencia duty; **ser de la — de** to be within the province of
indecible unspeakable
indecoroso, –a improper
indefenso, –a defenseless
indefinible indefinable
indeleble indelible
indelicado, –a indelicate
la independencia independence
indeterminado, –a indeterminate
el indicador indicator
indicar to indicate
el índice index
el indicio sign
la indiferencia indifference
indignado, –a indignant
indignarse to get indignant
la indirecta hint
indiscreto, –a indiscreet
indiscutible indisputable
indisponer to upset; **— a una**

persona con to prejudice a person against
el **individuo** individual
indolente indolent
inducir to induce, lead
indudable certain
la **indulgencia** indulgence
la **indumentaria** clothing
la **industria** industry
industrial industrial, manufacturing
inefable ineffable
inerme unarmed
inexperto, –a inexperienced
inexplicable unexplainable
infaliblemente without fail
infamante slanderous
infame infamous
la **infancia** infancy, childhood
el **infanticidio** infanticide
infantil childish
infatuar to make vain or conceited
infeliz unhappy, wretched
inferior inferior, lower — **a** less than
el **infierno** hell
inflamarse to become inflamed, catch fire
la **inflexión** inflection
la **influencia** influence, pull
influyente influential
informar to inform, fill
informe shapeless
infortunado, –a unfortunate
infundir to instil
el **ingenio** talent, skill, cleverness
ingenioso, –a ingenious
ingénito, –a innate
la **ingenuidad** ingenuousness
ingenuo, –a ingenuous
Inglaterra *pr. n.* England
el **ingrato** ingrate
la **inicial** initial
iniciar to initiate, begin
la **iniciativa** initiative
inicuo, –a iniquitous
ininteligible unintelligible
injurioso, –a offensive, insulting
la **inmanencia** immanence
el **Inmemorial** *pr. n.* army band
inmolar immolate
inmóvil motionless
la **inmovilidad** immobility
inmovilizar to immobilize, bring to a standstill
inmundo, –a dirty, indecent
la **inocencia** innocence
inofensivo, –a inoffensive
inopinado, –a unexpected
inquebrantable unbreakable
inquietar to worry, disturb
inquieto, –a restless
la **inquietud** restlessness
el **inquilino** tenant, renter
la **inquina** dislike
inquirir (ie) to inquire
insano, –a insane, wild
la **inseguridad** unsureness
inseguro, –a unsure
insensato, –a senseless
insensible insensitive, unconscious
la **insinuación** insinuation, intimation
insinuante insinuating, crafty, engaging
insinuar to insinuate
la **insipidez** insipidity
la **insistencia** insistence
insistir to insist
la **insolencia** insolence

el insomnio insomnia
insoportable unbearable
inspeccionar to inspect
inspirar to inspire
la instancia entreaty, request, instance
el instante instant; **al —** right away
instintivo, –a instinctive
el instinto instinct
instruir to instruct
la insuficencia inadequacy
insufrible insufferable
insultar to insult
la integridad integrity
el integrismo integrity
la inteligencia intelligence, understanding
intempestivo, –a untimely
la intensidad intensity
intentar to try, attempt
el intento intent, purpose
el interés interest, self-interest
interesar to interest; **–se** to be interested; **–se por** to take an interest in
el interlocutor interlocutor, speaker
interponer to interpose
la interrogación question
interrogar to interrogate
la interrupción interruption
la intervención auditing, intervention
intervenir (ie) to intervene
intimar to become intimate or well-acquainted
íntimo, a– intimate
la intranquilidad worry, uneasiness
intranquilizar to worry
intranquilo, –a worried, uneasy
intrigar to intrigue
el intríngulis mystery
introducir to introduce; **–se** to gain access, enter
el intruso intruder
inundar to flood
inusitado, –a unusual
inútil useless
invadir to invade
inventar to invent
la inventora inventor
inverosímil improbable, unlikely
ir to go; **— a** + *inf.* to be going to
la ira wrath
iracundo, –a angry, irate
irrebatible irrefutable
irreconciliable unreconcilable
irrecusable unimpeachable
irreductible irreducible
irrefragable undeniable
la irregularidad irregularity
irrespetuoso, –a disrespectful
irritar to irritate; **–se** to become irritated
Italia *pr. n.* Italy
italianizar to Italianize
el italiano Italian
el itinerario itinerary
izquierdo, –a left

J

jadeante panting, out of breath
jamás never
el jamón ham
la jaqueca headache, bore
jaquecoso, –a boring, tiresome
el jardín garden
el jarro pitcher

el jaspe marble
la jaula cage
el jefe chief
la jerarquía hierarchy
la jeremiada tirade
jeringado, –a pesty, plaguey
Jesús *pr. n.* Jesus, my goodness
la jeta face
jocoso, –a jocular, funny
el jornalero day laborer
la joroba hump, defect
jóven young; *pl.* young people
la joya jewel
jubilarse to retire
el juego game
el jueves Thursday
el juez judge
jugar (ue) to play
el juguete plaything, toy, skit, gay song
la juguetería toyshop
el juicio judgment, right mind
el jumento donkey, fool
juntar to join
junto, –a joined; **— a** near, close to
jurar to swear
justo, –a just, right, correct
la juventud youth
juzgar to judge

L

el laberinto labyrinth, maze
el labio lip
ladear to tip, tilt; **–se** to side-step, turn away
el lado side, direction; **de —** on the side
ladrar to bark
el ladrillo brick
el ladrón robber
la lagarta sly woman
la lágrima tear
lambiono, –a common, cheap, flashy
lamentar to lament, complain
la lámina picture
la lámpara lamp
la lana wool
el lance event
la lanzada thrust with a lance
lanzar to launch, throw, hurl; **–se** to rush
largarse to beat it, clear out
largo, –a long
la lástima pity
lastimar to injure, offend
el latinaje Latin words or phrases
lavar to wash
el lazo bow, knot
leal loyal
la lección lesson
el (la) lector (–ra) reader
el lecho bed
leer to read
el legajo file, bundle of papers
lejano, –a distant
lelo, –a stupid, dull
el lema motto
la lengua tongue
el lenguaje language
el lente lens; **–s** nose glasses
lento, –a slow
la leña kindling
el león lion
la leonera den of lions
el letargo lethargy
la letra letter, work, handwriting
el letrero sign
levantar to raise, lift, raise; **–se** to rise, get up

leve light, slight
liar to tie, wrap around
la libación libation
la libertad liberty
librar to free, deliver
libre free
el libro book
la licencia permission
lícito, –a just, right
el licor liquor
la liebre hare
ligero, –a light, slight, nimble
limitar to limit, bound
el limón lemon
la limosna alms
la limpieza cleanness, neatness
limpio, –a clean
el lince lynx, shrewd person
lindo, –a pretty; **de lo —** a great deal
la línea line, rank
linfático, –a sluggish
el lío bundle, package, mess, muddle, liaison.
lisonjero, –a flattering
listo, –a ready, quick, alert, clever
litúrgico –a liturgical
liviano, –a light
el lobo wolf
lóbrego, –a dark, gloomy
la localidad locality
loco, –a crazy, mad
la locuacidad loquacity
lograr to get, succeed in
la lombriz worm
la lontananza background
la loza crockery
la lozanía vigor
lúcido, –a magnificent, sumptuous, brilliant
lucir to show, display
la lucha struggle
luchar to struggle
luego soon, at once, then
luengo, –a long
el lugar place
lúgubre dismal, gloomy
el lujo luxury; **de —** deluxe
lujoso, –a luxurious
la lumbre fire, light
luminoso, –a luminous, bright
la luna moon; **— de miel** honeymoon
el lustre shine, luster
lustroso, –a shining, bright, shiny
el luto mourning
la luz *pl.* **luces** light

LL

llamar to call, knock, ring; **–se** to be called, be named
llamativo, –a flashy, gaudy
el llanto weeping
la llave key
el llavín latchkey
la llegada arrival
llegar to reach, arrive; **— a** + *inf.* to get, succeed in
llenar to fill, bother, cover
lleno, –a full; **de —** fully
el lleno fill, plenty, fulness
llevar to carry, wear, bring, take; **–se** to carry off, take away; **–se bien con** to get along well with
llorar to cry
el lloro weeping
llover (ue) to rain

M

machacar to mash, pound
la madera wood
el madero beam, log, piece of wood
la madre mother
la madrina godmother, patroness
la madrugada dawn
el madrugador early riser
madrugar to get up early
maestro, –a main, principal
el maestro teacher
la Magdalena *pr. n.* Magdalene
el magistrado magistrate
magnánimo, –a magnanimous
la magra slice of ham
la majadería folly
majadero, –a stupid, annoying
majestuoso, –a majestic
majo, –a sporty, dressed up
el mal evil, harm, damage, illness
la malaventura misfortune
maldecido, –a accursed, damned
la maldición curse
maldito, a– accursed, wicked, damned
maleante malicious
el malestar indisposition
malévolo, –a malevolent
malhadado, –a ill-fated, unlucky
la malicia malice, trickiness
la malignidad malignance
maligno, –a evil, unkind
malo, –a bad, evil, ill; **estar —** to be ill
malogrado, –a ill-fated, late
malograrse to fail
malucho, –a sickly
la mampara screen
el maná manna
el mancebo youth, clerk
la mancha spot, stain
manchar to spot, stain
el manchurrón big spot
el mandadero errand boy
el mandamiento order, commandment
mandar to order, send, tell
la mandíbula jaw
el mandil apron
mandria cowardly
manejar to manage, handle
la manera manner, way
la manga sleeve
la manga-cruz draping for the cross
el manguito half sleeve, sleeve protector
manifestar (ie) to manifest, express
el maniquí manikin, dress form
la mano hand; **darse las –s** to join hands
el manojo handful, bundle
manosear to handle, fondle
la manotada slap
el manotazo slap, throw
la mansedumbre gentleness, meekness
la mansión dwelling
la manta blanket
mantener (ie) to maintain, keep
el manto mantle, cloak
el mantón shawl
manuscrito, –a handwritten
la maña bad habit
el mañana tomorrow
la mañana morning
la máquina machine
maquinal mechanical
el mar sea

maravillar to astonish; **–se de** to wonder at
maravilloso, –a marvelous
marcado, –a marked, pronounced
marcar to mark
la marcha march, progress, departure; **en —** in motion
marchar to march; **–se** to leave
marchito, –a withered, languid
marear to annoy, confuse; **–se** to become dizzy
el marido husband
el marqués marquis
la marquesa marchioness
marrano, –a dirty, vile
marras, de — well-known
marrano, –a sloppy, base, vile
el martirio martyrdom
martirizar to martyr
el marzo March
más more, further; **— bien,** rather; **por — que** no matter how much; **cuando —** at most
la masa mass
mascar to mumble
la máscara mask
matar to kill
la materia matter, stuff, material
materno, –a maternal
el matiz hue, shade
el matrimonio marriage, married couple
mayar to meow
el mayido meow
el mayo May
mayor larger, older, greatest, main
la maza hammer
el mecanismo mechanism
la medalla medallion
la media stocking
el mediador mediator
mediano, –a average, fair, mediocre
la medianoche midnight
mediante through, by means of; **Dios —** God willing
el médico doctor
la medida measurement
medio, –a half; **a medias** half and half, partially
el medio half, middle means; **en — de** in the midst of; **de en —** in between
el mediodía noon, midday
medir (i) to measure
meditar to meditate, contemplate
medroso, –a fearful, dreadful
la mejilla cheek
mejor better, best; **a lo —** like as not
mejorar to improve
melancólico, –a melancholy
la melena long hair, mane
melenudo, –a long-haired
la melodía melody
meloso, –a honeyed, mild
membrudo, –a burly, husky
la memoria memory, account, records; **–s** regards
el memorialista public secretary
el mendigo beggar
el mendrugo crumb, crust
menear to shake, way, wiggle
el meneo wagging, hustling stirring
el menester want, need, lack; **ser —** to be necessary
menguado, –a small, slight

menor smaller, younger
menos less, least, except; **no poder — de** to not be able to help; **al —** at least
el mensaje message
el mensajero messenger
la mente mind
mentir (ie) to lie
la mentira lie
mentiroso, –a lying
el mentiroso liar
menudo, –a small, slight; **a —** often
el meollo brain
merecedor, –dora deserving
merecer to merit, deserve
la merienda lunch, snack
mero, –a mere
el mes month
la mesa table
metálico, –a metallic
el metálico hard cash
meter to put, place, stick; **–se** to become; **–sele a uno en la cabeza,** to get it into one's head; **–se en** to plunge into, get into; **–se a** to take it upon oneself to
metido, –a full, close, involved in
metódico, –a methodical
el método method
el metro meter
la mezcla mixture
mezclar to mix
mezquino, –a tiny
el miau meow
el mico skinny fellow, kid
el micho cat
el miedo fear; **tener —** to be afraid
la miel honey; **luna de —** honeymoon
las mientes mind
la miga bit, soft part of bread, substance; **tener —** to have something to it
mil thousand
el milagro miracle
milésimo, –a thousandth
militar military
mimar to pamper, spoil
el mimbre wicker
el mimo pampering, indulgence
el ministerial minister
el ministerio ministry
el ministro cabinet minister
minucioso, –a meticulous
la mirada glance, look
el miramiento look, misgiving
mirar to look at, consider; **— por** to look out for
la misa mass
el misal missal
la misantropía misanthropy, dislike
misantrópico, –a misanthropic
la miseria wretchedness, pittance
misericordioso, –a merciful
mísero, –a miserable
la misiva missive, letter
mismo, –a same, own, very self; **ahora —** right now
el misterio mystery
misterioso, –a mysterious
la mitad half; **a la —** half way through
la mitra miter
la mocedad youth
el mocoso brat
los modales manners
modelar to model

moderarse to control oneself
la **modestia** modesty
modificar to modify, amend
el **modo** way, manner, mood; **de — que** so; **al — de** like
modoso, –a quiet, well behaved
mohino, –a sad, gloomy
Moisés *pr. n.* Moses
mojar, to soak, wet, moisten
el **molde** mold, form
la **mole** mass, bulk
mono, –a cute, nice
el **mono** monkey
el **monólogo** monologue
el **monosílabo** monosyllable
el **monstruo** monster
la **monstruosidad** monstrosity
la **monta** sum; **de tanta —** of so great importance
montado, –a mounted; **— al aire** mounted in a high setting
la **montaña** mountain
montar to ride, cock (a gun); **–se** to mount
el **monte** mountain
el **montón** pile, heap, lot
el **monumento** monument, platform
la **morada** house
morado, –a mulberry (color)
la **moral** morals, morale
la **moralidad** morality
morboso, –a morbid
mordaz biting, corrosive
la **mordaza** gag
morder (ue) to bite
moreno, –a brown, dark-complexioned
moribundo, –a dying
morir (ue) to die
la **morisqueta** mean trick
el **moro** Moor
moroso, –a slow, delinquent
el **morral** dunce, boor, knapsack
el **morro** face, thick lips
el **morrongo** cat
mortecino, –a dying, failing
mortificante mortifying
mortificar to mortify
mortuorio, –a funeral
la **mosca** fly
el **moscatel** muscatel
la **moscona** hussy
mostrar (ue) to show
el **mote** nickname
motejar to scoff at, call names
motivar to motivate, explain
el **motivo** motive, reason
movedizo, –a shaky, shifting
mover (ue) to move
el **móvil** cause, reason
el **movimiento** movement
el **mozo** waiter, boy, lad
el **muchacho** boy
la **muchedumbre** crowd, mob
mudar to move, change; **–se de ropa** to change clothes
mudo, –a silent, mute
la **mueca** face, grimace
la **muela** back tooth
la **muerte** death
muerto, –a dead
la **muestra** sample, sign
la **mugre** dirt, filth
la **mujer** woman, wife
la **mujerona** big woman
la **muleta** crutch
la **multiplicidad** multiplicity
la **multitud** multitude, crowd
mundanal worldly

el mundo world, knowledge of the world
el municipio municipality
la munificencia munificence
la muñecona silly woman
el murmullo murmur
murmurar to murmur
el muro wall
la musa muse
la musaraña shrew, bug; **pensar en las –s** to be absent-minded
el músico musician

N

nacer to be born
naciente incipient, rising
el nacimiento birth, nativity scene
la nacionalidad nationality
nadar to swim
la nariz *pl.* **–rices** nose
el natural native
la naturaleza nature
el náufrago shipwrecked person
la nave nave
la necedad foolishness, folly
la necesidad necessity, need
necesitar to need
el necio fool, bullheaded person
nefando, –a infamous, abominable
negar (ie) to deny; **–se** to refuse
la negación refusal
la negligencia negligence
el negociado department, bureau
el negocio business
negro, –a black
la negrura blackness
la nena baby
el nene baby
el nervio nerve
el nietecillo little grandson
el nieto grandson
la nieve snow
nimio, –a excessive
la niñez childhood
el niño boy, child
nivelar to level, balance
la nobleza nobility
la noche night
nombrar to name, appoint
el nombre name
la nómina pay roll
la nominilla voucher
la normalidad normality
el norte north
la nota note
notar to notice
la notaría notary's practice
el notario notary
la noticia news, information
notorio, –a notorious
la novedad surprise, news
novel new, inexperienced
la novelería curiosity
el novio suitor
la nube cloud
nublar to cloud, dim
el nudo knot
la nueva news
nueve nine
nuevo, –a new; **de —** again
la nulidad nobody
nulo, –a null, void
numerar to number
numismático, –a numismatic
nunca never

Ñ

ñoño, –a timid and whiny

O

obedecer to obey; — **a** to be due to, arise from
la **obediencia** obedience
el **obispo** bishop
objetar to object
el **objeto** object
la **oblea** sticker
obligar to oblige, force
la **obra** work; — **de** a matter of
obrar to work, operate
la **obscuridad** darkness, obscurity
obscuro, –a dark, obscure; **a –as** in the dark
obsequiar to flatter, present
el **obsequio** present
el **observador** observer
observar to observe
el **obstáculo** obstacle
obstante standing in the way; **no** — however, nevertheless
obstinarse to be obstinate; — **en** to persist in
obtener (ie) to obtain, win
obviar to obviate, remove
la **ocasión** occasion, opportunity
la **ociosidad** idleness
ocultar to conceal
oculto, –a hidden
ocupado –a occupied, busy
ocupar to occupy; **–se** to be busy; **–se de** to be engaged in, pay attention to
la **ocurrencia** occurence, witticism
ocurrir to occur; **–sele a uno** + *inf.* to occur to one to + *inf.*
ocho eight
odiar to hate
el **odio** hatred
ofender to offend
la **ofensa** offense
el **oficial** officer
la **oficina** office
oficinesco, –a clerical
el **oficio** occupation, role
ofrecer to offer
el **ofrecimiento** offer
el **ogro** ogre
el **oído** hearing, ear
oír to hear, listen to
la **ojeada** glance
el **ojo** eye
la **ola** wave
oler (ue) to smell
olfateador, –dora sniffer
olfatear to smell, sniff out
el **olfato** sense of smell
el **olor** smell
oloroso, –a fragrant
olvidadizo, –a forgetful
olvidar to forget
el **olvido** forgetfulness, oblivion
once eleven
la **ondulación** wave
la **onza** ounce
la **ópera** opera
opinar to opine, judge
oponer to oppose, object
la **oportunidad** opportunity
oportuno, –a opportune
oprimir to oppress, squeeze, press
el **optimismo** optimism
optimista optimistic
opuesto, –a opposite, contrary
la **oración** prayer
la **orden** order
el **ordenanza** errand boy
la **ordenanza** order

ordenar to order; **–se** to become ordained
ordinario, –a ordinary, common
la **oreja** ear
el **organismo** organism
el **orgullo** pride
el **origen** origin
la **orilla** edge
el **oro** gold
osar to dare
oscilar to oscillate, waver
el **oso** bear
el **ostracismo** ostracism
otorgar to grant, execute
el **ovillo** ball of yarn
oxigenarse to go out for fresh air

P

la **paciencia** patience
pacífico –a peaceful
padecer to suffer
el **padre** father; **los –s** parents; — **político** father-in-law
el **padrinazgo** sponsorship, patronage
el **padrino** sponsor, godfather
la **paga** pay, salary
pagar to pay
el **pagaré** I. O. U.
el **pago** payment
el **país** country
el **pájaro** bird; — **gordo** big shot
la **palabra** word, speech
la **palabreja** incidental word
la **palabrería** wordiness
el **palacio** palace
el **palco** box, row of seats
palidecer to turn pale
pálido, –a pale
el **palio** pallium, cloak
el **palique** chit-chat
el **palito** perch
el **palitroque** piece of kindling
la **palma** palm
la **palmatoria** candlestick
el **palo** stick
palpable palpable, plain
palpar to touch, feel, grope
palpitante throbbing, burning
la **pamema** flattery
la **pamplina** nonsense
el **pan** bread
pánfilo, –a sluggish
panoli simpleton, dunce
la **pantalla** screen
el **pantalón** pants, trousers
la **pantera** panther
la **pañosa** cloak
el **pañuelo** handkerchief
el **papa** pope
la **papa** hoax, fake, lie
el **papel** paper, role
la **papelera** writing desk
la **papeleta** card, ticket
el **papelote** worthless piece of paper
el **paquete** package
el **par** pair, couple
parabólico, –a parabolic
la **parada** stay, stop
el **paraguas** umbrella
el **paraíso** paradise, top gallery
paralizar to paralyze
parar to stop, put up, get; **–se** to stop
parásito, –a parasitic
pardo, –a brown
parecer to seem, appear, show up; **–se a** to resemble; **al** — seemingly

el parecer opinion
parecido, –a like, similar
el parecido resemblance
la pared wall
la pareja pair
la parentela kinfolk, relations
el parentesco relationship
el paréntesis parenthesis; **entre —** by the way
el pariente relative
la parla facility in speaking
parlamentario, –a parliamentary
el parlamento speech
la parola chat, talk
el párpado eyelid
la parrafada confidential chat
el parricida parricide
la parte part; **en todas –s** everywhere; **de — de** on the side of
participar to share
partícipe participant
el participio participle
particular particular, peculiar
la partida group, gang, game, shipment
partir to leave, split; **— en dos** to divide; **–se** to split
la pasa raisin
la pasada passing; **mala —** mean trick
el pasaporte passport
pasar to pass, come in, be, spend, happen, suffer; **–se** to go over; **— hambre** to go hungry; **— revista** to go over carefully
el pase pass, feint
el paseante stroller
pasear to take a walk
el paseo walk, stroll, promenade, turn
el pasillo hall
la pasividad passivity
pasivo, –a retirement
el pasmarote gawky, dull person
pasmarse to get chilled, be astounded
el pasmo astonishment
el paso step, passing, rate, incident; **abrirse —** to force one's way; **de —** on the way
la pasta pastry, cookie
el pastel pastry
la pastelería pastry shop
el pastor shepherd
la pata leg; **–s arriba** upside down
el pataleo kicking
la pataleta fit, convulsion
la patata potato
patear to kick
paterno, –a paternal
patético, –a pathetic
el patio patio, court, orchestra
la patochada blunder, stupidity
la patrona patroness, owner, mistress
pausado, –a slow, calm
el pavor fear
pavoroso, –a frightful, terrible
la paz peace
el peatón walker, pedestrian
el pecado sin
pecador, –dora sinful
pecar to sin; **— de** to be too + *adj.*
la pécora schemer
el pecho breast
pedagógico, –a pedagogical
el pedazo piece, bit

pedigüeño, –a demanding, insistent
pedir (i) to ask, ask for, beg, require
la **pedrería** jewelry
la **pegadura** sticking, fastening on
pegajoso, –a sticky, tempting
pegar to stick, fasten, be close to, beat, let go, close, strike, hit; **— un tiro** to shoot
el **peinador** dressing gown
peinarse to comb one's hair
el **peine** comb
el **peldaño** step
pelear to fight
el **peligro** danger
peligroso, –a dangerous
el **pelo** hair, appearance; **tomar el — a** to make fun of
la **pelota** ball
peludo, –a hairy, shaggy
pellizcar to pinch
la **pena** hardship, sorrow
pendiente hanging, dependent on
la **penetración** penetration, insight
penetrar to penetrate, ascertain
penoso, –a difficult, suffering
el **pensador** thinker
el **pensamiento** thought
pensar (ie) to think
pensativo, –a pensive
la **penumbra** partial dark
la **penuria** poverty
peor worse
la **pequeñez** smallness
pequeño, –a small, little
el **pequeñuelo** tot, little fellow
percibir to perceive
la **percha** clothes rack
el **perchero** clothes rack
perder (ie) to lose, waste; **–se** to get lost; **no — ripio** to not miss a trick
la **pérdida** loss
el **perdido** profligate, rake
la **perdiz** partridge
el **perdón** pardon, forgiveness
perdonar to pardon, forgive
perdulario, –a vicious, incorrigible
perecer to perish
peregrino, –a strange, singular
el **perendengue** trinket, earring
perezoso, –a lazy
la **perfidia** perfidy, treachery
el **perfil** profile
la **pericia** skill
el **periódico** newspaper
el **periodista** journalist
perjudicar to prejudice, harm
el **perjurio** perjury
permanecer to remain
la **permanencia** stay
el **permiso** permission
permitir to permit
la **perorata** harangue
perpetuo, –a perpetual
la **perplejidad** perplexity
la **perrería** angry word, meanness
perro, –a wretched, hard
el **perro** dog, coin
la **persecución** pursuit
perseguir (i) to pursue, persecute
persignarse to cross oneself
el **personaje** personage, character
el **personal** personnel
la **personalidad** personality
persuasivo, –a persuasive
pertenecer to belong
perteneciente belonging

la perturbación disturbance, upset
la perversidad perversity
perverso, –a perverse, depraved
la pesadez heaviness
la pesadilla nightmare
pesado, –a heavy
la pesadumbre sorrow, trouble
pesar to weigh, grieve, cause, regret
el pesar grief; **a — de** in spite of
pescar to fish, catch, manage to get
el pescuezo nick
el pesimismo pessimism
pesimista pessimistic
el peso weight
la pesquisa investigation
el petróleo oil
petulante flippant, insolent
piadoso, –a pious, pitiful
piar to chirp
picar to pierce; **— muy alto** to aim high
el pícaro rascal, rogue
la picarona rogue, hussy
el pico beak, tip
picón, –cona teasing
el picotazo peck
picotear to chatter, gab
el pie foot, base; **en —** standing; **ponerse en —** to stand up
la piedad piety, pity
la piedra rock, stone
la piel skin, fur
la pierna leg
la pieza piece, room, play
la pignoración pledging, pawning
la píldora pill
pillar to plunder, pillage
el pillete scamp
pillo, –a rascally, crafty
el pindongueo gadding
el pingajo rag, tatter
el pingo rag, tatter
el pino pine
pintar to paint, describe; **–la** to put on airs, act up; **— la mona** to act important; **–se** to put on make-up
pintorreado, –a daubed
la pintura painting, picture, portrayal; **no poder ver ni en —** to not be able to stand the sight of
el pinturero show-off
el piropo flattery, compliment
la pisada footstep
el piso floor
la pizarra slate
el pláceme congratulation
el placer pleasure
la plana page
planchar to iron, press
plano, –a level; **de —** clearly, flatly
plantar to plant; **–se** to take a stand, balk, stand, land, arrive
plantear to plan, state, pose
la plantilla roster, plan, design
el plantón period of waiting
la plata silver
el plato plate, dish
la plaza square, employment, place
la plazuela small square
la plegaria prayer
el pleito lawsuit, dispute
el pliego folder, sheet
el pliegue fold, crease
la pluma feather, pen
plumear to write

el plumero duster
poblar (ue) to populate; **–se** to become full
pobre poor
la pobreza poverty
poco, –a little; **a —** shortly, almost; **a — de** shortly after; **por —** almost, nearly
poder (ue) to be able, can, to have strength; **no — menos de** to not be able to help; **— mucho** to be powerful
el poder power; **en su —** in their hands
poderoso, –a powerful
la polaquería corruption
el policía policeman
la polilla destroyer
político, –a political, courteous, –in–law; **padre —** father-in-law
el político politician
el polvo dust, powder
la pólvora gunpowder
polvoroso, –a dusty
la polla pullet, lass
el pollancón overgrown boy
el pollo chicken
el pómulo cheekbone
poner to put, place, put on, assume; **— en ridículo** to make a fool of; **—se** to become, get, turn, set out; **–se a** to begin to; **—se en dos patas** to stand up on two legs; **–se en pie** to stand up; **—se de acuerdo** to be in agreement
por by, through, for, around, about; **— si** in case; **— +** *adj.* **+ que** however + *adj.*
la porcelana porcelain
la porción portion, batch
el pordioseo begging
la porfía persistence, stubbornness
porfiado, –a stubborn, persistent
el pormenor detail
el porqué reason
porque because, in order that
la porquería dirt, filth
el porrazo blow, bump
el portador bearer, carrier
el portal doorway
el portamonedas pocketbook, purse
portarse to behave
el portazo bang or slam (of door)
la portera portress, concierge
la portería main door, doorman's office
el portero doorkeeper
el pórtico portico, porch
el porvenir future
poseer to possess
la posibilidad possibility
el postre dessert
la postulación petition
la potentada big shot
el potentado potentate, big shot
el pozo well
práctico, –a practical
la precaución precaution
preceder to precede
la preciosidad beauty
precioso, –a precious, pretty
precipitarse to rush
la precisión need, precision
preciso, –a necessary, precise
preconizar to proclaim
precoz precocious

precursor preceding, preliminary
el **predicador** preacher
predicar to preach
predilecto, –a favorite
la **preferencia** preference; **con —** preferably
la **pregunta** question
preguntar to ask
el **prejuicio** prejudgment, prejudice
premiar to reward
el **premio** prize, reward
la **prenda** pledge, garment, pawn, household article, darling, talent
prendar to pawn, charm; **–se de** to fall in love with
la **preocupación** preoccupation, worry
preocupado, –a preoccupied
el **preparativo** preparation
la **presa** dam, flume
el **presagio** omen
la **presencia** show
presentar to present; **–se** to appear
el **presentimiento** presentiment
el **prestamista** moneylender, pawnbroker
el **préstamo** loan
prestar to lend, give
la **presteza** quickness; **con —** quickly
la **prestidigitación** sleight of hand
presumido, –a vain
presumir to presume
la **presunción** presumption, conceit
presunto, –a supposed
el **presupuesto** budget
presuroso, –a speedy, quick, in a hurry
pretender to pretend, try for, claim
el **pretendiente** office seeker, applicant, suitor
la **preterición** preterition, omission
pretextar to use as a pretext
la **prevención** preparation, jail, warning, forecast
previo, –a previous, preceding
la **previsión** foresight, forecast
previsor, –sora foresighted
primario, –a primary
primero, –a first
principiar to begin
el **principio** beginning, principle; **a –s de** around the beginning of
la **prisa** haste, hurry; **dar —** to rush; **a toda —** in a big hurry
privar to deprive; **–se de** to give up
la **probabilidad** probability
probar (ue) to prove, try
probo, –a honest, just
procaz impudent, bold
la **procedencia** source
proceder to proceed, come
el **procedimiento** procedure
proclamar to proclaim
procurar to obtain, provide
prodigar to lavish
producir to produce
profesar to profess
profundo, –a profound, deep
la **progenitura** offspring
prohibir to prohibit, forbid
el **prójimo** fellow man

prolijo, –a fussy, generous
prolongado, –a prolonged, long
la **promesa** promise
prometer to promise
la **prometida** fiancée
la **prontitud** promptness
pronto, soon, quick, ready; **de** — suddenly
pronunciar to pronounce, utter
propicio, –a propitious
la **propiedad** property, copyright
el **propietario** owner
propio, –a proper, suitable, same, himself, herself, etc.
proponer to propose
proporcionar to provide, furnish
el **propósito** purpose, determination; **de** — on purpose
la **propuesta** proposal
proseguir (i) to continue
la **prosperidad** prosperity
próspero, –a prosperous
proteger to protect
la **protesta** protest, protestation
protestar to protest
el **prototipo** prototype
el **provecho** advantage, benefit
la **Providencia** Providence
próvido, –a provident, watchful
la **provincia** province
provocar to provoke, arouse
próximo, –a next, neighboring, near, close
la **proyección** projection
el **proyecto** project
la **prueba** proof
el **prurito** itch, urge
psicológico, –a psychological
publicar to publish
el **puchero** pot, kettle
el **pudor** modesty, shyness
pudoroso, –a modest, shy
el **pueblo** town, people
el **puente** bridge
puerco, –a filthy, hoggish
pues well, then, why
puesto *p.p.* of **poner** placed, arranged; — **que** since
el **puesto** place, position
pujante strong, vigorous
el **púlpito** pulpit
pum *interj.* bang!
la **punta** tip
la **puntería** aim
el **punto** point; **al** — at once; **a** — **que** just as; **de** — knitted, by the minute
puntual punctual
la **puntualidad** punctuality, exactness
punzante sharp
el **punzón** punch
el **puñal** dagger
la **puñalada** stab, blow
el **puñetazo** punch, blow with fist
el **puño** fist, grasp, cuff
la **pupila** pupil
el **pupitre** desk
la **purga** laxative, purgative
puro, –a pure, sheer
el **puro** cigar

Q

quebrantar to break, crush
quedar to remain, stay, be
el **quehacer** work, chore
la **queja** complaint
quejarse to complain
quejoso, –a complaining

quejumbroso, –a whining
la **querella** quarrel
la **querencia** fondness, favorite spot, attraction
querer (ie) to wish, want, love
querido, –a beloved
el **quicio** doorjamb; **sacar de —** to drive crazy
quieto, –a quiet, still
la **quijada** jaw
el **quinqué** oil lamp
quinto, –a fifth
el **quinto** draftee, recruit
quinientos, –as five hundred
quitar to remove, take away, get rid of; **–se** to remove from one, give up; **–se de encima a** to get rid of
quizás perhaps

R

la **rabia** rage
rabiar to rave, get mad; **— por** to be dying to
rabicorto, –a tight in the seat, short-tailed
la **rabieta** tantrum, trouble
rabioso, –a furious
el **rabo** tail
el **raciocinio** reason
la **ración** ration
racional rational
la **ráfaga** gust, puff, flash
la **raíz** *pl.* **raices** root; **echar raices** to take root
ralo, –a sparse, thin
el **ramaje** foliage, branches
el **ramo** branch, line (of business), bouquet
ramplón, –plona vulgar, coarse
el **rapaz** lad
la **rapidez** rapidity
el **rapto** rapture
raquítico, –a rachitic, weak, scrawny
la **rareza** strangeness, peculiarity
raro, –a rare, strange; **rara vez** rarely
rascar to scratch
el **rasgo** characteristic, stroke, sign
el **rasqueo** scratching
rasguñar to scratch
el **rasguño** scratch
raso, –a clear, cloudless
la **raspadura** erasure
el **rastro** trace, sign
la **ratería** baseness, petty theft
el **rato** short time, little while; **a —s** from time to time
el **ratón** mouse
ratonil mousy, mouse-like
la **raya** stripe, line
el **rayo** thunderbolt
la **raza** race
la **razón** reason, right, justice; **tener —** to be right
razonable reasonable
el **razonamiento** reasoning
razonar to reason
real royal, handsome; **Teatro Real,** theater in Madrid
el **real** real *(coin)*
la **realidad** reality
realizar to fulfill, carry out
realzar to raise, enhance
reanudar to renew, resume
reaparecer to reappear
rebajar to lower, deflate, discount
rebelde rebellious
rebosar to overflow

rebotar to rebound, bounce back
el **rebullicio** great bustle, stirring
rebuscar to search, seek after
el **recadista** messenger, errand boy
el **recado** message, errand
recaer to fall again, fall back
recargado, –a loaded, overdone
el **recargo** new attack, increased fever
recatado, –a cautious
recatar to hide
recelar to fear
el **recelo** fear, distrust
receloso, –a fearful, distrustful
el **recibimiento** reception room, hall
recibir to receive
reciente recent
el **recinto** area, enclosure
recio, –a strong, hard
la **reciprocidad** reciprocity
recitar to recite
reclinar to recline, lean
el **recluta** recruit
recobrar to recover
recoger to collect, gather, pick up; **–se** to retire
recogido, –a cloistered, withdrawn
la **recomendación** recommendation
recomendar (ie) to recommend
reconcentrar to concentrate
reconciliarse to become reconciled
recondenado, –a blasted
recóndito, –a obscure
reconocer to recognize, admit; **–se** to know oneself
reconocido, –a grateful
recontro good Lord!
la **reconvención** remonstrance
recordar (ue) to remember, recall
recorrer to cross, traverse, go through
recrudecerse to get worse
recto, –a straight, right
el **recuerdo** memory, remembrance
recurrir to resort
el **recurso** resource
rechazar to reject
el **rechazo** rejection, recoil
rechinar to grate
la **redacción** newspaper office
redecir (i) to tell again, say again
redondo, –a round
reducido, –a small
reducir to reduce, cut down, subdue
referente referring
referir (ie) to refer, tell, narrate
el **refinamiento** refinement, exaggeration
refistolero, –a meddling, busybody
el **reflejo** reflection
reflexionar to reflect
reformar to reform
reforzar (ue) to reinforce, intensify
refregar (ie) to rub
refrescarse to cool off, refresh oneself
el **refrigerio** refreshment
refulgente radiant, brightly shining
refunfuñar to grumble
regalar to give, present
el **regalo** gift

el regaño grumble, scolding
regio, –a royal
regir (i) to rule, prevail
registrar to search
la regla rule, ruler
regresar to return
el regreso return
regular regular, fair, average
rehacerse to recover
rehuir to avoid
la reina queen
reinar to reign
el reino kingdom
reintegrar to pay back
reír (i) to laugh; **–se de** to laugh at
reiterar to reiterate, repeat
la reja grating, grille
rejuvenecer to rejuvenate
la relación relation, report
relacionar to relate
relamerse to lick one's lips
relamido, –a prim, overnice
relatar to relate
el relato story
el relente night dew
relevar to relieve, release
religioso, –a religious
el reloj watch
relucir to shine
relumbrar to flash, sparkle
relumbrón flashing
el rellano landing
rematar to finish
remedar to imitate, ape
remediar to remedy, help
el remedio remedy, help, recourse; **no tener más — que** to be unable to help
remendar (ie) to darn, patch
remilgado, –a prim and finicky
el remilgo primness, affectation
la reminiscencia remembrance, memory
remontar to go up, raise; **–se** to rise, soar, revolt
remover (ue) to upset, shake
el rencor rancor
rendido, –a tired, worn out
rendir (i) to render, overcome, wear out; **— culto** to pay homage
renegar (ie) to deny, curse, detest
renovar (ue) to renew
la renta rent, income
renunciar to renounce, give up
reñido, –a at variance
reñir (i) to scold, quarrel
reparador, –dora repairing, restorative
reparar to repair, mend; **— en** to notice
repartir to distribute
el reparto distribution
el repente start; **de —** suddenly
repentino, –a sudden
repercutir to rebound, reecho
el repertorio repertory
repetir (i) to repeat, copy
repleto, –a full, loaded
replicar to reply
reposar to rest, lie
reprender to scold
representar to represent, perform; **–se** to imagine
reprimir to repress
el réprobo reprobate
reproducir to reproduce, copy
repuesto, –a recovered
el repuesto stock, supply
la repugnancia repugnance

repujar to emboss, squeeze
la res animal
el resabio bad habit
resaltar to stand out
resbalar to slip
el resentimiento resentment
la reseña outline, review
la reserva reserve, reservation, repository
reservar to reserve, save
resguardar to protect
resignarse to resign oneself
la resistencia resistence, strength
resistir to resist; **–se** to bear up
la resolución resolution, solution; **en —** in a word
resolver (ue) to resolve, solve
resonar (ue) to resound
el resoplido snort
el respaldo back
el respecto respect; **— a** with respect to
la respetabilidad respectability
respetable respectable
respetar to respect
el respeto respect
respetuoso, –a respectable, impressive
respirar to breathe
resplandeciente resplendent
el resplandor brilliance
responder to respond, reply
la responsabilidad responsibility
la respuesta reply
el resquicio crack
restablecer to reestablish
el restallido crackle, report
restante remaining
restar to remain
restituir to restore
el resto remainder, left-over
restregar (ie) to rub hard
resucitar to resurrect, revive
resuelto, –a resolute, prompt, determined
el resultado result
la resultante resultant
resultar to result, turn out to be; **— de** to arise from
resurgir to revive
retener (ie) to retain
la reticencia half-truth
la retina retina
la retirada withdrawal, place of refuge
retirar to retire, withdraw
retoñar to reappear, revive
retozar to frolic, become aroused
retrasar to delay
la retreta tatoo (*military celebration after dark*)
retroceder to go back
el retroceso flare-up
retumbar to resound
la reunión reunion, gathering
reunir to join, unite, gather
la revelación revelation
revelar to reveal
reventar (ie) to burst
el reverso reverse, back
el revés back, reverse; **del —** backwards
revestir (i) to put on, don, disguise; **— de** to invest with
la revista review, survey; **pasar —** to go over carefully
revolotear to flutter around
revoltijero, –a mussing, disordering
la revolución revolution

revolver (ue) to shake, mess up, stir, disarrange, turn upside down, roll; **–se** to turn around
revuelto, –a scrambled, disordered
el rey king
la reyerta quarrel, wrangle
rezagado, –a straggling
el rezagado straggler
rezar to pray, say
el rezo prayer
rezongar to grumble, growl
el ribete edge; **–s** touch, streak
rico, –a rich, dear, darling
la ridiculez absurdity
ridículo, –a ridiculous; **poner en —** to make a fool of
el riego watering, sprinkling
la rienda rein
riguroso, –a rigorous, strict
rimar to rhyme
el rimero pile
el rincón corner
la rinconera corner table
el ripio refuse; **no perder —** to not miss a trick
el río river
la riqueza riches, wealth
la risa laughter, laugh
risueño, –a smiling
el ritmo rhythm
rivalizar to rival
robar to rob, steal
el roble oak
robustecer to strengthen
la robustez robustness
rociar to sprinkle
rodar (ue) to roll; **— por** to go around in vain
rodear to surround, go around
la rodilla knee; **de –s** kneeling
la rodillera baggy knee
roer to gnaw at
rogar (ue) to beg
rojizo, –a reddish
rojo, –a red
romper to break; **— a** to break out
el rompimiento break
ronco, –a hoarse
rondar to go around, prowl around
rondón: de — brashly
roñoso, –a mangy, dirty, stingy
la ropa clothes; **— interior** undergarments
el ropaje clothing, robe, gown
rosado, –a rosy
el rosicler pink
el rostro face
roto, –a broken
el rótulo sign, poster
el rubí ruby
rubio, –a blond
rudo, –a coarse, crude
el rugido roar
el ruido noise
ruidoso, –a noisy
ruinoso, –a ruinous, run-down
el rumbo direction, show, generosity
el rumor rumor, sound
el runrún rumor
la rutina routine
rutinario, –a routine

S

la sábana sheet
el sabañón chilblain

saber to know; **a —** namely; **es a —** that is to say
el **saber** knowledge
la **sabiduría** wisdom
sabio, –a wise
el **sablazo** stroke from a saber
el **sable** saber
saborear to savor
sabroso, –a tasty, delicious
sacar to draw, pull, get out, bring out, stick out; **— de quicio** to drive crazy
sacerdotal priestly
el **sacerdote** priest
la **saciedad** satiety, satiation
el **saco** sack, bag
sacrificar to sacrifice
el **sacristán** sacristan, sexton
la **sacristía** sacristy
sacro, –a sacred
sacro-recreativo sacro-recreational
sagrado, –a sacred
el **sagrario** sanctuary
la **sal** salt
la **sala** living room
salado, –a witty
el **salario** salary, wages
la **salchicha** sausage
saldar to settle
el **salero** grace, charm, wit
la **salida** departure, sally, outlet witticism
salir to come out, leave; **— a** to come to, amount to, resemble; **— avante** to be successful; **–se con la suya** to have one's way
saltar to jump, come up, arise, come forth; **— a la vista** to be self-evident
el **salto** leap, jump
la **salud** health
saludable wholesome
saludar to greet
el **saludo** greeting
la **salutación** greeting
la **salvadera** sand box (*for sprinkling sand on ink*)
salvador, –dora saving
salvaje savage
salvar to save, go over, avoid
salvo except
el **sambenito** note of infamy, slurring remark
la **sandez** *pl.* **–deces** nonsense
la **sangre** blood
sangriento, –a bloody, savage
sanguinario, –a sanguinary, bloodthirsty
sano, –a healthy, sound, sane
el **santiamén** jiffy
santo, –a holy, blessed
el **santo** saint
la **saña** rage, fury
sañudo, –a enraged, furious
el **sapo** toad
el **sarao** soiree
la **sartén** frying pan
el **sastre** tailor
Satanás *pr. n.* Satan
la **sátira** satire
satisfacer to satisfy
satisfactorio, –a satisfactory
satisfecho, –a satisfied
saturno, –a gloomy
la **sazón** time
sazonado, –a tasty, seasoned
sazonar to season
secar to dry; **–se** to dry up, wither

seco, –a dry, withered, lean, dead
la secretaría office of secretary
secretear to whisper
secundario, –a secondary
la sed thirst; **tener —** to be thirsty
la seda silk
la sedación soothing
sedicioso, –a seditious
sediento, –a thirsty
seguido, –a continued, straight, running; **en seguida** at once, immediately
el seguimiento pursuit
seguir (i) to follow, go on, continue
según according to
segundo, –a second
el segundo second
seguro, –a sure, unfailing, constant; **de —** surely
seis six
selecto, –a select, choice
sellar to stamp, seal
el sello seal, stamp
la semana week
el semblante face, look
semejante like, similar, such
la semejanza resemblance, similarity
el semestre semester, six-month period
la senda path
sendos, –as one each
el seno breast
la sensación sensation, feeling
sensible sensible, sensitive
la sensibilidad sensibility, sensitivity
sentar (ie) to seat, become, fit; **–se** to sit, sit down, be seated
la sentencia sentence
sentenciosamente sententiously
el sentido sense, meaning
el sentimiento feeling
sentir (ie) to feel, hear, regret; **–se** to feel oneself
la seña sign, mark; **por más –s** specifically
la señal sign, mark, token; **en — de** as proof of
señalar to signal, show, indicate
la señora lady, wife, missus
el señorío majesty, nobility, gentry
la señorita young lady, miss
el señorón big shot
separar to separate; **–se** to become separated
el sepelio burial
sepulcral sepulchral
sepultar to bury
la sequedad dryness, surliness
el séquito entourage
ser to be; **no sea que** lest
el ser being
serenarse to become calm
la serenidad serenity
la serie series
la seriedad seriousness
serio, –a serious; **en —** seriously
el servidor servant
servil servile, subservient
la servilleta napkin
servir (i) to serve; **— para** to be good for; **no — para nada** to be good for nothing
sesenta sixty
el seso brain

sesudo, –a wise
la **severidad** severity
severo, –a severe, stern
si if; **por —** in case
siempre always; **— que** whenever
la **sierra** mountain range, sierra
siete seven; **a las —** at seven o'clock
el **siglo** century
la **significación** meaning, significance
significar to mean, indicate
el **signo** sign
siguiente following
la **sílaba** syllable
silabear to syllabize, mutter
el **silabeo** syllabizing
el **silencio** silence
silencioso, –a silent, quiet
la **silla** chair
el **sillar** block of stone
el **sillón** armchair
la **sima** abyss
el **símbolo** symbol
la **similitud** similarity
la **simpatía** sympathy, liking
simpático, –a pleasant, agreeable, likable
simple simple, simple-minded
la **simpleza** stupidity
simplificar to simplify
simular to simulate
simultáneo, –a simultaneous
singularmente especially
el **sinnúmero** great amount, great many
sino, but, except
la **sinrazón** injustice, wrong
la **síntesis** synthesis
el **síntoma** symptom
el **sinvergüenza** scoundrel
siquiera at least, even
el **sirviente** servant
sisear to hiss
el **sistema** system
sistemático, –a systematic
el **sitio** place
situar to locate; **–se** to take a position
la **soba** massage
sobar to massage, pet
soberano, –a sovereign
soberbio, –a superb
la **sobra** extra, surplus; **de —** left over
sobrante left over
sobrar to be left over, abound
el **sobre** envelope
sobrecoger to surprise, scare
sobrellevar to bear
la **sobremesa** tablecloth; **de —** at table after eating
sobresalir to stand out
sobresaltar to frighten, startle
el **sobresalto** fright, start
sobrevenir (ie) to happen, take place
la **sobriedad** sobriety, moderation
la **sobrina** niece
el **sobrino** nephew
la **socarronería** cunning, craftiness
la **sociedad** society
socorrer to help, aid
socorrido, –a helping, ready
el **sochantre** church cantor
el **sofá** sofa
sofocar to choke, stifle; **–se** to get out of breath
la **soga** rope
el **sol** sun
la **solapa** lapel

solapadamente on the sly
el solar lot, plot
solazar to console; **–se** to amuse oneself
la soledad solitude, loneliness, lonely place
solemne solemn
la solemnidad solemnity
soler (ue) to be accustomed to
solicitar to solicit, ask
solícito, –a solicitous
la solicitud petition, application, request
el soliloquio soliloquy
Soliman, *pr. n.* Suleiman, Turkish ruler
solo, –a alone, only, single; **a solas** alone
soltar (ue) to unfasten, loosen, let loose, discharge, unload
la solución solution
sollozar to sob
el sollozo sob
la sombra shadow
el sombrero hat
sonar (ue) to sound, ring, jingle; **— a** to sound like
sonoro, –a sonorous, loud
sonreír to smile
la sonrisa smile
soñar to dream
la sopa soup
soplar to blow
el soplo breath, puff, instant
el sopor drowsiness
soportar to support, carry
sorprendente surprising, unusual
sorprender to surprise
la sorpresa surprise
la sortija ring
sosaina dull, colorless
sosegar to calm, quiet
la sosería nonsense
soso, –a dull
la sospecha suspicion
sospechar to suspect
el sostén support
sostener (ie) to sustain, maintain, support
suave smooth, gentle
la suavidad smoothness, mildness
subalterno, –a subordinate
el subalterno subordinate
subir to raise, lift, go up (stairs)
súbito, –a sudden
sublevarse to revolt
la subordinación subordination
el subsecretario undersecretary
la substancia substance
substituir to substitute
subvertir (ie) to subvert
suceder to happen
el suceso event, happening
sucio, –a dirty
suculento, –a succulent
sudar to perspire, sweat
sudoroso, –a sweaty
la suegra mother-in-law
el suegro father-in-law; **los –s** parents-in-law
el sueldo salary
el suelo floor, ground
suelto, –a loose
el sueño sleep, dream
la suerte luck
sufrido, –a long-suffering
el sufrimiento suffering
sufrir to suffer, bear
sugerir (ie) to suggest
Suiza, *pr. n.* Switzerland
sujetar to subdue, hold

el sujeto subject, fellow
sulfurar to anger; **–se** to get furious
sumar to amount to
sumo, –a great, extreme
la superficie surface
superior superior, higher
la superioridad superiority
supersticioso, –a superstitious
suplicar to beg
suponer to suppose, put on a front
la suposición supposition, falsehood, pretension
suprimir to suppress, eliminate
supuesto, –a supposed, assumed; **por —** of course
surcado, –a furrowed
surgir to issue, arise, appear
el surtido assortment, supply
la susceptibilidad sensitive feeling
suscrito, –a subscribed
suspender to suspend, hang
suspenso, –a baffled, bewildered
suspirar to sigh
el suspiro sigh
suspirón, –rona full of sighs
el sustento support, food
el susto fright
susurrar to whisper

T

el tabardillo scarlet fever
la taberna tavern
el tabernero tavern keeper
el tabique partition
la tabla board, slab, seat
el tablero board, tablet
el tacón heel
el taconeo walking noisily on the heels
la tagarnina poor cigar
tal such; **al —** that fellow; **¿qué — ?** hello, how's everything
el talento talent, mind
el talud slope
la talla stature
el talle waist
el taller shop
el tamaño size
tambalearse to stagger, totter
tan so, very
el tango tango
tantear to grope, feel one's way
tanto, –a so much, so great, a little; **en —** in the meantime; **entre —** meanwhile
la tapa cover, lid
tapar to cover, cover up
la taquilla file, ticket rack
tararear to hum
la tardanza delay
tardar to be late; **— en** to be long in
tarde late
la tarde afternoon; **de —** in the afternoon
la tarea task
la tarjeta card
el tartán plaid
teatral theatrical
el teatro theater
el techo ceiling, roof
el tejar tile works
el tejemaneje fussing around (with)
tejer to weave
la tela cloth
el telégrafo telegraph; **hacer –s** to talk by signs

el telón theater curtain
el tema theme, subject
temblar (ie) to tremble
el temblor shivering, trembling
temer to fear
temerario, –a rash
la temeridad rashness
temeroso, –a fearful, timid
temible terrible, fearful
el temperamento temperament, compromise
el temor fear
el temple temper, humor
el templete niche, little pile
el templo temple
la temporada season, period
temprano, –a early
la tenacidad tenacity
tenaz tenacious
el tenazazo pull of tweezers
tender (ie) to spread, extend, tend
el tendero shopkeeper
el tendón tendon
tenebroso, –a dark
el tenedor fork, keeper
tener (ie) to have, keep, consider; — **cuidado** to worry, be careful; — **razón** to be right; — **gracia** to be funny; — **hambre** to be hungry; — **a bien** to deem it wise; — **la culpa** to be to blame; — **miedo** to be afraid; — **por** to consider as; — **sed** to be thirsty; — **aldabas** to have pull; **no — que ver** to have nothing to do with
la tentación temptation
tentar (ie) to tempt
la tentativa attempt
tenue soft
la teoría theory
tercero, –a third
terciado, –a slanting, crosswise
el tercio third
terco, –a stubborn
terminante final, definitive
terminar to finish
el término term, end, boundary
terne strong, husky, stubborn
la terneza tenderness; **–s** sweet nothings
la ternura tenderness
el terraplén terrace
el terreno ground, terrain, grounds
terrorífico –a terrifying
la tertulia social gathering
el tertuliano party-goer, member of a social gathering
el tertulio party-guest
la tesorería treasury
el tesoro treasure, treasury
el testamentario executor
el testigo witness
la teta teat, breast
tétrico, –a gloomy, sullen
la tía aunt
el tiempo time, tense; **a —** in time; **de — en —** from time to time
la tienda store, shop
la tienta cleverness, probe
el tiento caution
tierno, –a tender
la tierra land, earth; **echar — a** to hush up
tieso, –a stiff, tense
el tigre tiger
tigresco, –a tiger-like

la tijera scissors
timar to swindle
el timbre bell
la timidez timidity
las tinieblas darkness
la tinta ink
el tintero inkwell
el tío uncle, guy, fellow
el tipo type
tiránico, –a tyrannical
tirante taut, tight
tirar to throw, pull; **— a** to aspire to, aim at
el tiro shot; **pegar un —** to shoot
el tirón tug
tirotear to snipe at; **–se** to bicker
tísico, –a dilapidated, tubercular
titubear to stammer, hesitate
titular official
el título title, certificate, appointment
tiznar to spot, soil with soot
la toalla towel
tocado, –a touched (*mentally unbalanced*)
el tocador dressing table
tocante touching **— a** concerning; **en lo — a** with reference to
tocar to touch, ring
todopoderoso, –a almighty
tolerar to tolerate, allow
el tomador thief
tomar to take, assume, get, have; **— el pelo a** to make fun of
la tontería foolishness, nonsense
tonto, –a stupid, silly
el tonto fool
topar to bump; **— con** to run into, come across
la topetada butt
topográfico –a topographical
la toquilla triangular kerchief, knitted shawl
torcer to twist, screw up
el torno turn; **en — de** around
el toro bull
torpe stupid, dull
la torre tower
la tortilla omelet
el tórtolo turtledove
total total; *adv.* in a word
trabajar to work
el trabajo work, effort
trabar to join, begin
traer to bring
el tráfico traffic, trade
tragar to swallow
la traición treason, betrayal
traicionero, –a treacherous
traidor, –dora treacherous, traitorous
el traje dress, suit
trajear to dress, clothe
el trámite step
el tramo stretch, flight (of stairs)
la trampa trap, trick
tramposo, –a cheating
el trancazo blow
el trance critical moment
tranquilizador, –dora tranquilizing, calming
tranquilizar to calm
tranquilo, –a tranquil, calm, at rest
transcurrir to pass, elapse
el transeunte passer-by
transfigurarse to become transfigured

la transformación transformation, alteration
transformar to transform
transigir to settle
transmitir to transmit
transplantar to transplant
el tranvía streetcar
trapalón, –lona cheating, tricky
el trapisonda schemer
la trapisonda scheming, intrigue
el trapisondista schemer, intriguer
el trapito small rag, tatter
el trapo cloth
el traqueteo clattering
tras after
trascendente important
trascender (ie) to smell, spread, come to be known
trasero, a– hind, rear
la traslación transfer
el traslado transfer
el trasnochador night owl
traspasar to pierce, go through
trastear to move things around
el trasteo waving, management
el trasto piece of furniture, implement, junk
trastornar to upset, overturn
el trastorno upset, disturbance
el tratado treatise, agreement
el tratamiento treatment, title
tratar to handle, deal with, treat; **— de** to try; **–se de** to deal with, be a matter of
el trato treatment, deal, contact
la travesía crossing
la travesura prank, mischief
travieso, –a mischievous
la traza appearance, looks
trazar to trace
el trecho stretch, while
la tregua truce, rest; **sin —** without letup
treinta thirty
tremendo, –a tremendous
trémulo, –a quivering, tremulous
el tren train
trepar to climb
tres three
la tribuna gallery
la tributación taxation
tributario, –a tributary, tax
trinar to get angry
trincar to bind, tie up
triste sad
la tristeza sadness
triunfal triumphal
el triunfo triumph
la trivialidad triviality
trocar (ue) to change, twist
el trocito little piece
la trompeta trumpet
el trompo top
tronado, –a worn, broke
la tropa troops, flock
el tropel hurry; **en —** in a mad rush
tropezar (ie) to hit; **— con** to run into, encounter
el trozo piece, bit
el truhán cheat, crook
truncar to cut off
el tubo pipe
la tumba tomb
el túmulo mound of a grave
el tunante bum, rascal
la túnica tunic
el tuno crook
la turbación confusion, distress
turbar to disturb
el turco Turk

turulato, –a dumbfounded

U

ulterior later, subsequent
ultimar to finish
último, –a last, recent; **por —** finally
ultrajar to insult, offend
el **ultramar** overseas
el **ungido** anointed
único only
la **unificación** unification
unir to join, unite
la **uña** fingernail, claw
urdir to plot, conspire
la **urgencia** urgency
urgir to be urgent
usar to use, be accustomed
el **uso** use, condition, wear
útil useful

V

la **vaca** cow
la **vacante** vacancy
la **vaciedad** nonsense
vacilante vacillating, hesitant
vacilar to vacillate, hesitate, waver
vacío, –a empty
el **vacío** emptiness, vacuum
vagar to wander, roam
vago, –a vague, idle
valer to be worth; **válgame Dios!** so help me God; **no — dos cominos** not to be worth a continental
valeroso, –a brave
valiente brave
el **valor** worth, value, courage
la **válvula** valve
el **valle** valley
la **vanidad** vanity
la **vara** rod, staff, measure of length (*2.8 feet*)
variado, –a varied, various
variar to vary, change
vario, a– various, varied; **varios, –as** several
el **varón** man
varonil manly
el **vaso** glass
la **vecindad** neighborhood, vicinity
vecino, –a neighboring
el **vecino** neighbor
vedar to forbid
vegetal vegetable
la **vehemencia** vehemence
veinte twenty
veinticinco twenty-five
veinticuatro twenty-four
la **vela** candle, vigil; **en —** awake
velado, –a veiled, hidden
velar to watch, stay up all night
el **velo** veil
el **velocípedo** tricycle
la **vena** vein, inspiration
vencer to overcome
vender to sell
venenoso, –a poisonous
vengarse to get revenge
la **venida** coming, return
venidero, –a coming, future
venir (ie) to come; **— a** to amount to; **— bien** to be good for
la **ventaja** advantage
la **ventana** window
la **ventura** fortune, luck, happiness
venturoso, –a fortunate

ver to see; **a —** let's see; **no tener que —** to have nothing to do with
la vera edge; **de —s** in truth, really
verbigracia for example
el verbo verb
la verdad truth
verdadero, –a true
verde green, off-color
el verdugo executioner
la vereda path
vergonzante bashful, shamefaced
vergonzoso, –a bashful, shy
la vergüenza shame, embarrassment
verídico, –a truthful, true
verificarse to take place
la verja grating
el vertedero dumping ground
verter (ie) to empty, pour
la vertiente slope
el vértigo dizziness
el vestido dress
la vestidura garment, vestment
el vestigio vestige, trace
vestir (i) to dress, wear; **–se** to get dressed
la veta vein (of stone)
la vez *pl.* **veces** time; **a su —** in turn; **unas veces** sometimes; **a veces** sometimes; **en — de** instead of; **tal —** perhaps; **a la —** at the same time
la vía way; **— pública** thoroughfare
el viático viaticum, Holy Communion
vibrar to vibrate
el vicio vice, defect
la vicisitud vicissitude
la vida life
vidrioso, –a glassy
el viento wind
el viernes Friday
vigente present, inforce
la vigilancia vigilance
vigilante vigilant, watchful
el vigilante guard
vigilar to watch, guard
la villa town
el vinagre vinegar
el vino wine
la viña vineyard
violentarse to force oneself
violento, –a violent
la virgen virgin
la virtud virtue
el visionario visionary
la visita visit, visitor
el visitante visitor
la víspera eve, day before
la vista sight, view
el vistazo glance
la visual line of sight, look
los víveres food, provisions
la viveza liveliness
viviente living
vivir to live
vivo, –a lively, vivid, intense, live, alive
el vocablo word, term
la vocación vocation
el volante note
volar (ue) to fly, fly away, disappear rapidly
la volubilidad volubility, fickleness
el volumen volume, bulk
la voluntad will
volver (ue) to return, turn; **— a** + *inf. verb* again; **—se to**

become, turn, go; — **por** to defend; — **en sí** to come to

la voracidad voracity, greediness

votar to vote

el voto vow

la voz (*pl.* **voces**) voice; **en — alta** aloud; **dar voces** to shout

el vuelco upset; **darle a uno un — el corazón** to have a presentiment or misgiving

el vuelo flight; **al —** at random

la vuelta turn; **dar una —** to take a turn, to stroll; **dar —s** to circle, turn

vulgar vulgar, common

el vulgo common people

Y

ya already, now; — **no** no longer

yacer to lie

el yerno son-in-law

yerto, –a stiff, rigid

el yeso mortar, plaster

la yunta yoke

Z

zafarse to slip away

la zalamería flattery

zalamero, –a flattering

zampar to gobble up

zancudo, –a long-legged

el zángano idler, sponger

la zanguanguería sloth

la zapatilla slipper

el zapato shoe; — **de alfombra** house slipper

la zarpa claw

zarzuelero, –a (pertaining to the) zarzuela

zascandilear to meddle, scheme

el zipizape yelling, howling

el zócalo socle, base

zumbar to buzz, hum

el zurcido darn, darning

zurcir to darn

Twenty-one

Should the earth quake again, he knows exactly what to do. Strip up the floorboards one by one until the gap will take a crib without chafing the sides. Then, with baby De Gaulle tucked deep into his bower, Poussif alias no one anymore will march out into the street, give himself up to the Huns, and let them have their way with him at last. That long-delayed burning. He will no longer care about the smooth tanned wrist amending the record on the neatly stacked pages of cream-laid paper, turning fact into fantasy, victim into hero, fixing on the garish things in his life. It will be as if that gentle, devious ghost had never been, and his defensive murmurings had all of them gone unheard, all his heartsick improvisations. No more iron in his mask. All his dithers, his fumbles, his loving, wished away by a bold, heroic thumbprint from his last adieu, which he makes with his fist held aloft, the thumb upright.

than even Rat Man ever reached. And, in his cups, he will tell stories about drugged greyhounds, their speed, their lazy runs, their seizures in the kennels. Nearer to home, he will open books wide to let the ideas out, and set them down, leaving them to flap their wings like birds, and, as he moves about the living room, he will revel in how the bulk of his body chokes and blurs the signal, making a buzz, a drone, picking himself up on radar by accident.